लूट

नादीन गॉर्डिमर की कहानियाँ

नादीन गॉर्डिमर दक्षिण अफ़्रीकी लेखिका और राजनीतिक कार्यकर्ता हैं और उन्हें नोबेल पुरस्कार से सम्मानित किया जा चुका है। उनके लेखन में नैतिक और प्रजाति सम्बन्धी मुद्दे अहम रहे हैं, ख़ास कर दक्षिण अफ़्रीका की रंगभेद नीति।

लूट

नादीन गॉर्डिमर की कहानियाँ

अनुवाद

नीलाभ

हार्परकॉलिंस पब्लिशर्स इंडिया

हार्पर हिन्दी
(हार्परकॉलिंस पब्लिशर्स इंडिया) द्वारा 2011 में प्रकाशित
बिल्डिंग नं. 10, टावर A, 4th फ्लोर,
डीएलएफ साइबर सिटी, फेज II, गुरुग्राम 122002, भारत
www.harpercollins.co.in

2 4 6 8 10 9 7 5 3

ISBN: 978-93-5029-053-8

लेखक इस पुस्तक का मूल रचनाकार होने का नैतिक दावा करता है। इस पुस्तक में व्यक्त किये गये सभी विचार, तथ्य और दृष्टिकोण लेखक के अपने हैं और प्रकाशक किसी भी तौर पर इनके लिए ज़िम्मेदार नहीं है।

टाइपसेटिंग : निओ साफ़्टवेयर कन्सलटट्स, इलाहाबाद

मुद्रक: मणिपाल टेक्नोलॉजीज़ लिमिटेड, मणिपाल

राइनहोल्ड

१२ मार्च १९०८ — १८ अक्टूबर २००१

१ मार्च १९५३ — १८ अक्टूबर २००१

विषय-सूची

लूट

हमारे समय में एक बार भूचाल आया : लेकिन जब से रिक्टर स्केल की ईजाद ने हमारे लिए प्राकृतिक चेतावनियों को नापना मुमकिन बना दिया, यह भूचाल रिकॉर्ड किये गये भूचालों में सबसे शक्तिशाली था।

उसने एक महाद्वीप के कगार को झुका दिया। ऐसे कम्पन से अक्सर बाढ़ें आ जाती हैं; लेकिन इस भयानक भूचाल ने इसका उलट किया, लम्बी साँस लेने की तरह सागर को पीछे खींच लिया। हमारी दुनिया का सबसे गोपनीय हिस्सा उघड़ गया — समुद्र तल में डूबे ध्वस्त जहाज़, मकानों के मुहारे, नाच-घर के फ़ानूस, शौचालय की चिलमची, समुद्री डाकुओं का बक्सा, टी०वी०, डाक-गाड़ी, हवाई जहाज़ का ढाँचा, तोप, संगमरमर की मूर्ति का धड़, कलाश्निकॉव, पर्यटकों से भरी बस की धातु का ख़ोल, बपतिस्मे का कुण्ड, बर्तन धोने की ऑटोमैटिक मशीन, कम्प्यूटर, समुद्री कीड़ों में लिपटी तलवारें, पत्थर बन गये सिक्के। चकित निगाह इन चीज़ों पर दौड़ती चली गयी; जो आबादी अपने ढहते मकानों से सागर-तट के पहाड़ों पर भाग गयी थी, दौड़ती हुई नीचे आयी। जहाँ भूचाल की घन-गरज और शोर ने उन्हें आतंकित कर दिया था, वहाँ निपट सन्नाटा था। सागर की लार इन चीज़ों पर चमक रही थी; यह मानी हुई बात थी कि यहाँ नीचे, जहाँ अतीत और वर्तमान की सामग्री ऐसे पड़ी हुई है, बिना किसी कालक्रम के, समय का कोई अस्तित्व नहीं होता, न कभी था, सब एक-सा है, सब कुछ नहीं है — या सब कुछ तत्काल हथियाया जा सकता है।

लोग भागे लेने, लेने, लेने के लिए। यह क़ीमती था — कब, हरदम, कभी-न-कभी; वह उपयोगी हो सकता था, यह क्या था, ख़ैर किसी-न-किसी को पता होगा, यह ज़रूर अमीरों का रहा होगा, अब मेरा है, जो भी वहाँ है अगर तुम उसे झपट न लोगे तो कोई और झपट लेगा, पैर समुद्री सिवार पर फिसले, सरके, और दलदली रेत में धँस गये, हाँफती हुई समुद्री वनस्पति उनके सामने

मुँह बाये थी, किसी ने ज़िक्र नहीं किया कि मछलियाँ थीं ही नहीं, इस अ-पृथ्वी के जीवित निवासी पानी के साथ बहा ले जाये गये थे। राजनैतिक उथल-पुथल के दौरान दुकानों को लूटने का जो मामूली-सा मौक़ा लोगों के ढर्रे में शामिल था, उसकी तुलना इससे नहीं की जा सकती थी। आदमियों, औरतों और उनके बच्चों को उन्मत्त उत्साह ने लेस-भरे कीचड़ और रेत से वह सब खींच निकालने की ताक़त दे दी थी जो वे नहीं जानते थे कि उन्हें चाहिए था, यहाँ से वहाँ निरखने-परखने के दौरान उसने उसकी लड़खड़ाती चाल को तेज़ कर दिया था, और यह संयोग से लाभ उठाने से कहीं ज़्यादा था, यह कुदरत की उस ताक़त को लूटने की तरह था जिसके आगे वे असहाय भाग खड़े हुए थे। लो, उठा लो; झपटते हुए वे अपने ध्वस्त मकानों और वहाँ रखे अर्सा पुराने साज-सामान के नुक़सान को भूलने में सफल हो गये। उन्होंने एक-दूसरे को चीख़-चिल्ला कर पुकारते हुए ख़ामोशी को तार-तार कर दिया था और अनुपस्थित सागर-पाखियों की पुकारों जैसी इन पुकारों में उन्होंने तेज़ हवा की तरह बढ़ते शोर का दूर से आना नहीं सुना। और फिर सागर ने आ कर उन्हें अपने ख़ज़ाने में शामिल करने के लिए घेर लिया।

यही है जिसकी जानकारी है; टेलिविजन समाचारों में जिनके पास दरअसल गहराइयों की जस्ते जैसी चमड़ी के सिवा दिखाने को और कुछ नहीं था — उन थोड़े-से भीरु, दुर्बल या होशियार लोगों से रेडियो पर की गयी भेंट-वार्ताओं में जो पहाड़ों से नीचे नहीं आये थे, और उन लाशों के बारे में समाचार-पत्रों की टिप्पणियों में, जिन्हें किसी कारण से समुद्र ने ठुकरा दिया था, तट पर कहीं आगे लहरों के साथ ला कर पटक दिया था।

लेकिन लेखक को कुछ ऐसा मालूम है, जिसका पता किसी को नहीं है; कल्पना का रूपान्तरण।

अब सुनिए, एक आदमी है जो एक ख़ास चीज़ (क्या) के लिए सारी ज़िन्दगी ललकता रहा है। उस के पास ढेर सारी—चीज़ें—हैं, जिनमें से कुछ पर उसकी निगाह अक्सर पड़ती रहती है, लिहाज़ा उसे पसन्द होंगी, कुछ पर उसका ध्यान नहीं जाता, जान-बूझ कर, जिन्हें शायद उसे हासिल नहीं करना चाहिए था, लेकिन जिन्हें वह फेंक नहीं पाता, एक नयी चाल का लैम्प है जिसकी रोशनी में वह पढ़ता है, और उसके पलँग के सिरहाने के ऊपर, दीवार पर, एक जापानी

छापा है, एक होकूसाई, 'महा तरंग,' वह दरअसल पूर्वी माल का संग्रह नहीं करता, हालाँकि अगर वह सामने की दीवार पर होता तो शायद वह कमरे के साज-सामान का हिस्सा होने से अधिक होता, वह बरसों से वह उसके सिर के पीछे ओझल रहा है। ये सारी—चीज़ें—मगर वह एक नहीं।

वह अवकाश-प्राप्त आदमी है, अर्से से तलाक़-शुदा, जिसने उस जगह के तौर पर समुद्र-तट के पहाड़ों में एक पुरानी, लेकिन सुसज्जित कोठी चुनी जहाँ से वह शहर के हमले की तरफ़ पीठ फेर सके। गाँव से एक औरत आ कर खाना पकाती और साफ़-सफ़ाई करती है और किसी और बातचीत से तंग नहीं करती। ज़िन्दगी किसी वरदान की तरह उत्तेजना से रहित है, वह उस तरह की हलचल, सुखद हो या नहीं, से अघा चुका है, लेकिन उसके निरीक्षण स्थल से वह दृश्य, जो कभी घटित नहीं हो सकता था, यहाँ तक कि कभी सोचा भी नहीं जा सकता था, हुक्म-सरीखा है। वह उनमें है जो दौड़ते हुए चमकते समुद्र-तल की तरफ़ जा रहे हैं, उघाड़ कर नंगे कर दिये अतीत की तरफ़, मलबा-ख़ज़ाना, एक ही चीज़ है।

दूसरे लुटेरों की तरह, जिनमें वह घुलता-मिलता नहीं, जिनसे उसका कोई साम्य नहीं है, वह एक चीज़ से दूसरी चीज़ की तरफ़ भागता है, रंगीन चीनी मिट्टी की चीज़ों के ठीकरे, विनाश, परित्याग और ज़ंग से गढ़े गये मूर्ति-शिल्प, खारे पानी से पुराने बने मदिरा के पीपे, डूबी हुई रेसिंग मोटर-साइकिल, दन्दानसाज़ की कुर्सी उलटता-पलटता; उसके क़दम इन्सानी पसलियों और पैरों की हड्डियों को कचरते हुए जिन्हें वह पहचान नहीं पाता। लेकिन दूसरों के विपरीत वह कुछ नहीं लेता — जब तक कि : वहाँ, समुद्री सिवार की नारंगी-भूरी अलकों से अलंकृत, सीपियों और लाल प्रवाल के दँतीले किनारों में मज़बूती से जकड़ी *वह* चीज़ है। (एक आईना?) मानो असम्भव सच हो गया है; वह जानता था वह कहाँ थी, सागर के नीचे, इसीलिए उसे मालूम नहीं था कि वह क्या थी, पहले कभी खोज नहीं पाया था। वह सिर्फ़ उसी चीज़ से उजागर हो सकती थी जो पहले कभी नहीं हुई थी, रिक्टर स्केल पर दर्ज किये गये हमारी पृथ्वी के सबसे ज़बर्दस्त आवेग से।

वह उठा लेता है, उस चीज़ को, उस आईने को, रेत उससे सरक जाती है, पानी जो उस आईने के पास बची अन्तिम चमकदार निगाह है, उससे बह जाता है, वह उसे अपने साथ ले जा रहा है, आख़िरकार उस पर क़ब्ज़ा करता हुआ।

और उसके पलँग के सिरहाने से वह विशाल तरंग आती है और उसे ले जाती है।

पिछले निज़ाम के हलकों में जाना-माना उसका नाम बचने वालों में नहीं है। ताज़ा शिकारों के कंकालों के बीच उसके साथ, पुराने समुद्री-डाकुओं और मछुआरों समेत, वे भी हैं जो तानाशाही के दौर में हवाई जहाज़ों से नीचे फेंके गये थे ताकि सागर की साँठ-गाँठ से वे कभी खोजे नहीं जायेंगे। उस रोज़ किसने उन्हें पहचाना, जहाँ वे पड़े हैं?

कोई लाल फूल या गुलाबों की तैरती हुई माला नहीं।

पूरे बीस हाथ नीचे।

अभियान प्रपत्र

शनिवार-इतवार की साप्ताहिक छुट्टियों के दौरान मैनेजर के मकान पर मौज-मस्ती के अच्छे-ख़ासे दौर चला करते। सोमवार की सुबह रसोई और घर का बन्दोबस्त देखने वाले नौकरों में से जिसका यह काम था, मालिक का रुक़्क़ा ले कर शराब की दुकान के लिए पचास मील दूर शहर की ओर पैदल रवाना हो जाता। वह आदमी सिर पर बारह बोतलों की पेटी रखे पैदल वापस आता और शुक्रवार को पहुँचता। हर शुक्रवार को। यह कारनामा रात के भोज में सुनाया जाने वाला मशहूर क़िस्सा था : यह है मेरा बन्दा — कैसी खोपड़ियाँ हैं उनकी, अयँ, लकड़ी के कुन्दे जैसी मोटी!

रॉबर्टा ब्लेन (विवाह-पूर्व कुल-नाम कार्टराइट) एक अन्तर्राष्ट्रीय सहायता संस्था के लिए काम करती है, न्यू यॉर्क के मुख्यालय और जिनीवा, दोनों जगहों पर तैनात रह चुकी है, और कई बार विदेशों में भी तैनात की गयी है। अफ़्रीका में उसकी पहली नियुक्ति तब आयी जब वह लगभग छियालीस साल की थी और महसूस करती थी कि वह इतना ही दिखती भी थी। एक समय था जब वह विवाहित थी, उसे लगता था अर्सा पहले। उसका पत्रकार पति काम के सिलसिले में बीजिंग की यात्रा के दौरान एक चीनी लड़की से प्रेम करने लगा था; शादी — कहा जाय कि — बेतरतीब-सी थी, दोनों में कोई एक आम तौर पर कहीं और होता था और वह आपसी रज़ामन्दी से अलगाव की तरफ़ सरकती चली गयी थी। दुनिया को बदलने में कोई-न-कोई भूमिका निभाने की उसकी ज़रूरत में उसके पति को कोई दिलचस्पी नहीं थी, जो ज़रूरत किसी और भावनात्मक आवश्यकता के विपरीत अनुपात में बढ़ती चली गयी थी। शादी की याद दिलाने को कोई बच्चे नहीं थे; महज़ लालफीताशाही की उन प्रक्रियाओं से, जिन्हें वह संचालित करती थी, सहारे का, यहाँ, वहाँ, इन्तज़ार करते झुण्ड के दुखी आँखों और सूजे पेट

वाले बच्चे। हमेशा, या अक्सर, उनके पक्षी-शावकों सरीखे खुले मुँहों में खाना डालने का सीधा साधन नहीं, बल्कि नीतियों, ढाँचे, संचार, व्यापार-सन्धियों, शिक्षा, भूमि सुधार से सम्बन्धित परियोजनाएँ जिनसे विकास के लिए दी जाने वाली सहायता सभी तरह की भूख को सन्तुष्ट करने का इरादा रखती थी।

हिन्दुस्तान हो सकता था। यूरोप के वे देश भी जो गृह-युद्धों की वजह से तीसरी दुनिया की परिस्थितियों में ले आये गये थे। लेकिन यह अफ़्रीका था; सौंपे गये काम के सिलसिले में किया गया दौरा, परिवर्तन की प्रक्रिया से गुज़रता हुआ एक इलाक़ा, अफ़्रीकी महाद्वीप के दूसरे बहुत-से इलाक़ों की तरह। उसने राजधानी में उस क़िस्म के मकान में सामान खोला जो उसकी संस्था मध्यम स्तर के कर्मचारियों की योग्यता के अनुसार किराये पर लिया करती थी। शहर का यह बाहरी इलाक़ा औपनिवेशिक ज़माने का रहा होगा; तीन तरफ़ के बरामदे कमरों को अँधेरा बनाते हुए जिनकी चिमनियाँ अब बिजली के हीटरों से रोक दी गयी थीं, एक बगिया जहाँ लोकाट और पुराने शाहबलूत की तरह गाँठों से भरी बिगनबेलिया पथरीली लाल ज़मीन के ऊपर आपस में उलझी हुई थी। सोने के लिए जो कमरा उसने चुना — वहाँ तीन थे — ज़ाहिरा तौर पर सबसे अच्छा था, यह बात उसके पूर्ववर्ती और उसके शयन-संगी या संगिनी की हाल की रिहाइश की भीनी-भीनी गन्ध से पुष्ट होती थी, अलमारी में हैंगरों पर कपड़ों के प्रेत। उसके अपने कपड़ों ने उनकी जगह ले ली; उसके काग़ज़ और किताबें वहाँ फैल गयीं जहाँ से दूसरी हटा ली गयी थीं। वह इस तरह के क़ब्ज़े की आदी थी। दूसरों की मौजूदगी की छूटी हुई निशानी उसकी उपस्थिति से मिटायी जाती हुई। यह आत्म-विश्वास अन्तर्राष्ट्रीय कार्य की प्रकृति से अर्जित किया गया था, कम्प्यूटरी कुशलता की तरह नियमबद्ध : तुम्हें हर वक़्त मुख्यालय से अनवरत सम्पर्क में रहना है, न्यू यॉर्क का घरेलू दफ़्तर या जिनीवा, और तुम तयशुदा मकानों में रहते हो, जहाँ तुमसे पहले दूसरे रहते थे और तुम्हारे बाद दूसरे आयेंगे — इसके बावजूद वह अश्वेत आदमी जो हर सुबह तुम्हें चाय के साथ जगाने का आग्रह करता है और फ़र्श चमकाता है, और वह दूसरा जो फूलों की क्यारियों से मोथे निकालने के उकड़ूँ बैठा नज़र आता है, घर की पुरानी औपनिवेशिक रस्में अदा करते हैं।

उसका पद न्यू यॉर्क और जिनीवा में विशेषज्ञों के अभियान-प्रपत्र के अनुसार इस देश के लिए बनाये गये कार्यक्रमों की योजना के प्रशासनिक अधिकारी के सहायक का था। ज़्यादातर काम न्यू यॉर्क/जिनीवा को यथासम्भव

चातुरी से यह सूचित करना था कि संस्था ने भू-मण्डलीकरण में इस देश के दाख़िल होने की जो योजना बनायी थी वह ठीक-ठीक परिकल्पना के मुताबिक़ लागू नहीं की सकेगी, साथ ही यह छिपाना था कि कैसे वह और प्रशासनिक अधिकारी काँइयेपन और होशियारी से इस प्रक्रिया को सिरे चढ़ाने की कोशिशों में जुटे थे — उनके, अपने सुप्रशिक्षित सैद्धान्तिक नमूने के मुताबिक़ नहीं, बल्कि उन तरीक़ों से जो ख़ुद वहाँ की सरकार बेहतर समझती थी कि वह देश वहाँ के निवासियों के जीवन की परिस्थितियों के अनुरूप सुधार और नयी पहलक़दमियाँ अमल में ला सकता था, जो परिस्थितियाँ न्यू यॉर्क/जिनीवा में बैठे लोगों के लिए अकल्पनीय थीं, साथ ही आकांक्षाओं, माँगों, पूर्वाग्रहों, राजनैतिक शत्रुताओं के मद्देनज़र जिनके भीतर मन्त्री मन्त्रिमण्डल में अपनी जगह बनाये रखने के लिए हाथ-पैर मारते रहते थे। इसका मतलब सिर्फ़ वनक्षेत्र में और नदियों के साथ-साथ ऊपर की ओर उन समुदायों में जाना ही नहीं था, जहाँ विकास योजना को स्थानीय स्कूल नयी साझी दुनिया में सूचना तकनीक के उपकरणों के साथ धकेलकर ले जाया जाता दिखायी देता — और जहाँ प्रशासनिक अधिकारी और उसकी सहायक पाते कि गाँवों में बिजली तो थी ही नहीं — बल्कि मन्त्रियों और उनके विभिन्न सहायकों, सलाहकारों, अक्सर अचीन्हे और साफ़ तौर पर प्रभावशाली लोगों के साथ सचेत रूप से मेल-जोल बनाने की ज़रूरत को भी पूरा करना था, जो किसी मन्त्री के चलताऊ बयान को वाक्य के बीच ही से थाम कर चुस्ती से उसका स्पष्टीकरण देने लगते। कौन थे ये आदमी — एक या दो औरतें भी? कैसे इन लोगों से अन्दर के तथ्यों के लिए सम्पर्क साधा जाय, ऐसी चेतावनियों और प्रोत्साहनों के लिए कि मन्त्री के सामान्यीकरणों — अवांछित वास्तविकताओं पर धड़ाम से दरवाज़ा बन्द कर देने — को भेदने के लिए किसे खोजा जाय।

रॉबर्टा को क्षेत्रीय दौरों में मज़ा आता था : उसे अमूर्तीकरण के प्रति सन्देह था। — तब तुम ग़लत संस्था में काम कर रही हो — उसके कैनेडियन प्रशासनिक अधिकारी ने उसे ताना मारा था; लेकिन उनकी मज़े में छनती थी, अधिकारी की पत्नी और किशोर बेटा उसके साथ था, जिसे उसने स्थानीय स्कूल में दाख़िल करा दिया था, बतौर सबूत कि वह जहाँ भी तैनात हो वहाँ के लोगों की ज़िन्दगी में हिस्सा बँटाने के लिए प्रतिबद्ध था। कुँवारी औरत के रूप में (जैसा कि अधिकारी की पत्नी ने उसका नामकरण किया था) रॉबर्टा को उनके घर आने और खाने में शामिल होने का न्योता दिया जाता जहाँ उसी क़िस्म का चाय पिलाने और फ़र्श पॉलिश करने वाला घरेलू सेवक स्कूली लड़के का दोस्त बन

गया था, उसे परम्परागत अफ़्रीकी ढंग से गिटार बजाना सिखाता और बदले में ताज़ातरीन पॉप संगीत सीखता हुआ। सरकारी जमावड़ों और दूतावास की पार्टियों के अलावा प्रशासनिक अधिकारी का निवास ही था, जहाँ सरकार के मन्त्रियों और अधिकारियों, संसद सदस्यों, राजधानी के गण्य-मान्य लोगों, जजों, वकीलों, व्यापारियों की आव-भगत की जाती ताकि संस्था के निर्देशों को पूरा करने के लिए जो भी उपयोगी हो, वह बीना जा सके। कम ही लोग अपनी बीवियों को साथ लाते; कल्याण मन्त्रालय की महिला मन्त्री और दो सांसद ही आम तौर पर वहाँ मौजूद अश्वेत महिलाएँ होतीं और वे पुरुषों की बातचीत में कर्कशता से हस्तक्षेप करतीं, जो उन्हें करना ही था ताकि वे ख़ुद को घर छोड़ दी गयी बीवियों से अलगा सकें। इस संगत में रॉबर्टा ब्लेन, प्रशासनिक अधिकारी और उसकी पत्नी, फ़्लोरा को गोरे होने का कोई ख़ास एहसास नहीं था; तीनों-के-तीनों दुनिया भर में अपने काम के दौरान काली, पीली, सभी तरह की नस्लों के साथ रह चुके थे और ख़ुद अपने शारीरिक लक्षणों को उसी सहजता से स्वीकार करते थे जैसे सीधी या ग़िलाफ़ी पलकों या ऊँची या चपटी नाकों के अन्तर को। उन्हें इस बात का भी आभास था कि उन्हें वहाँ मौजूद सभी गण्य-मान्य अश्वेतों के बीच उसी सहजता से नहीं स्वीकार किया जाता था — भूतपूर्व मालिकों के लिए उन मुखौटों को अलग रख देना जितना आसान है जिन्होंने उनकी मानवीयता को छिपा रखा था, उतना आसान भूतपूर्व ग़ुलामों के लिए मुखौटों के नीचे छिपे चेहरों को पहचानना नहीं था। या यह भरोसा करना कि यह भी कोई नया मुखौटा नहीं है जो भूतपूर्व मालिकों ने धारण कर रखा है।

पहले-पहले कुछ महीनों के दौरान न तो मन्त्रियों ने और न उनके गिर्द मँडराने वाले उपग्रहों ने रॉबर्टा ब्लेन को हस्बमामूल किये जाने वाले आम अभिवादन से आगे सम्बोधित किया था, लेकिन फिर वे कम-से-कम उसके नाम को शामिल करने लगे — जो याद करने के लिए कठिन नहीं था : किसी की सहायक, घरेलू तौर पर उपजायी गयी या आयातित, नज़रन्दाज़ कर दी जाने वाली एक प्रजाति। लेकिन चूँकि उसका प्रशासनिक अधिकारी अक्सर बहुवचन 'हम' का प्रयोग करता और किसी इण्टर्व्यू या क्षेत्रीय दौरे के बिन्दुओं पर रॉबर्टा की व्याख्या के लिए उसकी ओर मुड़ता, गण्यमान्य लोग अगर उसे कल्याण मन्त्री और संसद सदस्यों की संगत के एक हिस्से के रूप में पहचानने की हद तक नहीं पहुँचे — उसका रंग-ढंग उतना कर्कश नहीं था — तो भी कम-से-कम उन्होंने रॉबर्टा को किसी शिष्ट-मण्डल के एक हिस्से, एक और मानद पुरुष के

रूप में स्वीकार करना शुरू कर दिया। उसकी हैसियत की चिन्हानी यह देख कर भी हुई कि वह मन्त्रियों के साथ-ह्विस्की पीती थी, बजाय बियर के जो किसी भी अनुचर का अपेक्षित चुनाव होता। खाने की मेज़ पर रॉबर्टा की बग़ल में बैठा संगी उसकी ओर मुड़ कर रस्मी दिलचस्पी के आम सवाल भी कर सकता था — वह कहाँ से आयी थी? — अंग्रेज़ थी, यक़ीनन? — हमारे देश के बारे में वह क्या सोचती है? — कभी अफ़्रीका में रही थी — पहली बार? — पहली बार। भारत, बांग्लादेश, अफ़ग़ानिस्तान — लेकिन यहाँ नहीं। — आप देख सकती हैं आपका यहाँ स्वागत है, हम अफ़्रीकी दोस्ताना क़िस्म के लोग हैं, ऐसा नहीं लगता आपको? — उनमें एक वकील का जो हाज़िरजवाब और साफ़गो था, सहायता एजेन्सियों के अधिकारियों के साथ मुलाक़ातों के लतीफ़ों और नक़लों से उसके प्रशासनिक अधिकारी को और उसे ख़ुद अपने पर हँसने के लिए मजबूर करता हुआ। — एक बात जो आप विकास फ़ण्डियों को नहीं मालूम है, वह यह कि आपने हम लोगों को शराबख़ानों में कैसे नये चुटकुलों की प्रेरणा दी है। — प्रशासनिक अधिकारी ने इस टाँग-खिंचाई का तुर्की-ब-तुर्की जवाब दिया। — यह अच्छा लक्षण है जब आप सुनें कि आप किसी मख़ौल का निशाना बन गये हैं, मतलब कि आप स्वीकार कर लिये गये हैं। —

वकील ने जिसके होंट खीसें बा देने की उम्मीद में पीछे को मुड़े हुए थे, देखा कि सहायक कुछ कहने वाली थी : — स्वीकार? किस रूप में? समुदाय के एक हिस्से के रूप में? या फिर दानकर्ता और लाभार्थी के बीच खेले जा रहे दृश्य के एक हिस्से के रूप में? —

— आह, इसने ठीक पकड़ा है, मैन! — वकील ख़ुश हो कर पीछे कुर्सी में धँस गया। — क्या यह कॉमेडी सीरियल है, छोटा धारावाहिक जिसमें अन्तर्राष्ट्रीय मुद्रा कोष और विश्व बैंक भूमिकाएँ अदा कर रहे हैं —

प्रशासनिक अधिकारी मज़ा ले रहा था। — अरे, वह आपके तयशुदा खलनायकों वाला नहीं —

इस तरह की ख़ुशनुमा बातचीत तभी शुरू होती जब किसी गिलास पर ठक-ठक यह संकेत देती कि मेज़बान, मन्त्री या अध्यक्ष स्वागत भाषण देने जा रहा था, और व्यापार-दरों, संसद में पेश किये जाने वाले भूमि सुधार क़ानूनों, मर्कासर, साडेक और यूरोपीय संघ की कार्रवाईयों पर ताज़ा घोषणाओं या 'लम्बित' घोषणाओं (विकास सम्बन्धी विषयों की अपनी ही बोली-बानी होती है)

की चर्चा खाने और पीने के कौशल के दौरान, बिना इस घटिया काम के प्रति जागरूक होने को ज़ाहिर किये, सम्मानपूर्वक सुनी जा चुकी होती या उसका प्रतिवाद किया जा चुका होता। (सुनने वाले दृढ़तापूर्वक सुने जाने वालों में ख़ुद को तब्दील करते हुए)।

तभी यह होता कि जो भी सब लोग पी रहे होते वह व्यक्ति को उसके अन्दर बैठे अधिकारी की गिरफ़्त से रिहा कर देता; मेल-जोल की तरंग में आवाज़ें ऊँची हो जातीं। प्रशासनिक अधिकारी की सहायक को अपनी बाँह पर किसी हाथ का एहसास होता या उसकी नज़रें किसी जायज़ा लेने वाली मुस्कान से दो-चार होतीं — क़तई बुरी नहीं, यह सहायता संस्था वाली औरत, मांस पर वह सुर्ख़ी जहाँ छातियाँ मांस को लिबास के ऊपर उठा देती थीं।

लेकिन ऐसे क्षण ज़्यादा नहीं थे, उसे लोग परेशान नहीं करते थे; और यह शायद क़ाबिले-तारीफ़ नहीं था। पहले की ज़िम्मेदारियों के दौरान, दुनिया के दूसरे हिस्सों में, बात थोड़ी अलग रही थी। वह रवैया जो उसने बिना नाराज़ किये, अवांछित लोगों को आगे बढ़ने से रोके रखने के लिए ज़ाहिर करना सीख लिया था (सहायता संस्था के काम में, सब चीज़ों से ऊपर, कूटनीति का होना मानी हुई बात थी, मददगार एजेन्सी और लाभान्वित होने वाले देश के लोगों के बीच बराबर की साझेदारी के फ़लसफ़े में व्यक्तिगत भावनाओं की रियायत देनी ज़रूरी थी) : इस सुरक्षा उपाय की ज़रूरत यहाँ मुश्किल से ही पड़ती थी; इस बार नहीं; अब बिलकुल नहीं।

एक आदमी ऐसा भी था — पक्का पता नहीं था कि वह क्या था, किसी सहायक मन्त्री का सहायक या किसी-न-किसी मन्त्रालय में महानिदेशक — जो किसी सम्मेलन के दौरान मेज़ के गिर्द बैठे हुए उससे सलाम-दुआ भी नहीं करता था; सरकारी पदों पर बैठे उन लोगों में से एक जिन्हें अमहत्वपूर्ण लोग नज़र नहीं आते : दृष्टि का एक मामूली दोष। यही वजह थी कि वह उस आवाज़ को सुन कर नहीं मुड़ी थी, उसने सोचा था कि गलियारे में किसी और को सम्बोधित किया जा रहा था, जब वह आदमी कह रहा था, जैसे ही उसने उसे अपनी बग़ल में आ कर बराबर से बढ़ते हुए पहचाना : — क्या आप एक ड्रिंक लेने चलेंगी? — क्षण भर रुक कर उसने रॉबर्टा का नाम जोड़ा : — आप मिस ब्लेन हैं। — मानो पहचान की पुष्टि कर रहा हो।

— माफ़ कीजिए... मैंने...—

शिष्टता से तेज़-तेज़ चलते लोग उन्हें अपने साथ बहाये लिये जा रहे थे, नदी की धारा में फँसे तिनके। — यह रहा बार। —

वह इतने औचक में पकड़ी गयी थी कि वह उस आदमी के साथ ऐसी स्कूली लड़की की तरह भागती हुई चल रही थी जिसे बुलवा भेजा गया हो। उस आदमी और उसकी पिछलगुआ की वही ख़ास आव-भगत की गयी जो सरकार से जुड़े किसी भी चेहरे को पहचान कर बेयरों और बारमैनों द्वारा भेद-भाव के बिना की जाती। आदमी ने मेज़वाला एक कोना रद्द कर दिया और तत्काल ही उससे दूसरी मेज़ों में से चुनने की पेशकश की गयी; सिर्फ़ बार के आगे रखे स्टूल ही घिरे हुए थे। रॉबर्टा को उसका नाम नहीं याद आ रहा था और वह यह नहीं समझ पा रही थी कि बातचीत कैसे शुरू करे क्योंकि आदमी की चुप्पी यह संकेत देती लग रही थी कि उससे इसकी अपेक्षा थी। बेयरा आया, आदमी ने उसकी ओर देखा : उसने उसे स्कॉच का आदेश दिया जो वह आम तौर पर लेती थी और आदमी ने बेयरे से कहा : — दो डबल पेग और क्या है साथ में — चिप्स, मूँगफली। — उसने चिप्स लौटा दिये क्योंकि वे बासी थे। फिर उस आदमी ने बोलना, सम्बोधित करना शुरू किया — हाँ, वह उसे ही सम्बोधित करता रहा था, कर रहा था — अब, जो रॉबर्टा ने अपने प्रशासनिक अधिकारी के अनुरोध पर अभी-अभी ख़त्म हुई बैठक में कहा था, उसके बारे में सवाल पूछते हुए। अगर इन सरकारी बैठकों में उसने रॉबर्टा की ओर नहीं देखा था या उसकी मौजूदगी से अवगत होने का कोई आभास नहीं दिया था, तो भी लगता था कि वह — रॉबर्टा इस तवज्जो से ग़ाफ़िल थी, जैसी ग़फलत उस आदमी ने ख़ुद उसके वजूद को ले कर प्रकट की थी — रॉबर्टा की ओर से दिये गये एजेन्सी के प्रति पाबन्दी से सच्चे बयानों को सुनता रहा था। बैठक के दौरान, ग्रामीण विकास में नक़दी फ़सलों और जीवन-निर्वाह की फ़सलों के अनुपात को ले कर गर्मा-गरम बहस हुई थी, ख़ास तौर पर उन नक़दी फ़सलों के सिलसिले में जिनमें निर्यात होने की सम्भावनाएँ थीं। वह जानना चाहता था कि एजेन्सी ने जिस सन्तुलन की सिफ़ारिश की थी उसकी मात्रा कैसे तय की गयी थी, और कैसे, दूसरे विकासशील देशों में ग्रामीण जनता को क़ायल किया जा सकेगा कि (उसके पास सरकार की अलिखित बाल-पोथी से बनी-बनायी शब्दावली तैयार थी) यही प्रगति का पथ था।

वह इस संयत, निर्वैयक्तिक आदमी के साथ बार में बैठी थी, लेकिन उसने ह्विस्की के दो अच्छे घूँट ले रखे थे जिन्होंने उसे इस दूरी के पार मुस्कराने

के क़ाबिल बना दिया। — निश्चय ही। आप किसी को पोषण से भरपूर अनाज और आलू उगाने के लिए कह कर देखिए जब उसकी इच्छा तम्बाकू के पत्ते बेच कर टी०वी० लेने की हैसियत हासिल करने या इतनी नक़दी कमाने की हो कि एक पुरानी कार, नये कपड़े ख़रीद सके! और नशे वाली फ़सलों, गाँजे से होने वाली भारी आमदनी के बारे में क्या ख़याल है... —

लेकिन बियर से गँधाते उस अँधेरे कोने में, जो औपनिवेशिक शासन के दौरान अंग्रेज़ी शराबख़ाने की ललक-भरी याद में बनवाया गया था, उस आदमी की ओर से बातचीत उस दोपहर की बैठक को मानो जारी रखते हुए संचालित की जा रही थी जहाँ एजेन्सी की कार्यसूची (गुप्त कार्यसूची जैसा कि शब्दावली की पुस्तिका इन्हें परिभाषित करती है) और सरकार का जवाबी एजेन्डा गुंजाइशों के लिए खींचा-तानी कर रहे थे। उसके प्रश्नों के सन्दर्भ से रॉबर्टा यह जानने में सफल हो गयी कि वह भूमि सम्बन्धी मामलों के मन्त्रालय में उप-महानिदेशक था, मन्त्री-के-दायें-हाथ, महानिदेशक-का-दायाँ-हाथ। जब बेयरा मँडराने लगा तो उस आदमी ने ह्विस्की के दोनों ख़ाली गिलासों के ऊपर हाथ लहराते हुए उसे परे भेज दिया; रॉबर्टा ने अटकल भिड़ायी कि क्या वह अपेक्षा करता था कि वह स्वीकार करेगी यह सत्र पूरा हो चुका था और उठ खड़ी होगी या यह धृष्टता जान पड़ेगी — एजेन्सी के क़ायदे के मुताबिक़ ऐसे फ़ैसलों में सरकारी पहलक़दमी का आदर किया जाना ज़रूरी था। लेकिन वह हिकमत से यह इशारा कर सकती थी कि जाने का वक़्त हो चुका था : अपने मेज़बान के सामने अपने प्रशासनिक अधिकारी का उल्लेख करने में उसकी ओर से कुछ स्वीकार्य समापन जैसा था : — मैं जानती हूँ कि मिस्टर हेण्डरसन को हमारी सफलताओं — और हमारी समस्याओं — के बारे में आपसे बात करके बहुत ख़ुशी ही होगी! अफ़ग़ानिस्तान, कोलम्बिया...ऐसा कुछ नहीं है जो उनके अनुभवों में शामिल नहीं है—

वे साथ-साथ बाहर आये थे। गलियारा, ह्विस्की के गिलासों की तरह ख़ाली हो चुका था; उन्होंने विदा ली और फिर जैसे बहुत बुनियादी शिष्टाचार को याद करके उप-महानिदेशक ने अपना हाथ मिलाने के लिए उसकी तरफ़ बढ़ाया।

रॉबर्टा ब्लेन ने अपने प्रशासनिक अधिकारी को बताया कि भूमि सम्बन्धी मामलों के मन्त्रालय के उप महानिदेशक ने जीवन निर्वाही फ़सल-नक़दी फ़सल के विवाद को ले कर कुछ और प्रश्नों के साथ उससे सम्पर्क किया था; हेण्डरसन

ने कहा कि वे उस आदमी से सम्पर्क बढ़ाने के सिलसिले में आगे क़दम बढ़ाने की ज़िम्मेदारी ले सकते थे, उस दोपहर की बहस में उसने बढ़ कर हिस्सा नहीं लिया था, न ही दूसरे सत्रों में उसकी तरफ़ से कुछ ज़्यादा सुना गया था जहाँ उम्मीद की जाती थी कि वह खुल कर अपनी बात कहेगा, हुँह? — लेकिन मन्त्रिमण्डल में पीछे से कौन प्रभावशाली था या नहीं था, इसके बारे में कोई कुछ जानता नहीं था। क्या बताया था उसका नाम?

दस दिन बाद एक शनिवार को वह अपने बाल सुखा रही थी कि एक सेक्रेटरियों जैसी आवाज़ ने उसे सूचित किया कि भूमि सम्बन्धी मामलों के विभाग के उप-महानिदेशक उससे मुलाक़ात करने चल चुके थे; क्या यह सुविधाजनक था। लेकिन यह एक सूचना थी, प्रश्न नहीं। उसने मुश्किल से बालों में कंघी की थी और नंगे पैर सैण्डलों में डाले थे कि उसे हॉर्न की आवाज़ सुनायी दी और उसने उस आदमी को एड़ियाँ उछालते हुए फाटक खोलने के लिए दौड़ते देखा जो सुबह चाय के साथ उसे जगाता था और फ़र्श पर पॉलिश करता था। लक्ज़री मॉडल की एक काली कार, जैसी मन्त्री स्तर से ठीक नीचे के अधिकारियों को मुहैया करायी जाती थी, बजरी पर आवाज़ करती हुई अन्दर आयी, सामने के दरवाज़े पर भूमि सम्बन्धी मामलों के उप-महानिदेशक को उतार कर, घरेलू नौकर की हिदायत पर घूम कर अहाते में चली गयी।

उसने दरवाज़ा खोल रखा था : और वहाँ मौजूद था वह, उप. महानिदेशक ग्लैडवेल शैडरैक चाब्रुमा, अब भी पूरी तरह सूट डाटे, जैसा कि वह सरकारी अवसरों पर डाटे रहता था, हालाँकि वह शनिवार का दिन था। उन्होंने फिर हाथ मिलाये। वह उसे बैठक में ले आयी। — हो सकता है आप किसी और समय इस मकान में आये हों — जब चक हैरिस यहाँ एजेन्सी का बन्दा था, अपने दल के साथ? बहरहाल, आप शायद इस जगह से तो परिचित ही होंगे। —

— शुक्रिया। नहीं, मुझे इस मकान में आने का मौक़ा नहीं मिला, पर निश्चय ही मैं मिस्टर हैरिस और उनके लोगों को जानता था। मैं उस दौरान कृषि मन्त्रालय में था।

—ख़ैर, वह उम्दा तैयारी रही होगी, भूमि सम्बन्धी मामलों के लिए। मैं चाय मँगवाती हूँ — या आप कॉफ़ी पसन्द करेंगे? —

—कुछ भी। हाँ, मैं मानता हूँ वह तैयारी के लिए अच्छी जगह थी, लेकिन समस्याएँ अलग हैं, कृषि की, हाँ — वे ज़मीन की मिल्कियत के सवाल

के बाद आती हैं —

वह उस गलियारे पर पहुँच गयी थी जो रसोई-घर की तरफ़ जाता था। लेकिन जब यह आदमी जो कामकाजी नाश्तों और बैठकों में अल्पभाषी रहता था, आख़िर में बोलना शुरू करता तो वह किसी रुकावट की अपेक्षा नहीं रखता था। रॉबर्टा को वहीं मँडराते रहना था।

— वह मन्त्रालय जहाँ मैं...तैनात था...पहले-कृषि मन्त्रालय, वहाँ हमें हमेशा इसका सामना करना पड़ता था, खेती के बेहतर तरीक़े विकसित करने, नयी फ़सलों से लोगों को परिचित कराने, वग़ैरा, वग़ैरा, के दृष्टिकोण से शानदार मौक़े — दूसरे देशों के विशेषज्ञों की बेहतरीन जानकारी, संस्थाएँ और वह सब-कुछ। लेकिन हर जगह इस सबको छोटे-छोटे खेतों में लागू करना, जो जीवन निर्वाह की खेती के सिवा और किसी भी काम के लिए बहुत छोटे थे — ज़मीन कहाँ है। —

— अरे, हम इसे वहाँ, जिसे मेरा बॉस हमारा आउटफ़िट कहता है, बहुत अच्छी तरह समझते हैं — हम जानते हैं कि जब तक उन ज़मीनों को, जो औपनिवेशिक ज़माने में आप लोगों से ले ली गयी थीं, फिर से दावेदारी करके हासिल नहीं किया जाता तब तक वे बड़ी कृषि परियोजनाएँ जिनकी सलाह हम देते हैं, उत्साह और जोश के आगे नहीं जा सकतीं...आपके उत्साह ओर जोश के भी, अगर हम आपको क़ायल कर दें कि वे अच्छी हैं...इसीलिए हमें उन परियोजनाओं पर नज़र रखनी है जो हम इस समय चालू कर सकते हैं। सामुदायिक योजनाएँ जिन पर उन छोटे-छोटे खेतों के लोग साथ मिल कर काम कर सकते हैं — ओह, आप यह सब पहले ही सुन चुके हैं —

वह चाय का आदेश देने के लिए चल दी, शब्द उसका पीछा करते रह गये।

रसोई-घर में उसने एक वर्दीधारी ड्राइवर और भारी कन्धों वाले दो आदमियों को देखा जिनकी पेटियों में हथियार बँधे थे और कानों में होशियारी से लगाये गये संचार उपकरण थे — अंगरक्षकों की नुमाइश जैसे फैली हुई पूँछ मोर की नुमाइश होती है। वे रसोई-घर की मेज़ के गिर्द बैठे पहले ही से घरेलू नौकरों के बड़े-बड़े मगों में चाय पी रहे थे। उसका नौकर मेज़बानों की-सी फुर्ती से उनके पास मँडरा रहा था, लेकिन फ़ौरन ही ट्रे पर कलफ़ लगी जालीदार चटाई जैसा कुछ बिछाने लगा जिसमें वह चाय का सामान रख कर उसके और

उसके प्रतिष्ठित अतिथि — सरकारी आदमी — के लिए लाने वाला था।

मेहमान चाय पेश किये जाने की रस्म को नज़रन्दाज़ करता हुआ, बोलने से पहले अब भी उसी वाक्य पर अटका हुआ जान पड़ा जो गलियारे में पीछे छूट गया था। यह बेआरामी हो सकती थी या फिर हैसियत का आत्म-विश्वास। उसे बन्द चेहरे का वरदान-सा मिला हुआ था जिसे रॉबर्टा के अनुभव में रंग का साँवलापन अबूझ बना देता था और ईर्ष्या पैदा करता था। चीनियों की रहस्यमयता इसके नज़दीक नहीं फटकती थी। उसका रंग बहुत काला था — वहाँ ख़ून में औपनिवेशिक मिलावट का कोई चिन्ह नहीं था।

— आप प्रगति से सन्तुष्ट हैं? —

क्या उसका मतलब देश की प्रगति से था या देश के भीतर एजेन्सी के प्रयासों से? बचाव इसी में था कि उसे एजेन्सी की कोशिशों के सन्दर्भ में लिया जाय। — कैसे हो सकते हैं हम ? हमेशा और अधिक उपलब्ध करना चाहते हैं, हमेशा महसूस करते हैं कि हम और अधिक कर सकते थे। प्रगति धीमी है...हमारा ढंग यह सीखने का है कि यहाँ किस चीज़ की ज़रूरत है, ठीक वहीं जहाँ हम हैं —

— तुलना करने पर कैसा लगता है?—

तो उसका मतलब उसके देश से था। क्या उसे किसी ने भेजा था — एक और छिपा हुआ एजेन्डा — सन्देह न करने वाली एक औरत से कुछ हासिल करने की कोशिश जो ऊँचे पद पर नहीं थी लेकिन जिसे जानकारी थी और अनुदान के प्रशासनिक अधिकारी के निकट थी।

इस औरत के साथ इतना आसान नहीं होगा, उस आदमी को पता चल जाने वाला था; और उसे सोचने दो कि क्या वह इतनी मासूमियत से बेवक़ूफ़ थी कि यह भाँप नहीं पा रही थी वह चाहता क्या था, या इस तरह कुटिल राजनैतिक दाँव-पेंच में इतनी सावधान और अनुभवी थी कि उसे सफल होने दे। उसने एजेन्सी के तयशुदा जवाब दिये थे, सरकार की ओर से उद्देश्यों की साझेदारी की आश्वस्तकर प्रशंसा, अपने लोगों की निर्विवाद जानकारी, जो वर्तमान की सम्भावनाओं को प्रभावित करने, निर्देशित करने में उनके इतिहास का बुनियादी तत्व था, आदि। यह सब उसकी नज़र में उन दूसरे इलाक़ों की तुलना में काफ़ी अच्छा था जहाँ एजेन्सी ने काम किया था (उसकी ज़बान सतर्क शीघ्रता से 'बहुत' कहने से रुक गयी थी।)

— और आप हमेशा मिस्टर हेण्डरसन के साथ थीं, लिहाज़ा आपके लिए भी, आप उनकी राय जानती होंगी। —

— हमेशा नहीं। लेकिन पिछले कुछ बरसों से। मुझे उनसे ख़ुश-क़िस्मती से बहुत कुछ सीखने का मौक़ा मिला है। अनुभव करने का भी। —

और अगले आध घण्टे या उससे कम वक़्त तक विषय — जो भी वह था — और आगे नहीं बढ़ा। उसने अपनी धारीदार कमीज़ की आस्तीन को — जो उसके कोट की आस्तीन से सही लम्बाई तक निकली हुई थी — ऊपर खींचने और अपनी घड़ी पर नज़र डालने की आवश्यक भूमिका निभायी। — मुझे एक बैठक में जाना है। —

उसने दो घण्टे के सफ़र की दूरी पर एक और प्रान्त का नाम लिया।

रॉबर्टा ने उसके लोगों के लिए रसोई-घर की तरफ़ आवाज़ दी और उन ख़ामोश पलों के दौरान जब वे साथ-साथ सामने के दरवाज़े की तरफ़ जा रहे थे उन्हें ड्राइवर और अंगरक्षकों और उसके घरेलू नौकर के बीच ऊँची हँसी के साथ विदा लेने-देने की आवाज़ें सुनायी दीं।

जैसे ही वह अहाते से फ़र्राटे के साथ लायी कार में बैठने को था, वह मुड़ा। — मुझे उम्मीद है मैंने आपके साप्ताहिक अवकाश में ख़लल नहीं डाला होगा।

शिष्टाचार ने सहज बोध से उसे प्रेरित किया, वह विरोध करते हुए बरामदे से आगे बढ़ी, अपना हाथ उसकी ओर बढ़ाये।

बैठके में वह उदास-सा ख़ालीपन था जो किसी वक़्ती पड़ाव के बाद रह जाता है। उसमें कोई बैठक नहीं हुई थी : बैठक सिर्फ़ वही राजनैतिक मुलाक़ात थी जिसके लिए जाते हुए वह आदमी रास्ते में रुक गया था। लेकिन घरेलू नौकर टोमासी उन सरकारी मेहमानों की आव-भगत करके इतना खिला हुआ था कि रसोई-घर में कान-फाड़ू शोर के साथ अपना काम-धाम करते हुए उसने भारी स्वर में गुनगुनाना जारी रखा था।

यह तो जब वह इतवार को हेण्डरसन के घर लंच पर जा रही थी कि अचानक उसे याद आया था कि उस दोपहर ह्विस्की के एक अकेले गिलास के बाद उसने उस आदमी को बताया था कि प्रशासनिक अधिकारी को उससे बात करके ख़ुशी ही होगी; लेकिन ऐलन हेण्डरसन ने उसे उप-महानिदेश की सुविधा

के अनुसार मुलाक़ात का वक़्त तय करने के लिए नहीं कहा था, और रॉबर्टा ने उसको इस बात की याद भी नहीं दिलायी थी। शनिवार को उप-महानिदेशक के आने के पीछे *यही* अनकहा सन्देश था!

उसे और उसके प्रशासनिक अधिकारी को, खिलवाड़ में लेकिन दृढ़ता से, अधिकारी की पत्नी ने, अपने ही शब्दों में, इतवार को एजेन्सी की बातों की जुगाली करने से मना कर रखा था। लेकिन जिस बीच प्रशासनिक अधिकारी की सहायक और उसका बॉस टेनिस खेलने के दौरान मिश्रित युगल के मैच के ख़त्म होने का इन्तज़ार कर रहे थे, उसने इस मौक़े का फ़ायदा उठा कर अपने बॉस को शनिवार की मुलाक़ात के बारे में बताया था — बेशक उस आदमी ने यह जानना चाहा था कि एजेन्सी के प्रशासनिक अधिकारी ने उससे सम्पर्क क्यों नहीं साधा था, उसने नाख़ुशी ज़ाहिर की थी। यह रॉबर्टा की ओर से फ़र्ज़ में कोताही थी, सचमुच! — मैं इसीलिए तो हूँ, यह देखने के लिए कि जो संकेत मुझसे किये जायँ उन्हें तुम अमल करने के लिए ग्रहण कर लो! —

उन्हें मैदान में बुलाया जा रहा था। — डबल्स में कोई मदद नहीं! — अधिकारी की पत्नी फ़्लोरा की पुकार। वे नक़ली तत्परता से उछल कर अपने पैरों पर खड़े हो गये।

रॉबर्टा ने असली काम को जल्दी से किया और उस दिन और वक़्त को तय करने के लिए उप-महानिदेशक की सेक्रेटरी को फ़ोन किया, जब प्रशासनिक अधिकारी उनके दफ़्तर पर आयें। या क्या उप-महानिदेशक मिस्टर हेण्डरसन के साथ दोपहर का भोजन करना पसन्द करेंगे? दोनों सूरतों में से जो भी।

ऐलन हेण्डरसन मुख्यालय में कुछ ख़ास हिदायतें दिये जाने के लिए वापस न्यू यॉर्क गया हुआ था और रॉबर्टा के सिर पर उस काम का बेपनाह बोझ था जो एक लम्बे अर्से से अनकहे तौर पर रज़ामन्दी से तय था कि वह हेण्डरसन की-सी कुशलता से कर सकती थी — उन अनुरोधों पर जवाब को टालते हुए जिन्हें हेण्डरसन की लौटानी तक रोके रखना था। वह फ़ोन पर उसके साथ सात घण्टों के समय के अन्तर को पार करते हुए एक ऐसे समय बात कर रही थी, जब उसने थोड़ी-सी नींद की उम्मीद की हुई थी। कम्प्यूटर की स्क्रीन, वॉयस मेल, ई-मेल, सेल फ़ोन के बुलावे : जब वह आख़िरकार घर पहुँची तो वह फिर चार दीवारों की क़ैद बरदाश्त करने को तैयार नहीं थी और उसने अपने को बगिया

के गिर्द और ऊपर और नीचे चहल-क़दमी करते पाया जो इस क़दर बेतरतीबी से जगह को घेरती हुई बढ़ गयी थी कि वह उस जानवर जैसा महसूस कर रही थी जिसे कसरत करने के लिए बाड़े में खुला छोड़ दिया गया हो। हाज़िर जवाब विनोदी वकील के यहाँ पाटी र्थी जहाँ वह हेण्डरसन की बीवी फ़्लोरा के साथ आमन्त्रित थी; वह इतना थका महसूस कर रही थी कि उसे उम्मीद नहीं थी कि पार्टी का मज़ा ले सकेगी, लेकिन वह फ़्लोरा को निराश नहीं करना चाहती थी। सुबह के समय वह आधे मन से अपने कपड़ों को उलट-पलट कर शाम का लिबास चुनने के लिए देख रही थी जब टेलीफ़ोन की घण्टी बजी। दक्षिणी गोलार्द्ध में सुबह-सबेरे, दुनिया के उस पार आधी रात का समय; ऐलन नहीं होगा, भगवान का शुक्र है।

उस तरफ़ वही आवाज़ थी जो हमेशा किसी और को सम्बोधित करती जान पड़ती थी : *कौन, मैं ? रॉबर्टा ब्लेन, हाँ, बोल रही हूँ।* मानो वह कोई और हो सकती थी, अगर बरकनदाज़ टोमासी न होता तो; या क्या वह आदमी इस ख़याल में है कि मैं अकेली नहीं रहती।

क्या वह देहात की सैर पर चलना पसन्द करेगी, पूर्वी इलाक़े के गँवई-गाँव का कुछ नज़ारा लेने के लिए, — मुझे नहीं लगता आप कभी वहाँ —

— ओह ! ओह...कब। —

— आज। मैं साढ़े नौ बजे आपके घर से आपको ले सकता हूँ। या फिर दस बजे। जो आप चाहें। वह काफ़ी दूर है, बहुत देर से चलना ठीक नहीं। —

ऐलन हेण्डरसन के अमरीका जाने से पहले हेण्डरसन से उसकी मुलाक़ात हो चुकी थी, लिहाज़ा उतना सम्पर्क काफ़ी था। लेकिन अचानक उस उलझी, मनहूस बगिया से खुली फ़िज़ा, घास और हवा में बाहर निकल आने का ख़याल, लोगों द्वारा ज़रूरत से ज़्यादा खींची-छोड़ी और एयर कण्डिशनर द्वारा ध्वस्त न की गयी हवा की गन्ध और स्पर्श — उचित जवाब आप-से-आप चले आये, किसके लिए इसकी कोई फ़िक्र नहीं। — बढ़िया, चलना पसन्द करूँगी, शुक्रिया, क्या दस बजे सम्भव है? मैं रात बहुत सो नहीं पायी, देर से उठी...—

पार्टी के लिए चुनी गयी सिल्क की नफ़ीस पतलून की जगह उसने जीन्स निकाली जो आम तौर से वीक एण्ड पर पहनी जाने वाली उसकी दूसरी जीन्स से कम घिसी हुई थी; सैण्डलों की जगह चमड़े के फीते वाले बूट, 'देहात' में हो सकता था थोड़ा दुर्गम पैदल चलना हो, कम-से-कम वह इसकी उम्मीद लगाये

हुए थी।

वह अपनी निजी कार को ख़ुद चलाता हुआ आया था। वह भी लक्ज़री मॉडल थी, पर थोड़ा पहले की। गहरे रंग का थ्री-पीस सूट उतार दिया गया था; फ़्लोरा स्थानीय *'माहिर दर्ज़ी और पुरुषों के लिबास बनाने वाले'* हिन्दुस्तानी की बीवी को जानती थी; यह दर्ज़ी संसद सदस्यों के इस हल्के-से अन्तर वाले लिबास को हाथ से बना कर अच्छे पैसे कमाता था। उप-महानिदेशक ने ख़ाकी पतलून और खुले गले की नीली कमीज़ पहन रखी थी, लेकिन उसके व्यवहार की औपचारिकता में कोई तबदीली नहीं थी। उसने सवारी वाला दरवाज़ा रॉबर्टा के लिए चौपाट खोले रखा और वह चहचहाती हुई आराम से अन्दर बैठ गयी, और टोमासी, स्पष्ट रूप से इस महत्वपूर्ण मुलाक़ाती के फिर से प्रकट होने पर हर्षित, कार को फाटक से बाहर जाते देखता रहा, जिसके भीतर उसका राज्य था चाहे एजेन्सी के जो भी आने-जाने वाले उसमें बसेरा करते रहें।

— आपके यहाँ, आपके घर, वहाँ इंग्लैण्ड में आप शहर के बाहर खुले देहात में रहती हैं, आपको देहात की ज़िन्दगी इतनी पसन्द है, मिस ब्लेन? —

वह हँसी। — आप सारा दिन मुझे 'मिस' बुला कर दम दिलाते नहीं रह सकते — प्लीज़, मुझे रॉबर्टा कहें। —

उसने यह तब तक नहीं आज़माया जब तक कि उन्हें सफ़र करते कुछ समय नहीं हो गया और यह साफ़ था — उसके स्वर ने यह स्पष्ट कर दिया — कि नाम के इस इस्तेमाल को स्वाभाविक अन्तरंगता के रूप में नहीं लिया जाना था। उसका ख़याल सही था कि प्रशासनिक अधिकारी के साथ किये गये क्षेत्रीय दौरे इस दिशा में नहीं किये गये होंगे; यह उसके लिए रॉबर्टा को उस देहाती इलाक़े के बारे में जानकारी देने का सुविधाजनक मौक़ा था जिससे हो कर वे गुज़र रहे थे, उन लोगों के बारे में जो वहाँ रहते थे — बाढ़ के कारण कुछ साल पहले पश्चिम से लोगों का यहाँ आ बसना, दक्षिण से हाल के सूखे की वजह से लोगों का आना, यह गाय-बैल वाला इलाक़ा था, मैदानों में मक्का, लंगूर भी, हाँ, (रॉबर्टा का ख़याल था उसने चट्टानों पर किसी चीज़ को हिलते देखा था) और कभी-कभी तेंदुआ भी पहाड़ों में। लेकिन ज़्यादातर तेंदुए बन्दूकों का शिकार।

— यूरोप में महिलाओं के लिए खाल के कोट ?—

— मैं यह तो नहीं कहूँगा। इस इलाक़े में तस्करों पर हमने काफ़ी

नियन्त्रण कर लिया है। बड़े जानवर तो बहरहाल सचमुच बहुत पहले ख़त्म हो गये थे जब अंग्रेज़ यहाँ थे। वर्षों तक उनके गवर्नरों की शिकार पार्टियाँ। —

औपनिवेशिक युग की भर्त्सना, चाहे कटु हो या महज़ उपहास-भरी, सरकारी और दूसरे गण्य-मान्य लोगों के हलक़ों में एक तयशुदा विषय था, जिसमें एजेन्सी भी अक्सर भाग लेती। ऐलन हेण्डरसन हमेशा अपने गिलास को ऊँचा उठाते हुए—शुक्र है मेरे सितारों का, मैं अंग्रेज़ नहीं हूँ — कह कर हँसी का एक फ़व्वारा पैदा कर सकता था। इससे कोई फ़र्क़ नहीं पड़ता था कि उसकी सहायक अंग्रेज़ थी; उसकी कोई अहमियत नहीं थी। ऐसे मौक़ों पर रॉबर्टा के अलावा उप-महानिदेशक ग्लैडवेल शैडरैक चाब्रुमा भी मौजूद रहा था; लेकिन उसने इतिहास को ले कर फ़िरंगी गवर्नरों के बारे में चलते-चलते कसे गये इस मौजूदा जुमले से ज़्यादा कोई कड़वी टिप्पणी नहीं की थी। क्या यह आदतन अल्पभाषी होने की वजह से था? या यह चरित्र की दृढ़ता का संकेत हो सकता था : वर्तमान के हर अभाव के लिए अतीत के गिर्द मँडराते रहने की आसक्ति से किनाराकशी; शायद क्षमा कर देने की कृपा भी — उन्हीं 'फ़िरंगियों' पर यह अनुग्रह किया जा रहा था कि वे और अधिक 'आसान' क़र्ज़े उपलब्ध करा के भरपाई कर सकें। प्रगति का पथ। वह इस आदमी को नहीं जानती थी; उस हद तक भी नहीं जितना वह उसके कुछ सहकर्मियों को उस पेशेवर तवज्जो के ज़रिये जानती थी जो उनमें से अधिकांश मुखर रूप से व्यक्त करते थे।

वहाँ ठीक उसी क़िस्म के गाँव थे जहाँ एजेन्सी निवासियों के साथ स्थानीय परियोजनाओं में हिस्सा लेती थी; वह उसे ईंट बनाने की उस सफल योजना के बारे में बता सकती थी, अगर उसे संयोग से पता न हो, जिसमें वे औरतें शामिल थीं जिनके पतियों ने एक पुरानी कोयला खदान के बन्द होने पर रोज़गार गँवा दिया था — औरतों ने एक स्कूल और एक दवाख़ाना बनाने के लिए आदमियों को ईंट मुहैया करायी थीं और अतिरिक्त उत्पादन को अपनी रोज़ी-रोटी चलाने के उद्देश्य से बेचना शुरू कर दिया था। प्रगति का पथ। ख़ैर...इंच-दर-इंच। अब की दफ़ा समुचित प्रशंसा से आश्वस्त करने की बारी उप-महानिदेशक की थी; भूमि अधिग्रहण बड़े पैमाने पर, एक मुश्किल मुहिम (पहली बार उसने अपनी आँखें सड़क से हटा कर उसकी तरफ़ देखा और वह समझ गयी कि उसका अनकहा इशारा एक पड़ोसी देश में जनता द्वारा गोरे किसानों की ज़मीन पर किये गये ज़बरदस्ती क़ब्ज़े की तरफ़ था)। — छोटा सुन्दर है। यह भी है। है न। — और वह मुस्कराया, उसने बग़ली देखा, उसका ध्यान सड़क पर था। आगे, थोड़ी

दूर पर ही एक गाँव था और एक बड़े-से साइन बोर्ड के नीचे दुबकी हुई दुकान — **बामजी स्टोर — कोका कोला पियो — पीटर स्टूयेवेसैण्ट।** — क्या पीना पसन्द करेंगी? — उसने दुकान के पास कार खड़ी कर दी।

वह मज़े में थी, कुछ नहीं चाहिए था, शुक्रिया।

जिस बीच वह दुकान में था, बच्चे जो हर जगह एजेन्सी के काम के दौरान उसकी हरक़तों, उसकी ज़िन्दगी की चित्र-शृंखला थे, धीरे-धीरे कार के गिर्द इकट्ठा हो गये। हमेशा वैसे ही बच्चे होते थे। उनकी काली चमड़ी मानो रेगमार से सलेटी रंग की कर दी गयी, उनकी बहती नाक और शर्मीली खी-खी। एक या दो चुपचाप उसकी खिड़की तक आ गये; यह उनका माँगने का तरीक़ा था। उसने उप-महानिदेशक से क्या माँगा होता? इनके आगे उसकी कौन-सी ज़रूरत हो सकती थी भला? कुछ भी मुफ़्त देना एजेन्सी की नीतियों में शामिल नहीं था; दान-धरम कोई हल नहीं है, हालाँकि जब आप मुँह खोलते हैं और उससे 'सशक्तिकरण' 'विकास' जैसे शब्द बाहर आते हैं तो दीन-वत्सलता हल का एक हिस्सा हो सकती है। वह इस समय ड्यूटी पर नहीं थी; उस आदमी ने उप-महानिदेशक का अपना लिबास नहीं पहना हुआ था : रॉबर्टा ने अपने बटुए में कुछ बेकार चिल्लर के लिए टटोला जिसे वह उसके आने से पहले बच्चों को दे सके।

उसने अपने हाथों में प्लास्टिक की जो पन्नियाँ उठा रखी थीं उनसे बोतलों के सिरे अँखियाँ झलका रहे थे और एक अनानास का किंगरीदार जूड़ा बाहर को निकला हुआ था। कार के शीशे में रॉबर्टा ने उसे कार की डिकी में सामान रखते देखा। जब वह चालक के आसन पर बैठा उसने रॉबर्टा को सोडे की बोतल थमायी। — मिनरल वॉटर नहीं था... मुझे अफ़सोस है, न कप, न गिलास —

और अब रॉबर्टा को उप-महानिदेशक को नाम से सम्बोधित न करना हास्यास्पद लगा, अशिष्टता भी, भले ही उसकी इजाज़त के बिना। — गिलास की किसे ज़रूरत है, ग्लैडवेल, बहुत शुक्रिया — मुझे प्यास लग रही है आख़िरकार। — उसने सिर पीछे को झुकाया और उसके गाड़ी चलाने के दौरान सोडे के घूँट भरे; फिर रुक कर अपनी कमीज़ से बोतल का मुँह पोंछा और स्टीयरिंग पर रखे उसके हाथ की तरफ़ बोतल बढ़ायी, लेकिन उसने हाथ स्टीयरिंग पर रखे-रखे महज़ अपनी उँगलियाँ फैला कर उठायीं। — मैंने दुकान

में कुछ ले लिया था —

उसका मन हुआ कहे, मुझे कोई संक्रामक बीमारी नहीं है, लेकिन वह ऐसा आदमी नहीं था जिससे मज़ाक़ किया जा सकता था (मानो कोई किसी भी 'संक्रामक' चीज़ के बारे में मज़ाक कर सकता था जब एक नयी महामारी ने अन्तरंगता पर ख़तरा पैदा कर दिया था)। इसकी बजाय उसने पूछा कि वे कहाँ जा रहे थे — या यह महज़ एक फेरा होगा, किसी ख़ास जगह नहीं। नहीं, वे एक ख़ास जगह जा रहे थे, एक जगह थी जहाँ उसके एक चाचा रहते थे, उसके पास उनके लिए कुछ काग़ज़ थे, किसी चीज़ का बन्दोबस्त करना था। — एक बूढ़ा आदमी इन मामलों को नहीं समझता। यह जगह जंगल के छोर पर है, मोपानी के वृक्ष, आप जानती हैं उन्हें? इलाला खजूर। —

— गाँव है? —

— नहीं, असल में नहीं। गाँव के बाहर —

— क्या उगाते हैं वे? क्या मवेशी पालते हैं? —

— नहीं, मवेशी पालने वाला इलाक़ा नहीं है। वे खेती नहीं कर पाते। उनके बेटे शहर में काम करते हैं और बुज़ुर्गों को कुछ पैसे भेज देत हैं। —

उस जगह टीन की छात वाला एक कमरे जितना ईंटों का मकान था और ईर्द-गिर्द तीन-चार उपग्रहों जैसी झोंपड़ियाँ जिनकी छतों पर फूस गिरते खिचड़ी बालों की तरह लटकी हुई थी। ऐसी जगह में कार अपने आकार से बढ़ कर दुगनी हो गयी जान पड़ती थी, धूप उसकी चमकदार काली सतह से टकरा कर छिटकती हुई। एजेन्सी की खरोंच-लगी स्टेशन वैगन कारें जिनमें वह आने-जाने की आदी थी, कम नुमायाँ होतीं। एक बूढ़ा आदमी गहरे रंग के ढीले-ढाले कोट-पतलून में (वह किसी संसदीय सूट की उतरन हो सकती थी जो आगे बढ़ा दी गयी थी) और एक औरत जो अपने लँहगे में इतनी गोल और भारी थी कि वह उस रूसी गुड़िया का अफ़्रीकी प्रारूप हो सकती थी जिसके भीतर छोटे होते आकारों की कई गुड़ियों के प्रतिरूप छिपे होते हैं — दोनों घर के बाहर आये और गर्मजोशी से स्वागत-सत्कार किया गया, सलाम-दुआ हुई। आदमी के साथ आयी सवारी भाषा नहीं जानती थी — लेकिन उसे अन्दाज़ा हुआ कि ये परिवार के उस सदस्य की तारीफ़ें थीं जो सरकारी अफ़सर था।

वह बग़ल में खड़ी मुस्कराती रही, जैसा अपने प्रशासनिक अधिकारी के साथ क्षेत्रीय दौरों में किया करती थी। उप-महानिदेशक के साथ एक गोरी औरत

के आने पर बूढ़े दम्पति ने कोई प्रतिक्रिया व्यक्त नहीं की थी; बेशक एक सरकारी अफ़सर, उनके बीच का ही एक बन्दा, गोरी सेक्रेटरी रख सकता था। सरकार के उनके सदस्य ने पहले उनकी भाषा में उसका परिचय दिया, और जब बूढ़े आदमी ने अंग्रेज़ी में जवाब दिया, आपसे मिल कर ख़ुशी हुई, मैडम : — ये महिला अमरीका में सहायता देने वाले उन लोगों में हैं जो हमारे देश की सरकार की मदद कर रहे हैं। — लिहाज़ा अब उस यात्रा का महत्त्व बूढ़े दम्पति के लिए दुगना हो गया। लेकिन बूढ़े आदमी ने अपनी ही एक गरिमा से अपने घर की तरफ़ इशारा किया — उप-महानिदेशक ने जवाब में विस्मय से कुछ कहा जिसके बाद उसने आदर के साथ अपने चाचा की बाँह थामी और दोनों घर के भीतर से तीन कुर्सियाँ और एक चौकी ले आये।

— अंग्रेज़ महिला को धूप पसन्द है। — बूढ़ा आदमी उसकी तरफ़ झुका। उसकी पत्नी चाय ले आयी — मदद के लिए उठने की महिला-संगी-नुमा हरकत का जवाब भारी-भरकम गर्दन पर सिर को अधिकार के साथ दायें-बायें हिला कर दिया गया। मेहमान ने भी बातचीत में कोई हिस्सा नहीं लिया, क्योंकि बूढ़ी औरत को अंग्रेज़ी नहीं आती थी और पुरुषों के पास अपनी भाषा में चर्चा करने के लिए बहुत कुछ था; लेकिन प्रशासनिक अधिकारी का दायाँ हाथ होने की अपनी भूमिका की वजह से रॉबर्टा ब्लेन इसकी भी आदी थी, सतर्क निश्चिन्तता से कान लगाये, तभी आगे बढ़ कर बोलती हुई जब उनके बीच कूट भाषा (जिस ख़ास ढंग से वह अलक्षित ढंग से उसकी ओर कन्धे उचकाता था) यह इशारा करती कि उसे बोलना चाहिए। काग़ज़ों पर दस्तख़त किये गये जिस बीच उप-महानिदेशक बूढ़े आदमी के कन्धे पर झुक कर उस हाथ में क़लम को काग़ज़ पर सरकते देखता रहा जो मशक्कत से पंजर बन गया था — यह बाइबल का वह शब्द था जो उस हाथ को देख कर उसके मन में कौंधा, ठीक वैसे ही शब्द की तरह जो जीवन-निर्वाही खेती के लिए कौंधा था; जिस बीच दोनों आदमी बात कर रहे थे, उसने नज़रें घुमा कर यह जानने की कोशिश की कि बूढ़े दम्पति की ज़िन्दगी कैसी थी : एक चाँपाकल तिरछा खड़ा था, एक छोटे-से चकत्ते में मक्का बोया हुआ था, सफ़ेद कलग़ी वाला, घर के क़रीब, खूँटे से बँधी बकरी की कोंचती हुई शिकायती मिमियाहट, आलू के कुछ पौधे, ढेर सारे सिरों की तरह मुरझाये पत्ता-गोभी के फूल और थोड़े-से नारंगी कोंहड़े। घाम तीखी थी; वे उठ कर छाया में चले आये। ऐवोकाडो के वृक्ष से हरे हथगोले लटक रहे थे।

यह आख़िरकार उसकी सैर-तफ़रीह थी; वह मुस्कराती हुई उठी। — ग्लैडवेल, मेरा ख़याल है मैं थोड़ी चहलक़दमी के लिए जाऊँगी। उस पहाड़ी तक ऊपर, आस-पास का नज़ारा देखूँगी।—

उसने वह बात बीच ही में छोड़ दी जो वह अपने चाचा से कह रहा था, सिर को ज़ोर से हिलाते हुए। — नहीं, नहीं। आप वहाँ चहलक़दमी नहीं कर सकतीं, वहाँ अब भी सुरंगें हो सकती हैं जिन्हें हटा कर साफ़ नहीं किया गया। नहीं, नहीं! — यह वैसे ही था मानो वह अजीबो-ग़रीब बिम्ब जो उसके दिमाग़ में कौंधा था — हथियारों की शक्ल वाले फल — एक चेतावनी थी। उन देशों में जहाँ बहुत दिन नहीं बीते थे वैसा ही एक गृह युद्ध हुआ था जिसमें दोनों पक्षों को अपने-अपने 'एजेन्डा' वाले बाहर के मुल्कों ने ऐसे ही हथियार मुहैया कराये थे, हिंसा सतह के नीचे उथले ही में दफ़्न थी। एजेन्सी को इसका काफ़ी अनुभव था। लिहाज़ा वे रबर के तलों वाले मज़बूत पद-यात्रा के जूते इस्तेमाल में नहीं आने वाले थे।

जैसे ही सम्मानित अतिथि रुख़सत होने को हुए, वह अपनी कार में रखी प्लास्टिक की पन्नियाँ निकाल लाया और उन्हें घर के भीतर ले गया। ठीक चलते समय। रॉबर्टा को इस में एक ख़ास नज़ाकत का एहसान हुआ, इस आदमी में यक़ीनन; वह नहीं चाहता था बूढ़े दम्पति इस बात पर ज़ोर देने लगें कि मेहमान उन चीज़ों में हिस्सा बँटाये जो सिर्फ़ उनके लिए लायी गयी थीं। बूढ़ा-बूढ़ी, दोनों उसके पीछे-पीछे गये, ख़ुशी से विरोध प्रकट करते हुए। औरत एक चाकू हाथ में लिये वापस आयी और उसने ऐवोकाडो के दो फल पेड़ से काट कर उतारे और सहायता संस्था से आयी औरत को भेंट किये।

रॉबर्टा ने उन्हें तोला, भारी थे, दोनों हाथों में एक-एक, शुक्रिया, शुक्रिया। अब वे फल थे।

उसने उन्हें कार में पिछली सीट पर रख दिया। वह पल भर उस उपहार की उपयुक्तता पर ग़ौर करता जान पड़ा। — वे पक जायेंगे। —

जब उसने उसे उसके घर पर छोड़ा, वह उन्हें अपने साथ ले जाना भूल गयी। अँधेरा हो चुका था और उसे अपने घरेलू मददगार टोमासी को, जिसने हॉर्न को नज़रन्दाज़ कर दिया था, आवाज़ देनी पड़ी कि वह आ कर फाटक का ताला खोले।

इतवार को वह फ़्लोरा के साथ हेण्डरसन को हवाई अड्डे से लाने के लिए गयी, जो न्यू यॉर्क से वपस आ रहा था। वह ख़ुशी से लबरेज़ था। — हमें फ़ण्ड का पूरा-का-पूरा नया आबण्टन किया गया है!—

— बताओ, बताओ! —

— पन्द्रह लाख और । —

उसकी सहायक और उसकी पत्नी ने तारीफ़ की झड़ी लगा दी : तुम जादूगर हो, पारस हो पारस, मिडास की तरह जिसे छूते हो सोना बना देते हो, तुमने यह कैसे किया, क्या कहा उनसे तुमने। — बऽऽस वही — यह देश स्थिर है, ठीक — नयी उभरती अर्थ-व्यवस्थाओं के पैमाने से, लोकतान्त्रिक भी है, बहरहाल, उस रास्ते पर चल पड़ा है, और अगर हम उसे अपने पैरों पर खड़े रहने में मदद करना चाहते हैं, तो हमें सुशासन को मज़बूत करने के लिए और योगदान करना चाहिए, हालाँकि परियोजनाएँ पूरी तरह सहकारी होनी चाहिएँ, उनमें असली पैसा लगना चाहिए, उनका भी और हमारा भी—

उसकी सहायक जानती थी कि अच्छे इरादों के आगे बढ़ कर उन्हें 'विशिष्ट परियोजना विकल्पों' को ही गढ़ कर अनुकूल बनाना, हेर-फेर से लागू करना होगा।

— और उन्होंने सूचना तकनीक के फ़ण्ड के बारे में हमारे *'सु-प्रमाणित'* सन्देहों को किस तरह लिया? —

— वही टेढ़ी खीर थी उन्होंने अपना ही समाधान पेश किया : उन सामुदायिक केन्द्रों आदि में जेनरेटर मुहैया कराने के लिए फ़ण्ड जहाँ हम जानते हैं कि कोई स्थानीय बिजली-घर नहीं है। यह कितना संगत और मुमकिन है...हम इस पर काम करेंगे। वे अब भी इस महाद्वीप को अँधेरा महाद्वीप बना रहने के लिए पीछे छूट गया समझते हैं, मिस्टर कुट्ज़ ऊ गुज़र गया, अगर सूचना तकनीक *पहले* नहीं आती — मकानों, स्कूलों और हस्पतालों से पहले। शायद वे सही हैं...दुनिया के साथ ऑन लाइन सम्पर्क और जो कमी है वह बाद में पूरी हो जायेगी। और हमारी एड्स शिक्षा रणनीति को ले कर उत्साह है। वहाँ अमरीका-यूरोप में उन्हें इस बात का एहसास होने लगा है कि अगर यह नयी महामारी रोकी नहीं जाती तो बाक़ी हम चाहे जो करें उसका कोई मतलब नहीं होने वाला...यही है जो एक अँधेरे महाद्वीप को भूमण्डलीकरण के हमारे युग में लायेगा। —

लंच के दौरन हेण्डरसन ने पूछा कि वह क्या कुछ करती रही थी।

मानो उसे पहले ही से अच्छी तरह सूचित नहीं किया जा चुका था। — तुम्हारी तरफ़ से दुकान का बन्दोबस्त सँभाल रही थी। हालाँकि बहुत-सी समस्याएँ थीं जिनसे मैंने तुम्हें परेशान नहीं किया। —

फ़्लोरा बकरे की रान से गोश्त काट रही थी। — अभी नहीं, अभी नहीं, सोमवार को अपने दफ़्तर में। —

— लेकिन मुझे एक अच्छा मौक़ा ज़रूर मिला। कल देहात की सैर का। भूमि सम्बन्धी मामलों का उप-महानिदेशक आ पहुँचा और मुझे कार पर घुमाने ले गया, उसे कोई काम था और मुझे ऐसा लगता है मुनासिब संग-साथ की तलाश थी। क्या तुम्हें मालूम था कि अब भी पूर्वी इलाक़े की ज़मीन में सुरंगें बिछी हैं जिन्हें साफ़ नहीं किया गया हैं? —

— हे भगवान! मुझे तो बताया गया था कि पश्चिम में सरहद को छोड़ कर बाक़ी सब साफ़ था! बेहतर होगा हम इस मामले को सुरक्षा और सावधानी के महकमे के साथ उठायें — हो सके तो रक्षा मन्त्रालय के साथ। क्या वह फिर जाल बिछा रहा था, एजेन्सी की एकाध चिड़िया के लिए जिसे वह मन्त्री को दी जाने वाली अपने बॉस की रिपोर्ट के लिए पेश कर सके? जैसा कि वह मेरे साथ भी कर रहा था जब हमने साथ-साथ लंच लिया था। हम इन सरकारी बन्दों को कभी नहीं समझा पायेंगे कि हमें राजनैतिक मामलों के बाहर रहना है — या ऐसा ही ज़ाहिर करना है। मानो उससे पहले इस गाँव में नलकूप के लिए खुदाई करना राजनैतिक मामला नहीं बन जाता है। सूचना तकनीक के बारे में वह क्या सोचता है? या फिर वह सिर्फ़ भूमि पर बातें करता है? अगर तुम फिर उससे मिलो तो इस बात को छेड़ो; वह ज़रूर अपने महानिदेशक के साथ हर क़िस्म की बन्द बैठकों में शामिल होता होगा, उसे एक सामान्य-सा अनुमान ज़रूर होगा कि सरकार क्या करने को तैयार है, हमें सरकार के सहयोग के लिए काम करने के उद्देश्य से जो भी मुमकिन हो वह जानकारी इकट्ठा करनी चाहिए। वे बड़े नेटवर्क वाले अनुदान प्रदायकों पर सब कुछ नहीं छोड़ सकते...जैसा तुमने ग़ौर किया है, *उनकी* मालियत ब-हो-त कम हो गयी है, बहरहाल। —

हेण्डरसन दम्पति ने अफ़्रीका में एजेन्सी की सेवाओं के एक दशक पूरे होने के उपलक्ष में दी जा रही कॉकटेल पार्टी के मेहमानों की फ़ेहरिस्त में भूमि सम्बन्धी

मामलों के महानिदेशक के नाम के साथ ही उप-महानिदेशक ग्लैडवेल शैडरैक चाब्रुमा और उसकी पत्नी का नाम भी शमिल कर लिया। महानिदेशक अपनी पत्नी को साथ लाये, ग्लैडवेल अकेला आया। मानो उसकी कोई पत्नी न हो; लेकिन पत्नी तो हमेशा होती ही है, कहीं-न-कहीं। जब हेण्डरसन दम्पति की साथी मेज़बान के तौर पर रॉबर्टा ने ग्लैडवेल से सलाम-दुआ की तो वह ख़ुशमिज़ाजी से कहने वाली थी, मैं ऐवोकाडो के फल भूल आयी थी, लेकिन उसने कहा नहीं। दूसरे ख़ुशमिज़ाज जुमलों के साथ गृह मन्त्रालय के एक आदमी की तरफ़ मुड़ गयी। यह आदमी कल्याण मन्त्री के साथ आया था (वहाँ, एक और ही तरह के प्रेम-सम्बन्ध की अफ़वाहें थीं) जो हमेशा बहनों की तरह रॉबर्टा को औरतों की किसी अनिवार्य परिस्थिति को ले कर कोने में खींच ले जाने की कोशिश करती भी जिसे एजेन्सी की नज़रों में लाया जाना ज़रूरी था।

ऐलन हेण्डरसन की वापसी के ये पहले कुछ हफ़्ते विश्व स्वास्थ्य संगठन के स्थानीय प्रतिनिधि के साथ एच०आई०वी० और एड्स के विरुद्ध अभियान के सिलसिले में महाद्वीप का दौरा कर रहे संगठन के मुख्यालय के एक वरिष्ठ आदमी के लिए बैठकों का बन्दोबस्त करने में ख़र्च हुए। इसी के साथ सेना के अतिरिक्त तम्बुओं में गठित स्थानीय परामर्श केन्द्रों और एक पुराने हस्पताल के दौरे भी किये गये। यह पुराना हस्पताल अब भी एक दिवंगत अंग्रेज़ महारानी के नाम से जाना जाता था और अब एक आश्रम में बदल दिया गया था — जो बीमारी के अन्तिम पड़ाव के लिए मीठा-सा शब्द था। एजेन्सी के प्रशासनिक अधिकारी की सहायक को बांग्लादेश में, हिन्दुस्तान में भुखमरी से रू-ब-रू होना और मुड़ कर चल देना पड़ा था, ज़िन्दगी की तरफ़ — न केवल भुखमरी से दोबारा गढ़े गये ज़िन्दा इन्सानी सिर से, बल्कि उसकी अन्तिम शक्ति का प्रमाण, पैरों पर लक्षित, खड़े होने में अब असमर्थ पैरों के पिंजर, पैर, हाथ, हाथ जो अस्तित्व पर आख़िरी झिल्लीदार पकड़ थे। ज़मीन पर तैनात लोग राजधानी के मुख्यालयों की गगन-चुम्बी खिड़कियों से नीचे देखने वाले (उन काम-काजी दौरों के विपरीत) डॉक्टरों जैसे होते हैं। उन्हें तकलीफ़ज़दा लोगों के साथ तादात्म्य स्थापित करने की घातकता के बिना जो करना होता है, वे करते हैं। लेकिन अपनी रियाया के लिए राजसी करुणा के इस लाल ईंटों वाले स्मारक में वह अर्से से जमा-जमाया अनुशासन विफल हो गया जो उसके लिए स्वाभाविक बन चुका था; अचानक वह वहाँ था ही नहीं। उसने अपने भीतर उसे टटोला; उसकी जगह पलँगों और चटाइयों पर पड़ी देहों की वेदना अन्दर चली आयी। वह देख नहीं सकती थी,

उसे देखना ही था, उन मरणासन्न-नवजातों को और मांस और हड्डी के उन चिथड़ों को जो उन बच्चों का कुल अवशेष था जो वे बनने वाले थे अगर वे हफ़्तों, महीनों, शायद एक साल भी ज़िन्दा रहे। खाना और साफ़ पानी (दूसरे काम-काजी दौरों में उपलब्ध कराये जाने को तैयार सहारा) : यहाँ किसी काम का नहीं था।

जो उन्होंने देखा था उससे चुप करा दिये लोग एक हॉलीडे इन में ले जाये गये जहाँ एजेन्सी ने एक अलग कमरे का बन्दोबस्त किया हुआ था और कॉफ़ी पेश की गयी। रॉबर्टा को — क्या? लाइलाज। — पर व्यावहारिक प्रतिक्रियाएँ दीवारों से टकरा कर लौटती गूँजों की तरह सुनायी दे रही थीं। बज़ाते-ख़ुद इन्सानी ज़िन्दगी में कोई लाइलाज चीज़, कई तरह के रूप लेती हुई जिसमें से यह ताज़ातरीन रूप था, प्रकट होता, लौटता अन्तहीन युगों और वेशों में — बीमारी, युद्ध, नस्लवाद। इसी तरह लोग ईश्वर के साथ शैतान में विश्वास करने लगते हैं — उन्हें करना पड़ता है — दोनों ही के नाम चमकते अक्षरों में अंकित। वरना कैसे? वरना कैसे जवाब दिया जाय कि क्यों? लेकिन उस जगह जो था वह तात्विक रूप से असाध्य नहीं था! महज़ इतना था कि अभी तक कोई इलाज खोजा नहीं गया था। *रोक-थाम के योग्य।* यही सहारा था, इस बीच! शोध की सुविधाएँ, रोक-थाम के लिए शिक्षा—यही था वह जिस पर वे लोग जो इनके बारे में कुछ कर रहे थे, चालू लोकप्रिय गीतों को दोहराते हुए छितरे कैसेटों के मन्त्र के नीचे, बहस कर रहे थे, जैसे-जैसे कॉफ़ी जम गये ख़ून को फिर से ज़िन्दा कर रही थी। और यही वह क़ायदा था जिसके अधीन वह थी : जो भी वहाँ है, नैतिकता उसके बारे में कुछ करने से जुड़ी है। लेकिन जब उसके प्रशासनिक अधिकारी ने, उसके विचारों की कीमत के हस्बमामूल एहसास के साथ, यह देखने के लिए नज़रें उठायीं कि क्या वह कुछ कहेगी, तब वह कोई प्रतिक्रिया नहीं व्यक्त कर पायी।

उसके घर वापस आने के साथ ही सरकारी गाड़ी भी फाटक पर आ कर रुकी। मुश्किल से क़ाबू में आने वाली हैरानी : आज की शाम नहीं, ऐसे दिन के अन्त में! पर्दे खींचो, अपने लिए एक ह्विस्की ढालो, इस दिये गये मकान में, इस काम-काजी दौरे में, सेवक टोमासी के परिचित चेहरे के अलावा और कोई नहीं।

हॉर्न बजा कर टोमासी को बुलाने के सिवा और कोई चारा नहीं ताकि

वह आ कर फाटक खोल दे — और उसकी हैरानी शर्मिन्दगी में बदल गयी, कम-से-कम शिष्टता से स्वागत करना तो उसका कर्तव्य था ही। फाटक के खुलने पर उसने हाथ लहरा कर दूसरी कार को अपने आगे जाने का इशारा किया। भूमि सम्बन्धी मामलों के उप-महानिदेशक को सामने के दरवाज़े पर उतार कर उसकी कार एक बार फिर घूम कर अहाते की ओर बढ़ गयी। वह अपनी कार से उतरी और अपने मेहमान के स्वागत के लिए होंटों पर एक मुस्कान ले आयी।

टोमासी किसी धावक की तरह दौड़ कर सामने का दरवाज़ा खोल ही रहा था। जैसे ही वह और ग्लैडवेल शेडरैक चाबुमा बैठक में दाख़िल हुए उसने माफ़ी माँगी : — क्या मैं अपने काग़ज़-पत्तर पटक कर तैयार हो जाऊँ, हम लगभग सारा दिन दफ़्तर से बाहर रहे हैं। मेहरबानी करके — आराम से बैठिए। —

उसने उसके बाथरूम के फ़्लश की आवाज़ ज़रूर सुन ली होगी, उसके धोने-धुलाने के दौरान पुराने चीं-चीं करते नलों से आता पानी, उसने बाथरूम के आईने में ख़ुद पर नज़र नहीं डाली। ग्लैडवेल अभी तक बैठा नहीं था। अपनी सरकारी वेश-भूषा में वहाँ वह ऐसे खड़ा था मानो अभी-अभी अन्दर आया हो। — आइए। — वह सोफ़े की तरफ़ मुड़ी। जिस बीच वह बैठा, उसने वाक़ई पर्दे खींच दिये और वह अलमारी खोली जिसमें आव-भगत वाली बोतलें रखी हुई थीं।

— चाय के लिए तो बहुत देर हो चुकी है, है न ग्लैडवेल। क्या लेंगे आप ? —

— जो भी आप ले रही हैं। —

— ह्विस्की ? सोडा या पानी ? —

— मैं सोडा पसन्द करता हूँ। —

उसने गिलासों के लिए एक छोटी-मेज़ खींच ली और सोफ़े पर उसकी बग़ल में आ बैठी। — हमारे यहाँ न्यू यॉर्क से विश्व स्वास्थ्य संगठन का एक मेहमान आया हुआ है, हम उसे कुछ स्वास्थ्य मन्त्रालय के और कुछ कल्याण मन्त्रालय के लोगों के साथ मुआयने पर ले जाते रहे हैं। —

— अच्छा है जब ये प्रमुख यहाँ आते हैं, ख़ुद मुआयना करने के लिए। कभी-कभी। —

— और दूसरे वक़्तों पर ? —

— वे समझते ही नहीं कि वे क्या देख हैं, उसका मतलब क्या है; हम क्या कुछ कर रहे हैं। — वह हस्बमामूल रुका। — वे कोई और ही चीज़ देख रहे होते हैं जो वे अपने साथ लाते हैं। क्या है वह, वह शब्द...जब मैं वर्जिनिया विश्वविद्यालय में एक छात्र था —पैराडाइम, नमूना। हाँ। —

कभी-कभी।

उस रूखी शर्त ने रॉबर्टा के भटके हुए ध्यान को खींच लिया। जिन कुछेक मौक़ों पर वे मिले थे, सप्ताहान्त की सैर के अवसरों पर भी उसने ख़ुद को कभी अनिश्चित होने की छूट नहीं दी थी। अब इस छोटे-से संकेत से कि यह अधिकारी सन्देहों वाला आदमी भी था रॉबर्टा को मुक्ति का एहसास हुआ जो हॉलीडे इन में पी गयी कॉफ़ी नहीं दे पायी थी।

— मुझे यह काम करना ही नहीं चाहिए। —

अचानक अपने आप से कहा गया। लेकिन मानो दोनों द्वारा सुन लिया गया — वह आदमी यहाँ था इसलिए यह उसके लिए भी ज़रूर रहा होगा। — आज हम वहाँ उस नये जल परिशोधन सन्यन्त्र पर थे... दो हस्पतालों में जो उनके अनुदान से चलते हैं। और वह पुराना क्वीन मेरी हस्पताल। आप तो जानते हैं उसे। —

— उनकी एड्स परियोजना।

— विश्व स्वस्थ्य संगठन और हमारी, एजेन्सी की। —

— आप दिन भर काम में बहुत व्यस्त रही हैं, रॉबर्टा। —

और वही थी जिसने नहीं देखा था जो वहाँ देखने के लिए था : यहाँ एक तसल्ली बख़्श आदमी था, ठोस भौतिक रूप से बैठा, उसकी क़ाबिलियत की ताईद करता हुआ, एक अस्थिर संसार में थ्री-पीस सूट का अचूकपन व्यवस्था की निशानी — जैसे क़ानून के अनुशासन में जज का लबादा या सर्जन अपने सफ़ेद कोट में एक आदमी जिसे ख़ुद पर क़ाबू था। मज़बूत पूरी तरह गठीले हाथ आपस में फँसा कर घुटनों पर इत्मीनान से रखे हुए।

— वह बरदाश्त के बाहर था। तुम्हें जाना चाहिए — नहीं, मत जाओ, मत, वह किसी के देखने के लिए नहीं है, कैसे बताऊँ मैं, वे प्रक्रियाएँ जो मौत के बाद होती हैं और यह मान लिया जाता है कि दफ़्न करके परे कर दी गयी हैं, लेकिन वह सब वहाँ है — जीता-जागता अभी-अभी जन्मे बच्चे और उसका

मतलब है, मरना शुरू, वहीं तुम्हारे सामने —

बग़ल से उसने उसके होंटों को कसे हुए देखा, भवें सिकुड़ी हुईं। चूँकि उसने उसकी ओर नज़र नहीं घुमायी, इस वजह से रॉबर्टा लिए आँसुओं के मूर्खतापूर्ण, व्यर्थ आत्म-तोष से बचना सम्भव हो गया।

उसने अपना गिलास उठाया और घूँट भरा, फिर हल्के से उसकी ओर हरकत की। — मैंने तुम्हें कहा था कि बाहर चहलक़दमी मत करो क्योंकि वहाँ अब भी सुरंगें हैं, मेरे चाचा के यहाँ। उनका सबसे छोटा बेटा स्कूल की छुट्टियों में घर आया हुआ था और अपनी माँ के पकाने के लिए कोई चिड़िया मार कर लाने के लिए अपने कुत्ते के साथ निकला था और सुरंग की चपेट में आ गया था। दोनों टाँगें उड़ गयी थीं। सोलह साल का था। वह बचा नहीं। वे अपने खेतों में बुआई नहीं कर सकते। —

जब वह आदमी चला गया तो रॉबर्टा को पता नहीं था कि वह इस सबूत के साथ उसकी कमज़ोरी की भर्त्सना करना चाहता था या उसे सान्त्वना देना चाहता था — ख़ुद उसका देखा हुआ — कि बूढ़े दम्पति मौत से घिरे बराबर जीते चले आ रहे हैं जिसने उनके बेटे को मार दिया था और अब घात लगा कर बैठी थी कि वे उस पर पैर रखें तो सही।

विश्व स्वास्थ्य संगठन के प्रतिनिधि का दौरा सम्पन्न हो गया। रॉबर्टा ब्लेन और उसके प्रशासनिक अधिकारी ने विकास में अगले साझीदार के आने तक अपनी आम गतिविधियाँ फिर जारी कर दीं। वह अपना काम कर रही थी। औपचारिक आव-भगत करने और कराये जाने (बस, बस, बहुत धन्धे की बातें हो गयीं) से परे फ़्लोरा हेण्डरसन द्वारा संचालित सामाजिक जीवन में वह कुँआरी औरत ख़ुद को हमेशा जोड़ों की संगत में पाती। वह दूसरी औरतों के पतियों के साथ नाचती; कोई औरत उससे भयभीत नहीं जान पड़ती थी। वह ख़ुद को अकेली नहीं समझ सकती थी, और जो काम वह कर रही थी, वह अब तक उसे सौंपे गये कामों में सबसे अधिक सन्तुष्टि देने वाला था, क्योंकि ऐलन हेण्डरसन ऐसी बैठकों में उसका उपयोग करता जहाँ एजेन्सी के उद्देश्य प्रपत्र के अनुसार अपनी सबसे बड़ी ज़रूरतों — बाँध, बाज़ारों तक जाने-आने की सड़कें, मुर्ग़ियाँ या मछलियाँ पालने के लिए चूज़े या मछलियों के बच्चे, नये स्कूल के लिए छत डालने और डेस्क ख़रीदने — के बारे में स्थानीय समुदायों के निजी विचार उनके बीच साझी

परियोजनाओं के तौर पर अमल में लाये जाने थे। लोग अपनी ओर से बोलने के लिए जिन्हें चुनते, उनमें बहुत-सी औरतें होतीं; नामालूम ढंग से रॉबर्टा विश्वास उपजाती थी — निश्चय ही एक औरत उनकी बात सुनेगी? — लेकिन मर्द भी उसकी इज़्ज़त करते थे, पद की प्रतिष्ठा बहुत-से परम्परागत पूर्वाग्रहों को ठण्डा कर देती है। उसका प्रशासनिक अधिकारी सरकारी अफ़सरों से कहता, पता है आपको, रॉबर्टा भाषा सीख रही है अक्सर उसे दुभाषिये के ज़रूरत नहीं होती! वह ऐतराज़ करती — यक़ीनन उसे थी! लेकिन यह बात कि उसकी सहायक इस काम-काजी दौरे में, वह सिर्फ़ दो-तीन बरस ही चलने वाला था, देश की प्रमुख भाषा सीखने का कष्ट कर रही थी, एजेन्सी के हक़ में जाता था। अक्सर स्थानीय समुदाय उसे कोई छोटा-मोटा उपहार देते (विकून्या की खाल से बने कोट की रिश्वत नहीं — एजेन्सी, भरोसे के प्रतीक में, तोहफ़े स्वीकार करने की छूट देती थी) — लकड़ी की नक़्क़ाशीदार कड़छुल, सरपत से बुने हुए झोले, मिट्टी की हँडिया; जो मकान उसे रहने के लिए सौंपा गया था वह धीरे-धीरे उन चीज़ों के साथ जिनका अपना विनम्र और निजी इतिहास होता है, घरेलू मिल्कियत की निशानियाँ ज़ाहिर करने लगा।

दूसरी पाँत के सरकारी अफ़सरों के लिए उपलब्ध करायी गयी लक्ज़री मॉडल की काली कार अहाते में तक़रीबन हफ़्ते में एक बार आ खड़ी होती, किसी भी दिन। ड्राइवर और अंगरक्षक रसोई-घर में।

रॉबर्टा के काम-काज के दौरान बने बहुत-से परिचितों में (अब तक वह उनके नाम बैठकों की मेज़ों के गिर्द जमा उनके चेहरे, उनके बारे में अफ़वाहें और गप-शप जानने लगी थी) भूमि सम्बन्धी मामलों का उप-महानिदेशक एकमात्र परिचित था जो ख़ास किस्म का परिचित बन गया था; कम-से-कम उसकी मौजूदगी इसी बात का दावा करती थी। वे देश और महाद्वीप की ताज़ा घटनाओं के बारे में बातचीत और शिष्टता से की गयी बहसों से आगे बढ़ कर, जैसा कि लोग इस तरह की बातें चुक जाने के बाद अनिवार्य रूप से करते हैं, अतीत के अनुभवों में साझेदारी करने लगे थे और बचपन की यादों को बाँटने लगे थे : जब मैं छोटी थी, लड़कपन में, मुझे याद है मैं सोचता था, यह उस समय की बात है...यक़ीनन बिना किसी अन्तरंगता के। ये मामूली क़िस्से बातचीत के आम विषय होते हैं।

लेकिन तुम वही होते हो, जो तुम थे।

वहाँ से, फिर, अनुभव नहीं मिलते; वह अपने पिता के मवेशियों की देख-रेख करने लगा, जो अफ़्रीका में सरकारी नौकरी की पुरानी राह थी, वह इंग्लैण्ड के एक बड़े गिरजाघर वाले क़स्बे में लड़कियों के स्कूल में दाख़िल थी, गिरजे की घण्टियाँ बज रही होतीं और बास्केट बॉल की गेंद से निशाना साधा जा रहा होता, चरवाहे किशोर के कोड़े के बल पर हाँके जा रहे मवेशी रँभाते। वह मिशन स्कूल में दाख़िल हुआ, फिर किसी पड़ोसी अफ़्रीकी देश में एक कॉलेज का छात्र बना जहाँ उसे अमरीका में पढ़ने का वज़ीफ़ा मिला। उसने एक बार किसी विश्वविद्यालय का ज़िक्र किया था। वर्जिनिया विश्वविद्यालय। यही था न? यहाँ अनुभव बाँटे जा सकते थे; वह एक साल तक अमरीका में पढ़ी भी, एक अंग्रेज़ विश्वविद्यालय के विनिमय कार्यक्रम के तहत। वह हार्वर्ड विश्वविद्यालय में प्रशासन के केनेडी स्कूल में जाना चाहता था; प्रकट रूप से यह सम्पर्क की सीमाओं का तक़ाज़ा था, जो उसने अपने लिए तय कर रखी थीं कि उसने अपने इरादे की अगली कड़ी का ज़िक्र नहीं किया था। रॉबर्टा ने उसकी ख़ामोशियों को न भरना सीख लिया था, लेकिन कभी-कभी ख़ालीपन का दबाव बात जारी रखने को मजबूर कर देता। शिष्टता का आग्रह था कि वह कुछ सफ़ाई-जैसा पेश करे।

— मेरी शादी हो चुकी थी, घर पर। बहुत दिन बाहर रहा था, मुझे वापस आना था। बच्चे।—

— अब तो वे बड़े हो गये होंगे? तुम्हें सन्तोष होगा....वह लेन-देन है, मेरे ख़याल से। मेरी शादी हुई थी, लेकिन कोई बच्चा नहीं, बदक़िस्मती से। या शायद ख़ुशक़िस्मती से क्योंकि आगे तलाक़ जो हो गया। लेकिन मैं सोचती हूँ क्या सचमुच तुमसे इतना कुछ छूट गया था, मेरा मतलब हार्वर्ड से है। तुमने प्रशासन के एक और ही विद्यालय की सीढ़ियाँ पार की हैं, नहीं क्या, ठीक यहाँ। —

— दुनिया में हम सब शिष्य हैं। लेकिन जीवन-परिचय में डिग्रियाँ लोगों को प्रभावित करती हैं।—

— सरकारी काम-काज में? ऊँचे स्तरों पर? मैंने तो ऐसा न सोचा होता। राषट्रपति के पास हार्वर्ड की डिग्री नहीं है, जहाँ तक मुझे मालूम है विदेश की किसी कम शानदार विश्वविद्यालय की भी नहीं।

— इसकी भरपाई करने को दूसरी योग्यताएँ हैं। —

वह गर्व से उसकी ओर देख कर मुस्कराया, इससे पहले कि वह उसे

राष्ट्र के प्रमुख की आलोचना करने की ओर न लुभा ले जाये। — वे हमारे मुक्ति संग्राम के पहले-पहल नेताओं में से थे...पता है वे ऐसे आदमी हैं जिसने दुनिया का सामना करते हुए हमारी संस्कृति को नहीं त्यागा है। —

— बच्चे क्या कर रहे हैं? कोई राजनीति में दिलचस्पी रखता है, पिता की तरह? —

— पढ़ रहे हैं। — विषय बन्द।

एक शाम उन्होंने ह्विस्की का दूसरा गिलास लिया और समय इतने अजाने गुज़र गया कि रॉबर्टा ने सुझाव दिया कि वह कुछ खाना खा ले। ड्राइवर और अंगरक्षकों को पहले ही मक्के का दलिया और शोरबेदार सालन खिलाया जा रहा था जब वह रसोई घर में यह देखने के लिए गयी कि वह और टोमासी क्या पेश कर सकते थे।

डिब्बाबन्द सूप और बिना गर्म किये मुर्ग़ को खाते उसने रॉबर्टा को दक्षिणी प्रान्त में एक फ़ार्म के बारे में बताया। — तुम्हारा अपना फ़ार्म? — हाँ, उसका एक फ़ार्म था। (क्या सरकार में शामिल हर आदमी एक या अधिक फ़ार्म नहीं हासिल कर लेता, यह मत पूछो कैसे, भूमि के पुनर्वितरण के सवालों से इसका कोई सम्बन्ध नहीं है; लेकिन इस सब से उसका कोई मतलब नहीं था, निश्चय ही एक मेहमान के साथ ख़ुद अपनी मेज़ पर उसकी आव-भगत करते हुए।)

अगली बार जब वह काली कार टोमासी के अहाते को चार चाँद लगाने आयी, भूमि सम्बन्धी मामलों के उप-महानिदेशक ने रॉबर्टा को आते सप्तहान्त में अपने फ़ार्म पर चलने का न्योता दिया। जब रॉबर्टा ने उसे बताया कि दो समारोह ऐसे थे जहाँ उसका मौजूद रहना ज़रूरी था तो उसने तारीख़ को सिर्फ़ बदल दिया — तो फिर इसके बाद वाले सप्ताहान्त में। —

— अरे, मैं तुम्हारे कार्यक्रम को बिगाड़ना नहीं चाहती ग्लैडवेल, प्लीज़! —

— मेरे लिए एक-सी बात है। मैं तो वहाँ बराबर जाता ही रहता हूँ। —

तो यह था घर, परिवार का घर, वह सरकारी आवास नहीं (जहाँ वह कभी आमन्त्रित नहीं की गयी थी) जो तरण-ताल और टेनिस कोर्ट वाले बग़ीचों के आगे पहरेदारों वाले सन्तरी-निवासों के परिसर में बना था और जहाँ सरकारी

पदाधिकारी और विदेशी राजनयिक रहते थे। वह हल्की-सी उत्सुकता के साथ उसकी पत्नी और परिवार से मिलने की बाट जोह रही थी। अपने संसदीय लिबास के बाहर कहीं तो उसकी जड़ें होंगी—जैसी उसके बूढ़े चाचा-चाची के साथ थीं, वह झाँकी जो सादे कपड़ों में उसने देखी थी। काली गाड़ी उसके फाटक पर सुबह सवेरे ही आ पहुँची, जो सभी अनुशासनों का कड़ाई से पालने करने वाले के लिए अप्रत्याशित नहीं था। रॉबर्टा ने एक अंगरक्षक को पहचान लिया जो ड्राइवर की दोहरी ड्यूटी निभा रहा था; शायद, उस दूसरी सैर के गन्तव्य के विपरीत जहाँ वह उप-महानिदेशक के साथ गयी थी, इस विशाल देश के उस इलाक़े में, जहाँ वे जा रहे थे, कोई सम्भावित ख़तरा था जिसने उसके आम सुरक्षा कर्मचारियों में से आधे की गुप-चुप, काम की आड़ में छिपी उपस्थिति को सावधानी के तौर पर ज़रूरी बना दिया था? लिहाज़ा वह और ग्लैडवेल पिछली सीट पर साथ-साथ थे, बहुत आराम से, और ग्लैडवेल सड़क पर ध्यान देने की कोई ज़रूरत नहीं थी, स्टीयरिंग पर बैठे उसके आदमी की मुद्रा अस्तबल का रुख़ करते घोड़े की-सी थी।

जगह काफ़ी दूर थी। वे एक पहाड़ के दर्रे तक चढ़े और उसकी दूसरी तरफ़ उतरे और उन्होंने देहात के दो क़स्बों में लोगों को उस शानदार कार के चमकदार कालेपन को वैसे ही घूरने पर मजबूर किया जैसे सुदूर अतीत और सुदूर देशों में लोग शाही सवारी को गुज़रता देखते रहे होंगे। तीसरे क़स्बे में वह रुका (उस दूसरे सफ़र में वह सड़क किनारे की एक दुकान पर रुका था), इस बार क़स्बे की निशानी, एक सुपर बाज़ार के सामने, और ड्राइवर-अंगरक्षक को साथ ले कर अन्दर चला गया, शायद सिर्फ़ सामान उठा कर लाने के लिए। रॉबर्टा ने अपना सामान सरपत के बने बड़े-से झोले में छिपा रखा था। दान-धरम का शर्मिन्दगी-भरा आसरा : भिखमंगेपन की अवस्था के जवाब की जगह मीठे की एक ख़ुराक। बच्चे यहाँ भी थे, वैसे ही बच्चे। उसने मीठी गोलियों का एक पैकेट उन्हें दिया। अंगरक्षक और उसका रक्षित खाने के सामान के साथ लदे हुए लौटे — उसकी पत्नी की तरफ़ से एक लम्बी फ़ेहरिस्त दी गयी होगी। फिर उसका आदमी उसकी अर्दल में शराब की दुकान तक गया जो पुराने सरहदी क़स्बों की शैली में लोहे के खम्भों और छत वाले बरामदे के पीछे थी — दुकानदार के यहूदी नाम के साथ शुरुआती आप्रवासी मूल का पता देती : आई० सारेट्स्की स्था० १९२१। कार के चल पड़ने के साथ ही डिकी में बोतलों की खनक सुनयी दी और देसी भाषा में ड्राइवर-अंगरक्षक को कार रोक कर सामान को फिर से

सजाने की हिदायत दी गयी। एक बार फिर उसके लिए पेय लाया गया था; इस बार आयातित मिनरल वॉटर था।

वे सुविधापूर्ण अन्तरालों के बीच बातें करते रहे — उसकी जबरन लादी गयी चुप्पियों के विपरीत — आस-पास के दृश्यों को गुज़रते देखते हुए। कैण्डेलाब्रा ऐलो के फूल खिले हुए थे, उस दिव्य गिरजेघर में जलते हुए चढ़ावे की तरह जिसका रूप सर्दियों के आख़िर के आसमान में नज़र आता है जब गर्मी बारिशों के पहले आयी होती है, जैसे कि वह आती है, हड्डियों तक की मँजाई करती हुई जिसे उस नाम से अलग किसी नाम की ज़रूरत होती है जो यूरोप में वसन्त कहलाता है। इंग्लैण्ड के सांस्कृतिक दूत ने पिछले हफ़्ते एक रात्रि भोज में उससे टिप्पणी की थी कि अगस्त सबसे क्रूर महीना था, टी०एस० एलियट का अप्रैल नहीं।

वे ऐसे इलाक़े में आ पहुँचे जहाँ मनुष्य की गतिविधियों ने जो कभी जंगल था, उसे खुले मैदानी क्षेत्र में बदल दिया था। मौसम के मार-खाये मलबे, आधे दफ़्न और पहचान खो चुके ज़ंग-आलूदा लोहे के सामान, एक दीवार के भी टूटे-फूटे हिस्से के बीच — जहाँ जंगली घास द्वारा रेखांकित बुनियादें किसी इमारत के होने की निशानदेही करती थीं — उगी छिदरी झाड़ियाँ प्रकृति द्वारा फिर अपनी पुरानी हालत में लौटने के प्रयासों का पता देती थीं। नामालूम क़िस्म के कचरे के ढेरों के पार एक टीला जहाँ नोच-चीथ कर साफ़ कर दिये गये अवशेष अब भी एक क्षितिज के रूप में अपनी मौजूदगी दर्ज करा रहे थे। अवशेष जो कभी लम्बे-चौड़े ढाँचे रहे होंगे — मकानों के? — विराट आकार के, गिरे हुए पेड़ों के भीमकाय तनों से मुक़ाबला करते जो इतने भारी थे कि जलावन के लिए उठा कर ले जाये नहीं जा सकते थे। देश के दूसरे हिस्सों में रॉबर्टा ने गोरों द्वारा त्यागे गये फ़ार्महाउस देखे थे जिनसे हर चीज़ जो काम आ सकती थी लूट ली गयी थी; मगर इस हद तक नहीं। — यहाँ क्या था? —

— कभी एक खदान थी। बहुत दिन पहले। —

— ताँबा? —

— हाँ। —

— लेकिन क्या हुआ? इसे अब भी चालू क्यों नहीं रखा जाता? —

— मुझे पता नहीं। शायद अन्दर धातु ख़त्म हो गयी — लेकिन लड़ाई के दौरान वे कहते हैं, इस पर हमला हुआ था और पानी भर गया था, ज़मीन

के नीचे, पम्प तोड़ दिये गये थे। तुम खदान मन्त्री से पूछ सकती हो। बफ़लो खदान। —

शनिवार-इतवार की साप्ताहिक छुट्टियों के दौरान मैनेजर के मकान पर मौज-मस्ती के अच्छे-ख़ासे दौर चला करते। सोमवार की सुबह रसोई और घर का बन्दोबस्त देखने वाले नौकरों में से जिसका यह काम था, मालिक का रुक़्क़ा ले कर शराब की दुकान के लिए पचास मील दूर शहर की ओर पैदल रवाना हो जाता। वह आदमी सिर पर बारह बोतलों की पेटी रखे पैदल वापस आता और शुक्रवार को पहुँचता। हर शुक्रवार को। यह कारनामा रात के भोज में सुनाया जाने वाला मशहूर क़िस्सा था : यह है मेरा बन्दा — कैसी खोपड़ियाँ हैं उनकी, अयँ, लकड़ी के कुन्दे जैसी मोटी!

आख़िरी कस्बे पर सामान ख़रीदने के लिए एक पड़ाव जिसे ड्राइवर-अंगरक्षक ने ढो कर कार में रखा। आई० सारेट्स्की स्था० १९२१। स्कॉच ह्विस्की की एक पेटी। सिर पर बारह बोतलें। यह है मेरा बन्दा। लकड़ी के कुन्दे जैसा ठोस। यह है मेरा बन्दा।

बफ़लो खदान।

नाम एक कटिया है, क़िस्सा उसमें फँस कर आ जाता है। (ड्राइवर-अंगरक्षक ने उसकी हरकत — अपनी सीट पर सीधे हो कर उस जगह को पीछे मुड़ कर देखने — को लक्ष्य करके गाड़ी की रफ़्तार धीमी कर दी थी।)

अफ़्रीका में पहली बार? पहली बार हाँ हिन्दुस्तान बांग्लादेश अफ़ग़ानिस्तान यहाँ नहीं।

न सिर्फ़ अर्सा पहले दिवंगतों का दावत के समय सुनाया गया क़िस्सा। *कैसा बदमाश, बूढ़ा, मगर क्या अदा! ऐसे लोग अब नहीं बनते। अब तो दुस्साहसियों के लिए टैक्स की चोरी ही एकमात्र इलाक़ा बचा है।* एक बच्ची, आधा सुनती हुई, उस असाधारण बन्दे, दादा, के बारे में, दूसरी मेज़ों के गिर्द, बाद की पीढ़ियों को सुनायी जाती पारिवारिक कथाओं की परम्परा से ऊबी एक किशोरी।

पहले यहाँ आयी थी।

सशरीर नहीं। लेकिन अपनी वंश-परम्परा में। अपने इतिहास के ज़रिये।

यही थी — है — बफ़लो खदान। वहाँ ऊपर टीले पर जिसे वह देख रही थी जो मकान थे उन्हीं में से एक में आयोजित होने वाली रात की दावतों में वह मशहूर क़िस्सा सुना-सुनाया जाता था, वह ह्विस्की पी जाती थी जो हर शुक्रवार को आ पहुँचती थी। हर शुक्रवार को लकड़ी के कुन्दे की तरह मोटे सिर पर।

— तुम मन्त्री को जानती हो? मैं तुम्हारा परिचय करा दूँगा। — ग्लैडवेल हर उस सुविधा को हासिल कराने की हैसियत में है जो कोई उत्सुक मेहमान चाह सकता है। — इनोस तुम्हें इन सारी पुरानी जगहों के बारे में सब कुछ बता सकता है। —

वह अपनी सीट में वापस धँस गयी, मानो किसी चलताऊ दिलचस्पी को ख़ारिज कर रही हो। उसका गन्तव्य पास ही था, उनका गन्तव्य, उप-महानिदेशक का फ़ार्म। उसने किसी हथियाये हुए ठोस, औपनिवेशिक बरामदे वाले फ़ार्म हाउस की कल्पना कर रखी थी : वहाँ, झाड़ियों की बाड़ वाले मवेशियों के अहातों, मिट्टी के झोंपड़ों, भेड़-बकरियों की फ़ौज, फिर से जंगली बन गये गुलाबों के नीचे धूल से स्नान करती मुर्ग़ियों, पुराने टायर लुढ़काते बच्चों के झुण्ड पर नज़र रखता हुए एक मकान था जो पूरमपूर कैलिफ़ोर्निया में बना कर आकाश से उतार यहाँ रख दिया गया था। बरामदे के पीछे काँच का विस्तार धूप की प्रतिबिम्बित भव्यता में इतरा रहा था, एक सैटेलाइट तश्तरी अपना बड़ा-सा कान दुनिया की तरफ़ लगाये हुए थी। पास में ही एक इमारत थी जिसे वह पहचान गयी थी कि बिजली का जेनरेटर था। आदमी और औरतें मकान के पीछे से दो गाड़ियों वाले गैराज के पास आ खड़े हुए जिसके शानदार लकड़ी के दरवाज़े ड्राइवर-अंगरक्षक के हाथ में पकड़े इलेक्ट्रॉनिक उपकरण का बटन दबाते ही खुलते चले गये। ये लोग या तो नौकर थे या शायद रिश्तेदार (रॉबर्टा ने देखा था कि कैसे अधिकारियों के ग़रीब रिश्तेदार अक्सर दोनों हैसियतों में सेवा करते थे), कुछ कार से सामान उतारने के लिए जल्दी से लपके, छींटदार, घेरे वाला लहँगा पहने एक औरत ने — जिसका अनिवार्यत: यह मतलब नहीं था कि वह खाना पका रही थी या साफ़-सफ़ाई कर रही थी, बल्कि हैसियत की निशानी थी — मकान के मालिक को गले लगाया और हाथ जोड़ कर मेहमान का स्वागत किया। रॉबर्टा घर में पत्नी और शायद दम्पति के बड़े बच्चों से मिलने को तैयार थी — निश्चय ही पत्नी अंग्रेज़ी बोलती होगी — हर हाल में उसके अपने प्रशिक्षण की सामाजिक योग्यताएँ ऐसी सभी मुलाक़ातों के लिए स्वाभाविक रूप से उपलब्ध थीं।

कमरों में अनुपस्थिति का एक निर्विवाद वातावरण है, जहाँ सिर्फ़ नौकर अपने रोज़मर्रा के काम-काज को पूरा करने के सिलसिले में आये-गये हैं; इन कमरों में किसी आने वाले ने अपनी मौजूदगी नहीं छोड़ी है। शायद आना अनपेक्षित है, उसकी पत्नी इस मकान के किसी और हिस्से में है। वह अपने मेहमान ही की मेज़बानी का अनुसरण कर रहा था जब *वह उसके* घर जाता था — एक अलमारी से ह्विस्की ले कर ढालते हुए जिसमें गिलास अपने पतले तनों से यों उलटे लटके हुए थे जैसे किसी उम्दा शराबख़ाने में लटके होते हैं; वह किसी को बुलाने नहीं गया था।

— मैं तुम्हारी पत्नी से मिलना चाहूँगी, पहले। — अपना गिलास स्वीकार करते हुए शिष्टाचार वाली मुस्कान के साथ।

— उसे शहर पसन्द है। —

— ओह, यह तो निराश करने वाली बात है। —

— बच्चे आते हैं कभी-कभार। —

— अच्छा, तब तो मुझे उनसे शहर में मिलना होगा। यह दोस्ती की उस क़िस्म की अस्थायी दावेदारी थी जिसकी वह आदी थी, पारिवारिक दायरे में शामिल की गयी अकेली औरत।

उन्हें चार बजे भोजन परोसा गया — आख़िरकार, उसे तैयार रखने के लिए छींटदार लिबास वाली औरत को पहले ही सूचित कर दिया गया होगा। ह्विस्की की बोतल स्केटिंग-रिंक की-सी चमकदार उस मेज़ तक उनके साथ चली आयी जहाँ वे आ कर बैठे — उस कमरे में जो बैठक से सटा हुआ था और जिसमें सिर्फ़ शादियों, खेल-कूद की टीमों और सरकारी आयोजनों की तस्वीरें थीं जिनमें इकट्ठा लोगों में वह भी शामिल था। नज़र की ओट से आती चहचहाती हुई आवाज़ों से संकेत मिल रहा था कि ड्राइवर-अंगरक्षक इस रसोई-घर में भी सामाजिक रूप से उतना ही स्वीकृत होगा जितना टोमासी के रसोई-घर में।

रॉबर्टा ने शोरबेदार गोश्त और जंगली पालक अपनी तश्तरी में ख़ुद ही डाला और अपने मेज़बान के हाथ के लहराते इशारे पर मक्के के खड़े दानों को अपनी प्लेट में परोसा जिनसे सुप्त ज्वालामुखी जैसी भाप उठ रही थी। काँच की एक तश्तरी पर पहियों-सरीखे टमाटर के कतले स्थिर चीज़ों के चित्र की तरह सजे हुए थे। उसके मेज़बान ने यह पता लगने पर अपनी खीझ को नियन्त्रण में रखा कि खाने के बाद कॉफ़ी नहीं मिलने वाली थी (प्रकट ही सुपरबाज़ार में

ख़रीदारी के समय भुला दी गयी थी); रॉबर्टा ने उस समय ग़ौर किया जो हमेशा ग्लैडवेल के यहाँ मौजूद रहा होगा — सवालिया अन्दाज़ में ऊपर की चढ़ी भँवों के अन्दरूनी कोनों का आकर्षक झुकाव, उस समय भी जब वह खीझा नहीं होता था, जैसा कि वह इस समय था। अगर कोई इतनी दिलचस्पी रखता तो इस अफ़सर के अपने में बन्द आत्म-नियन्त्रण में कमज़ोरी का एक चित्रात्मक संकेत।

— क्या मैं तुम्हारे फ़ार्म को घूम कर देख सकती हूँ? — रॉबर्टा ने समय से अपने को रोक लिया और उस अनुमान को व्यक्त नहीं किया : सुरंगें नहीं हैं न? दिन के एक ग़ैर-मामूली वक़्त ह्विस्की और भरपेट खाने के बाद उपजने वाली चंचलता के लिए यह उपयुक्त विषय नहीं था।

— तुम थोड़ी-सी चाय पीना तो नहीं पसन्द करोगी? — कॉफ़ी के न होने की एवज़ में। — मैं तुम्हें ले चलूँगा। पता है, मेरे पास घोड़े भी हैं — बेशक, तुम तो इंग्लैण्ड की रहने वाली हो, सभी अंग्रेज़ घोड़े पसन्द करते हैं। —

लिहाज़ा वे साथ-साथ मवेशियों के छते हुए तबेलों और पुराने पत्थर की चारदीवारी वाले भेड़ों के बाड़े से हो कर गुज़रे (किसी समय यहाँ पर किसी और क़िस्म का खेतिहर किसान रहा होगा, इंग्लैण्ड के कॉट्सवोल्ड के इलाक़े की स्मृतियों के साथ और खेतों के बीच बने सफ़ेद बरामदों वाले मकान के साथ जो रॉबर्टा ने कल्पित किया था)। गोबर के सुथरे सूखे हुए तिकोने ढेर सुखाये हुए और ईंधन के लिए चौकोर आकारों में काट कर रखे हुए, मील के पत्थरों की तरह थे जहाँ अपनी ही अनाम नस्ल के छोटे-छोटे कुत्ते हाँफते हुए साथ देते समय रुक कर अलबेले अन्दाज़ में टाँगें उठा कर मूतते हुए। ग्लैडवेल ने लाल मिर्च के एक खेत की तरफ़ इशारा किया जिसमें फ़सल तैयार खड़ी थी; उसके अन्दर कौतूहल जगा : — वे कान के लाल बुन्दे हैं, लटकते हुए! मक्के की फ़सल सिर जितने ऊँचे जंगल की मानिन्द दूर तक फैली हुई थी। — इस साल तीन हज़ार बोरे, बुरा नहीं है...लेकिन यह कई एकड़ बुवाई थी, इस तरह की बिकाऊ फ़सल के लिए वैसी ही ज़मीन होनी चाहिए...यह जगह तो कुछ नहीं थी। मोथे और कचरा। उस दूसरी की तरह। —

यही उसके क़िस्से के लिए एक मौक़ा था। *मेरे दादा उस खदान के मालिक थे वे वहाँ रहते थे* — मौजूदा पल अतीत के ऊपर सही-सलामत पनप जायेगा, जैविक रूप से, जैसे मक्का और ख़ून जैसी सुर्ख़ मिर्चें और दूर चरते

मवेशियों की भूरी-सफेद बनावट ने उस ज़मीन पर फिर से अधिकार जमा लिया था जो औपनिवेशिक लूट का माल थी। लेकिन वह क्षण गुज़र गया था; वे एक तबेले के पास आ पहुँचे थे जहाँ तीन घोड़े इन्तज़ार कर रहे लगते थे, जैसे कि घोड़े जान पड़ते हैं जब कोई उनके पास आ पहुँचता है। रॉबर्टा ने कहा (बेशक) — बड़े ख़ूबसूरत हैं। — और जोड़ा - ख़ास तौर पर वह भूरा। —

दूसरों के लिए फ़ैसला करने के आदी ग्लैडवेल ने अपने होंट अपनी जीभ के गिर्द सिकोड़े : — क्या तुम घोड़े की सवारी करना चाहोगी। यह घोड़ी बहुत अच्छी है। शान्त स्वभाव की। —

— अरे बिलकुल चाहूँगी! अगर कोई बहुत शान्त न भी हो! मैं काफ़ी घुड़सवारी करती थी, अब कोई मौक़ा नहीं है। —

— देखा। मैं अंग्रेज़ों को जानता हूँ। —

— तुम सवारी करते हो ? —

उसने आवाज़ दी और एक लड़का प्रकट हुआ, जिसे एक हिदायत दी गयी।

— मैं भी करता था, जब मैं बच्चा था, उस बूढ़े घोड़े पर जो मेरे पिता के छकड़े को खींचता था। लेकिन अब, नहीं, इन्हें तो मैंने अपने बेटे के लिए ख़रीदा था। वह अब अमरीका में है। उसकी काठी यहाँ है। —

लड़के ने भूरे घोड़े पर ज़ीन कसी और रॉबर्टा के मेज़बान ने उसे उस ऊँचे घोड़े पर चढ़ने में मदद दी। ख़ुद को ढो रहे जानवर के साथ ताक़त की साझीदारी की भूली हुई भावना चल पड़ने के फ़ौरन बाद ही उसके भीतर उमड़ी; अपने चेहरे से टकरा कर तेज़ी से विभाजित होती हवा का पुराना आनन्द। अनपेक्षित रूप से ग्लैडवेल ने दिशा का कोई निर्देश नहीं दिया, न इस बारे में कोई हिदायत कि वह कहाँ जा सकती थी; रॉबर्टा घोड़े को सरपट दौड़ाती चली गयी, आज़ाद, मक्के के खेतों के साथ-साथ नन्हीं-नन्हीं चिड़ियों को कीड़ों के बादलों जैसे झुण्ड की तरह छितराती हुई, वह सवारी करती हुई खुले मैदान में मवेशियों की तरफ़ गयी उनके पास उकड़ूँ बैठे चरवाहा लड़के की तरफ़ हाथ हिलाया और फिर मुड़ कर शहर जैसे आलीशान मकान की तरफ़ लौटते हुए वह तेज़ी से दिशा बदल कर उस ओर गयी जहाँ उसे लगा कि ग्लैडवेल ही होगा, हालाँकि उस आकृति में कुछ ऐसा था जो अलग था — न सिर्फ़ संसदीय सूट में मलबूस व्यक्ति की आकृति से, बल्कि खिलाड़ियों की सी कमीज़ और

पतलून वाली आकृति से भी। उसके साथ एक और आदमी भी था और जैसे-जैसे वह नज़दीक आयी उसने पाया कि वे किसी किस्म के पम्प की मशीन पर झुके हुए थे। अब, घोड़े पर सवार, वह उन लोगों की बग़ल में थी। वह भिन्न था; उसने कमीज़ उतार दी थी, ग्रीज़ और कालिख से लिथड़े हुए हाथ लिये उघड़े सीने के साथ वह सीधा हुआ। कमर तक नंगे आदमी में ऐसा कुछ भी उल्लेखनीय नहीं, जैसा तब होता है जब हर पत्रिका का आवरण नंगी छातियों वाली औरतों के प्रकट आह्वान का इस्तेमाल करता है। लेकिन शायद इसलिए कि यह आदमी हमेशा इतनी *पूरी तरह सुसज्जित कपड़ों* में लिपटा रहता था — अमूर्त और भौतिक दोनों अर्थों में — कि जो उजागर हुआ था उसका अनुमान करना असम्भव था। वह धड़ अपनी चमकती हुई सुन्दरता में, पसीने से रँगा, पुष्ट सुगठित माँसपेशियों, सीने के नीचे की दुहरी लकीर, कसी हुई चमड़ी के नीचे पसलियों की चिकनी धारियों वाला किसी और का जान पड़ता था। काला। शुद्ध काला। कोई निशान नहीं, बालों से भरी त्वचा नहीं। कौन है यह आदमी?

— हर बार जब मैं यहाँ आता हूँ, कोई-न-कोई समस्या उठ खड़ी होती है। अब पम्प बैठ गया था। —

वह हँसी। (*दूसरे आवास* की समस्याएँ।) वह भी पसीने से तर थी, उसका माथा चमक रहा था, गर्म और गुलाबी।

— सवारी अच्छी रही ? —

अद्भुत, अद्भुत।

ग्लैडवेल नहाने चला गया। रॉबर्टा को दूसरे बाथरूम का रास्ता बता दिया गया जो पत्नी का रहा होगा; एक गुलाबी कंघी और शैम्पू की एक ख़ाली बोतल ताक पर धरी थी, एक शिकन-भरा लबादा — किसी खिन्न पराजित चेहरे की तरह — खूँटी पर टँगा था।

वे बरामदे में एक विदाई की ह्विस्की ले रहे थे — रॉबर्टा की दिन भर की सैर के आख़िरी पड़ाव पर — वापसी के लम्बे सफ़र पर रवाना होते वक़्त, जब घर की देख-रेख करने वाली औरत घबराहट में फूट पड़ी। उसके और मेज़बान के बीच बात-चीत की रफ़्तार बढ़ती चली गयी; वह झल्लाहट के भाव से उसके पीछे-पीछे अन्दर चला गया। लेकिन जब वह बरामदे में लौटा, वह फिर अपने परिचित निरुद्विग्न रूप में आ चुका था, जो भी समस्या थी उससे दूर।

— वह आदमी पीता रहा है। मेरा ड्राइवर। वे अच्छा-ख़ासा उत्सव मनाते

रहते हैं यहाँ, हर वक़्त। —

— धुत्त है? —

— कार चलाने लायक़ नहीं है। —

कोई क़हर टूटने की बात नहीं। रॉबर्टा ने अपने हाथ फैलाये और ख़ुशमिज़ाजी से सिर को तिरछा किया। अपने प्रशासनिक अधिकारी के साथ किये गये दौरों में वह बन्दोबस्त में हर तरह के आवश्यक परिवर्तनों की आदी थी। — हम ड्राइव कर सकते हैं — तुम और मैं। —

— अँधेरे में, रात के समय। ख़तरे से ख़ाली नहीं है। —

— अरे, मुझे कोई फ़र्क़ नहीं पड़ता, हम सलामत रहेंगे, पारी-पारी से ड्राइव करते हुए। मैंने अक्सर देहाती इलाक़ों में रात को कार चलायी है। —

— कार चलाना नहीं। वैसे ही सुरक्षित नहीं है। —

सुरक्षित नहीं। ओ हाँ, धुत्त आदमी सिर्फ़ ड्राइवर नहीं, अंगरक्षक भी तो था।

— सुबह तक उसके होश-हवास दुरुस्त हो जायेंगे। हम सुबह-सुबह निकल सकते हैं। क्या यह तुम्हारे लिए ठीक रहेगा? इतवार है कल — तुम्हें कोई पहले से तय मुलाकात तो नहीं है? मुझे अफ़सोस है।

— ख़ैर, मेरे ख़याल में...और कोई चारा नहीं। मेरा मतलब है अगर जोखिम है, तुम्हारे लिए। नहीं, मैंने कोई ख़ास योजना नहीं बना रखी...कोई मेरा इन्तज़ार नहीं कर रहा है। कोई मेरे लिए जगा नहीं रहेगा। — वह उसकी चिन्ता शान्त करने के लिए मुस्करायी। — यही आज़ादी है। —

— मैं तुम्हारे रवैये की कदर करता हूँ। बहुत-सी औरतें...—

घर की देख-रेख करने वाली औरत ने गोश्त और रोटी की एक ट्रे ला कर रख दी और वे ह्विस्की पीते हुए 'विकास के धन्धे' की बातें करते रहे, एक खुले हल्केपन से, इस या उस व्यक्ति की आलोचना करते, विश्लेषण करते, जैसा कि उन्होंने (वह ख़ुद को इसकी छूट कभी न देता?) ह्विस्की के बिना और कभी नहीं किया था सिवा इस घर में जो उन्हें घेरे प्राचीन घुप्प अँधेरे में किसी जगमगाती कल्पना सरीखा था और जहाँ वे महफ़ूज़ छिपे हुए थे। सरकारी काम-काज के विधि-निषेधों से, उस रात, सिर्फ़ ड्राइवर-अंगरक्षक ही नहीं निकल भागा था।

जब दोनों जम्हाइयाँ लेने ख़ुद को रोक न पाने की स्थिति में आ गये तो ग्लैडवेल ने सोफ़े की कृत्रिम तेंदुए की खाल वाली मख़मल से उठ कर (हर स्थिति का अपना अदब-क़ायदा होता है) फ़ैसला करना मुनासिब समझा। — मैं तुम्हें दिखा दूँ तुम्हें कहाँ सोना है। —

एक गलियारे से हो कर आगे बढ़ने की झोंक में रॉबर्टा ने उसे बताया — कितना शानदार दिन बीता और घोड़े की सवारी भी — और उसने एक बाँह से रॉबर्टा के कन्धे को घेरे में ले लिया — काफ़ी-कुछ एक पुरुष-मित्र के प्रति किसी आदमी की हरकत की तरह।

जिस कमरे में पहुँचा कर उसे छोड़ दिया गया था वह किसका था इसका कोई संकेत नहीं था : यह उस ग़ैर-वाजिब जगह पर स्थित कैलिफ़ोर्नियाई मकान की फ़ितरत थी कि उसमें ऐसे उद्देश्यों के लिए कमरे थे जो उस जगह की ज़रूरतों से मेल नहीं खाते थे जहाँ वह ला खड़ा किया गया था। ऐसा लगता था कि कमरे को किसी क़िस्म के कुशादा प्रसाधन-कक्ष और कपड़े वग़ैरा पहनने के इरादे से बनाया गया था — कुछ अन्य कमरों से संलग्न जिनकी ओर खुलने वाला एक और दरवाज़ा पलँग से बन्द करके रखा गया था। कम्बल और तकिये थे, पर कोई चादर नहीं। लेकिन रॉबर्टा के पास तो रात के कपड़े, नाइट-सूट वग़ैरा भी तो नहीं था; वह पल भर के लिए बिस्तर पर बैठी यही सोच-विचार कर रही थी, गलियारे का दरवाज़ा अभी तक खुला था, जब ग्लैडवेल ने यह जानने के लिए अन्दर झाँका कि उसे किसी चीज़ की ज़रूरत तो नहीं थी। वह आश्वस्त करने के लिए उठ खड़ी हुई, नहीं, नहीं, मैं ठीक हूँ, आत्म-निर्भरता का प्रदर्शन करने के लिए कुछ क़दम उसकी तरफ़ बढ़ती हुई। वह आगे बढ़ कर उसके क़रीब आ गया और यह साफ़ नहीं था कि उसने पहले ख़ुद को पेश किया या उसकी बाँहें पहले रॉबर्टा के गिर्द लिपट गयीं; आलिंगन कुछ लम्बा खिंच गया, मानो ग्लैडवेल की किसी ख़ामोशी को भर रहा हो। उसके होंट रॉबर्टा के होंटों से उसके चेहरे और गर्दन की ओर बढ़े और उसके हाथों ने उसकी छातियाँ थाम लीं। जब वे कपड़े उतार बैठे तो वह थोड़ी देर के लिए एक भी शब्द कहे-सुने बग़ैर उसे छोड़ कर गया और कॉण्डम को हाथ में इस तरह छिपाये कमरे में वापस आया जैसे वह संसदीय चुनाव में मतपत्र लिये हुए हो। उस पलँग पर जो किसी का नहीं जान पड़ता था, सिंचाई के बिगड़े हुए पम्प के पास उघड़ा हुआ उसका धड़ रॉबर्टा के शरीर से आ मिला, अपनी सारी सम्भावनाओं को सिद्ध करता हुआ। आनन्द के लेन-देन के बीच कहीं, इस अल्पभाषी आदमी ने

प्रेमी की तरह उसका नाम लिया। — रॉबर्टा... लड़कों के नाम की तरह, उन्होंने तुम्हें यह नाम क्यों...— क्योंकि वे लड़का चाहते थे। — और एक पल के बाद उसकी गर्दन पर हाँफती हुई आधी हँसी के साथ : — उन्होंने तुम्हारा नाम ग्लैडवेल क्यों रख। वही बात? वे तुम्हें किसी और रूप में चाहते थे। तुम्हें गोरा अंग्रेज़ बनाना।—

सुबह के छै बजे ड्राइवर-अंगरक्षक ने कार को अहाते से निकाल कर टेरेस के सामने ला खड़ा किया था, चलने को तैयार। उसके चेहरे पर रात के मदिरापान का कोई निशान नहीं था। रॉबर्टा को कुछ समय बाद ख़याल आने वाला था कि क्या वह सचमुच धुत्त हो गया था। या उसे हिदायत दी गयी थी कि वह हो गया था; मगर कौन था जो अनकही इच्छा को अनुमान पाता, उसकी और साथ-ही-साथ उसके मेज़बान की, जो बहाना सुनने के लिए तैयार थी।

सरकारी पदों पर आसीन लोग, सार्वजनिक छवियों वाली औरतें और मर्द जानते हैं कि इन पदों और छवियों के भीतर किसी क़दर मर्यादा बनाये रखने के लिए ऐसी निजी परिस्थितियों के साथ कैसे ताल-मेल बैठाया जाये जो पद और प्रतिष्ठा के लिए प्रतिकूल हो सकती हैं। किसी अन्तर्राष्ट्रीय अनुदान एजेन्सी में प्रशासनिक अधिकारी के सहायक जैसे अदना-से पद और प्रतिष्ठा वाले व्यक्ति को भी यह मालूम होता है; कम्प्यूटर कुशलता और अनुदान पाने वाले देश के साथ सम्बन्धों में व्यवहार-कौशल और राजनय के शिष्टाचार के साथ; एक और अनकहा क़ायदा। सहायता देने वाली एजेन्सी के कर्मचारियों को स्थानीय व्यक्तियों से व्यक्तिगत लगाव स्थापित करने की छूट इस आधार पर नहीं होती कि सम्भव है इससे अनुदान सम्बन्धी निर्णय प्रभावित हो जायें; अगर वे ऐसे रिश्ते बना ही लें — और वे बनाते ही थे — तब उन पर विश्वास करते हुए यह अपेक्षा रखी जाती है कि वे दोनों ओर से सतर्कता बरतते हुए एजेन्सी की तटस्थ निष्ठा का सम्मान करेंगे — एजेन्सी द्वारा आँखें बन्द करने के बदले में व्यक्ति के आँखें बन्द रखने का प्रबन्ध करके। सरकारी लोगों के लिए बेशक यह स्थिति एक मानी हुई बात होती है — ऊँचे पद पर आसीन औरत या मर्द से यह अपेक्षा की जायेगी कि उसके पास आरामदेह शानदार गाड़ी और सुरक्षा-कर्मियों के साथ-साथ फ़ुर्सत के क्षणों में तरोताज़ा होने के लिए कोई आदमी या औरत होगी; परिवार के साथ खींची गयी और औपचारिक रूप से सजायी गयी तस्वीरों से बाहर के चेहरे होंगे।

भूमि सम्बन्धी मामलों के उप-महानिदेशक की गाड़ी अक्सर उस मकान के पीछे वाले अहाते में खड़ी रहती जो अनुदान एजेन्सी के प्रशासनिक अधिकारी की सहायक को आबण्टित किया गया था। ड्राइवर और सुरक्षाकर्मी टोमासी के रसोई-घर के उतने ही आम आने-जाने वालों की तरह बैठते जितना टोमासी के दूसरे दोस्त-यार। हो सकता था कि उन्हें बुला कर उनके मालिक उप-महानिदेशक द्वारा कार छोड़ कर घर जाने और दोबारा सुबह लौटने के लिए भी कह दिया जाता। हालाँकि अपने नये खोजे गये सामंजस्य में न रॉबर्टा को और न उसे इस बात को कहने की ज़रूरत पड़ी थी, मगर उनमें से कोई भी रसोई-घर में उन आदमियों की बातचीत और हँसी-ठट्ठे के दौरान प्यार-मुहब्बत करने के तैयार नहीं था। काम-काजी दौरों में इससे पहले सिर्फ़ एक बार रॉबर्टा का विदेश में प्रेम-सम्बन्ध हुआ था, थोड़े समय के लिए और यूरोप में एक होटल में जहाँ आदमी ने अपने नाम से अलग किसी और नाम में कमरे का प्रबन्ध किया था (हालाँकि रिसेप्शनिस्ट की निगाहें चुग़ली खा रही थीं कि उसका असली नाम काफ़ी जाना-पहचाना था।) लेकिन यहाँ, निस्सन्देह, यह उप-महानिदेशक के सहज बोध से उपजा विचार था कि किसी विशेष प्रबन्ध की ज़रूरत नहीं थी — एक तरफ़ उसका फ़ार्म था, दूसरी तरफ़ वह मकान जो एजेन्सी ने अकेले उस महिला के लिए उपलब्ध कराया हुआ था। सुरक्षाकर्मी और ड्राइवर, सेवक टोमासी : वे लोग ज़रूरतों को पूरा करने के लिए वहाँ थे, इस बात पर सवाल करने के लिए नहीं कि ये ज़रूरतें क्या थीं; सुरक्षा के व्यापक अभिप्राय होते हैं। उन्हें गपियाने और हँसने दो, कौन जानता है वह सब किस बारे में था, रसोई-घर के भीतर; अपने समाजी स्तर पर वे दूसरों से क्या कहते हैं, इस पर कोई ध्यान नहीं देने वाला था।

प्रशासनिक अधिकारी और उसकी पत्नी फ़्लोरा बिरले ही उसकी सहायिका के कुँआरी औरत वाले मकान पर आते थे; इससे कहीं अधिक मित्रतापूर्ण था कि वह उस मकान को किसी क़िस्म का अस्थायी निवास मान कर इस्तेमाल करे जो फ़्लोरा कई लोगों के लिए खुला रखती, खाने-पीने और दरवाज़े के ठीक उस तरफ़ वह निर्विवाद स्वागत, कम उम्र वाला बेटा गिटार के तार छेड़ता हुआ। तो भी उन्होंने अन्दाज़ा कर लिया होगा कि रॉबर्टा ब्लेन के काम-काजी दौरे में एक नये तत्व का प्रवेश हो गया था, इससे पहले कि उसे उप-महानिदेशक ग्लैडवेल शैडरैक चाब्रुमा के आचरण में कुछ सुनिश्चित संकतों के माध्यम से अनकहे तौर पर पहचाना और आम तौर पर स्वीकारा गया। किसी व्यक्ति के सर्व-व्यापी और

निश्चित प्रभावों में इस बात पर ध्यान नहीं दिया था तो भी यह पक्का था कि ऐलन हेण्डरसन रॉबर्टा के साथ हर रोज़ काम करते हुए और जिन लोगों से उनका साबक़ा पड़ता था उनके बारे में विचारों के आदान-प्रदान के निष्कर्षों पर निर्भर रहते हुए उस गर्मजोशी-भरे औरतपने से ग़ाफ़िल नहीं था — जैसा कि कोई मर्द हो भी नहीं सकता था — जो उस औरत से निःसृत होता है जिसे प्यार किया जा रहा है और जो उसमें पहले सोया हुआ था। उसने अपनी बीवी से कुछ नहीं कहा; अपने निरीक्षण के निजी नतीजों को एजेन्सी के मामलों की उस कोटि में डाल दिया जिसे 'अनुदान सम्बन्धी गपशप' में रखा जाना था और जो, ख़ुद फ़्लोरा के नियमों के अनुसार, उसका मामला नहीं थे...लेकिन फिर जैसे-जैसे महीने बीते और अपने इस सम्बन्ध को स्वीकार करने में उप-महानिदेशक की हिम्मत बढ़ी (सम्भव है सरकारी हलक़ों में उसके सहकर्मियों ने यहाँ तक सोचा कि वह फ़ायदेमन्द साबित हो सकता था; जिस अनुदान एजेन्सी से उन्हें महत्वपूर्ण वित्तीय आशाएँ थीं, वहाँ की कोई औरत) वह सार्वजनिक अवसरों पर रॉबर्टा ब्लेन के साथ अकेले दिखायी देने लगा। दूसरों की तरह फ़्लोरा को भी आभास हो गया कि शर्मीली शख़्सियत की उसकी कुँआरी सहेली ने जिसकी उमर अब इतनी कम नहीं थी, एक सरकारी अधिकारी के साथ रिश्ता क़ायम कर लिया था। उसे उसके पति ने इस क़िस्से को न छेड़ने के लिए चेता दिया था। — लेकिन अगर रॉबर्टा मुझसे बात करे तो ? मेरा मतलब है बिलकुल अनहोनी-सी बात है! किसने सोचा था कि वह...वह अकड़ू बन्दा...और अगर उसका टाँका किसी से भिड़ता भी तो अपने ही दफ़्तर की किसी जूनियर से या टेलिविजन की किसी ऐंकर से, जैसा कि दूसरे लोग करते थे, वह ऐसी ही किसी को चुनता, अगर चुनता तो —

रॉबर्टा ने उससे 'बात' नहीं की थी, लेकिन जैसे-जैसे समय बीता फ़्लोरा ने आघात न पहुँचाने वाली निरीह-सी टिप्पणियों से यह स्पष्ट कर दिया (निश्चय ही तुम नहीं आओगी मेरे ख़याल में, इस सप्ताहान्त के दौरान तुम्हारे पास बेहतर योजनाएँ होंगी) कि उसे इस मामले का पता था और वह अपनी मित्र उस कुँआरी औरत के लिए ख़ुश थी। जल्दी ही रॉबर्टा भी पलट कर बड़े स्वाभाविक रूप से यह जवाब देने के क़ाबिल हो गयी थी, हाँ, मैं ग्लैडवेल के साथ फ़ार्म पर जा रही हूँ, अगर शनिवार को उसे किसी ख़ास बैठक में हिस्सा न लेना हो तो। हेण्डरसन दम्पति के साथ उसका यह आपसी अनकहा समझौता था कि भले ही वे कितना भी चाहते रहे हों, और निश्चय ही राबर्टा भी, ग्लैडवेल को रॉबर्टा

के साथ हेण्डरसन के घर खाने की अन्तरंग दावतों पर आमन्त्रित नहीं किया जाता था — यह वहाँ मौजूद दूसरों के लिए कुछ ज़्यादा ही चुनौती-भरा संकेत होता कि यह एक ख़ास रिश्ता था। जब वह वहाँ औपचारिक जलसों में अपनी सरकारी हैसियत में आता तो रॉबर्टा और मेज़बान, दोनों, उसके साथ वैसी ही निस्संग मैत्री का व्यवहार करते जैसा वे किसी और मेहमान के साथ करते थे। हर परिस्थिति का अपना शिष्टाचार होता है।

स्वाधीनता दिवस पर राष्ट्रपति निवास पर राजकीय के समारोह में उसने बिना ग़ौर किये भीड़ में किसी के साथ गप-शप करती फ़्लोरा पर निगाह डाली होगी, किसी औरत के साथ। फ़्लोरा अपने चेहरे पर निकल भागने का आधा मज़ाक़िया बोरियत झेलने वाला भाव लिये उसके पास आयी : — भली औरत है, मुझे यक़ीन है, लेकिन उससे बात किस चीज़ के बारे में की जाय — जब आप एक तरफ़ अलग-थलग हों तो, क्या हैं उसकी दिलचस्पियाँ, वह आपको अपने पसन्दीदा टेलिविजन धारावाहिक के बारे में बताती है। नये क़िस्म की घरेलू औरत, शहरी गँवार — तुम तो जानती हो इन बेचारियों को — फ़्लोरा ने खुद को रोक लिया; फिर जैसे कान में कह रही हो — वह ग्लैडवेल की बीवी है। उसने उससे बहुत कम उमर में शादी कर ली होगी और झौआ भर बच्चे पैदा करने के सिवा...वह निश्चय ही उसके कैरियर को अब आगे बढ़ाने में फ़ायदेमन्द साबित नहीं होने वाली है। —

रॉबर्टा ने कमरे की दूसरी तरफ़ उस औरत पर नज़र डाली, मानो वह एकान्त में दख़लन्दाज़ी कर रही हो; ख़ुद को, अलबत्ता उस औरत के पति की प्रेमिका के रूप में परखते हुए, ऊपर को आते जी के साथ; पुरानी रवायतें चेतावनी में उसकी ओर उँगली हिलाती हुईं। यह एकमात्र अवसर था जब वे मिली — या कहा जाये नहीं मिली — थीं। वह कभी-कभार उन सन्दर्भों में, जहाँ अनिवार्य होता और स्वाभाविक, अपनी पत्नी का ज़िक्र करता : एक कार दुर्घटना जिसमें वे दोनों थोड़ा घायल हो गये थे, बात तब उठी थी जब फ़ार्म के एक साप्ताहिक दौरे में ड्राइवर-अंगरक्षक ने अपनी सवारियों को एक नाले में लगभग दे पटका था (इस बार सचमुच उस पर ख़ुमारी तारी थी।)

पत्नी के साथ उसका किसी-न-किसी क़िस्म का समझौता ज़रूर होगा; कोई भी, रॉबर्टा ब्लेन की तरह, जो कभी शादी-शुदा रह चुका हो, जानता है कि शादी के गुप्त नक़्शे में अगल-बग़ल जाने वाली कई स्वीकृत गलियाँ होती हैं। कभी-कभी वे किसी रेस्तराँ में मिलते जहाँ वह नज़र में आ सकता था,

संसदीय सूट पहने दूसरे लोगों को, एजेन्सी के कर्मचारियों में से एक औरत के साथ खाना खाते हुए। उसकी औरत, बिला शक। कइयों की अपनी औरतें थीं, भले ही उस मौक़े पर उनके संग नहीं। वह उसी क़िस्म का रेस्तराँ था।

एक दिन जब वह उसके चुने एक और रेस्तराँ में पहुँची तो एक युवती उसकी मेज़ पर उसके साथ बैठी थी। वह पल भर झिझकी, कि वह जाये या नहीं, उसने उसे देखा, एक हथेली उठायी, वह उसकी ओर बढ़ी। उसने परिचय में पहले उसका नाम बताया। —रॉबर्टा ब्लेन। ये मिस्टर हेण्डरसन की सहायक हैं जो यहाँ अब एजेन्सी प्रमुख हैं। — लड़की अपनी पीढ़ी की अनौपचारिक स्वीकृति में आधी उठी और उसने मुस्कराते हुए अपने सामने खड़ी औरत की तरफ़ हाथ बढ़ाया। हाथ लम्बा, मुलायम, उँगलियों और अँगूठे में छल्लों से शोभित, चमकते हुए तितली के पंख जैसे नीले रंग से रँगे नाख़ूनों वाला था; एक लक्षण। वह आत्म-विश्वास-भरी आकर्षक लड़की भी, उसकी ख़ूबसूरती ऊँचे तबक़े की मौजूदा आधुनिक शैली में सँजोयी गयी थी — बाल सीधे करके सिर के ऊपर चमकीले घूँघरों के बल खाते गुच्छे में बँधे हुए थे जो दुकानों में ख़रीदा जा सकता था, तिरछी आँखों की तरल कौंध, भरे-भरे होंट, सुर्ख़ लाल रंग से मानो गढ़े हुए। — फ़िला, मेरी छोटी बेटी, नॉटिंघम में अपनी क़ानून की पढ़ाई से छुट्टियों में घर आयी है, तुम्हारे देश से। — सो दोनों औरतें, उसकी औरतें, इंगलैण्ड के बारे में बात करती रहीं, लड़की के प्रभावों के बारे में, 'ब्रिट्स' में उसके अनुसार वह क्या था जो मनमोहक था, क्या खीझ पैदा करने वाला, उनके तौर-तरीक़ों में वह जो हँसने पर मजबूर कर देता था। — आप इंगलैण्ड के लिए तरसती हैं न? आप अंग्रेज़ हैं, नहीं क्या ? —

रॉबर्टा ने कहा कि उसके ख़याल में तो वह थी। लेकिन थोड़ा-बहुत उन सारे देशों की भी थी जहाँ वह काम-काजी दौरों में गयी थी।

— आपको अफ़्रीका कैसा लग रहा है? मुझे तो बाहर रहने के बाद ही यह एहसास हुआ है कि यहाँ सब कुछ सचमुच कैसा है! मेरी अपनी जगह, मेरा अपना शहर! अजीबो-ग़रीब! वाक़ई अजीबो-ग़रीब। मेरे पिता को यह सुनना पसन्द नहीं है, वे कहते हैं मैं भूल रही हूँ कि मैं कौन हूँ। यह मुमकिन है भला — अंग्रेज़ मुझे लगातार इसका एहसास कराते रहते हैं। लेकिन संजीदगी से — या कहा जाय बिना संजीदा हुए, मुझे बहुत मज़ा आ रहा है — उसने अपने पिता का हाथ थाम लिया, चुहल से काम लेते हुए उसकी ख़ामोशी में किसी अप्रसन्नता को शान्त करते हुए। ऐसी ख़ामोशी जो वैसे सहज थी; खाना खाते हुए, लड़की

की बातों पर उसकी यदा-कदा की गयी टिप्पणी में इस बात का कोई संकेत नहीं कि तीनों लोगों के मौजूद होने की यह परिस्थिति शक और दूसरे क़िस्म की नापसन्दी को जन्म दे सकती थी : बेटी में। वह पूछना चाहती थी कहने का मतलब यह कि — कभी-न-कभी—कि उसने क्यों चाहा था कि उसकी बेटी उससे मिले, अपने परिवार के सामने, अपनी *असली ज़िन्दगी* के सामने (उसे उजागर करे) — वह इसके बारे में ऐसे ही सोचती थी। जहाँ उसके सामने यह पक्का नहीं था कि उसका क्या था, वह इतना पक्के तौर पर जानती थी कि ग्लैडवेल का क्या था। पूछने का सही वक़्त कभी आया नहीं। शायद ग्लैडवेल ने उन तीनों के बारे में उस तरह से नहीं सोचा था जैसे रॉबर्टा ने उसे देखा था; ग्लैडवेल के लिए वह महज़ छुट्टियों पर आयी अपनी बेटी को रेस्तराँ में खाना खिलाने के लिए ले जाने का पिता का दायित्व निभाना था।

अगर रॉबर्टा को उस मेज़ पर अपनी मौजूदगी का औचित्य सिद्ध करने — सही ठहराने — की ज़रूरत थी तो यह इस बात को स्वीकार करने में ही हो सकती थी कि वह उप-महानिदेशक के प्रणय-सम्बन्धों में न तो पहली थी और न आख़िरी। उसकी असली ज़िन्दगी के बाहर।

उसे बस इतना मालूम था कि वह और यह आदमी एक-दूसरे को वह दे रहे थे जिसकी उनमें से हरेक को ज़रूरत भी। प्यार, हाँ, उसके बहुत-से जटिल रूपों में से एक; सबसे सरलतम में से एक। इतना-युवा-नहीं; जिसे उसका ज़ेहनी पहलू कहा जा सकता था (वह जानती थी कि वह कोई बहुत बड़ी बुद्धिजीवी नहीं थी। लेकिन उसके पास समकालीन संसार के काम-काज की डट कर काम में लायी गयी एक समझदारी थी) वही उन्हें पहले-पहल एक-दूसरे के क़रीब लाया था; वह उसके साथ गम्भीरता से विचार-विमर्श करना चाहता था, उससे उन विचारों से अलग मत और मान्यताएँ खींच निकालना चाहता था जो उसे सरकारी तौर पर उपलब्ध कराये जाते थे, उद्देश्यों के अलग दृष्टिकोणों का आदान-प्रदान करना चाहता था, जो एक नवागत यहाँ घटित होते देखता था, उसके देश में और उस दुनिया में जिसका उस औरत को इतना व्यापक अनुभव हो चुका था।

प्यार करने के दौरान शब्दों से आगे की एक वाग्मिता प्रकट होती और आनन्द की यह वाग्मिता उसे राज़दारी के ख़तरे के क़रीब ले आयी — मस्ती के शिखर पर पहुँच कर मुक्ति की अनुभूति का एक हिस्सा, वह सौंप देना जो तुम्हारे ख़िलाफ़ इस्तेमाल हो सकता है। ऐसे पल में, उस एकान्त निजता में

जिसका कोई प्रतिरूप नहीं : — बफ़लो खदान। तुम्हें पता है, वह दिन जब मैंने पूछा था, उस रोज़। मेरे दादा उसके मालिक थे और उसे दास-प्रथा वाली खेती-बाड़ी की तरह चलाते थे। १९२० के दशक में। वे एक आदमी को पैदल उतनी दूर उस शराब की दुकान पर भेजा करते थे जो अब भी है, तुम शहर में वहाँ रुके थे — अपनी साप्ताहिक पीने-पिलाने की पार्टी के लिए ह्विस्की की एक पेटी लाने और वह आदमी ह्विस्की की बोतलों का एक खोखा अपने सिर पर रखे पैदल वापस आता था। सोम को जाता था और शुक्र को लौटता था। हर सोम को, हर शुक्र को। मेरे दादा ने इसका एक मशहूर लतीफ़ा बना दिया था — मेरा बन्दा, क्या सिर हैं इनके, लकड़ी के शहतीर जितने मोटे। —

ग्लैडवेल ने कुछ नहीं कहा। अचानक शर्मिन्दगी के आँसू, पुरानी शर्म के अनबहे, *क्या सिर हैं इनके* उसकी आँखों से निकल कर ग्लैडवेल के कन्धे पर टपके। उसने आलिंगन से एक बाँह ढीली की और कन्धे को झाड़ा जैसे कोई चीज़ वहाँ आ कर बैठ गयी थी; उँगलियों को गीलेपन का एहसास हुआ।

— क्या बात है। —

— जो हमने यहाँ किया। हमारे परिवार में। हममें से बाक़ियों ने। कितने झूठे हैं हम, इन देशों में यों आते हुए मानो हम कभी नहीं आये थे, आदिम पर आश्चर्य व्यक्त करते हुए — हाँ, हाँ, यह एक घटिया, सरपरस्ताना, नस्लवादी शब्द है, इसे कभी इस्तेमाल नहीं करती, पर इसका भाव हमारी सिफ़ारिशों, हमारी रिपोर्टों, हमारी प्रशंसा में भी रहता है — मत कहो इसे, *भोली मूढ़ता मोटी खोपड़ी* — उफ़, लोगों में बोझ उठाने की क्षमता, इस क्षमता की *उपयोगिता*, विकास के लिए मज़बूत आधार, शहतीर जैसा सख़्त उस पर पैसे की ताक़त की मिल्कियत यही है मेरा बन्दा — वह अपनी पगलायी फुसफुसाहट सुन सकती थी।

अँधेरे में उसकी आवाज़ उसके सीने से आती एक थर्राहट। — इस तरह की चीज़ें जुग-ज़माने पहले हुई थीं। तुमसे कोई लेना-देना नहीं है। ऐसे ही थे वे लोग। ऐसा ही था उनके साथ। वे लोग। ऐसी बातें...यही परम्परा थी। —

उन्होंने फिर से प्यार किया और रॉबर्टा ने महसूस किया, उसकी तरफ़ से, कि उसे ग्लैडवेल के सिर को सहलाने की इच्छा को रोकना चाहिए, उसके सिर के आकार पर अपना हाथ बार-बार फिराने की इच्छा का, ताकि जो बदला नहीं जा सकता, एक अतीत, उसे बहिष्कृत करने की इच्छा का। विकास द्वारा

भी नहीं। वह और ग्लैडवेल मौजूदा समय के अधीन हैं।

हर काम-काजी दौरे में जो ठीक-ठाक चल रहा होता है यह हताशा-सी मँडराती रहती है कि एक दिन वापस जाना होगा, नयी जगह नियुक्ति होगी, नये देश में, ठीक उस समय जब परियोजनाओं को पूरा करने के लिए और अधिक समय दरकार होता है।

— क्या ख़याल है तुम्हारा — क्या मैं समय बढ़ाने के लिए कहूँ? क्या तुम यहाँ रुकोगी? —

ऐलन हेण्डरसन के प्रश्न में कोई व्यंग्य नहीं था; वह एक काम-काजी दल के रूप में उनकी कुशलता के बारे में सोच रहा था। और रॉबर्टा ने उसी व्यावहारिक स्तर पर एजेन्सी की बोली-बानी में जवाब दिया। — अगर तुम विश्वास करते हो कि जब हम वाक़ई यहाँ से काम समेट कर जाते हैं तब तक हम सचमुच उन पाँच ग्रामीण परियोजनाओं को क्षमता की उस अवस्था तक पहुँचा सकते हैं जहाँ तक उन्हें पहुँचना चाहिए अगर उन्हें अपने बल पर चलने लायक़ होना है तो। कोशिश करने क़ाबिल है, न्यू यॉर्क में? —

भूमि सम्बन्धी मामलों के उप-महानिदेशक को मालूम था — ज़रूर मालूम रहा होगा — यह सरकार का काम था कि वह देश के लिए नामांकित सहायता विकास दल में बदलाव के लिए तैयार रहे — कि उसका काम-काजी दौरा कुछ महीनों में पूरा होने वाला था। रॉबर्टा ने उसे नहीं बताया था कि उसका प्रशासनिक अधिकारी समय बढ़ाने की दरख़्वास्त कर रहा था। उसे लगता था कि ऐसा करना किसी-न-किसी- अर्थ में ऐलन हेण्डरसन को दिये गये उसके जवाब की निष्ठा को कम कर देगा; उसके नियम-क़ायदे में — इस देश में उसके उद्देश्य को ले कर उसकी प्रतिबद्धता में—एक अवांछनीय तत्व का समावेश कर देगा। उसके लिए सेवा-वृद्धि की आशा करना; यह उसे झूठा, झूठों का वंशज बना देगा। और अच्छा ही था कि उसने ग्लैडवेल को यह बताया नहीं। प्रशासनिक अधिकारी के अनुरोध को ठुकरा दिया गया; वह पहले ही से एक नयी नियुक्ति, एक नये देश के लिए नामांकित था। इसमें कोई शक नहीं था कि वह इतनी महत्वपूर्ण नहीं थी कि उसके मुख्यालय लौटने से पहले यह फ़ैसला किया जाय कि वह कहाँ 'तैनात' की जायेगी। उसने और ऐलन हेण्डरसन ने दुगनी गति से काम करना शुरू कर दिया ताकि जिसे वे जारी रखने लायक़ उपलब्धि मानते थे उसे अपने

पीछे छोड़ जायें, और समय के एहसास के बिना प्रयासों के ये घण्टे और दिन उसी शिद्दत से उन रातों से गलबहियाँ करते जब एक सरकारी कार प्रशासनिक अधिकारी की सहायक के पिछले अहाते में दुबकी रहती और इतवार के उन दिनों से जब वह भूमि सम्बन्धी मामलों के उप-महानिदेशक के फ़ार्म पर घुड़सवारी करती। कैलिफ़ोर्निया शैली का वह मकान अपने विदेशी ख़ोल में ज़िन्दा हो उठा था जहाँ दो लोग बातें करते, खाते और पीते और प्यार करते। ग़ुसलखाने में रॉबर्टा का शैम्पू था। जब वे उस बड़े पलँग पर सोते, दो लोगों के लिए बने पलँग पर तो शिकवों से भरे प्रेतों से मुलाक़ात न होती। पत्नी शहर पसन्द करती है। रॉबर्टा ब्लेन के लिए सब से ज़्यादा परेशान करने वाली बात थी फ़ार्म से उसका लगाव। ऐसा लगता था मानो इससे पहले कोई उसका मालिक नहीं था, क्योंकि लगाव, किसी जगह से प्यार, किसी मनुष्य से प्यार की तरह है, वह उस जगह को, उस व्यक्ति को ज़िन्दगी की धड़कनों से भर देता है। यह प्रेम-सम्बन्ध तो ख़त्म हो जायेगा (जो इतने-युवा-नहीं होते, वे इसे जानते हैं), ग्लैडवेल शैडरैक चाब्रुमा उसे भूल जायेगा, वह भी किसी दूसरी जगह होगी और उसे भुला देगी, वे क्रिस्मस के मौक़े पर एक-दूसरे को कार्ड भेजेंगे, जब तक कि उनमें से कोई एक या दूसरा नये पते पर नहीं रहने लगेगा, लेकिन वह फ़ार्म, उसकी बग़ल में दौड़ रहे हडीले कुत्तों के साथ धूप और हवा में वह घुड़सवारी, बच्चों का हाथ हिलाना, उछलना-कूदना, उनका नुमाइशी अन्दाज़, पहली बार देखी गयी लाल मिर्चों की बालियाँ; फ़ार्म उसकी ज़िन्दगी के आवरण में गुँथे अनुभवों में से एक बन जायेगा। विकास की शब्दावली में, हाँ, जिलाये रखने योग्य।

हाँ, ऐसे पल थे — जिन पलों में वह जानती थी कि वह इस आदमी के लिए तरसेगी, इस अपेक्षा की भयभीत करने वाली व्यथा कि ऐसा होगा। वह संयम जो उस आदमी की विशेषता था — अपने में बन्द, अन्तर्मुखी — वह सचमुच : संयम था। ऐन्द्रिक ऊर्जा, नरमी और शरीर की उत्तेजित कर देने वाली शक्ति का कोश। संसदीय सूट के उस कवच के नीचे वह आवेग-भरी आश्वस्ति थी, रॉबर्टा के लिए, चाहे जाने के लिए और — क्षमता का एक और रूप — चाहत का वह प्रत्युत्तर जो उसके अन्दर जीवित हो उठा था, पता चला था कि दस, बीस साल बीतने के बावजूद अब भी उपलब्ध था। लेकिन यह आसन्न जुदाई ख़ुश-ख़ुश ज़ुदा होने की अपेक्षित जुदाई से भिन्न क़िस्म की थी। एक ऐसे देश को छोड़ना जहाँ वह पहले थी और जहाँ शायद — उसे इस विचार में

ग़ोते नहीं लगाने चाहिएँ — शायद उसने अपने काम के ज़रिये अतीत की किसी रूप में भरपाई कर दी थी। एक आदमी को छोड़ना; फ़ार्म ही है जो वह यहाँ से अपने साथ ले जायेगी। काम-काजी दारे के खत्म होने में तीन महीने, दो महीने। इस बीच, उप-महानिदेशक के साथ कुछ सन्तोषदायक घटित हुआ; भूमि सम्बन्धी मामलों का निदेशक एक घोटाले में फँस गया और ग्लैडवेल शैडरैक चाब्रुमा उसकी जगह नियुक्त कर दिया गया। रॉबर्टा को उसके तईं एक आनन्द-भरी, अधिकार-भावना से रहित गर्व का एहसास हुआ, एक और ही क़िस्म के सुख का; उसकी उपलब्धियों की इस स्वीकृति की असली हिस्सेदारी उसके परिवार की थी।

सफलता ने अब उसकी अल्पभाषिता के सार्वजनिक मूल्यांकन को बदल दिया, इस निष्कर्ष को जन्म दिया कि वह निष्ठा का संकेत थी — सुरक्षित बुद्धिमत्ता, क्षमता, कुशलता और ईमानदारी — वह उस जाँच से बेदाग़ निकल आया था जिसने विभाग को सवालों के कटघरे में खड़ा कर दिया था और उसके वरिष्ठ अधिकारी को, अगर ग़ल्ले में हाथ डाले नहीं पकड़ा था तो कम-से-कम हाथ को किन्हीं व्यक्तियों और कम्पनियों को — स्थानीय और अन्तर्राष्ट्रीय — भूमि सम्बन्धी अधिकार देने की एवज़ में रिश्वत के लिए फैलाये पकड़ लिया था।

एजेन्सी के अधिकारी और उसकी सहायक की रवानगी की तारीख़ से एक महीना पहले, उनके बदले में वहाँ काम करने वाले आ पहुँचे थे, और वक़्ती तौर पर होटल में टिका दिये गये थे; रॉबर्टा ब्लेन ने सावधानी से विशेष काग़ज़ में नाज़ुक उपहारों को लपेटना शुरू कर दिया था, चिकनी मिट्टी के उन बर्तनों को जिनमें यात्रा के दौरान वापस अपनी मूल अवस्था में लौटने की इतनी सम्भावना थी, देश की मुट्ठी भर मिट्टी के चूरे में। वह एक संसदीय उप-समिति की बैठक से आया था जिसकी अध्यक्षता उसने की थी और उसे उसके बारे में बता रहा था; खिड़की से रॉबर्टा ने ड्राइवर और अंगरक्षकों को अहाते की तरफ़ विदा की गुहार लगाते बाहर को जाने वाले रास्ते पर पैदल जाते देखा : तो वह रात उसके साथ बिताने वाला था, वे प्यार करने वाले थे। उसने दोनों के लिए ह्विस्की के गिलास तैयार कर दिये थे; वह उसे चिकनी मिट्टी के बर्तनों में व्यस्त देख रहा था।

रॉबर्टा का ख़याल था कि उसने ग्लैडवेल के सन्देह को भाँप लिया था। — शायद ये हर हाल में सामान उठाने-धरने वालों द्वारा इधर-उधर फेंके जायेंगे,

लेकिन मैं क्यों न इसका जोखिम उठा लूँ कि इनमें से दो-एक बच जायेंगे। —

— मैं तुमसे शादी करने जा रहा हूँ। —

उसने कह ही दिया।

वह लपेटे गये बर्तन के गिर्द सेलोटेप की पट्टी लगाती ही। टेप रुका नहीं और मुड़ कर उसकी उँगलियों में लिपट गया।

यही था जो उसने कहा।

वह उस सोफ़े पर बैठ गया जहाँ वे अगल-बग़ल बैठे थे जब वह पहली बार आया था। *उप-महानिदेशक आपसे मिलने आ रहे हैं।*

उसने पोटली छोड़ दी और टेप में उलझी उँगलियाँ लिये उसके क़रीब चली आयी, चेहरे पर अविश्वास, अचरज और नियन्त्रण खो देने की ऐसी अजीब-सी ऐंठन थी जो हँसी की तरह प्रकट हुई।

ग्लैडवेल ने उससे खुल्लम-खुल्ला नज़रे मिलायीं, फिर से कहने की कोई ज़रूरत नहीं।

— मैं कभी तलाक़ का कारण नहीं बनूँगी। कभी नहीं। ग्लैडवेल। तुम शायद इसे समझ न पाओ, क्योंकि ख़ैर, मुझे पता है मैं तुम्हारे साथ रहती रही हूँ और इस दौरान तुम्हारी बीवी भी थी। परिवार था। लेकिन हम दोनों समझते थे। मैं कभी किसी शादी को नहीं तोड़ सकती। कभी नहीं। तुम्हारा साथ अच्छा रहा है। तुम्हें बताने की ज़रूरत नहीं मुझे। मुझे नहीं मालूम, यह जानने से मेरा कोई मतलब नहीं था कि...तुम्हारे और उसके बीच...क्या...स्थिति...बन्दोबस्त है। तुम्हारी ज़िन्दगी में। मेरे ख़याल में मैं ग़लत थी, पर मैंने मान रखा था कि...कैसे कहूँ यह...कि हम उसे नुक़सान नहीं पहुँचा रहे। ओह, मैं ऐसी पाखण्डी नहीं कि यह न जानूँ कि जब तुम किसी औरत के पति के साथ सोती हो तो तुम उसे नुक़सान पहुँचा रही होती हो, भले ही उसे इसका आभास हो या नहीं, आभास हो और इसे स्वीकार भी करती हो...हम ख़ुश रहे हैं — ख़ुशक़िस्मत — बहरहाल मैं ख़ुशकिस्मत रही हूँ। — वह मुड़ी और उँगलियों में उलझे टेप को छुड़ाने लगी, अपने बर्तन को ले जाने के लिए बाँधने लगी; मुद्रा वही थी : *मैं एक महीने में जा रही हूँ। मुझे वापस बुलाया गया है। तुम्हें वापस बुलाया गया है, मेरे प्यारे, घर।* मुद्रा एक नाज़ुक और कृतज्ञ कथन थी।

— मैं तलाक़ की बात नहीं कर रहा। वह मेरी बीवी है, यक़ीनन। रॉबर्टा,

तुम भी मेरी बीवी होगी। तुम्हारे अन्दर उसके लिए इज़्ज़त है, मैं जानता हूँ। वह तुम्हारा सम्मान करेगी। हमारे समाज में यह आम बात है। क़ानूनी है। हमेशा रहा है। हमें वह नहीं करना पड़ता जो तुम्हारे लोग करते हैं, तलाक़, दोबारा शादी, तलाक़, दोबारा शादी, और इतनी मुसीबत और दुख, टूटे घर जिनके बारे में तुम हमेशा सुनते रहते हो। हमें पश्चिम के हर रिवाज के पीछे-पीछे नहीं चलना है। तुम्हें यह मालूम है। यही है जो तुम अपने काम के माध्यम से कहती हो। चिन्ता मत करो। यह देश, अब तुम्हारा है, तुम यहाँ असली काम करती हो जो तुम वहाँ नहीं कर सकती। अच्छा काम मिल कर। मैं यह जानता हूँ, तुम यह जानती हो, हाँ। —

और अब उसने बात की। उतने ही दो टूक ढंग से जिससे उसने की थी।

वह किसी आम बहाने से हेण्डरसन दम्पति के घर गयी और वह और फ़्लोरा, जैसा कि आम तौर पर उन लोगों के बीच होता है जिनकी ज़िन्दगियों का ढर्रा एक-सा होता है, ख़ुश-ख़ुश और असम्बद्ध ढंग से कुछ देर तक बातें करती रहीं। फिर वह चुप हो गयी; मानो किसी ने उसे कन्धों से थाम लिया हो वह ख़ुद को अपने आपे में ले आयी।

— उसने कहा वह मुझसे शादी करेगा। —

इस सहेली से प्रेमी का नाम बताने की कोई ज़रूरत नहीं थी।

— उसने तुमसे शादी करने के लिए पूछा है? राबर्टा! तो इसका मतलब है मामला सचमुच गम्भीर है? राबर्टा! —

— सही तौर पर पूछा नहीं है। कहा कि वह शादी करेगा। —

— ओह, ख़ैर, यह पूछने का एक और तरीक़ा है, प्रेम-सम्बन्ध में...क्या कहा तुमने ? —

— मैं कभी तलाक़ का कारण नहीं बनूँगी। कभी नहीं। पर उसका कोई इरादा...— बात को एक औपचारिक फ़ैसला देने की ग़रज से : — उसका इरादा एक और बीवी लाने का है। —

फ़्लोरा मुस्कुरा रही थी, उस प्रस्ताव से आन्दोलित जो शादी-लायक़ एवज़ी बेटी के गुणों को पहचान रहा हो। — तुम। —

रॉबर्टा को एहसास था कि उसे परखा जा रहा था; मानो फ़्लोरा ने पहले

उसे कभी देखा न था। अगर एक प्रेम सम्बन्ध औरत को बदल देता है जैसा कि ऐलन हेण्डरसन ने निजी तौर पर ग़ौर किया था, तो शादी का ख़याल, इस जैसी कुँआरी औरत के लिए, देखने वाले की नज़र में भी तब्दीली ले आता है।

मुझे यक़ीन नहीं होता। — उसकी अपनी आवाज़, भावहीन।

फ़्लोरा में उत्तेजना-भरी दिलचस्पी थी। — मगर क्यों भला। पर्यावरण और पर्यटन मन्त्री की दो पत्नियाँ और परिवार हैं, मेरा मतलब है आजकल यह उतना आम नहीं है, इसकी बजाय जब किसी और पर उनका दिल आता है तो वे तलाक़ ले लेते हैं, लेकिन यह अब भी स्वीकार किया जाता है। कुछ लोगों के लिए तो राष्ट्रीय गर्व की भी बात है। अफ़वाह तो यह भी है कि राष्ट्रपति भी ऐसा करके ख़ुश होंगे — लेकिन फिर दो बीवियों को लटकाये-लटकाये इंग्लैण्ड की महारानी या अमरीकी राष्ट्रपति से मिलना बहुत मुनासिब नहीं होगा! भूमि सम्बन्धी मामलों के महानिदेशक को एक और बीवी की इच्छा क्यों नहीं हो सकती — एक अलग बीवी की। ज़रूरी नहीं कि वह तुम ही हो...तुम्हें इस पर यक़ीन क्यों नहीं होता! —

— वह ऐसा नहीं कर सकता। —

— तुम्हारा ख़याल है वह बहुत सभ्य है? हमारे तरीक़े से। लेकिन प्रकट ही ऐसा इसलिए है क्योंकि वह तुम्हें ले कर गम्भीर है, तुम चाहे जैसे इसे ग्रहण करो, यह हैसियत की स्वीकृति है, तुम महज़ कोई...—

फ़्लोरा प्रसन्न थी : उसकी ख़ातिर। कम-से-कम उसमें यह न पूछने की सूझ-बूझ तो थी ही कि ऐजेन्सी की सहायक, वह कुँआरी, आगे क्या करने का इरादा रखती थी। क्या वह रात के भोज पर सुनाया जाने वाला ताज़ा क़िस्सा होगा।

उसके प्रशासनिक अधिकारी, ऐलन ने अपने दफ़्तर का दरवाज़ा बन्द किया और उसने भी रॉबर्टा को अब एक और नज़रिये से देखा, जो उससे अलग था जिससे वह उसे देखता आया था। — फ़्लोरा ने मुझे ग्लैडवेल के बारे में बता दिया है। उम्मीद है तुम्हें बुरा नहीं लगेगा। —

— मैं ख़ुद हर हाल में ऐसा करने वाली थी। लेकिन हम लोग काम में इतना फँसे रहे हैं, इस बीच...— एजेन्सी स्वास्थ्य मन्त्रालय के साथ संयुक्त रूप से मलेरिया पर एक अन्तर्राष्ट्रीय सम्मेलन की मेज़बानी करने जा रही थी।

— मुझे तुमसे यह स्वीकार करने में कोई हिचक नहीं है कि फ़्लोरा और मैंने काफ़ी बातें की हैं। उसका ख़याल है कि जाने क्यों तुम ग्लैडवेल से नाख़ुश हो। —

ऐलन की पत्नी की तुलना में ऐलन से बात करना आसान था, उनके बीच साथ-साथ काम करने से उपजा भरोसा था।

—नहीं, नहीं, मैं उसकी पत्नी बनने के विचार से भला क्यों नाख़ुश होती — काले आदमी की पत्नी बनने से, क्या फ़्लोरा ऐसा सोचती है इस बारे में, लोग ऐसा ही सोचेंगे इस बारे में? — जब हम इतने महीनों से प्रेमी-प्रेमिका रहे हैं। —

— लेकिन रॉबर्टा तुम्हें दूसरी पत्नी बनाये जाने के ख़याल से बुरा लगा है, तुम इसे किसी क़िस्म के पुराने हरम में दाख़िल होने की तरह देखती हो...? सो उसने तुम्हें नाख़ुश किया है, इस रूप में, नहीं? —

— मुझे यक़ीन नहीं आता कि वह कभी ऐसा सोच भी सकता था। कि यह...परिस्थिति...उसकी ज़िन्दगी का आम हिस्सा बन सकती थी। अब। —

— मैं तुमसे खुले तौर पर बात करूँगा। मुझे यक़ीन है वह तुमसे बहुत लगाव महसूस करने लगा है, लेकिन इस — प्रस्ताव — का एक और पहलू भी है, उसकी बीवी एक सीधी-सादी औरत है जो बच्चों की देख-भाल करती है, दुनिया में अपना रास्ता बना रहे बड़े बच्चों के अलावा दस साल का एक बेटा भी है — वह सरकारी आवास के लिए चीज़ों की ख़रीदो-फ़रोख्त करती है, जिस पर उसे इतना गर्व है, टीवी देखती है; और अपने पति से बात करने के लिए उसके पास कुछ नहीं है, वह प्रकट रूप से अपने काम-काज की चर्चा नहीं कर सकता, राजनीति और सरकार की समस्याओं की चर्चा, उसके साथ नहीं। और तुमने देखा है कि वह उसके साथ उन औपचारिक अवसरों पर हाज़िर नहीं होती जब एक पत्नी से उम्मीद की जाती है कि वह नामी-गिरामी मेहमानों के साथ बातचीत के लिए मौजूद होगी। तुम्हारे ख़याल में उसका विचार किसी क़िस्म का पिछड़ापन है, नहीं क्या। लेकिन ऐसा इसलिए है, क्योंकि उसे अपने जीवन के इस चरण पर एक संगी चाहिए अपने ही जैसे मिज़ाज और समझ वाला और यह साफ़ है कि गुज़रे हुए इन महीनों के दौरान उसे तुममें यही मिला है। उसने देखा है कि कितनी दृढ़ता से बैठकों के दौरान तुम अपना पक्ष सामने रखती हो, कैसे हर प्रकार के लोगों से तुम्हारी — जानकारी-भरी-बातचीत होती है। वह इसी

रूप में दूसरी पत्नी के बारे में सोचता है। किसी सहज उपलब्ध अंकशायिनी के रूप में नहीं। —

— ऐलन, तुम इस तरह बोल रहे हो मानो उसने तुम्हें यह सब बताया हो। लेकिन तुम उसे इतनी अच्छी तरह नहीं जानते हो...—

— जो मैंने उसकी ज़रूरतों के बारे में कहा उसे जानने के लिए, मुझे इसकी ज़रूरत नहीं — मेरे पास विकासशील देशों में ऊँचे सरकारी पदों पर बैठे लोगों का (माथे को छूते हुए) ब्योरा दर्ज़ है। जहाँ औरतें ख़ूबसूरत और आकर्षक हो सकती हैं, लेकिन सामाजिक विषमताओं, हर तरह के दबावों ने — तुम उनसे वाक़िफ हो — उन्हें शिक्षा से वंचित रखा है। तुम चाहो तो दुनियादारी कह लो। अब भी, यहाँ कल्याण मन्त्री के दर्जे की बहुत औरतें नहीं हैं, उस मस्त औरत जैसी, सबसे ज़िन्दादिल सांसदों में से एक, मर्दों को तो छोड़ ही दो...और एक और बात भी है — एकदम गोपनीय! — जो ग्लैडवेल के फ़ैसले से जुड़ी हो सकती है। राष्ट्रपति द्वारा मन्त्रिमण्डल की फेर-बदल में उसके मन्त्री बनने की तगड़ी सम्भावना है। लिहाज़ा — बस इसलिए कि तुम मनसूबों का समझ सको। उसे पृष्ठभूमि के सही तरह के नज़रिये से देखो जो हम — तुम और मैं — एजेन्सी के काम में इस्तेमाल करते हैं। दूसरे के तौर-तरीकों-परम्पराओं के प्रति सम्मान। निश्चय ही इसका मतलब यह नहीं कि तुम्हें — हमें — उन्हें अपना लेना है। —

जो बात ऐलन हेण्डरसन ने उसे नहीं बतायी वह यह थी कि इस चौंकाने वाले प्रस्ताव पर अपनी पत्नी के साथ हुई चर्चा के अन्त में फ़्लोरा ने भावी मन्त्री द्वारा रॉबर्टा ब्लेन के नम्बर दो पत्नी के रूप में अपनाने के प्रस्ताव के एक और पहलू को सामने ला रखा था। — वह उस क़िस्म की औरत नहीं है जो अपने तईं किसी आदमी को जा कर आकर्षित करे, है न; यह मौक़ा ऐसे आदमी से सम्बन्धित है जिसकी एक हैसियत है, उस जैसी औरत को देने के लिए जिसके पास काफ़ी कुछ है, वह ऊँची हैसियत पर होगी, उसे यह देश पसन्द है, उसका वह फ़ार्म भी, वह ठीक ऊपरी स्तर पर उसके प्रभाव के बल पर विकास को ले कर अपनी प्रतिबद्धता जारी रख सकेगी...उसके सामने ऐसे और अवसरों के आने की सम्भावना नहीं है, न्यू यॉर्क में, जिनीवा में...वह अब उतनी जवान भी नहीं रह गयी हैं। —

इसलिए उसका सहकर्मी, प्रशासनिक अधिकारी, अनकहे तौर पर उस नामंज़ूरी को समझ सकता था जो रॉबर्टा को अपने प्रेमी के लिए तैयार करनी पड़ रही थी। उसने अपने सामने कई अलग-अलग बेकार तरीकों से दुहराया, इस बात का अभ्यास किया कि उसे अपने प्रेमी को कैसे यह बताना पड़ेगा कि उसे यक़ीन नहीं था कि वह, इस हद तक अपने ऊपर क़ाबू रखने वाला, मौजूदा वक़्त का आदमी, आज़ाद आदमी, कैसे अपनी ज़िन्दगी में अतीत के किसी अवशेष को तल से खींच कर ले आना चाहता था — वह कैसे यह देख नहीं पाया था कि यह नागवार था, यक़ीनन उसे भी जैसे रॉबर्टा को था; कैसे अरुचि को छिपाया जाये।

इसके लिए कौन-सा शिष्टाचार था।

फिर उसे ख़याल आया — बफ़लो खदान। कैसे उसने रॉबर्टा की शर्मिन्दगी ग्रहण की थी : रॉबर्टा द्वारा उसे प्रेम के चरम आनन्द की मुक्ति से वंचित करना, रात के भोज का वह क़िस्सा अचानक कह सुनाना, मानो रॉबर्टा की रक्त-परम्परा उसे जिस चीज़ में हिस्सेदारी करने के अयोग्य ठहराती थी वह आनन्द नहीं था, अवैध, एक चरम सुख उस सब के बीते हुए विश्वासघात से चुराया गया जो लोगों के बीच मानवीय भावनाओं की सृष्टि करता है। हर सोमवार को पैदल आई० सारेट्स्की के यहाँ हर शुक्रवार को पैदल वापस ह्विस्की के खोखे के साथ सिर शहतीर की तरह ठोस। दादा का 'मेरा बन्दा'; रॉबर्टा का बन्दा; उसे प्यार करता हुआ। उसने कोई सदमा ज़ाहिर नहीं किया था, रॉबर्टा द्वारा उस शर्मनाक वाक़ये को अचानक सुनाने पर कोई जुगुप्सा नहीं। उसने सहज रूप से उसे शान्त किया था, क्या कहा था — 'यह उनकी परम्परा थी।' और अब वह लजीलेपन और बनावटी अन्दाज़ में यह छिपाने के लिए संघर्ष कर रही थी कि वह इस कारण उसे तिरस्कार-योग्य समझ रही थी कि उसने रॉबर्टा से उम्मीद की थी वह उस चीज़ को स्वीकार करे जो ग्लैडवेल ने अपने अतीत से चुनी थी; एक सम्मान; उसका कुरूप अतीत ग्लैडवेल का नहीं था। उसने रॉबर्टा को उसकी वंश-परम्परा के बोझ से बरी कर दिया था — इसका तुमसे कोई लेना-देना नहीं है : रॉबर्टा उसे उसकी वंश-परम्परा के बोझ के लिए मुजरिम करार दे रही थी। यह स्वीकार किया जाता है, फ़्लोरा ने कहा था। उनकी परम्परा है।

उसके प्रशासनिक अधिकारी ने अपने दफ़्तर का दरवाज़ा बन्द कर लिया था, एक

बार फिर। — कैसा चल रहा है? —

— मुझे अभी कोई तरीक़ा नहीं सूझा। —

— देखो, मैं अपने से पहले तुम्हारे लौटने का बन्दोबस्त कर सकता हूँ, रिपोर्ट — कुछ ऐसा ही — मैं चाहता हूँ कि इससे पहले कि मैं अपने ब्योरे पेश करूँ, मुख्यालय तुम्हारे साथ मूल्यांकन कर ले, तुम मेरे लिए ज़मीन तैयार कर सकती हो, उनके सवालों के जवाब देते हुए, वग़ैरा, वग़ैरा, विस्तार से...तुम फ़ौरन रवाना हो सकती हो। क्या इससे काम आसान नहीं हो जायेगा? —

यक़ीनन हो जायेगा।

सरकारी कार आ पहुँची। वह उससे प्यार करने आया था और रॉबर्टा को यह दोनों के लिए सही अन्त जान पड़ा। वह अपने पुराने ख़ामोश आत्म-नियन्त्रण में वापस सरक गया था, बिना कुछ कहे उसके उत्तर का इन्तज़ार करता हुआ। जब वे बाद में अगल-बग़ल लेटे थे, तभी वक़्त था, उस तसल्ली से बाहर आते हुए जो पेश की गयी थी कि वह अब भी उसे चाहती थी और स्वीकार करती थी। — मैं परसों वापस न्यू यॉर्क जा रही हूँ। —

उसकी ख़ामोशी से। — तुम वहाँ इस्तीफ़ा दोगी। —

— नहीं। मेरी कहीं और नयी बहाली हो रही है। —

उसे यह समझाने के लिए सही शब्द नहीं मिले थे कि प्रेम-सम्बन्ध शादी के नक़्शे में अन्धी गलियाँ होते हैं। वह चमकती हुई सरकारी कार, अहाते में छिपी हुई, वह शाही सवारी, कद्दू में बदल गयी थी। वह फिर एक अनुदान एजेन्सी के बदलते हुए कर्मचारियों में से एक बन गयी थी, नंगे पैर दूर जाती हुई।

जॉर्ज से मुलाक़ात

याद है तुम्हें; हम उस शहर में एक सम्मेलन से आ रहे थे और उसी वक़्त मेरा ध्यान गया था कि हम उस सड़क के पास थे, उस भवन समूह के, जहाँ वे पुराने दोस्त रहते थे। मैं सोच रही थी — तुमसे यह कहने ही वाली थी — कि हमें उनके यहाँ चले चलना चाहिए, इतना लम्बा अर्सा गुज़र चुका है, हम सचमुच उन्हें भौंचक्का कर देंगे, फिर से वापस यहाँ आ कर। इतनी सारी उमरों के इतने सारे लोग थे; इतने सारे वक़्तों के, लन्दन की उस सड़क पर हमारी तरफ़ आते हुए; यूरोप के इन प्राचीन नगरों में वे सब चाल-ढाल में, नाक और आँखों और जबड़ों के आकार में मौजूद हैं, नफ़ीस बूटों और भद-भद करती सैण्डलों में, शेक्सपियर के दर्शक, वॉटरलू के तपे सिपाही, बोलर हैटों से सज्जित अतीतजीवी, औपनिवेशिक युग के चप्पल-सुसज्जित पुरबिया प्रति-प्रवासी, साठ के दशक के हिप्पियों की याद कराते बैंगनी-हरी पट्टियों में रँगे बालों वाले सिर, मादक पदार्थों के ख़ुमार में डोलते-सरकते उभयलिंगी, वर्तमान की प्रतिमाएँ, काली सूरतें जो हमारे राजनैतिक जलावतनों के अफ़्रीका लौटने पर उनके द्वारा पीछे छोड़ दी गयीं अमिट पश्चात-छवियाँ हो सकती थीं। ये सब पहचाने जा सकने वाले मगर अजाने; हमारी तरफ़ आते हुए, हमारी तरफ़ आते हुए। और फिर वह अलग कर दिया गया, मेरे लिए, वे फ़ुटपाथ पर उसके कन्धे से कन्धा टकराते उसके गिर्द से बढ़ते रहे, पर उसे सीधे हमारी तरफ़ ठेल दिया गया। एक ख़ास दुकान के नाम वाला उसका काग़ज़ का थैला, कान की मोटी लवों के ऊपर उसके सफ़ेद घूँघर जैसे झाग — ठीक वैसा ही जैसा वह हमेशा था, आम ख़रीदने या किसी छोटे फ़्रान्सीसी अंगूर के बाग़ की सही ढलान से आयी अँगूरी मदिरा की एक बोतल ख़रीदने की तीर्थयात्रा से लौटता हुआ। मैंने उसे देख लिया था।

बढ़िया था न? क्योंकि *ऐसा नहीं था* कि हर चीज़ बदलती है। उसकी

छवि वह स्वयं था : वही का वही।

हम उसके साथ वापस केंसिंग्टन के उस फ़्लैट तक गये थे न? क्यों? वहाँ टस्कनी की दृश्यावलियों के जलरंगों में बने चित्र, पुराने केप टाउन के छापे, दक्षिण अफ़्रीकी अश्वेत चित्रकारों के, जिन्हें वह खोज निकाला करता था निर्भीक इम्पास्टो तैल चित्र, इधर-उधर बिखरे संगीत के कैसेट, सोफ़े पर पत्रिकाओं और किताबों का ढेर जिसे हटाया जाना था ताकि तुम बैठ सको। हे ईश्वर! उसने कहा, उस पुराने नास्तिक ने, तुम लोग रहे कहाँ इस बीच? लोगों ने आजकल चिट्ठियाँ लिखनी ही बन्द कर दी हैं। जितना हमने एक-दूसरे के बारे में सुना है उस हिसाब से तो लगता है हम ज़िन्दा ही नहीं बचे थे। जो भी कंज़र्वेटिव सरकार उस वक़्त थी, (शायद तब भी थैचर ही की थी) उसे वह जली-कटी सुनाता रहा। वह, जिसने पचास के दशक में सोवियत संघ की यात्रा के बाद, जब उसे सहकारी सुअर पालन केन्द्र दिखाने ले जाया गया था, पार्टी छोड़ दी थी। लेकिन मैं सोच रही थी — शायद अब सोच रही थी — कि राजनैतिक निष्ठा के मामले में हम सभी के चरम बिन्दु होते हैं जहाँ से लौटना मुमकिन नहीं होता, और सुअरों की दुर्गन्ध उतनी ही अच्छी या बुरी है जितनी भ्रष्टाचार की बदबू। एक बार वह गिरफ़्तार हुआ था, वहाँ दक्षिण अफ़्रीका के अपने पुराने वतन में, उसने अपने बक़ाया की अदायगी की थी, और मेरे ख़याल में अपना देश छोड़ कर दूसरे देश जा बसने का अधिकार हासिल कर लिया था, चाहे हमने जैसे भी इस बहाने को देखा हो।

तुम्हें याद नहीं कि हमने क्या बातें की थीं? न मुझे याद है। दरअसल नहीं। वह अब भी वहाँ है, लोगों की लहरों के बीच से बढ़ता हुआ; हमारे लिए। वह फ़्लैट : ख़ैर, जैसा हम उसे जानते थे। लेकिन वह सामने नहीं आयी थी। नहीं। इतनी देर बाद, क्या कोई पूछ सकता है.....? शायद सोयी हो, वह अक्सर कहती थी वह लवा पाखी नहीं, उल्लू है, देर तक लेटे रहने की आदी। अगर वह चली गयी है — मर गयी है — या उनमें तलाक़ हो गया है? उनके अपने फुटकर प्रेम-सम्बन्ध रहे हैं, यह तो पता है। और सिर्फ़ युवाओं को ही यौन-स्वतन्त्रता नहीं है, लोग किसी भी उमर में यौन-संगी खोज लेते हैं। हमें उसके कुछ कहने का इन्तज़ार करना चाहिए।

लेकिन नहीं, उसने नहीं कहा। कमरे में एक भी फूल नहीं है; वह हमेशा फूलों और पत्तियों के शानदार फूलदान रखती थी।

सो हमें और किसी सबूत की ज़रूरत नहीं थी।

वहाँ नहीं।

लेकिन शायद वह उस रोज़ काम में इतना फँसी हुई थी कि फूल नहीं ख़रीद पायी थी और वह उसके अनुरोध को भूल कर अपनी परिचित राह पर ताज़ा हैलिबट मछली या आम या प्रतिबन्धित कलारी की मदिरा लेने चला गया था?

क्या हम कभी प्रकट रूप से तुच्छ विस्मरणशीलता का महत्व जान पायेंगे, जो नज़रन्दाज़ किया जाता है, किसी भी ज़िन्दगी में — जिन चरणों से कोई रिश्ता गुज़र रहा होता है, उनकी चाभियाँ। तुम्हें उनकी ईजाद करनी होगी। मैं तुम्हारी मदद नहीं कर सकती। क्योंकि मैं उससे पूछ नहीं सकी। औरत का नाम बातों के दौरान कभी आया ही नहीं, आया था क्या? वह घनिष्ट दम्पति, राजनैतिक रूप से प्रतिबद्ध, अपने को जोखिम में डालते हुए, आपस में कभी नीतियों पर असहमति नहीं, पूरी एकता की स्थिति, साथ-साथ, वर्षों के दौरान। क़ाबिले-तारीफ़, याद है तुम्हें! एक प्रतिबद्धता, एक मन — वह हमेशा कहना : हम क़ायल हैं, हम घोषित करते हैं — यह — ईर्ष्या-योग्य था। हाँ।

उसे ताईद करने की ज़रूरत नहीं थी। नहीं? कभी। क्या थी?

वह फूल लाना भूल गया था, मछली और मदिरा की तलाश में निकल गया था। वह यहाँ नहीं है, या अगर है तो —

तो ऐसा ही था वास्तव में हमेशा। वह मान्यताएँ *बनाता* था, 'हम' की रचना करता था, राजनैतिक तलाश के पड़ाव तय करता था। लिहाज़ा उससे कोई फ़र्क़ नहीं पड़ता था — पड़ता है — कि उसका ज़िक्र हुआ या नहीं, है न। *तुम हो, मैं हूँ, क्योंकि हम दोनों की अपनी-अपनी राय है।* हम *ज़िन्दा* हैं। महान विचार मुझे आता है, अयँ।

ओह लेकिन तुम्हें कम-से-कम यह तो याद है कि हमने रुक कर उससे मिलने का तय किया था, हर जगह से आ कर लन्दन में जलावतनी की ज़िन्दगी जीने वाले उन सभी अजाने लोगों के जुलूस में से उसे — जाने हुए, पुराने दोस्त को — निकल कर आते हुए देखने के बाद। वह ऐसी इमारत है जो इस इलाक़े के मुहल्ले की गिरावट से अप्रभावित है। प्रवेश द्वार पर आईने और ढले हुए लोहे के बेल-बूटेदार पर्दे के पीछे वही पुरानी लिफ़्ट। २३ नम्बर, वह दूसरे माले पर था, सलेटी दरवाज़े और एक नाज़ुक हाथ की शक्ल में पीतल की

खटखटाने वाली कुण्डी। वह बड़ी सावधानी से लकड़ी से टकरायी। फ़्रान्स से यादगार के लिए लायी गयी उनकी चीज़ें असरदार होने की बनिस्बत सजावटी ज़्यादा थीं, और चूँकि किसी ने जवाब नहीं दिया, तो हमने घण्टी बजायी। बजती रही, बजती रही, जिन कमरों को हम जानते थे उनसे हो कर सवाल करती हुई। एक औरत ने दरवाज़ा खोला; किसी औरत ने; वह नहीं। औरत ने उसका नाम सुना। उसने कहा मिस्टर स — चार साल पहले गुज़र गये, मेरे पति ने तभी यह फ़्लैट ख़रीदा।

अगर मैंने इसका सपना देखा, पैदल चलते हुए, लन्दन की सड़कों पर पैदल चलते हुए, बीती हुई और मौजूदा हर ज़िन्दगी का अवचेतन मेरे पास से गुज़रते हुए मुझसे रगड़ खाता हुआ, इसे सच्चा क्या चीज़ बनाती है?

लिख कर बयान करना।

जेनरेशन गैप

उनमें से वही था जिसे बताया गया था : जेम्स, उनमें से सबसे छोटा। पिता से पुत्र को — और यह जेमी ही था जिसके साथ उसकी कभी नहीं बनी थी, जेमी के लड़कपन से ही; जेमी जो किशोरावस्था में घर से भाग गया था और नाराज़ मन:स्थिति में वापस लाया गया था, उनके बीच और कुछ नहीं सिवा बग़ल को मुड़े हुए लड़के के सिर और दबायी गयी नापसन्दी से कसे हुए (पिता के) जबड़े के। जेमी जो अब, क्या था वह — किसी दोस्त के साथ साइबर-कैफ़े चला रहा था, यह ताज़ा धन्धा था, वह इतनी सारी चीज़ें कर चुका था, लेकिन परिवार में आम सहमति थी कि वही था जिसने अपनी ज़िन्दगी में कुछ नहीं किया था। उसका भाई और उसकी बहनें उससे प्यार करती हैं, लेकिन इसे बरबादी के रूप में ही देखती हैं : आकर्षण की और किसी क़िस्म की अपरिभाषित प्रतिभा की बरबादी के, जिसका एहसास तो है पर ऐसी किसी दिशा में नहीं लगायी गयी है जिसे वे पहचान सकें।

सो, यह जेमी था जिससे उन्हें वह *घोषणा* मिली। पिता ने जेमी से यह ख़बर उन तक पहुँचवायी — वर्जिनिया, बार्बरा और मैथ्यू को ऑस्ट्रेलिया में किसी बेहद अटपटे समय फ़ोन किया गया। पिता ने माँ को छोड़ दिया है।

एक पति अपनी पत्नी को छोड़ देता है। यह एक ऐसी घटना है जिसे किसी भी दृष्टि से असाधारण नहीं कहा जा सकता। पिता ने माँ को छोड़ दिया है : यह बिलकुल अलग बयान है, उनका बयान।

एक पति किसी दूसरी औरत के लिए अपनी पत्नी को छोड़ देता है। बेशक। उनका बाप, उनका प्यारा, वफ़ादार, ध्यान रखने वाला बाप, *घोषित* करता है, बस यूँ ही कि उसने किसी दूसरी औरत के लिए उकी माँ को छोड़ दिया है। अकल्पनीय।

और जो ख़याल रहा हो — भेदिये, राज़दार, सन्देशवाहक के तौर पर, उन सभी में से, सबसे छोटे भाई को चुनना?

उन्होंने टेलिफ़ोन पर एक-दूसरे से बात की, उन पहले-पहले कुछ दिनों में फ़ोन लगातार हताश कर देने वाली रुकावट का सामना करते हुए, क्योंकि नम्बर एक ही समय में मिलाये जा रहे थे और फ़ोनों के व्यस्त होने की रिरियाहट लगातार, लगातार सुनायी देती हुई। ब्रिसबेन में रहने वाले मैथ्यू ने एक ई-मेल भेजा। वे बार्बरा के घर इकट्ठा हुए — उसकी बा, उसकी पसन्दीदा। यहाँ तक कि जेमी भी प्रकट हुआ, बुलाये जाने पर — ऐसी सफ़ाई देने के लिए जो वह दे नहीं सकता था।

मैं क्यों पूछूँ क्यों, कैसे?

या देने को तैयार नहीं था। उन्होंने इस घोषणा के आगे भी तो कुछ कहा होगा; मगर, नहीं। और जेमी को बार के कोने ओर एस्प्रेसो मशीन के पास वापस जाना पड़ा, किसी भी स्थिति में ग़ैर-ज़िम्मेदार तसल्ली की अपनी प्राचीन मुस्कान के साथ उन्हें इस मसले के साथ छोड़ कर।

और अचानक दरवाज़े से — हम सभी अब बड़े हो चुके हैं। वे भी।

पता चला कि माँ ने किसी से सम्पर्क नहीं किया था। जिनी ने उसे फ़ोन किया था और यह देखने के लिए इन्तज़ार किया था कि वह कुछ कहती है या नहीं, मगर वह नाती-पोतों के बारे में और एक सहेली की तबियत के बारे में बतियाती रही जिसे देखने वह हस्पताल जाती रही थी। एक शब्द नहीं। शायद उसे पता नहीं है। लेकिन अगर उन्होंने किसी तरह अपना प्रेम-सम्बन्ध अब तक उससे छिपाये रखा था, तो वह अपनी पत्नी को त्यागने के फ़ैसले से उसे आगाह किये बिना अपने बच्चों को भला क्यों 'सूचित' करता।

शायद वह सोचती है कि हमें मालूम नहीं है।

नहीं, देख नहीं सकते तुम — वह नहीं चाहती कि हमें पता चले क्योंकि वह सोचती है वे वापस आ जायेंगे, और हमें कभी जानने की ज़रूरत ही नहीं पड़ेगी। एक निजी मामला। जैसा जेमी ने कहा।

बेतुकी बात है यह, वह शर्मिन्दा है, झेंपी हुई है, क्या कहूँ मैं, इस विचार से अपमानित है कि हम...

जिनी को अध्यक्ष की हैसियत से भाई-बहनों की एक-दूसरी के काटती

बातों की झड़ी में से स्पष्टता बहाल करने के लिए दख़ल देना पड़ा। हमें अब क्या करना है? हम किस चीज़ के बारे में बात कर रहे हैं : क्या हम उनके फ़ैसले को बदलने के लिए कोशिश करने जा रहे हैं? उनके भेजे में कुछ अक़्ल भरने। क्या हम माँ के पास जा रहे हैं?

हमें जाना चाहिए। सबसे पहले।

तो फिर बा को जाना चाहिए।

कोई सोचता कि बच्चों में से बा ही भी जिसकी तरफ वे मुड़े होते। वह कुछ नहीं बोली, अपनी कुर्सी में बैठे-बैठे कसमसायी और उसने जिन-और-टॉनिक का एक घूँट भरा और उसके झटके पर होंट सिकोड़े। पूछने की कोई ज़रूरत नहीं थी, मैं क्यों, क्योंकि वह अपने पिता की दुलारी थी, उनके सबसे नज़दीक थी, अगर कोई समझ सकता तो वही सबसे उपयुक्त थी, कि जो उन्होंने किया था — अपने आप को, उनकी माँ को — उसे करने के लिए किस चीज़ ने उन्हें उकसाया था।

और वह औरत? कमरे के तापमान की तरह आवाज़ें भी ऊँची होती हैं, उस औरत के बारे में क्या? किसी को कोई अन्दाज़ा है कि वह कौन हो सकती है। उनके दोस्तों के दायरे में उन बीवियों में से तो कोई भी नहीं — यह जिनी का पति है, एलिस्टर, अटकल लगाता हुआ — उनकी तरफ़ देखो तो ज़रा। तुम्हारे बेचारे डैडी।

लेकिन पिता और माँ, दोनों भला जाते कहाँ थे कि पिता की मुलाक़ात किसी नयी औरत से हो पाती?

ख़ैर, *माँ को* पता होगा कि वह कौन है। बा को बता दिया जायेगा।

इसके बारे में कुछ पक्का नहीं है।

जैसा कि उनमें से सबसे छोटे ने कहा, वे सभी अब खड़े हो चुके हैं, तीन मौजूदा लोगों में से दो ऐसे हैं (और इसमें खेलों का आँखों देखा हाल सुनाने वाले ब्रिस्बेन निवासी मैथ्यू शामिल नहीं है) जो जानते हैं कि प्रेम-सम्बन्ध कैसे होते हैं और छिपाये जाते हैं; उन्हें सिर्फ़ तभी उजागर करना पड़ता है अगर वे शादी की जगह ले लें।

बीमार हैं। हाँ, यही बात है। वे बीमार हैं।

बा — वे सब-के-सब यह उम्मीद लगाये हुए कि माँ से बा निपटेगी — माँ-बाप की शादी की अन्तरंगता को उनके बेटों और बेटियों से सुरक्षित रखने वाली परम्पराओं को तोड़ने के लिए आँसुओं और दिलों के टूटने की उम्मीद लगाये हुए थी। लेकिन एक भी आँसू नहीं बहता।

परित्यक्त पत्नी बन गयी उनकी माँ से भर्त्सना और तिरस्कार। यक़ीनन वह जानती है कि वह औरत कौन है। एक चुप्पी। मानो माँ नहीं, बेटी हो जिसे ख़ुद को तैयार करना हो।

वह ठीक तुम्हारी उमर की है बा।

और असर वही है जिस पर माँ ने भरोसा किया होगा — हादसे को पिता की तरफ़ ठेलते हुए उस पर माँ ने जिस तरह की जीत निर्मित करने की ठानी है उसके एक हिस्से के तौर पर। उस औरत की एक सन्तान है, उसकी शादी कभी नहीं हुई। करती क्या है! किसी ऑर्केस्ट्रा में वायलिन बजाती है। वह पिता को कैसे और कहाँ मिली, ईश्वर ही जानता है — तुम्हें पता है हम कभी संगीत सभाओं में नहीं जाते, यहाँ इस कमरे में उनका सीडियों का संग्रह है। जिस दौरान यह सब चलता रहा है — वे कहते हैं, एकदम सही-सही — आठ महीनों से, हर चीज़ बिलकुल हस्बमामूल रही है। लिहाज़ा अब आख़िरकार उन्होंने इस सब को उजागर करने की हिम्मत की, तो मैंने उनसे कहा, बयालीस साल आठ महीने बाद, तुमने अपना चुनाव कर लिया है। अब उन्हें मुबारक हो वह।

जब मैंने कहा (बा रिपोर्ट दे रही है), सुनने में ऐसा नहीं लगता कि यह उनके माफ़िक आयेगा, यह महज़ एक वक़्ती वाक़या है, ऐसा कुछ जो उन्होंने कभी आज़माया नहीं है, किया नहीं है, गँवा देने वाला तजरुबा, वे अपनी ज़िन्दगी में लौट आयेंगे (बेशक, बा इसे ऐसे ही पेश करती), माँ ने कहा — मैं वह ज़िन्दगी उन्हें नहीं लौटाने वाली। मैं तुम्हें बता नहीं सकती वह कैसी है। ऐसा लगता है कि जिस जगह वे दोनों साथ थे — सिर्फ़ घर ही नहीं — वहाँ मोर्चेबन्दी हो चुकी है। वह वहीं अन्दर है, बन्दूक का घोड़ा चढ़ाये।

वे उसके लिए क्या कर सकते हैं, अपनी माँ के लिए, जो सहानुभूति नहीं चाहती, सुलह-समझौते की मध्यस्थता नहीं चाहती अगर वह सम्भव होती तो भी, अपने आपसी प्रेम की मरम्मत भी नहीं चाहती, किसी क़िस्म के प्रेम की, अगर बयालीस साल के उस प्रेम का अस्तित्व नहीं है तो।

पिता की बा उनकी तीन उपलब्ध बेटों-बेटियों को उनसे मिलने के लिए अपने घर पर इकट्ठा करने का प्रस्ताव रखती है, लेकिन वे उससे कहते हैं कि इसकी बजाय वे हरेक के साथ अलग-अलग 'कुछ समय बिताना' पसन्द करेंगे। वह आख़िरी है जिसके पास वे आते हैं और उनकी मौजूदगी अजीब-सी है, उनके और उसके, दोनों के लिए। इसको भिन्न हो भी कैसे सकता है? जब वे इस औरत के साथ सोते हैं, वह उनकी बेटी हो सकती थी। मानों उनके और उनकी पसन्दीदा औलाद के बीच कुछ ऐसा हो गया है जिसकी मनाही है। कहा न जा सकने वाला कुछ उनके बीच आ गया है।

बा ने पहले ही वह सब कुछ सुन रखा है — जो भी वे ख़ुद बताने को राज़ी होंगे — दूसरों से। वही कहानी जिनी, जेमी और मैथ्यू के भेजे एक ई-मेल के अनुसार, बहुत कुछ वही सब एक 'लानत-भरे' कॉल पर उसको। हाँ, वह शादी-शुदा नहीं है, हाँ, वह सिम्फ़नी ऑर्केस्ट्रा में वायलिन बजाती है और हाँ — वह पैंतीस बरस की है। वे धीरे से निगाह ऊपर उठाते हैं और वे अपनी बेटी को यह तथ्य इस तरह बताते हैं मानो उन्हें उसकी नज़रों से नज़रें मिलाये रखनी हैं और वह अपनी निगाह को लरज़ने नहीं दे सकती; उनके बीच का एक भेद। लिहाज़ा वह ख़ुद को उनसे वह पूछने लायक़ समझती है जो दूसरों ने नहीं पूछा था, शायद इसलिए कि इस सवाल से एक सड़सठ-वर्षीय आदमी द्वारा अपनी ज़िन्दगी को उठा कर पलट देने के अनर्गल निर्णय में संयोग की वैधता को किसी रूप में स्वीकार करना झलकता हो। वे इस औरत से कैसे मिले?

वे उसे कसे हुए सहनशील जबड़े से, जो अब नापसन्दगी नहीं प्रकट करते (उन्हें इन परिस्थितियों में उन्हें इसका अधिकार भी नहीं है) बल्कि टोह-टटोल के प्रति एक चोट-खाया समर्पण जाहिर करते हैं : एक हवाई जहाज़ पर। एक हवाई जहाज़ पर! बेटी अपना सन्देह-भरा आश्चर्य नहीं व्यक्त कर सकती; उनकी माँ के बिना वे भला कब यात्रा करते थे? इस बीच वे अपनी बात जारी रखते हैं, इस दबाव को महसूस करते हुए : वे अमरीकी कम्पनी के मालिकों से बातचीत करने के लिए केपटाउन गये थे, जिनके पास प्रिटोरिया आ कर उनसे मिलने का वक़्त नहीं था। ऑर्केस्ट्रा एक संगीत सम्मेलन का उद्घाटन करने समुद्र-तट पर जा रहा था। उन्होंने उसे अपने बग़ल की सीट पर पाया। वे बातें करने लगे और उसने बड़ी उदारता से उनके लिए उस हाउस-फ़ुल संगीत सभा में एक जगह का बन्दोबस्त करने का प्रस्ताव रखा था। और फिर? और फिर? लेकिन उसके बेचारे पिता, वह उन्हें अपमानित नहीं कर सकती थी, वह उनके

पीछे-पीछे नहीं जा सकती थी, नंगी, इस बाहर-अन्दर आदमी के पीछे जिसे उसने कभी नहीं देखा था, वायलिन के खोल के पास उस औरत के बिस्तर में उन महीनों के दौरान।

क्या करने जा रहे हैं आप, उसने पूछा।

किया जा चुका है।

यही उन्होंने कहा था (भाई-बहन जानकारी मिलाते हैं)। और जैसी सफ़ाई वे दे सकते थे, उन्होंने दी। व्यावहारिक। मैं बाहर चला आया — मगर इज़ाबेल ने तुम्हें बता दिया होगा। मैंने एक सजा-सजाया फ़्लैट ले लिया है। मैं नम्बर छोड़ दूँगा, अच्छा होगा अगर तुम दफ़्तर में फोन न करो, फ़िलहाल।

और फिर? आपका क्या होगा, मेरे बेचारे पिता — लेकिन कुल-मिला कर उसने जो कहा वह था — तो आप इस लड़की से शादी करना चाहते हैं। क्यों कि उनकी संगिनी — उनकी बयालीस साल पुरानी पत्नी — उनकी सड़सठ वर्ष की उमर की तुलना में वह इससे अधिक नहीं थी।

मैं फिर कभी शादी नहीं करूँगा।

हाँ, उन्होंने दूसरों को भी यही बताया। वह कठोरता समझदारी है (ईश्वर के लिए उमर का इतना बड़ा फ़र्क़ तो देखो : ऑस्ट्रेलिया से मैथ्यू) या यह बात उन्हें उस विवाह के बारे में कुछ बता रही है जिसने उन्हें पैदा किया, माता-पिता का कोई दुख जिससे वे पारिवारिक घर में रहते हुए अवगत नहीं थे, या जिसे उन्होंने बाद में अपनी कोटर-नुमा ज़िन्दगियों में पूरी तरह लीन हो कर नज़रन्दाज़ कर दिया था।

इज़ाबेल और मेरे बीच कुछ ग़लत नहीं है, लेकिन साथ ही एक लम्बे समय से कुछ भी सही नहीं रहा है।

हार्दिक शुभकामनाओं के साथ। शादी के तोहफ़े का आप्त-वाक्य। दूरी आ गयी है? शुरू में ही ग़लत जोड़े गये — वे सब-के-सब उनके लिए निर्मित उस सतही शादी के बहुत नज़दीक हैं, आत्म-रक्षा में और *उनकी,* बच्चों की, रक्षा की ख़ातिर, बेशक, कि अटकल नहीं लगा सकते।

और हमारी माँ का क्या होगा, आपकी इज़ाबेल का?

और फिर। और फिर। वह संगीत सभा, तीन घण्टे तक लंच की बदहज़मी और

फिर तीन और घण्टों तक सिएटल से आये उन मसख़रे मगरमच्छों के साथ काम-धन्धे की खींचा-तानी जो मुझे करनी पड़ी। रेस्पिगी के बाद माह्लर की सिम्फ़नी नम्बर १। मैं भूल गया हूँ कि उन्हीं-उन्हीं चीज़ों से भरे कमरे में — फ़ोटो, शीशा, हाथ में कॉफ़ी का प्याला, वह कुर्सी जो तुम्हें आरामदेह लगती है — रिकॉर्ड किये हुए संगीत को सुनने की कोई तुलना आमने-सामने संगीत सुनने से नहीं की जा सकती। उसे देखने से भी, यही फ़र्क़ है, क्योंकि सुनने के लिहाज़ से रिकॉर्ड किया गया संगीत निर्दोष होता है, मैं जानता हूँ, मैं कहा करता था कि वह कार चला कर संगीत सभाओं में जाने की ज़हमत उठाने से बेहतर है। बजाने वालों को देखना, जो तुम सुन रहे होते हो उसे वे कैसे रच रहे होते हैं, उनकी हरकतें, उनकी साँसें, एकाग्रता की मुद्राएँ, यहाँ तक कि उनके बैठने का तरीक़ा, संगीत निर्देशक के इशारों पर लहराना, वह एक जादूगर है उनकी देहों को ध्वनियों में रूपान्तरित करता हुआ। मेरा नहीं ख़याल कि मैंने उस पर कोई ख़ास तवज्जो दी। सम्भव है अजाने में दी भी हो, मुझे एहसास हुआ है, ये बातें मानवीय रहस्य हैं, लेकिन इतना काफ़ी होता — उसने मुझे अपना नाम बताया था लेकिन मुझे यह नहीं मालूम था कि वह रहती कहाँ थी, लिहाज़ा मुझे यह भी पता नहीं था कि संगीत सभा में जगह आरक्षित करने के लिए उसे धन्यवाद कहाँ दूँ — अगर वह अगले दिन हवाई जहाज पर दोबारा मेरे साथ न होती जब मैं घर लौट रहा था। हम उसी क़तार में बैठे हुए थे, दोनों गलियारे की तरफ़ की सीटें, इस बार महज़ उस सँकरी-सी जगह से अलग जिसके पार हम एक-दूसरे से बात कर सकते थे। संगीत सभा के बारे में, संगीतकार बनना कैसा लगता था, मेरे जैसे लोग कलाकारों के बारे में हमेशा उत्सुक रहते हैं — वह हँसी कर रही थी, यह कहते हुए कि हम उनकी ज़िन्दगी को आज़ाद, अनुशासनरहित ज़िन्दगी समझते हैं — अपनी — एक व्यापारी की ज़िन्दगी की तुलना में, लेकिन वह हमारी बनिस्बत कहीं अधिक अनुशासित ज़िन्दगी थी — रियाज़, रिहर्सल, प्रदर्शन, 'आँखें लाल कर देने वाला रात का काम, अन्तहीन ओवरटाइम' उसने कहा था जबकि हम दूसरे लोगों के काम के नियमित घण्टे होते हैं और आराम के। हमने साथ-साथ मुफ़्त मिलने वाली ड्रिंक ली थी और दबाव के बारे में बनावटी बहस की थी, उसका, श्रोताओं का सामना करना और यह समझे रहना कि अगर उसने एक ग़लत सुर लगाया तो बाद में उसे जम कर फटकारा जायेगा, और मेरा पिछले दिन सिएटल से आये कम्पनी-प्रमुखों के साथ। उस तरह की बातचीत जो तुम अजनबियों को हवाई जहाज़ में करते सुनते हो, और जिससे

मैं हमेशा कतराता हूँ।

मैं अब उसके बारे में अपने बच्चों से बात करने से बचता हूँ — तुम बेटों-बेटियों को क्या कह कर बुला सकते हो जो अब बच्चे होने से कोसों दूर हैं। मैं जानता हूँ वे इसे हास्यास्पद समझते हैं — उनके लिए यह सब कुछ हास्यास्पद है — लेकिन मैं नहीं चाहता कोई उसके बोर में 'पूछ-ताछ' करता दौड़ता रहे, उसकी ज़िन्दगी के बारे में, मानो उसका 'उपयुक्त होना' ऐसा मुद्दा है जिससे उनका कोई वास्ता है। लेकिन निश्चय ही जिसे मेरे ख़याल में यह सम्बन्ध कहा जा सकता है, उसके बारे में सब कुछ का वास्ता उनसे है, क्योंकि वह उनकी माँ है, जिसे उन्होंने हमेशा मेरे दूसरे आधे हिस्से के रूप में देखा है — देखेंगे। वे चाहेंगे मुझे फिर से जोड़ दें।

बच्चों ने (वे सही हैं, किसी दम्पति के बड़े हो गये बच्चों को तुम क्या कहोगे) अक्सर पाया था कि उन्हें मिले या आपस में सम्पर्क किये हफ़्तों गुज़र जाते थे। जिनी विश्वविद्यालय के गणित विभाग में अध्यापक है और उसका पति वकील है, उनकी मित्र-मण्डली साथी अध्यापकों और वकीलों की है, मानवाधिकारों की रक्षा करने के लिए एक शक्तिशाली नागरिक समाज की ज़रूरत को ले कर चिन्ताएँ दोनों के बीच एक सन्तोषजनक कड़ी हैं। उनका बड़ा बेटा और बेटियाँ लगभग बालिग़ हो चुकी हैं और उनकी देर से हुई एक सन्तान भी है, चार बरस का बेटा। बा — बाँझ है — जिनी उसके निःसन्तान रहने की राज़दार है। बा और उसका पति शहर में साप्ताहिक जलावतनों की तरह रहते हैं : वीराने से। जब उसका कार्ल से प्रेम हुआ, वह एक वन्य जीव आरक्षित क्षेत्र का मैनेजर था, अब वह कपड़ों की दुकानों की शृंखला की एक शाखा का मैनेजर है और वह एक शेयर-दलाल की निजी सचिव है; हर सप्ताहान्त को वे दूर निकल जाते हैं, सैर करते और तम्बुओं में रहते, मनुष्यों से सम्पर्करहित, वन्य-जन्तुओं को देखते हुए, पक्षियों को निहारते हुए, कीड़ों को निरखते हुए, पौधों की पहचान करते हुए, खुले मैदान की प्रेम-भरी बाँहों में लौट कर। जैसा कि जिनी और ऐलिस्टर ने टिप्पणी की है, अलबत्ता दुलार से, उसकी बहन और बहनोई हिरनों और भौरों से ज़्यादा दिलचस्पी रखते हैं, बनिस्बत किसी संकटग्रस्त मानव प्रजाति के। जेमी — उसको पकड़ पाना, सिवा क्रिस्मस के मौक़े के। वह हमेशा से ही उस जगह के अलावा, जहाँ तुम उसे पकड़ पाने की उम्मीद करते, बाक़ी हर जगह होता। और मैथ्यू : वह माता-पिता के घर में सजी बचपन और किशोरावस्था की तस्वीरें

होता और एक कमेण्टेटर की आवाज़, ऑस्ट्रेलिया से क्रिकेट के मैच का हाल प्रसारित करता हुआ जिसमें घरेलू उच्चारण का परिचित अन्दाज़ अस्पष्ट रेडियो-तरंग के डूबने-उभरने की तरह आता-जाता।

अब वे फिर एक-दूसरे के सम्पर्क में हैं जैसे कि वे एक अर्से से नहीं थे, ऐसे वक़्त जिन्हें वे याद नहीं करेंगे या अलग ढंग से याद करेंगे, हरेक उस ज़रूरत के तहत जिसने इस बहन-भाई को उस बहन भाई को खोजने पर मजबूर किया, बाक़ियों से बचते हुए।

जिनी और बा लंच पर भी मिलती हैं। यह एक पियानो वाले बार-रेस्तराँ में है जहाँ गहरी हत्थेदार कुर्सियाँ और खम्भों जैसे लैम्प हैं जो छत को सूर्यास्त जैसी रोशनी से नहलाते हैं जिसके नीचे तुम घुटनों तक ऊँची मेज़ से खाते हो। बा के चुनने लायक़ एक बेहद नामुमकिन-सी जगह है, जो मसालेदार ज़ैतून के फलों और पेरी-पेरी काजुओं को यों चुभलाती है मानो वह जंगल में अचानक मिले किसी अजाने बीज को आज़मा रही हो; लेकिन उसने यह जगह सुझायी थी, क्योंकि वह और कार्ल रेस्तराँओं में नहीं जाते और इसी को वह जानती है, क्योंकि उसका शेयर-दलाल अपने लिए यहीं आरक्षण कराने के लिए उससे कहता है। मिलने पर बहनों को कुछ पता नहीं होता कि शुरू कहाँ से करें। हफ़्ते बीतते हैं जब फ़ोन की घण्टी बजती है (काफ़ी नियमित रूप से, कर्तव्य चालित) वे पिता हैं या (कभी-कभी, वह ऐसी मन:स्थिति में होती है जब कर्तव्य भँड़ैती लगता है) वह माँ होती है, भाई-बहनों के दिल की धड़कनें तेज़ हो जाती हैं, जब यह एक और घोषणा हो सकती थी — कि वह सब ख़त्म हो गया है, *वे* वापस आ गये हैं, *उसने* उनकी ज़िन्दगी उन्हें लौटा दी है, वे बयालीस वर्ष। लेकिन नहीं, नहीं।

वे बचे रहें। यही सूत्र, अजीबो-ग़रीब ढंग से बेटियों और बेटों ने उससे लिया है। कौन है यह औरत जो इस पर ख़तरा पैदा करती है?

उसका नाम ऐलिशिया है (उसकी ओर से आडम्बर-भरा चुनाव जिसने उसे पैदा किया?), कुलनाम पार्क (काफ़ी आम, जो तबक़े के एक निश्चित स्तर का पता देता है शायद? जब तक बचपन रहा वह एक नैसर्गिक प्रतिभा थी, लेकिन इस सम्भावना को उसने पूरा नहीं किया है और अन्त में दूसरे नम्बर की वायलिन वादक से ऊपर नहीं पहुँच पायी है, और वह भी दूसरे सबसे अच्छे सिम्फ़नी ऑर्केस्ट्रा में — जैसे कि वे लोग उसे आँकते हैं जो संगीत के सचमुच जानकार

हैं। जो कि पिता नहीं हैं, बेचारे आदमी, बस बैठके में सीडियों का ख़ाना, पत्नी के साथ घर में बितायी गयी शामों के दौरान सुस्ताने के लिए। उस औरत के पेशे ने उन्हें प्रभावित किया होगा; जो वाद्य बजा सकते हैं, बजाते हैं; जो नहीं बजा सकते, सुनते हैं : वे और इज़ाबेल।

इस आदमी का क्या हुआ, बच्चे के बाप का? क्या उनके पिता का कोई रक़ीब है? क्या वह कोई आशाजनक संकेत है? या — वास्तव में — क्या वह एक ख़तरा है, उस जोखिम में एक उलझाव जो यह पगलाया सड़सठ-वर्षीय आदमी ले रहा है, अगले क़दम के तौर पर वह किसी आवेग जनित अपराध में फँस जायेगा — लेकिन जेमी, जिनी के घर पर पीने-पिलाने के लिए पकड़े जाने पर, हँसता है — अब्बा जान, समझे प्यारे, उनमें आकर्षण है! और जेमी वह बन्दा है, जो वह काम करता है जिसे लड़कपन में वे 'टोटे बटोरना' कहते थे — जानकारी और अफ़वाहों के टोटे। बच्चे का बाप लन्दन में रहता है, वह पत्रकार है और बताया जाता है कि अश्वेत है। लिहाज़ा वह छोटा-सा लड़का जिसके एवज़ी पिता की भूमिका वे निभा रहे होंगे मिले-जुले रक्त वाला बच्चा है, दो या तीन बार मिलावट वाला, क्योंकि बाप जाने मानवीय क़िस्म का कौन-सा मिश्रण होगा।

कम-से-कम इससे पता चलता है कि यह मामला किसी-न-किसी तरीक़े से प्रगति लाया है। जिनी निजी तौर पर माता-पिता के घर में हुए अपने अनुभव के उस हिस्से की तरफ़ लौट रही है जिसकी जानकारी सिर्फ़ एक और सहोदर (मैथ्यू) को है। माता-पिता ने हमेशा ज़ोर दे कर कहा था कि वे नस्लवादी नहीं थे और बच्चों की परवरिश भी उन्होंने उसी तरह की थी। जिस हद तक कि वे महसूस करते थे कि वह उस समय के क़ानून के विरुद्ध जाये बिना कर सकते थे। जिनी का, पढ़ाई के दौरान, एक हिन्दुस्तानी युवक से लम्बा प्रेम सम्बन्ध चला था जिसे गोरों के एक विश्वविद्यालय में आरक्षण के बल पर पढ़ाई के लिए दाख़िला मिला था। वह माता-पिता को कभी बता नहीं सकी थी। जब अपने किसी बेटे या बेटी की बात आती तो...

जिनी अतीत के उस दरवाज़े पर थी जो वर्तमान की बग़ल में खुलता था। तुम ऐसी बातों के बारे में कभी नहीं जान सकते। मुझे देखो। मैं एड्स के शिकार लोगों के खिलाफ़ भेद-भाव न करने के समर्थन में एक पट्टी बाँधे रखती हूँ, लेकिन अगर मुझे पता चले कि जो औरत मेरे बच्चे की देख-भाल करती है वह एचआईवी पॉज़िटिव है तो क्या मैं उसकी छुट्टी कर दूँगी?

ऐलिस्टर को जो उनके बीच महज़ एक पति था, बहनों से कुछ कहना था। बच्चे का मामला उनके लिए एक अतिरिक्त आकर्षण हो सकता था। मिली-जुली जाति का बच्चा। अतीत के बहुत-से भले विचारों वाले लोग अब कोई ऐसा तरीक़ा चाहते हैं जिससे वे व्यवहार में उन अमूर्त मान्यताओं को साबित कर सकें जिनके पीछे वे छिपे रहते थे, उन दिनों। बेशक, मैं तुम्हारे पिता की उतनी अच्छी तरह नहीं जानता जितना तुम जानते हो।

उसकी पत्नी के पास आगे जोड़ने के लिए कुछ था।

या जैसा कि हम समझते हैं कि हम जानते हैं।

बा परिवार की इन बैठकों में नहीं बोलती थी।

वह अपने पिता के साथ एक घर में है। घर कुछ-कुछ परिचित-सा है, पर न तो यह पारिवारिक घर है न उसका अपना। या शायद यह दोनों है — सपने ऐसा करतब कर सकते हैं। बस वह और उसके पिता; वह हैरान होती है कि वे वहाँ दोपहर के वक़्त क्यों हैं। वे कहते हैं कि वे नौकरानी के आने का इन्तज़ार कर रहे हैं। एक पुरानी चाल की साइकिल की घण्टी की टुनटुनाहट होती है, जैसी घण्टी बचपन में उनकी साइकिलों पर लगी होती थी। वह खिड़की के बाहर झाँक रही है, वे उसके पीछे खड़े हैं, और वह देखती है — वे देखते हैं, उसे आभास है कि वे जानते हैं वह देख रही है — एक युवा और ख़ुबसूरत लाल/सुनहरे बालों वाली लड़की को मुस्कराते हुए साइकिल से उतरते। मगर इस देश में ऐसी कोई गोरी नहीं है जो नौकरानी का काम करे।

जिनी और बा किसी को बताये बिना एक संगीत सभा में जाती हैं। जो सीटें उन्होंने चुनी हैं, वे न तो बहुत आगे हैं, न बहुत पीछे। हाँ, वह वहाँ है वायलिन को ठोढ़ी और कन्धे के बीच टिकाये। वे गोरे हाथों को अलग-अलग पेचीदा हरकतें करते देखते हैं, कुछ उँगलियाँ तारों को दबाती हुईं, दूसरे हाथ की उँगलियाँ गज़ के गिर्द लिपटी हुईं। उसने वैसा ही अनौपचारिक शाम का लिबास पहन रखा है जैसा ऑर्केस्ट्रा की दूसरी महिला वादकों ने पहना हुआ है, वर्दी जैसा कुछ नहीं; उन काली-टाई रहित वर्दियों से मिलता हुआ जो पुरुष वादक पहनने की छूट ले लेते हैं — पलटे जा सकने वाले गोल गले की कमीज़ें और रंगीन कमरबन्द। किसी क़िस्म की झालरदार शॉल गज़ चलाने वाली बाँह पर

फिसलती हुई चली गयी है। प्रकट की लिबास थोड़ा कामुक-सा, नीचे गले वाला है। वे इसकी पुष्टि कर लेंगी जब ऑर्केस्ट्रा अन्तराल के समय उठेगा। वह यक़ीनन बड़ी पतली-छरहरी है — बायीं टाँग नज़ाकत से सामने को फैली हुई और उसके सिर के ऊपर घने बाल इकट्ठा करके सजाये गये हैं। सुनहरे नहीं, लाल नहीं। इस समय ऐसे रंग के बाल हर दूसरी औरत के हैं, कुछ भूरे-से जिन पर मेंहदी की लाली लिये बैंगनी चमक है। वह अपना गज़ थामे रहती है जब तक कि निर्देशक उसे बजाने का इशारा नहीं करता और बहनें तभी उसे सुनती हैं। उन्हें महमूस होता है कि वह जानती है वे वहाँ हैं, हालाँकि वह उन्हें नहीं जानती। वह उनकी ओर देख रही है, हालाँकि मंच की रोशनियों ने उसे अन्धा कर रखा है। वह *उनके लिए* बजा रही है।

हथेली।

वह सब जिससे आप गुज़रते हैं (सड़सठ साल, कितना लम्बा अर्सा) बिना जाने। उसमें से ज़्यादातर का तो आपको शक भी नहीं होगा कि आपको अभाव है और यह शुद्ध संयोग है कि आपका उससे सामना हो। रोज़मर्रा के, सालाना समय एक परिचित शहर से दूसरे परिचित शहर के बीच एक आम उड़ान। हथेली : कि वह इतनी कामोत्तेजक हो सकती है। उसके गद्दे और घाटियाँ और रेखाएँ सहलाने और चूमने के लिए; वह मुझ पर हँसती है और कहती है वे भाग्य की रेखाएँ हैं, इसीलिए मैं यहाँ हूँ, उसके साथ। वह हथेली जो पकड़ती है, लिपटती है उस गज़ की छड़ी से और वह गाती है। लिपटती है पकड़ती है मुझे।

मैथ्यू को यह नहीं सोचना चाहिए कि वह इस सबसे बाहर रह सकता है! वे उसे ई-मेल पर ख़त भेजती हैं, जिनी भेजती है लेकिन उसे मानो एक सामूहिक 'हम' की ओर से सम्बोधित करते हुए — बहनें और उनके पति, छोटा भाई — जो उम्मीद करते हैं कि वह फ़ैसलों में हिस्सेदारी करेगा : जो भी करना है। मैथ्यू लिखता है, मेरे ख़याल में हमने उन्हें सामान्य रूप से उतनी तकलीफ़ें दी हैं जितनी बेटे और बेटियाँ देती हैं। उसका मतलब माता-पिता से है और इसका भला क्या मतलब है? इसका उससे क्या लेना-देना जो किया जा सकता है? वह कहना क्या चाहता है? क्या अब माता-पिता की बारी है, उन बच्चों की,

पिता की उमर में! या क्या इसका मतलब है कि उनकी बीती हुई जवानी की वजह से बेटों और बेटियों को अपने माता-पिता को बेहतर तौर पर समझना चाहिए? इतनी सारी फ़ालतू बातों का — या कौन जाने मतलब की बातों का — आमना-सामना, उस एक गले और दूर क्रिकेट के बल्लों और कंगारुओं के बीच मौजूद आदमी द्वारा उठाया जाना। मैथ्यू के लिए फिर से उघाड़ने के लिए क्या है; वह हमेशा इतना सीधा-सहज था — जितना वे जानते हैं, वे जो एक परिवार के उलझेरे में उसकी नज़दीकी में बड़े हुए; कभी किसी चीज़ से भागा नहीं — अगर तुम ऑस्ट्रेलिया को न गिनो, जहाँ उसने जिसे व्यापक रूप से सफलता कहा जाता है अर्जित की है।

तकलीफ़ों की सामान्य मात्रा। जेमी। और माता-पिता के लिए उसे कभी मुसीबत पैदा करने वाले से ज़्यादा समझा जाना नामुमकिन है। *जब तक वे ख़ुश हैं,* माता-पिता अपने पैदा किये हुए बालिग़ों के बारे में कहते हैं, विस्मय और निराशा को अन्दर-ही-अन्दर दबाते हुए। माता-पिता को सचमुच क्या पता था कि उनके बच्चों को क्या हो रहा था, पीछे उन दिनों। जिनी का हिन्दुस्तानी; विडम्बना यह थी, वह अब देख पाती है, कि वह उस लड़के के माता-पिता थे जिन्होंने पता चलने पर वह रिश्ता तुड़वा दिया था। प्यार-मुहब्बत की तो बात ही करो मत, उस तरह के प्यार को उन दिनों वर्ण संकरी कहा जाता था, क़ानून द्वारा सज़ा के क़ाबिल, और उसने उसकी पढ़ाई को जोखिम में डाल दिया होता; लड़के माता-पिता ने उसके डॉक्टर बनने की योजना बनायी थी, प्रेमी बनने की नहीं — वह भी जेल-याफ़्ता। बा का गर्भपात। उन्हें कितनी पीड़ा होती अपनी दुलारी बेटी को ले कर अगर उन्हें पता होता। सिर्फ़ जिनी को उस छिपे हुए घपले के बारे में पता है जिसकी वजह से बा निःसन्तान है। और किसी को नहीं; कार्ल को भी नहीं। वह उस ज़िन्दगी से ताल्लुक़ रखता है जब वह बा को नहीं मिला था, उसका दुर्लभ और एकमात्र चुना हुआ साथी, जिससे वह जंगल में टकरायी थी। यह असम्भव-सा लगता है कि जेमी को चलते-चलाते भी ख़याल आया है (उन्होंने सामान्य रूप से जो परेशानियाँ पैदा की हैं उनकी याददिहानी में) कि उसने अपनी बेक़रार बहन के लिए क्या प्रबन्ध किया था, उस समय; किशोरावस्था में भी सहज रूप ही से उसके ऐसे दोस्त होते थे जो एक-दूसरे को हर तरह की युवा-सुलभ मुसीबतों से निकाल लाने में आपसी कोशिशों के आदी थे। हाँ, यह जेमी था — उन सब में से जेमी — जिसकी तरफ़ सहारे के लिए वह मुड़ी थी; ठीक जैसे जेमी ही था — उन सब में से — जिसकी तरफ़ उसके

पिता अपनी मुसीबत के समय सहारे के लिए मुड़े थे, अब।

उनके किसी-न-किसी घर पर उन्हें माँ के बिना खाना खाने के लिए बुलाना सम्भव हो गया था। मानो यह मामूली-सी बात थी। और उन्हें परोक्ष रूप से यह आभास देना आसान नहीं था कि यह सामान्य बात नहीं थी; कि उस मेज़ पर एक प्रेमी के रूप में उनकी कोई जगह नहीं थी, यहाँ उनकी जगह अपनी पत्नी के साथ पति की हैसियत से थी, माँ और बाप की हैसियत से। यह स्थानान्तरण उनकी माँ पर लागू नहीं होता था, क्योंकि वह, जैसा कि वे इसे देखते थे, पारिवारिक दायरे में इस हमलावर प्रेमी की शिकार थी। उसने उनके यहाँ, अपनी हैसियत के बल पर, यदा-कदा आना मंज़ूर कर लिया था, उसकी सावधानी से निर्मित सुस्थिरता मेज़ पर उस स्थिति की किसी भी चर्चा का निषेध करती हुई, और अब वह मॉरिशस में दूतावास के एक अधिकारी, दूर के अपने एक रिश्तेदार यहाँ छुट्टियाँ मनाने गयी हुई थी।

माँ के साथ जिनी या बा के घर पर खाना खाने के बाद, उसकी बेटियों या दामादों में से किसी ने उस विषय को उठा कर हक़ीक़त के एक एहसास को पैदा करने पर ज़ोर दिया था; उस एकमात्र विषय को। चीज़ें अब कहाँ खड़ी थीं? कया ख़यालों की कोई अदला-बदली हुई थी, मसलन, भविष्य के बारे में उनके और उसके बीच?

माँ के वकील ने उनसे भेंट की थी और उसके लिए एक भत्ता तय कर दिया गया था; निपटाने के लिए कुछ दूसरे मामले भी थे। साज़-सामान। ये स्पष्ट नहीं किये थे मानो इनका ताल्लुक़ उसके सिवा और किसी से नहीं था। यह कार्ल था जो प्रकृति के परिवर्तन और पुनर्नवीकरण के जैविक चक्रों के नज़दीक अपनी अबोधता के विशेषाधिकार के बल पर यह कहने में कामयाब रहा था कि, शायद आपकी ग़ैर-मौजूदगी सही बात होगी। आप दोनों के लिए। वापस आने पर हो सकता है आप पायें कि आप लोग फिर से एक बार साथ-साथ चीज़ो को निपटा सकेंगे।

माँ ने उसकी चिन्ता के लिए आधी-दया-भरी नज़र उस पर डाली थी।

चीज़ें निपटायी जा चुकी हैं। निपटारा उन्होंने किया था।

और वह मानो अपने अधिकार से जिनी के छोटे-से बेटे के साथ दादियों वाली बातें करने के लिए मुड़ गयी जिसके लिए वह एक खिलौना जीप लायी थी, और फिर अपने अन्तरंग लहजे में दोनों किशोरवय की लड़कियों में से अपनी

पसन्दीदा बड़ी वाली से गुप-चुप बतियाने के लिए, जो संयोग से वह शाम परिवार के साथ गुज़ार रही थी। आज रात कोई बॉय-फ्रेण्ड नहीं दिख रहा? आम तौर पर जब मैं वीक एण्ड पर आती हूँ तो ऊपर काफ़ी संगीत और हँसने-हँसाने की आवाज़ें आया करती हैं। हेलेन के दोस्त, लड़की कहती है। और तुम्हारे नहीं, तुम्हारे क़िस्म के नहीं — मैं समझती हूँ। तुम्हारी क़िस्म क्या है...ठीक है, वह एक, फिर — मुझे अच्छा-ख़ासा अन्दाज़ा है कि तुम्हें क्या रुचेगा, समझीं।

और लड़की झूठ बोलती है, उस नामौजूदा मित्र का वर्णन ऐसे करती हुई जैसे वह सोचती है कि कोई बालिग़ चाहेगा वह हो।

जब माँ/दादी चली गयी तब जिनी के पति ऐलिस्टर ने उनसे कहा : इज़ाबेल सोचती है कि हम उनकी तरफ़ हैं, समस्या यह है।

हम क्यों होने लगे — कोई भी बा के बयान पर टिप्पणी नहीं करता।

बचे रहें पिता।

सबसे अच्छा। किसी-किसी दिन ताले में चाभी के घूमने की आवाज़ से जागना; उसकी चाभी। उसे सुनना पर इतना अधिक नहीं कि आँखें खोलनी पड़ें; और फिर एक ताज़ा शीतल कपोल बेहजामत गाल पर टिका हुआ। वह अपने फ़्लैट से सात बजे निकली है बच्चे को नर्सरी स्कूल पहुँचाने और बाद में वह अचानक यहाँ है। कल। उसके जूतों का गिरना सुना और आँखें खोल कर फ़र्श तक उसके कपड़ों का पीछा किया। वह बिस्तर में सरक आती है, गाल अब भी ठण्डा है और उसके बाक़ी सब कुछ में उसकी ख़ास गरमी है। आज नहीं : चाभी के घूमने का इन्तज़ार करना। कल वह फिर घूमेगी। बार-बार।

वे उन्हें किसी समय उसे भी अपने साथ लाने के लिए आमन्त्रित करने की बध्यता — शायद उपयोगिता — के सिलसिले में एक-दूसरे के राय-मशविरा करते हैं। इतवार के लंच पर? नहीं, बहुत अधिक पारिवारिक-सा लगेगा, और फिर बा और कार्ल वहाँ नहीं होंगे, जिनी और एलिस्टर इससे सिर्फ़ अपने बल पर क्यों निपटें, जेमी पर तो भरोसा किया नहीं जा सकता। छै के आस-पास एकाध ड्रिंक के लिए आ जाइए। वह है कैसी — दिखती कैसी है? दोनों मर्द पहले से जानना चाहते हैं — आख़िरकार, वे पिता के साथी मर्द हैं — कि वे क्या उम्मीद रखें ताकि

ख़ुद को उनकी जगह रख सकें। लेकिन मंच की रोशनियों का छींटा चेहरों पर नक़ाब-सी डाल देता है, वहाँ आँखों के कोटर थे, सफ़ेद गाल, खिला हुआ मुँह। यह तो हाथों की हरकत से था जिससे एक पहचान का पीछा हो रहा था।

जो आदमी उसे जिनी के घर ले कर आता है वह कोई और ही शख़्सियत है : उनका पिता? वह जो हमेशा सुना करता था, अब बातें करता है। हालाँकि यह उसका घर नहीं है, वह मेज़बान नहीं है, वह गिलासों को दोबारा भरने और चिखना पेश करने के लिए उठता है। वह उसे रिझा रहा है, उन सब के सामने, वे इसे देख सकते हैं। उनकी माँ देखने में कहीं अच्छी है; अब भी सुन्दर; इस औरत का चेहरा लम्बा, पतला, भुक्खड़-सा था, रोशनियों ने उसके गड्ढों को अतिरंजित नहीं किया था, और उसकी बुद्धिमत्ता से विकुंचित आँखें हलकी भूरी? हरी? कोई फ़र्क़ नहीं पड़ता — मेकप से मिस्री प्रतिमाओं की शैली में अलंकृत हैं। उसने एक ढीली मगर चिपकने वाली कमीज़ पहनी है और बहनें देख लेती हैं कि उसकी पुष्ट छातियाँ हैं। जब वे बाद में अपने प्रभावों की तुलना करते हैं तो लगता है कि ये औरतें थीं जिन्होंने ये सारे ब्योरे दर्ज किये, बजाय, जैसा कि वे सोचतीं, मर्दों के।

उसके हाथ अनलंकृत हैं (माँ को इन वर्षों के दौरान उनसे सुन्दर अँगूठियों के उपहार मिलते रहे हैं) और अधखुले, हथेलियाँ आधी बन्द, कुर्सियों के हत्थों पर या गोद में रखे रहते हैं; मानों हाथों की तनावहीन मुद्रा का उद्देश्य उन्हें निश्चिन्त करने का है, ये हाथ जो संगीत पैदा करते हैं। और उनके पिता को आनन्द देते हैं। उसकी आवाज़ में एक सायास भारीपन है जो उन्हें यक़ीन है लोगों को आकर्षक लगता है। पता चलता है कि मर्दों में से किसी ने भी — जेमी मौजूद था — उस भारीपन को ऐसे बनावटीपन या आकर्षण के रूप में दर्ज किया जिस की तरफ़ *उनके* खिंचने की सम्भावना थी।

बातचीत काफ़ी जीवन्त और पूरी तरह बनावटी थी; वे *सभी* दूसरे लोग थे; इसकी कोई परवाह किये बिना बतियाते हुए कि किस से किस चीज़ का मतलब था और असलियत में वे क्या थे। इतने सारे निरीह विषय होते हैं, आप सचमुच किसी भी परिस्थिति में काम चलाने के लिए किसी भी चीज़ का सहारा ले सकते हैं — अख़बारों और टेलिविजन में बाढ़/सूखे, यातायात की ठूँसा-ठाँसी से बचने के लिए कार पर निकलने का सबसे मुनासिब वक़्त (युद्धों और राजनीति से दूर रहिए, स्थानीय और अन्तर्राष्ट्रीय, दोनों, वे अन्तरंग विषय हैं) और निश्चय ही संगीत। इस विषय पर प्रेमी बात शुरू करता है; जिनी और बा तो इसे भी

टाल जाना पसन्द करती। उसे जाने कैसे यह एहसास हो सकता है कि उसके वायलिन बजाने के दौरान उनकी आँखें उस पर कैसे टिकी रहती थीं...वे उसके बारे में डींगें भी हाँकते हैं : ऐलिशिया सर्दियों में ऑर्केस्ट्रा के साथ एक अन्तर्राष्ट्रीय संगीत सम्मेलन में भी जायेगी और यह इसके लिए ख़ास तौर पर आनन्ददायक होगा क्योंकि ऐल्शिया धारा प्रवाह फ्रेंच भी बोलती है। किसी को लग सकता है सम्भव है — निश्चित ही — कि वे किसी को अपनी सत्रह वर्षीय नतिनी, जिनी की सबसे बड़ी बेटी की उपलब्धियों के बखान से ऊबा रहे हों। जिनी का जैविक पश्च-विचार, चार वर्ष का शॉन हरेक के पैरों के इर्द-गिर्द अपनी जीप से खेल रहा था। जब पिता और उनकी औरत रुख़सत हो रहे थे, वह बच्चे की ओर झुकी : पता है, मेरे भी तुम्हारे जैसा बच्चा है। उसके पास कारों का एक संग्रह है, लेकिन मेरे ख़याल में उसके पास जीप नहीं है। तुम्हारी शानदार है।

इन्हें किसी बात से झेंप नहीं लगती, इन प्रेमियों को।

किसी आदमी की सन्तान का नया पिता कुँआरी माँ के बच्चे के लिए प्रण करता है। हमें उसके लिए भी एक लानी होगी। तुम्हें कहाँ से मिली?

शॉन उस उपस्थिति को साकार कर देता है जिसे इस पार्टी में प्रवेश नहीं मिला था। मेरी नानी इसे मेरे लिए लायी थीं।

एक अजीब-लगभग शर्मिन्दगी-भरा क्षण भाई-बहनों और पतियों के बीच आता है जब वे इस पूरे कार्य-व्यापार पर अचानक हँस देते हैं — माँ, पिता और औरत। यह तब घटित होना शुरू होता है जब वे इकट्ठा होते हैं — और भी कम जल्दी-जल्दी — कर्तव्य से बँधे एक बार फिर यह फ़ैसला करने की कोशिश करते हुए कि उन्हें इस सब के बारे में क्या करना चाहिए। यह उद्रेक उस पगलायी खिलखिल की तरह है जो कभी-कभी आँसुओं से भरी हताशा में फूट पड़ती है। हम पापा के बारे में उनकी इस मोहित अवस्था में क्या करें, और हे भगवान, अगली घटना यह होगी कि वे उसे गर्भवती कर देंगे, वे फिर से डैडी बन जायेंगे। नहीं, नहीं, नहीं — इससे हमें बरी रखो! क्या मतलब है तुम्हारा नहीं — प्रकट रूप से यही तो इस मामले की जड़ है, अपनी बरक़रार मर्दानगी में एक बूढ़े आदमी का गर्वीलापन! और एलिस्टर अलग से जेमी को — ज़ाहिर है अब भी खड़ा होता है — एकदम, जैसा कोई कहेगा — और वे फिर क़ाबू

से बाहर हो जाते हैं। क्या किया जाय, इस माँ के साथ जो किसी को नज़दीक फटकने की इजाज़त देने को तैयार नहीं है, अकेली छोड़ दिया जाना चाहती है, रूठी, बिसूरती हुई किशोरी की तरह और इस बाप के साथ जो किसी नौजवान की तरह हर तरफ़ अपनी मर्दानगी के झण्डे गाड़ने के लिए निकल पड़ा है? ऐसे हालात में लोगों के साथ कोई कैसे कुछ कर सकता है? ओ — लेकिन ये परिपक्व लोग हैं! तो आख़िरकार क्या कोई नहीं जानता कि परिपक्वता है क्या? क्या यह बात है? अब और नहीं, अब तो बिलकुल नहीं जब माता और पिता ने यह यक़ीन अपने बेटों और बेटियों से छीन लिया है। मैथ्यू सम्पर्क करता है और अपनी निरापद दूरी से ई-मेल भेजता है, उनकी मलामत करता हुआ। तुम सब को हुआ क्या है? तुम लोग उन्हें थोड़ी-सी हक़ीक़त क्यों नहीं बता सकते, उनके बयालीस वर्षों के साथ के बाद जो बचा रह गया है उसके लिए उन्हें साथ क्यों नहीं लाते? और क्या होगा इस सब का अन्त?

ख़ैर, माँ तो लगता है इस स्थिति का लाभ उठा कर अपनी ज़िन्दगी में एक लम्बी छुट्टी मना रही है, और वे, वे पहुँच से बाहर हैं (मस्त : जेमी के अनुसार) वायलिन की धुन पर नाचते हुए। वे हँसी से सिर हिलाते हैं, जो हताशा में डूब जाती है। माता-पिता के साथ कुछ भी करना मुमकिन नहीं।

बस, उनके लिए भयभीत होने के सिवा। बा के आँसू हँसी के नहीं है।

कम-से-कम किशोर बड़े तो हो जाते हैं; इस बात पर टिका जा सकता है — ठन बहुत-सी आम तकलीफ़ों को सुलझाने के लिए जो उन्होंने दी होती हैं। माता-पिता के सिलसिले में ऐसा लगता है कि टिके रहने के लिए कोई चीज़ नहीं है, बुढ़ापे की बहु-प्रचारित अक़्लमन्दी पर तो सबसे कम। माँ ने एक लम्बा धारावाहिक पत्र लिखा (हर भाई-बहन को एक प्रति, 'प्यारी' या 'प्यारे' के बाद महज़ एक अलग नाम) यह सूचित करते हुए कि वह मैथ्यू के पास ऑस्ट्रेलिया जा रही थी। तो मॉरिशस इस दौरान उस दिशा में आधा रास्ता था, उसके वास्तविक घर से आधे फ़ासले पर, अफ्रीका और ऑस्ट्रेलिया के बीच हिन्द महासागर के पार अपनी भौगोलिक दूरी से अधिक वह मैथ्यू के कुँआरे फ़्लैट में 'गिरस्ती सँभालेगी' जिस बीच वह ख़ुद अपने लिए एक नया मकान ढूँढेगी, जिसमें काफ़ी जगह होगी जहाँ वे उससे मिलने के लिए आ सकेंगे। नाती-पोतों को भेज सकेंगे।

ऐलिशिया पार्क्स, दूसरे नम्बर की वायलिन वादक मॉण्ट्रियॉल से वापस नहीं आयी। *वे* उसके साथ कई महीनों तक फ़ोन पर और पत्रों द्वारा सम्पर्क क़ायम रखते रहे। परिवार को इसकी भनक तब लगी जब उन्होंने उन सबको ऑर्केस्ट्रा के साथ दौरे पर उसकी सफलताओं की ख़बरें दीं। मानो यह सब उनकी दिलचस्पी या मतलब का था या नहीं, उन्हें उस औरत को अपने पिता की ज़िन्दगी — और इस नाते अपनी ज़िन्दगी की — शाखा के रूप में पहचानना था। इसका अभिप्राय था कि वे इस बारे में अपना मन बना सकते थे।

जो बात उन्होंने उन्हें नहीं बतायी थी वह यह कि उसने मॉण्ट्रियॉल के एक वाद्य-वृन्द में शामिल होने के लिए ऑर्केस्ट्रा को छोड़ दिया था। पहले नम्बर की वायलिन वादक के तौर पर — एक आकांक्षा जो उन्हें मालूम था उसके मन में थी और वे उसके तईं चाहते थे कि उसे पूरा होते देखें। लेकिन कैनेडा। उसने इस बात पर विचार किया था (यह उसका वाक्य था) कि उसके लिए पीछे अफ़्रीका में इस क़िस्म के बहुत से अवसर नहीं थे।

उनके साथ। उसके साथ देर-रात फ़ोन पर की गयी लम्बी बातों में जो उसने कहा नहीं था उन्होंने पूरा किया — अपने लिए।

उसने अपने बच्चे को बुलवा लिया; उन्हें तभी बताया जब बच्चा देश से जा चुका था। फिर उसने उन्हें यह नहीं बताया कि वह और किसी के साथ थी, अपने बच्चे के अलावा, एक नया आदमी। लेकिन उन्हें उसके स्वर से पता चल गया था।

जिनी ने अपने पिता से खुल कर बात की थी। क्या वह वापस आ रही है?

निश्चय ही जब उसे यहाँ मुनासबिब कार्यक्रम मिल जायें। उसने संगीत की दुनिया अपनी एक जगह बना ली है।

तो वे उसका इन्तज़ार कर रहे हैं, उन्होंने तय किया, बेचारे। वे स्वीकार क्यों नहीं कर पाते कि वह सब ख़त्म हो चुका है, अन्ततः; और सारे मामले को पीछे धकेल कर वापस *पिता* की तरह बुढ़ाने की तरफ़ क्यों नहीं लौट आते, किशोरावस्था की ओर इस ख़तरनाक पतन का एक सम्मानजनक विकल्प है।

ज़िन्दा रहें वे।

इकट्ठा और अकेले-अकेले वे उनके पीछे लगे हुए हैं।

वह ठण्डा कपोल सब से अच्छा था। बस वही। उसका क्या विकल्प।

बाथरूम में आईने के सामने, उसका शरीर जिसे वह नहाने के दौरान प्यार करने के बाद सुखा रही थी, फैली हई टाँगों के बीच तौलिया फिराती हुई, फिर अपनी गर्दन के पीछे के हिस्से को उतनी की कमनीयता से जिससे वह वायलिन पर गज़ फेरती थी, भाप उसके बालों को उसके माथे पर टपकाती हुई। उससे भरा हुआ एक आईना। मेरे लिए, बूढ़े प्रेमी के लिए जिसे वह इतनी अच्छी तरह प्रेम करना जानती थी, इतनी अच्छी तरह, उसका बूढ़ा प्रेमी, सड़सठ का। क्या विकल्प।

मौत एक सूना आईना है, जो कुछ उसने देखा और दिखाया है, उससे ख़ाली।

मौत इन्तज़ार करती है, कर रही है, लेकिन इसकी बजाय मैंने केपटाउन की वह उड़ान ले ली थी।

लूसी

मेरा नाम लूसी है — नहीं, 'वाई' के साथ नहीं। मैं इसे सारी ज़िन्दगी सही करती रही हूँ, ठीक तभी से जब मेरा नाम महज़ ध्वनियों का समूह नहीं रह गया था जिसे मैं सुनती और जवाब में हरकत करती थी, किसी नन्हें-से घरेलू पालतू जानवर की तरह (आ, आ, तू, तू) और मैंने इन स्वरों और व्यंजनों को रेखाओं की एक श्रृंखला की तरह अंकित करना सीख लिया था : ल, ू, स, ी। इस हठ का कोई ताल्लुक़ पहचान से नहीं है। पहचान की तथाकथित तलाश मुझे उकताती है। मैं जानती हूँ मैं कौन हूँ। आप ख़ूब अच्छी तरह जानते हैं आप कौन हैं : पैर की उँगली के नाख़ून की हर धारी, हर ख़याल जो आप दिल में छिपा कर रखते हैं, हर विचार जो आप व्यक्त करते हैं, आपके जीवन का रूप है, और आपकी ज़िम्मेदारी। मैं हिज्जे सही करती हूँ, क्योंकि मैं वकील हूँ और मैं भाषा में शुद्धता और अचूकता की आदी हूँ; क़ानूनी दस्तावेजों में एक अर्द्ध-विराम का इधर-से-उधर हो जाना किसी वाक्य में व्यक्त मन्तव्य को बदल सकता है और नयी मुक़दमेबाज़ी का रास्ता खोल सकता है। यह आदत है; मेरा पँडिताऊपन; तथ्य के हिसाब से इस मिसाल में महज़ एक और वर्तनी-सम्बन्धी अशुद्धता को बरक़रार रखता है : मेरा नाम मेरे पिता की इतालवी दादी के नाम पर रखा गया है और इसका सही इतालवी रूप लूसिया है। इसका मेरे लिए तब तक कोई महत्व नहीं था जब तक कि मैंने उसकी क़ब्र पर उसका नाम नहीं देखा : लूसी।

मैं अभी-अभी अपने पिता के साथ इटली में छुट्टियाँ मना कर आयी हूँ। मेरी माँ का देहान्त कुछ महीने पहले हो गया था; यह पत्नी की मृत्यु के बाद किया गया उस तरह सफ़र था जब ज़िन्दा बचा रहने वाला मर्द बेटी को एक प्रतिरूप स्त्री की तरह देखता है जो मौजूदा समय और स्थान से अतीत और दूसरे देश में ले जाये जाने पर मृत्यु की निकटता से उसकी रक्षा करेगी और ज़िन्दगी की सलतनत में बहाल कर देगी। (मैं बस यही उम्मीद करती हूँ कि मेरे

पिता ने यह बात समझ ली है कि यह एक बार का, अस्थायी था, मेरी ओर से उपहार।) मैंने उन्हें यह मानने दिया कि सच्चाई इसके उलट थी) मुझे उस गाँव ले जा कर जहाँ, उनके तईं, मेरी शुरुआत हुई थी, वे मुझे लौटा रहे थे। उन्होंने अपनी ज़िन्दगी के पहले पाँच साल साल ग़रीब माता-पिता द्वारा इसी दादी की देख-रेख में सौंप दिये जाने पर उसके साथ बिताये थे और हालाँकि फिर वे माता-पिता के साथ दक्षिण अफ़्रीका जा बसे थे और वापस नहीं आये थे, ऐसा लगता था कि इस दादी के प्रति उनके लगाव की जगह और कोई भावना नहीं ले पायी थी। अपनी माँ के प्रति या किसी और के प्रति; अर्से बाद, उसी का नाम पिता ने अपनी बेटी को दिया था।

वे इतनी बार यूरोप जा चुके हैं — मेरी माँ के साथ, लगभग हर साल।

'आप यहाँ पहले कभी क्यों नहीं आये?' मैंने उनसे पूछा। हम घास की एक ढलान पर बैठे हुए थे जो उस जगह थी जहाँ उनकी दादी और कुँआरी बहनों का फ़ार्म हुआ करता था। वह पुराना मकान, जहाँ उन्होंने वे वर्ष बिताये थे जिनकी छाप जेसुइट ईसायों के अनुसार गहरी होती है, बिक चुका था, उन गुलाबी और हरी फ़र्श की टाइलों, लच्छेदार लोहे की रेलिंगों और लाल जिरेनियम के गमलों से पुनर्निमित जिन्हें गाँव के पास उभर आने वाले नये औद्योगिक विकास के सफल कारीगर इतना पसन्द करते थे। घर हमारे पीछे था; हम उसे भुला सकते थे, वे उसके क़ब्ज़ा किये जाने को भुला सकते थे। शहतूत का पेड़ घास के मैदान पर सींक की टोपी की तरह छाया किये हुए था। सूरज के हिलने के साथ-साथ उसके किनारे की छाया भी सरकती। उन्होंने जवाब नहीं दिया; गोलियों की एक अचानक बौछार ने अलबत्ता दिया — पहाड़ों से चटचटाती गूँजों में आगे-पीछे तड़तड़ाती हुई और शान्ति को भंग करती हुई जहाँ मेरा सवाल घास की उड़ती हुई नमी के साथ बहता चला गया।

सेना ने वहाँ चेस्टनट के जंगलों में छुपा कर चाँदमारी का एक स्थान बना रखा था, बस; जैसे गुज़रता हुआ विमान विशुद्ध शान्ति के ताने-बाने का धागा खींचता चला जाता है, वैसे ही गोलियों की आवाज़ वह सब कुछ ले आयी जो ज़िन्दगी में निरन्तरता को भंग करती है, आवेगों की हिंसा, माँगों की दिशा का पथ और इरादों का संघर्ष। मेरी माँ यूरोप के बड़े-बड़े शहरों में कला-वीथियों और थियेटरों में जाना चाहती थी, पिता को हौंगकौंग और टॉरण्टो में सम्मेलनों को सम्बोधित करके सन्तुष्टि होती थी, युद्ध और पूँजीपति घरानों के निजी संघर्ष और कौन जाने, प्रेम सम्बन्ध — उन्हें बाहर-ही-बाहर रखता था। वे इस छवि

को मुझसे छिपाये रखते, जैसा कि माता-पिता करते हैं ताकि वे जिसे एक उचित छवि समझते हैं उसे बच्चों के सामने बनाये रखें। अब वे मुझे अपनी ज़िन्दगी में शामिल करना चाहते थे, उसकी ताईद करने के लिए, मानो मैं शुरू से अब तक एक राज़दार थी।

हम गाँव की एकमात्र सराय में ठहरे और अपना खाना हिरनों और पहाड़ी बकरों के भुस-भरे सिरों के नीचे अँधेरे-से बार में खाते रहे। मालिक अपनी माँ को मेरे पिता से मिलाने लाया जिन्हें उसका दावा था कि वह एक छोटे-से बच्चे की सूरत में याद कर सकती थी। उसने उन तीनों बहनों को याद करते हुए बेशक नाक सुड़की थी जो उस परिवार की आख़िरी सदस्य थीं जो इतने अर्से से गाँव का हिस्सा रहा था कि — कि क्या? मेरे पिता मुझे अनुवाद करके बता रहे थे, मगर हिचकते हुए, उनकी इतालवी अब ज़्यादा नहीं बची है। इतने अर्से से कि उनकी दादी की माँ ने रेशम के कीड़े पाले हुए थे, उन्हें अपने ही पेड़ों पर उगने वाले शहतूत के पत्ते खिलाते हुए, और उस घरेलू उद्योग के हिस्से के तौर पर रेशम की कताई करते हुए जो इस इलाक़े में तब तक होती थी जब तक कि पूरब से आने वाले रेशम ने बाज़ार को अपने क़ब्ज़े में नहीं कर लिया था। गिरजे का चौक, जहाँ पर खेलना उन्हें साफ़-साफ़ याद था, अब भी वहीं था और ईसाई भिक्षुणियाँ अब भी बच्चों के उस स्कूल को चलाती थीं, जहाँ उनका ख़याल था कि वे शायद कुछ महीनों के लिए भरती किये गये होंगे। शायद वे स्कूल में दुखी थे और इसीलिए अब उस नीले दरवाज़े में दाख़िल होना याद नहीं कर पा रहे थे जो ठीक हमारे सामने था जहाँ हम गिरजे की बग़ल में बेंच पर बैठे थे। जूते और मोटरकार के पुर्ज़े बनाने वाले कारख़ानों की तरफ़ चमकते हुए स्टड और सलमों-सितारों से जड़ी जैकेटें पहने नौजवान मज़दूरों को ले जा रही मोटर साइकिलों के शोर ने उनकी आवाज़ को तार-तार कर दिया जब वे मुझे धूल में छड़ी से खींचे गये खेलों के बारे में बता रहे थे, बर्फ़ को ठोकरें मारने की ख़ुशी के बारे में, और तेल और नमक से चुपड़ी गर्म चपटी रोटियों के बारे में जिन्हें बच्चे सुबह के नाश्ते के तौर पर खाया करते थे। उनके भीतर कहीं मोमबत्तियों की एक नीली मोतिया पादर्शी रोशनी दफ़्न थी जो कुछ आकारों को, जो असली लोग नहीं थे, 'पानी की तरह' झिलमिला जाती थी उन्होंने कहा। गिरजे में, जिसकी घण्टियाँ रि घण्टे का पता अपनी लरज़ती हुई घनघनाहट से पहाड़ी-दर-पहाड़ी देती थी, सिर्फ़ मिटाये गये भित्ति-चित्रों के ख़रोंच लगे ख़ाके बचे थे; उन्होंने सोचा था कि वह छवि उनके बचपन की किसी महान घटना से आयी

होगी, शायद पड़ोस के क़स्बे में किसी स्थानीय सन्त की जयन्ती पर किसी समाधि की यात्रा से।

कार पर वहाँ गये और उन गिरजों में दाख़िल हुए जो एक विशाल हवाई-अड्डे की इमारत जैसी समाधि की अगल-बग़ल बने थे — मेरी माँ कैथोलिक ईसाई नहीं थी और यह रूपक स्वाभाविक रूप से लौकिक धर्म-निरपेक्ष स्थानों के ही तजरुबे से मुझे सूझता है। पूजा की मोमबत्तियों के तरल चक्कों के पीछे क्रूर और मातमी तैल चित्र थे; उन्होंने वहाँ डिब्बे में कुछ सिक्के डाल दिये, लेकिन मोमबत्ती नहीं ली, मुझे पता नहीं कि वर्तमान के गँदले प्रतिनिधित्व ने उनकी याद में चमकती हुई छवि को बुझा दिया या उनकी छवि ने उसे उनके लिए रूपान्तरित कर दिया था। सामने के सुगन्ध-बिखेरते क़हवाघरों की वीथिका में कड़ी कॉफ़ी और समाधि के नाम वाले केक खाये। उन्होंने अट्ठावन साल से ये केक नहीं चखे थे, जब लूसी उन्हें ख़ास तौर पर ले कर आयी थी; हमने उन मोमबत्तियों का सही सन्दर्भ खोज लिया था जो इन सारे वर्षों के दौरान उनके भीतर जगमगाती रही थीं। क़हवाघर बातूनी बूढ़ों से भरे हुए थे, प्रकट आनन्द से बहस-मुबाहिसा करते और हाथ हिलाते। उनकी दाढ़ियाँ बढ़ी हुई थीं और वे कसी हुई टोपियाँ पहने थे। मैंने कहा : 'अगर आप यहाँ रह गये होते तो आप भी इनमें से एक होते' और मुझे पता नहीं था कि मैंने यह द्वेष से कहा था या मैं वनिला और कॉफ़ी की भाप के छलावे में आ कर उन लोगों की तरह मुग्ध हो गयी थी जिनके पास खोजने के लिए एक अतीत होता है।

रात को वे बार में उसके मालिक के साथ ग्राप्पा पीते रहे और फ़ुटबॉल की टीमों के बारे में गाँव के पिछलगुओं और नौजवानों की बहसों का जो कुछ इकट्ठा कर सकते थे, इकट्ठा करते रहे, जब कि टीवी एक नज़रन्दाज़ किये जा रहे आकर्षण की तरह बड़बड़ाता रहा। बड़े-बुज़ुर्गों के ये नाती-पोते गति को अचानक रोक देने से पैदा किये गये झँकोरे पर उड़ते हुए दाखिल हुए जब उन्होंने अपनी मोटरसाइकिलों के इंजन बन्द किये। चमकते गोटेदार या बैंगनी लिश्कारे मारते हेलमेट दायें-बाँयें लहराते और कड़े घूँघरों और सुनहरी धारियों वाले बालों के प्रभामण्डलों को झटकते हुए वे जहाँ-तहाँ फैल गये। उन्होंने बूढ़ों के साथ चुहल की जो इसे लाड़ से मुस्कराते हुए बरदाश्त करते जान पड़े — मानो उनके भले ही अलग क़िस्म के, बेलगाम दिनों की याद फिर से जीवित हो उठी हो — उनमें अतीत के मोह को जगाती हुई।

बार में औरतें नहीं आती थीं। ऊपर अपने कमरे में हर रात, मैं सोने

से पहले खिड़की के बाहर झुक जाती; मुझे पता नहीं मैं कितनी देर वैसे ही झुकी रहती, उस विशाल धुन्ध की चमकती फुहार में लिपटी जो खिड़की से ले कर ऐल्प्स पर्वतों की तलहटी की काली रस्सी के बीच सारी घाटी को डुबो देती जिससे वह लटकी हुई होती, जब तक कि गिरजे की घड़ी — एक टंकारे की चोट — धुन्ध के बीच से तह-दर-तह लहरें पैदा कर देती जिनके बारे में मेरा ख़याल था कि मैं उनके रुपहले उतार-चढ़ाव को देख सकती थी, लेकिन जिन्हें मैं इसकी बजाय अपनी पसलियों के पिंजर में थरथराता महसूस कर सकती थी। देखने को कुछ भी नहीं था, कुछ भी नहीं। इसके बाद एक चिनचिनाता एहसास था — न तो सुनने से ताल्लुक़ रखता हुआ, न देखने से — जो बेहोश करने वाली दवा द्वारा चेतना को उड़ा ले जाने से पहले की चकराहट में हावी हो जाता है। क़ब्रिस्तान जाने से पहले वाली रात मैं उससे काफ़ी मदहोश थी। चाँद की छाया अन्तहीन बेठोस सतह से हो कर रिस रही थी, ख़ामोशी इस जगह पर बाढ़ के पानियों की तरह फैली हुई थी जहाँ वे मुझे ले आये थे; गाँव वहाँ मेरे लिए वैसे ही मौजूद था मानो मैं कभी उसके चौक में नहीं बैठी थी, मैंने कभी उसके चेस्टनट के जंगल में मारे गये भीरू जानवरों की काँच की आँखों के नीचे खाना नहीं खाया था, या उसके एकमात्र बचे हुए शहतूत के गाछ के नीचे बैठी नहीं थी।

हमारे पास चार दिन थे। आख़िरी दोपहर को उन्होंने कहा, 'आओ, पुराने क़ब्रिस्तान तक पैदल चलें।' मेरी माँ का दाह-संस्कार हुआ था, इसलिए उस स्थान पर किसी पीड़ाजनक तरीक़े से लौटने का सवाल नहीं था जहाँ हम लोग उससे जुदा हुए थे; तो भी मेरे ख़याल में उनकी मन:स्थिति में मृत्यु उनके इतना नज़दीक थी कि उसके किसी भी इलाक़े के पास जाना उनके लिए आसान नहीं होना चाहिए था। लेकिन ऐसा लगा कि यह उन दिशाओं में से ही एक थी जो अभी तक हमने ली थीं और जो उन्होंने मुझे इस विश्वास में दिखायी थीं कि मेरे नामकरण की वजह से मेरी थीं।

हम इस चिन्हानी की तरफ़ भी उसी तरह टहलते हुए गये जैसे दूसरी चिन्हानियों की तरफ़ गये थे। ऐसी गली में ग़लती से मुड़ गये जहाँ एक टेरेस पर मिट्टी के पुतले और एक खिलौना पवनचक्की थी, और झींगुरों की-सी कर्कशता से कनेरी चिड़ियाँ चहचहा रही थीं। लेकिन उन्होंने हमारे क़दमों को पलट कर याददाश्त में सही मानचित्र संकेत खोज निकाले। वहाँ एक महल सरीखा लोहे का फाटक था जिसके शिखर पर सलीब लगा था और लोना खायी और काई-

लगी दीवारों के पार देवदार के पेड़ों की काली तर्जनियाँ ऊपर की तरफ़ इशारा कर रही थीं। अन्दर : एक शून्य, कोई साँस नहीं, हरे पानी में फूल, मुर्झाये हुए।

मैंने कभी ऐसा क़ब्रिस्तान नहीं देखा था; क़ब्रें — हाँ, और क़ब्र के पत्थरों पर देवदूतों को विस्तृत झाँकियाँ — लेकिन यहाँ इनकी एक भूल-भुलैया के साथ-साथ दीवारों की अन्दरूनी तरफ़ पत्थर-जड़े ख़ाने-दर-ख़ाने थे, हर ख़ाने पर अपनी एक तख़्ती।

क्या मरे हुए लोगों को गोदाम में रख दिया था, फ़ाइलों की तरह?

'जब क़ब्रों के लिए कोई जगह नहीं बचती तो इस देश में यह आम बात है। या सम्भव है ज़्यादा सस्ता ही हो।' लेकिन वे किसी चीज़ की तलाश कर रहे थे।

'वे सब यहाँ हैं,' उन्होंने कहा। हम सावधानी से क़ब्रों के बीच की रोड़ी बिछी गलियों पर क़दम धरते हुए बढ़े और वहाँ वे सब थे — मामा और मौसियाँ और बेटे और बेटियाँ, दूर के भाई-बहन जो बचपन के पार ज़िन्दा नहीं बचे थे और दूसरे सम्बन्धी जो लगभग सौ बरस जिये थे, रेशम के कीड़े के उद्योग के बैठ जाने के बाद तक, दूसरे देशों में एक अजानी नाम-निहाद बेहतर ज़िन्दगी खोजने के लिए अपने बड़े हो गये बच्चों के रुख़सत होने के बाद तक, युद्ध के दौरान विदेशी क़ब्ज़े के बीत जाने तक और जूते और मोटरकार के पुर्ज़े बनाने वाले कारख़ानों के आने के बाद तक — सब काँच के नीचे मढ़ी और क़ब्रों से जड़ी तस्वीरों के पीछे से झाँकते हुए। कोई चेहरा बूढ़ा नहीं था, न बीमार, न थका हुआ। जब भी वे मरे हों, यहाँ वे उन्हीं रूपों में इकट्ठा थे जो जवानी या प्रौढ़ सबलता के दिनों में रहे होंगे।

यहाँ बहुत-से ऐल्बर्टो और जियोवान्नी और मारिया और क्लेमेण्टिना थीं, लेकिन जो नाम अगली पीढ़ियों को हस्तान्तरित किये जाने के कारण सबसे सम्मानित थे वे कार्लो और लूसिया थे, प्रकट रूप से दर्ज किये जाने वाले सबसे पहले पुरखों के नाम। पाँच या छै लूसिया नामधारी, घुँघराले बालों वाली एक बच्ची से ले कर मोटी मुटियारों तक अपने पतियों की ओर सिर झुकाये जिनमें से बहुत-से उनकी बग़ल में दफ़्न थे; और फिर हम — वे — उसकी क़ब्र पर पहुँचे। मैं बाक़ी इबारत नहीं पढ़ पायी, लेकिन बर्फ़ जेसे चिकने काले संगमरमर पर लूसी अंकित था। मैं देखने के लिए झुकी। आगे झुक कर देखो,

उन्होंने कहा, मुझे बताते हुए कि कैसे उस पत्थर पर जिसने उसे ढँक रखा था मैं पैर टिका कर उनकी तरह देखूँ। शीशे के गोल बुलबुले के नीचे औरत शान्त थी और सलीक़ेदार बालों वाली; काली आँखों की पुतली विहीन निगाह, हल्के-से फैले नथुने और सीधा मुंहारा जिसके कोने इच्छा-शक्ति का पता देते हुए किनारों पर दबे हुए थे और लम्बी गर्दन इतालवी सुन्दरियों जैसी — नगीनों की बूँदों जैसी बालियों से नुमायाँ। उसकी भँवें बहुत घनी थीं; अगर वह किसी और पीढ़ी की होती तो उसने उन्हें नुचवा कर अपनी सूरत बिगाड़ ली होती। उन्होंने अपनी बाँह मेरे कन्धे पर रख ली। 'चेहरा मिलता है।' मैंने उनके हाथ के साथ उसे भी उचका कर हटा दिया। अगर तुम्हारा नाम तुम्हारी क़ब्र के पत्थर पर तो तो यह जाना-बूझा है, कोई सरे राहे की गयी हिज्जे की ग़लती नहीं है। वह लूसिया क्यों नहीं थी, दूसरों की तरह?

'मैं दरअसल नहीं जानता — सिर्फ़ वही जो मुझे मेरे पिता ने बताया था, और उन्होंने ज़्यादा कुछ नहीं कहा था...उन दिनों के माता-पिता...और उसकी बहनों ने मुँह बन्द रखे थे, मेरा ख़याल है, और हर हाल में वे अट्ठारह साल की उमर से नीस की बन्दरगाह में काम करने चले गये थे।...प्रकट ही वह भी बहुत कम उमर में फ़्रांस में काम करने चली गयी थी — परिवार बहुत ग़रीब था, यहाँ कोई गुंजाइश नहीं थी। वह एक होटल में नौकरानी थी और उसके किसी फ़्रान्सीसी बन्दे से प्रेम सम्बन्ध के बारे में कुछ सुन-गुन थी जो उसके नाम का फ़्रान्सीसी रूप इस्तेमाल करता था, सो उसने उसे बरक़रार रखा, मेरे दादा से शादी के बाद भी।'

उनके बात करते-करते धूल का एक झँकोरा बहने लगा था, क़ब्रों के बीच अपना झाड़ू फेरता हुआ, कुछ ऐसी चीज़ें हिलाता हुआ जिसकी वजह से मुझे अपने नथुने सिकोड़ने पड़ रहे थे। मुर्झाये फूलों के गुलदानों में काई-लगे पानी की गन्ध और दीवारों से घिरी ठँसी हुई जगह का अजीबो-ग़रीब ठहरा हुआ वातावरण जहाँ कोई ज़िन्दा आदमी साँस नहीं लेता था — जो मैंने अनुभव किया था जब हम उस जगह दाख़िल हुए थे, किसी अजीब क़िस्म की मिठास से व्याप्त हो गया था। अपने बायें पैर की अन्तरंग मुद्रा में उसकी क़ब्र से लगाये, जैसे कोई बच्चा अपने दुलार करने वाले बुज़ुर्ग के घुटनों से टेक लगाता है, वे अब भी बात कर रहे थे : 'क़िस्से का एक और पहलू है, कि यह उसकी माँ से आया था, कि यह उसकी माँ थी जो नीस में नौकरानी थी और मेरी दादी उसकी अवैध सन्तान थी।' मैं उनके पैरों को पम्प-सोल वाले दौड़ने के जूतों में देख

रही थी जिस जोड़े को उन्होंने हमारे गाँव की तरफ़ आते-आते कुनेओ में ख़रीदा था। 'वह बच्ची को घर ले आयी थी और उस सम्बन्ध का जो बाक़ी बचा था, वह बच्ची का नाम था।' धूल उड़ कर मेरी आँखों में जा रही थी, जो मिचलाने वाला मीठापन मेरे गले में फँस रहा था और मेरी जीभ पर जम गया था। मुझे थूकने की इच्छा हो रही थी। '...अविवाहित बहनों ने इसके बारे में क्या सोचा, उसने उनका सामना कैसे किया? भगवान् ही जानता है...मुझे घर में किसी मर्द के होने की याद नहीं। होता तो मुझे ज़रूर याद होता...'

मीठापन उबकाई पैदा करने वाला था, हवा में भरते किसी गाढ़े तरल पदार्थ की तरह बढ़ता हुआ। हम दोनों की नाक में वह जा रहा था, वह उनकी आँखों और मुँह के नियन्त्रित विकुंचन में लक्षित हो रहा था और मुझे वही प्रतिक्रिया अपने चेहरे की माँसपेशियों में महसूस हो रही थी। लेकिन उन्होंने रुक-रुक कर बात करना जारी रखा; उन अन्तरालों में हम में से किसी ने भी उस गन्ध के बारे में कुछ नहीं कहा, वह गन्ध, वह गन्ध जैसे फ्रिज के पिछले हिस्से में रखा मुर्ग़े का गोश्त ख़राब हो गया हो, या किसी कोने में ज़हर से चूहा मर गया हो या सड़क के किनारे कुचला हुआ कोई कुत्ता सूज गया हो, सड़ाँध, सड़ते हुए माँस की दुर्गन्ध और जीवित शरीर की सारी सुगन्ध, साफ़ नमकीन आँसू और लार, प्यार करने के दौरान सनसनी पैदा करने वाले तरल स्राव गरम बालों की सुगन्ध जो दुर्गन्ध में बदल गयी हो। ज़िन्दगी की मिठास का असहनीय सड़ना। वह उन्हें उसकी तरफ़ से तो नहीं आ रही होगी, वह इतना अर्सा पहले मर चुकी थी, लेकिन वे वहीं बने रहे, अपना पैर उसके पत्थर पर रखे, मानो उन्हें मुझ को यह दिखाना था कि हमारी नाक में कोई दुर्गन्ध नहीं थी, मानो वे मुझे क़ायल करना चाहते थे कि यह उसकी विरासत नहीं थी।

हम टहलते हुए चले आये, गन्ध के झँकोरों को नज़रन्दाज़ करते हुए जो हम पर दबाव डाल रहे थे, दोनों ही अतीत के प्रति घिन के कारण छोटी-छोटी साँसें लेते हुए। फाटक पर हमारी मुलाकात चप्पल और छींटदार लबादा पहने एक औरत से हुई जो औरतें गिरजा जाने के अलावा सब जगह पहनती थीं। उसने हमारे चेहरों पर वही भाव देखा जो ख़ुद उसके चेहरे पर था, लेकिन उसके भाव में कुछ शर्मिन्दगी-भरी क्षमा याचना और अस्वस्ति थी। उसने उनसे बात की और उन्होंने अपने हाथ इस्तेमाल करते और सिर हिलाते हुए कोई आश्वस्त करने वाली बात कही। उसने जो उनसे कहा था उसे दोहराना और फिर उसमें ब्योरे जोड़ने शुरू किये; मैं जितनी देर तक साँसें रोके खड़ी रह सकती थीं, खड़ी रही।

हमें उससे पीछा छुड़ाने में थोड़ा दिक्कत हुई, दीवारों के पार जहाँ हम क़दम बढ़ाते हुए साँस ले सकते थे।

'पिछले हफ़्ते एक युवक अपनी मोटरसाइकिल चलाते हुए मारा गया था।' कहने को भला था क्या?

'मैंने कोई नयी क़ब्र नहीं देखी।'

'नहीं — वह उन ख़ानों में से एक में है — इसीलिए... वह कहती है उसके भीतर कुछ समय लगता है।'

लिहाज़ा वे सड़ते हुए अतीत के रहस्य नहीं थे, लूसी के राज़, वह वर्तमान का राज़ था, हमेशा मौजूद; वर्तमान भी उतनी ही मात्रा में वहाँ था, मृत लोगों की उस दीवार-घिरी जगह में, वैसे ही जैसे वह वहाँ था जहाँ नौजवान, उस जैसे ही, अपनी चमकीली हेल्मेटें बार में फेंकते थे, मौत की तरफ़ दौड़ लगाते थे, उसी की तरह, गिरजे के चौक में सराहना करते बच्चों को छितराते हुए।

अब जब मैं अपना नाम लिखती हूँ तो यही मैं उससे समझती हूँ।

हमशक्ल

वह पहले-पहले तो ध्यान देने क़ाबिल भी नहीं था; परिसर पर वनस्पति विज्ञान विभाग द्वारा उगायी गयी उन दुर्लभ झाड़ियों में से एक के नीचे लेटा हुआ एक बेरोज़गार। हम में से कुछ को याद रहा कि हम उसके पास से गुज़रे थे। और वह — या उस जैसा कोई दूसरा — छात्र संघ के पीछे कचरे के डिब्बों में कुरेद-बीन करता हुआ; हममें से एक (बिना शक किसी लड़की) ने अटपटे अन्दाज़ में उसकी तरफ़ एक पीत्ता रोटी बढ़ायी जो उसने अपने लिए कैण्टीन से ख़रीदी थी और जब वह बुड़बुड़ाते हुए दूसरी तरफ़ मुड़ गया तो अपमान से उस लड़की का चेहरा सुर्ख़ हो गया। जब वैसे बहुत-से आ गये तो खाने-पीने की देख-रेख करने वाली औरत ख़ून की धारियों वाला एप्रन पहने रसोई-घर के मददगार के साथ बाहर आयी ताकि लूट-पाट करते बन्दरों की तरह उन्हें भगा दे।

हम उन्हें विश्वविद्यालयों के नज़दीक शहर की सड़कों पर भीख माँगते और इस या उस ख़ाली स्थान में इकट्ठा होते देख चुके थे, चोरी-छिपे, सिर्फ़ एक गुप्त उद्देश्य से, एक और बोतल ख़रीदने के लिए भीख माँगते हुए; और जब उनके कचरे की साधुओं की-सी — धूनी की राख के गिर्द इकट्ठा डिब्बों और तख़्तों के टुकड़ों को आधुनिक दफ़्तरी इमारतें बनाने के लिए साफ़ किया जाता तो वे आगे बढ़ जाते। हम सभी उसे जानते थे जो कारों को खड़ा करने के लिए ख़ाली जगहों का रास्ता बताया करता था। सड़क पार करते या लाल बत्तियों पर रुकते हुए, अपने दिमाग़ में उसी तरह बेहरकत चालू जैसे कारों के इंजन रुके-रुके चालू रहते हैं, हम सभी का सामना उस से हुआ था जिसने दफ़्ती का एक टुकड़ा उठा रखा होता था और जिस पर किनारों से बाहर को जाता एक सन्देश लिखा होता था : कोई काम नहीं मैं भूखा हूँ सब मदद करो कृप।

पहले पहल; हाँ, उनमें से थोड़े-से तो पहले ही से नज़र आते थे। वे

ज़रूर टेनिस कोर्टों के पास के कम इस्तेमाल किये जाने वाले पुराने प्रवेश द्वार से घुस आये होंगे, जहाँ सुरक्षा-व्यवस्था अभी पूरी नहीं हुई थी। और अगर वे नज़र में नहीं आये थे, तो उनके निशान मौजूद थे : झाड़ियों के बीच रौंदी हुई जगहें, ख़ाली बोतलें, फटे हुए जूते का अकेला पैर जिसका तला झूलती हुई जीभ सरीखा था। निस्सन्देह उन्हें गश्त लगाते सिपाही ने भगा दिया था। कोई छात्र, उस चरण में, उस निरीह उपस्थिति की रिपोर्ट न करता; हम में से जिनके पास कारें थी, आमतौर से ज़्यादा सावधानी बरतते कि स्वेटर या रेडियो कारों की बन्द खिड़कियों से दिखते न छोड़ जायें। हम लेक्चर कक्षों से प्रयोगशाला तक अपने पिटे-पिटाये रास्तों पर आते-जाते, आगे, पीछे और परिसर के इर्द-गिर्द रिहायशी इमारतों, पुस्तकालयों, छात्रसंघ और तरण-ताल, और वाद-विवाद प्रतियोगिताओं और खेल-कूद के अवसरों, डिस्को और रैप के कार्यक्रमों, मुस्लिम, ईसाई या यहूदी बिरादराना संस्थाओं, समलैंगिक या स्त्रीवादी संगठनों के पोस्टरों की गलियों से हो कर अपने लगाये पोस्टरों को छोड़ कर बाक़ी सब पर ध्यान दिये बिना।

गर्मियों का मौसम था जब वह सब शुरू हुआ। गर्मियों में हम तरण-ताल के चारों ओर घास के मैदानों में काफ़ी समय गुज़ारते हैं। हम वहाँ रट्टा लगाते हैं, लगभग नंगी अवस्था में लड़कों और लड़कियों, दोनों की झाँकियाँ देखते हैं, वहाँ जिसे आप पूर्व-क्रीड़ा कहेंगे, वह भी काफ़ी होती रहती है — ख़ुश-ख़ुश जप्फियाँ डालना। और ठण्डाने के लिए पानी। गम्भीर प्रतियोगी तैराक सुबह के समय आते हैं जब कोई जगा नहीं होता, और वही थे जिन्होंने इन लोगों को ताल में कपड़े धोते पाया। जब तैराकों ने उन्हें चेतावनी दे कर भगाया तो वे हँस दिये थे और खिल्ली उड़ाते हुए चले गये थे। एक तो मैल से कड़ी पतलून भी छोड़ गया था जिसे एक तैराक ने गुच्छला-मुच्छा करके उसके पीछे फेंक दिया था। तैराकों के बीच बहस भी हुई थी; एक का ख़याल था कि इस घटना की ख़बर सुरक्षाकर्मियों को देनी चाहिए, दो इस ख़याल को ले कर असमंजस में थे, यह देखते हुए कि विश्वविद्यालय ने आश्वासन दे रखा था कि वह शहरी समुदाय की पहुँच में रहेगा। उन्होंने उसे मनाया होगा कि उसे अभिजनवादी होने का ठप्पा लगा कर नक्कू क़रार दिया जायेगा, क्योंकि ताल को हालाँकि हमारे बीच विशी-वॉशी कहा जाता था, उसके बाद लगता था कि कोई क़दम नहीं उठाया गया था।

अब आपको वे हर जगह नज़र आने लगे। कुछ आपका अभिवादन ख़ुशामदाना अन्दाज़ में करते (हजूर, सर, उनके रंग और संस्कारों के अनुसार),

झाड़ियों में पीछे दुबक जाते हुए, दूसरे लोग दारू की बहादुरी या नशीली दवाइयों से धुत्त, गाँजे से भावुक या तीनों की बेलगाम शेख़ी में रूपान्तरित हो कर, दावा-सा करते (हे बन्धु, ओए भिड़ू) और आपको अपने संग आने का इशारा भी करते जहाँ उन्होंने अपना एक दायरा बनाया होता, या महज़ दो की तादाद में दुबके होते, एकान्त की उस अन्तश्चेतना से जो, हमारे बीच, सिर्फ़ उन जोड़ों में होती है जो अपनी प्रणय-लीला के लिए जगह खोज रहे होते हैं। टेनिस कोर्टों के पास सुरक्षा वाली बाड़ लगा दी गयी, कीलों और एक पहरेदार-शुदा चौकी से और भी मज़बूत बना दी गयी, लेकिन जाने कैसे वे अन्दर चले आये। पहरेदार अपने ऐलसेशियन कुत्तों के साथ हर रात गश्त लगाते लेकिन रोज़ और भी डोलती-डगमगाती आकृतियाँ पेड़ों में ग़ायब होती दिखायी देतीं, इमारतों के कुँओं से और भी मोटे, मार-खाये चेहरे ऊपर को झाँकते, खेल के मैदान में दर्शक-दीर्घाओं की पटियों के नीचे और भी जिस्म लेटे मिलते, धरती पर पड़े कटी घास के बोरों जैसे डील-डौल वाले।

और वे अब ख़मोश उपस्थिति नहीं रह गये थे। उनकी हँसी और झगड़े हम छात्रों की बहसों, हमारी अन्तरंग बातचीत और प्रणय-लीलाओं, यहाँ तक कि हमारे कर्कश हँसी-ठट्ठे के ऊपर से प्रसारित होने लगे। उन्होंने वहाँ खेल के मैदानों के परे अपने लिए एक क़िस्म की ख़ेमेबन्दी कर ली थी जहाँ ऐसी खुली जगह का एक टुकड़ा था जिसका उपयोग क्या होगा यह अभी विश्वविद्यालय ने तय नहीं किया था : वह किसी क़िस्म के भावी विस्तार के लिए था और इस बीच परिसर का देख-रेख का साज़-सामान वहाँ रखा जाता था — ऐसी चीज़ें जो उपयोगी हों या न हों, एक पुराना ट्रैक्टर, अन्दर रखे जाने वाले पौधों के लिए पीपे जब कुलपति चाहते कि किसी गण्य-मान्य अतिथि के स्वागत के लिए किसी हॉल में एक कुंज बना दिया जाये, और — हाँ, खाद का ढेर। खाद के ढेर अब बग़ीचे का कूड़ा फेंकने से ज़्यादा के लिए इस्तेमाल होने लगे थे। अगर वे वहाँ न होते, सड़ाँध की अपनी गन्ध के साथ जो उन्हें सड़ाने के लिए उन पर छिड़के रसायनों की वजह से और भी तीखी हो गयी थी, तो वहाँ रहने वाली यह आबाद बहुत पहले ही पकड़ में आ गयी होती। शायद उन लोगों ने सख़्त ज़िन्दगी जीने के रहस्यों में इसका हिसाब लगा लिया था : शायद उन्होंने तय किया था कि ऐलसेशियनों की नाकें धोखा खा जायेंगी।

लिहाज़ा, हम उनके बारे में जानते थे — सब उनके बारे में जानते थे, छात्र, अध्यापक, प्रशासनिक कर्मचारी, कुलपति — तिस पर भी कोई उनके बारे

में नहीं जानता था। अधिकारिक रूप से नहीं। यह फ़र्ज़ किया जाता था कि सुरक्षा व्यवस्था अवैध घुसपैठियों के साथ अपने रोज़मर्रा के कर्तव्यों के तहत निपटेगी; लेकिन हालाँकि सुरक्षाकर्मी एक या दो लोगों को पकड़ कर गेट के बाहर पहुँचा आये, जो इतने ज़्यादा बौखलाये हुए थे या फिर इतने काइयाँ नहीं थे कि सामने न आयें, वे फिर वापस आ गये या दूसरों ने उनकी जगह ले ली। परिसर की व्यवस्था के भीतर उन्होंने कुछ हिसाब-किताब बैठा लिया था, छिद्रों के कुछ नक़्शे जो विश्वविद्यालय के पास नहीं थे; मसलन वह समय जब सुरक्षाकर्मियों की गश्त की उम्मीद थी, कुछ और सुनिश्चित बन्दोबस्त थे जिन पर हम छात्र और हमारे ज्ञानी अध्यापक इतने अर्से से निर्भर रहे थे कि हमें अन्दाज़ा नहीं था कि वे उसी तरह बेकार हो चुके थे जैसे लाल रंग के बमों सरीखे आग बुझाने वाले यन्त्र जो, जब अचानक कमरे में आग भड़क उठती है तो पाया जाता है कि दीवार पर टँगे-टँगे ही अपने अन्दर का माल-मसाला सुखा बैठे हैं।

हम उनमें से कुछ ज़्यादा हिम्मती लोगों को पहचानने भी लगे; या कहा जाय कि वे हमें पहचानने लगे — अपने सड़क-संचित ज्ञान से वे जानते थे कि किससे सम्पर्क साधा जा सकता था। एक सिगरेट के लिए। पैसे नहीं — ज़ाहिरा तौर पर आप छात्रों से वह नहीं माँगते जिसकी ख़ुद उन्हें कमी होती है। शुरू होने के तौर पर कलाई की तरफ़ इशारा करके समय पूछते। और वे कुछ और भाँप गये होंगे; हम में से उन लोगों को जो किसी विश्वविद्यालय में इसलिए आते हैं, क्योंकि वह एक ओट है जहाँ आपके ख़याल में आप निगरानी और उन अपेक्षाओं से बच सकते हैं जो दूसरों ने आपसे बाँध रखी होती हैं — पीछे स्कूल के प्रारम्भिक दिनों की-सी बेफ़िक्री में लौट कर, बस रंगवाली पेन्सिलों और झूलों की जगह दूसरे खेलों ने ले ली होती है। पढ़ाई छोड़ देने वाले, शैक्षणिक सत्र के अन्त तक सफ़र पूरा करते हुए, कभी-कभी दर्शक-दीर्घाओं के पीछे के समूह में शामिल हो जाते, पारी-पारी से गाँजा-भरे सिगरेट के कश लगाते हुए या कभी-कभार शायद दारू की बोतल के लिए चन्दा जुटाने में मदद देते हुए। अलबत्ता सिर्फ़ हम, उनके सहोदर, उनकी शिनाख़्त कर पाते; घुटनों पर फटी-फटाई ख़रीदी हुई जीन्स और सिर्फ़ ऊपर की तरफ़ एक चुटिया छोड़ कर मुँड़े हुए सिरों के साथ, उन्हें उधर से गुज़रता कोई प्रोफ़ेसर समूह के अपेक्षाकृत कम उमर वाले लोगों से अलग न कर पाता — यह देख कर दुखी और विस्मित कि विश्वविद्यालय के परिसर में फटीचर लफ़ंगे और सड़क-छाप टपोरी घुस आये थे। (एक दिलचस्प नुक़्ता, अंग्रेज़ी विभाग के लिए, कि बोल-चाल में गोरों को

फटीचर लफ़ंगे और अश्वेतों को सड़क-छाप टपोरी कहा जाता है।) अगर दीन-दुखी के साथ छात्रों की एकता फटीचर कपड़े पहनने से व्यक्त होती थी तब तो घुसपैठियों द्वारा समाज के भीतर होने का दावा स्वीकार-योग्य प्रचलित परम्परा-विरोधों के अपनाने से किया जाता था। (मैंने इसे समाजशास्त्र के दूसरे प्रश्नपत्र के अपने निबन्ध में लिखने की सोची थी।) युवक घुसपैठियों में ऊपर की चोटियाँ और सिर्फ़ एक कान में पड़ी बालियाँ थीं और जटाएँ और एक आदमी के सुनहरे बालों वाली लम्बी-सी लट उसके दाढ़ी से काले चेहरे पर साँप की तरह लहरा रही थी। वह राजनीति विज्ञान विभाग का एक ख़ास जूनियर लेक्चर भी समझा जा सकता था।

सो किसी ने भी छात्रों के बीच से गये इन रँगरूटों के बारे में एक शब्द भी नहीं कहा।

ईसाई छात्र समिति ने भी नहीं जो परिसर पर नैतिक पुनर्जागरण की मुहिम चला रही थी। इस बीच प्रशासन के 'ध्यान में आम स्थिति लायी जा चुकी थी।' अभिप्राय यह था कि घुसपैठियों से चले जाने का अनुरोध किया जाने वाला था, 'अतिक्रमण' या 'निष्कासन' जैसे शब्दों के प्रयोग से बचते हुए। न्यायकामी छात्र मोर्चे ने किसी भी कोमल कान्त पदावली के अन्तर्गत जबरन बेदख़ली के ख़िलाफ़ एक बैठक की। रूढ़िवादी छात्र संगठन ने परिसर को पतनशील लोगों से साफ़ कराने के लिए कुलपति के पास एक शिष्टमण्डल भेजा।

फिर यह पता चला कि वहाँ आदमियों के बीच कई औरतें भी रह रही थीं। वह गोरी औरत जो सड़कों में खड़ी की गयी कारों के बीच सूजे पैरों में पट्टीदार सैण्डल पहने काम करती थी, पहचानी हुई थी। दो अश्वेत औरतों के चेहरे शराब पी-पी कर काले पड़ गये थे जैसे गोरों के चेहरे इससे लाल हो जाते हैं। तीनों औरतों को साथ-साथ लहराते देखा गया था, तिपाई के सिद्धान्त पर ख़ुद को लुढ़कने से रोकते हुए। फ़ेमिनिस्ट फ़ोरम उन्हें खाना, सैनिटरी नैपकिन, एड्स और गर्भवती होने से बचने के लिए कॉण्डम ले जा कर देता, हालाँकि यह फ़ैसला करना मुश्किल था कि उनमें से कौन औरत इतनी जवान थी कि यौनाकर्षण का केन्द्र बन सके और सुरक्षा की तलबगार भी। हो सकता था कि उनके चेहरों पर चढ़ी चर्बी की परतों और तरह-तरह के मौसमों की झेलाई ने उन्हें वक़्त से पहले उम्र-रसीदा बना दिया था, ठीक उसी तरह जैसे एक उलट प्रक्रिया में दुलरायी गयी औरतें तरह-तरह की क्रीमों और प्लास्टिक सर्जरी के प्रभाव से अपनी उमर से कम नज़र आती हैं।

रूढ़िवादी छात्र संगठन से यह अफ़वाह उड़ी कि समूह में से किसी ने एक छात्रा से अश्लील प्रस्ताव किये थे — हालाँकि उसने आँखों में आँसू भर कर इसका खण्डन किया था, उसने उस आदमी को अपनी पीत्ता रोटी देने की पेशकश की थी जिसे उसने बुड़बुड़ाते हुए ठुकरा दिया था, 'मैं कचरा नहीं खाता।' कुलपति से उन माताओं-पिताओं ने चिरौरी-विनती की जो अपने बेटों-बेटियों के अवांछित तत्वों के सम्पर्क में आने पर एतराज़ कर रहे थे, और 'बेघरों की आशा' नामक संगठन ने भी जो अति सुविधाभोगियों के इस इलाक़े में तम्बू खड़े करना चाहता था। न्यायकामी छात्र मोर्चे और स्त्रीवादी मंच ने नगर स्वास्थ्य अधिकारियों को परिसर से खदेड़ दिया जबकि यहूदी छात्र सम्मेलन ने दर्शक-दीर्घा के पास एक दवाख़ाना चलाने के लिए मेडिकल स्कूल को राज़ी करने की चर्चा की, इस्लामी छात्र संगठन ने समूह के लिए चन्दा इकट्ठा करने के साथ-साथ यह घोषणा की जिस जगह पर उन घुसपैठियों ने क़ब्ज़ा कर रखा था, वहाँ उन छात्राओं के लिए आना मना था जिन्होंने चादर ओढ़ रखी थी और बौद्ध छात्र समिति ने उन पुरुषों और स्त्रियों में, जो शान्ति से धूप में अपने अद्धे ख़ाकी काग़ज़ के ठोंगों में छिपाये और बग़ल में गर्म पानी की बोतलों की तरह दुबकाये लेटे हुए थे, मनन-चिन्तन सम्बन्धी पुस्तकाएँ बाँटी।

इन लोगों को निश्चय ही पुलिस द्वारा आवारागर्दी या ऐसे ही किसी आरोप में हटाया जा सकता था, लेकिन कुलपति, विश्वविद्यालय की परिषद और अध्यापक संघ को परिसर में पुलिस की उपस्थिति से पैदा होने वाली हिंसा का इतना ज़्यादा अनुभव रहा था कि वे ऐसी स्थिति को दोबारा न्योता देने को तैयार नहीं थे। मामले को फ़ैसले के लिए आगे-पीछे धकेला जाता रहा। जब हम छात्र लोग ईस्टर की छुट्टियों के बाद लौटे तो अपने सुनहरे बालों से जाना जाने वाला आदमी, पोपले मुँह वाले लोग, वह अश्वेत औरत जो हमेशा पुकार कर कहती '*हलो प्यारी, कैसी तुम*' और वह साफ़-सुथरा समलैंगिक जो डबलिन में अपने छात्र जीवन के बारे में बताने के लिए किसी को भी थाम सकता था, '*तुम छोरों को नहीं मालूम असली विश्वविद्यालय कैसा होता है,*' वहीं-के-वहीं थे। आवारा बिल्लियों की तरह छात्र (लड़कियाँ ही) कानों के पीछे खुजाने के लिए झुकीं।

और फिर सचमुच कुछ हुआ। एक दोपहरी को मेरे ख़याल में मैंने प्रोफ़ेसर जेपसन को फलों के खोखे वाले उनके आसनों पर आराम से दुबके चार-पाँच लोगों के बीच देखा। कोई जो बिलकुल हू-ब-हू उन जैसा दिखता था; निस्बतन उम्र-रसीदा आदमियों में से एक, परिसर में कुछ महीने गुज़ारने के बाद अब एक

ऐसा स्वाँग अपना रहा था जो उस पर उस लड़कैंधे परिधान से ज़्यादा फबता था जो युवा लोग और छात्र एक-दूसरे की नक़ल में अपनाया करते थे। फिर मैंने उसे अगली बार देखा और वहाँ दर्शन विभाग के डॉ० हाइमराथ उसकी बग़ल में थे एक सुट्टा लगाने को तैयार — अगर समाज द्वारा कोई ठुकराया हुआ बन्दा एक प्रतिरूप का मॉडल चाहता तो वह उसी विभाग का होता। और मैं अकेली नहीं थी; मेरे साथ जो लड़की थी उसने भी वही देखा था जो मैंने। उस छात्र पर विश्वास करने वाले हम अकेले थे जिसने कहा कि उसने अपना पाँव झाड़ियों में उन तीन औरतों के साथ में से एक के साथ बैठे गणित के सीनियर लेक्चर बेल पर लगभग रख ही दिया था; बेल के गंजे सिर ने ऐन वक़्त पर चमक कर उसे ख़बरदार कर दिया था। दूसरों ने कहा कि उन्होंने कॉर्ट को उनमें से एक मर्द के साथ झगड़ते देखा था, जब भी जमावड़ों में दारू ख़त्म हो जाती और वे मादक पदार्थों पर उतर आते तो झगड़े शुरू हो जाते। बेशक कॉर्ट को अपने राज में हर किस्म का ऐलकोहल उपलब्ध था, यानी विज्ञान की प्रयोगशाला में; सबने उसे देखा था, बार-बार, वहाँ उनके बीच, वह कॉर्ट ही था, यक़ीनन, मामूली समता का कोई सवाल नहीं था, और मादक पदार्थों के मिश्रण से पैदा हुई आक्रामकता के बाद की उल्लास-विभोरता खुली-हवा वाले समूह में आने वाले हफ़्तों के दौरान उल्लेखनीय रूप से बढ़ गयी। गणित के छात्रों ने जो उत्तर पुस्तिकाएँ जमा कीं वे वापस किये जाने के वक़्त तक लौटायी नहीं गयीं; दिन-दर-दिन बेल की सचिव ने उनके दफ़्तर में फोन मिलाने से यह कह कर इनकार किया कि वे कुछ पल के लिए बाहर गये हैं। जेपसन, प्रोफ़ेसर जेपसन जिनकी परमाणु भौतिकशास्त्री के रूप में अन्तर्राष्ट्रीय ख्याति ही नहीं थी, बल्कि जिनसे छात्र समुदाय इसलिए श्रद्धा करता था कि वे उन अध्यापकगणों में से एक थे जिन पर हमेशा तानाशाही के ख़िलाफ़ छात्रों के अधिकारों की रक्षा करने के लिए विश्वास किया जा सकता था, हमारे पुराने प्रोफ़ेसर, हर छात्रा के प्रबुद्ध पितामह — वे गलियारे में खुले-बटन, दाग़दार, फैली पुतलियाँ लिये आते नज़र आये, जो उन छात्रों से बिलकुल अनभिज्ञ थीं जो रास्ता देने के लिए ख़ामोशी से पीछे को खिसक गये।

शिक्षक समुदाय के दूसरे सदस्यों के बारे में दबी-दबी हँसी और लतीफ़े सुनायी दिये थे, लेकिन किसी ने प्रोफ़ेसर जेपसन के बारे में कहने को कुछ नहीं पाया; कुछ नहीं, बिलकुल कुछ नहीं। और मानो उनके बारे में किसी टीका-टिप्पणी को ख़ामोश कर देने के इरादे से, दूसरों के बारे में अफ़वाहें और भी

बेलगाम क़िस्म की हो गयी; या तथ्य भी। कहा गया कि ख़ुद कुलपति भी वहाँ देखे गये थे, कचरे के उनके अलावों में से एक के गिर्द बैठे हुए; लेकिन यह हो सकता था कि वे अतिक्रमण करने वालों को समझाने-बुझाने गये हों, उनकी संगत में ख़ुद को शामिल करने के सम्मान से उनके दिल ख़ुश करने ताकि वे इस स्थिति का निपटारा कर सकें। ऐसा माना गया कि हाइमराथ उनके साथ वहाँ मौजूद थे, और धार्मिक शिक्षा विभाग से बेस्टर के साथ अंग्रेज़ी के फ्रैंकलिन-टर्नर भी — लेकिन फ्रैंकलिन-टर्नर तो वैसे भी वहाँ काफ़ी डोलते रहते थे, छुप-छुप कर पीने वाला वह नख़रेबाज़ सर्दी में बाहर, उस मिली-जुली संगत में; अब नस्ल के बारे में नुक़्ताचीनी करने वाले ख़याल उसे रोक नहीं रहे थे, आँय?

और यह अफ़वाह नहीं रह गयी थी कि प्रोफ़ेसर रूसो भी वहाँ जाने लगी थी, अब। क्लासिक विभाग की मिनर्वा रूसो, युवा, उन कमनीय प्राणियों की तरह अछूती जिन्हें मनुष्य अपनी नहीं बना सकते थे, जिन्हें कोई वृषभ ही उठा ले जा सकता था या किसी हंस की हिमानी श्वेत शिश्न-रूपी-ग्रीवा ही जिसका कौमार्य-भंग कर सकता था। उसके माध्यम से हम सभी पुरुष समझ चुके थे कि चक्षु भोजन का क्या मतलब होता है, लेकिन हमने कभी यह अटकल नहीं लगायी थी कि हम उसके कपड़ों के अन्दर क्या पायेंगे; और अधिक विस्मित करने वाली कामुकता, शायद, सीपी जैसे शल्कों वाली पूँछ। रूसो आकर्षित थी। वह वहाँ बैठ गयी और उसने उनकी गन्दी बोतल मुँह से लगा ली और उनमें से एक के काली कोरों वाले नाख़ून उसकी गर्दन को दुलराने लगे। रूसो ने उनके ख़ुशामदी, झगड़ालू, दारू-रुँधे स्वरों को पुकारते सुना और बाक़ी बेनहायी औरतों के साथ एक और बन गयी। जब वह हमें यूनानी काव्य पढ़ाने के लिए अब भी — अनियमित ढंग से — आती तो हम उसे ख़ुद को खुजाते देखते। क्या वह उनके शरीर के चीलरों में भी साझेदारी करती थी?

शायद यह उसके माध्यम से था कि वहाँ मौजूद लोगों के बारे में असली एहसास जागा। वह घिन और वह दया; तकलीफ़-ज़दा पैरों वाली वह बूढ़ी गोरी औरत अश्वेत औरतों के साथ गिरोहबन्दी करती हुई जब मर्द विश्वासघात की मनोविकृति के वश औरतों पर बरस पड़ते — किसी माँ, अतीत की बोतलों में आधी डुबोयी गयी प्रेमिकाओं या बीवियों की शृंखला — और उसकी बहनों को कोसते जब उनमें से कोई सिगरेट का आख़िरी टोटा ले लेती या उस आदमी के गले लग जाती जो गोरी बहन को पसन्द होता; जब कहर बरपा होता या थप्पड़-घूँसा पड़ता तो बहनों की शुश्रूषा के तहत ख़ुद को सौंपती हुई या उनमें

से किसी एक की शुश्रूषा करती हुई। खाद के जिन ढेरों का इस्तेमाल वे करते उसकी दुर्गन्ध पुस्तकालयों से यह स्मरण कराती हुई गुज़रती कि उच्चतर क्रियाएँ भले ही हमारी इजारेदारी हों, लेकिन निम्नतर क्रियाएँ हमें वैसे ही सम्पन्न करनी पड़ती थीं जैसे वे अभागे जो हमें नाक बन्द करने पर मजबूर कर देते। 'शिट' एक अर्थहीन उच्चार नहीं था, वह मानवीय स्थिति के जोखिमों का हिस्सा था। वे बदसूरत थे, वहाँ दर्शक-दीर्घाओं पर और झाड़ियों के नीचे, रोग और ठुकराये जाने के कारण पपड़ियों और पिस्सुओं से ग्रस्त, कोई नहीं जानता कि तुम कैसे उस रोग से ग्रस्त हो सकते हो, उसका संक्रमण कैसे होता है, काली त्वचा को सलेटी और गोरों के चेहरों को खुली धूप की भट्ठी से सुर्ख़ में तब्दील करता हुआ, शर्म को छीन लेता हुआ जिससे तुम माँगते हो, लेकिन इतना पीड़ादायक गर्व रहने देता हुआ कि तुम अब भी ठुकरा सकते हो, *मैं कचरा नहीं खाता,* हिंसा पर निर्भर, क्योंकि अमन-चैन को भी आसरा चाहिए, लेकिन उन लोगों के साथ बने रहते जो तुम्हारे लिए ख़तरा हैं, क्योंकि वही एक सम्बन्ध बचा है। इस बात पर झुरझुरी और इसकी आज़ादी भी — कर्तव्यों, मूल्यांकनों, ज्ञान की परीक्षाओं, कार्यकाल की आशाओं, प्रणय-संगियों और बच्चों की ज़िम्मेदारियों की ख़ुशियों और मुसीबतों, पैसा, क़र्ज़ों को छोड़ देना, चला जाने देना। कोई तयशुदा मंज़िलें और उद्देश्य नहीं और कोई नाकामयाबियाँ नहीं। उन्हें वहाँ देखना क़ाबिले-रश्क और डरावना था — बेस्टर, फ्रैंकलिन टर्नर, हाइमराथ और दूसरों को, रूसो हमें सामने देख लेने पर देवी की भूमिका अदा करने के लिए ख़ुद को चुस्त-दुरुस्त करती हुई, लेकिन इस क़दर फटीचर कि उसमें सफल न हो पाती हुई। जेपसन, हमारा जेपसन, वह सब कुछ जो हमें पुराने पहरुओं की दुनिया में विश्वास दिला सकता था, हमें बिना पहचाने गुज़रता हुआ।

और एक दिन वे सब ग़ायब हो गये थे। नौ-दौ-ग्यारह। जमादारों ने टूटी बोतलें और फेंके गये चिथड़े बुहार कर साफ़ कर दिये थे। खाद के ढेर पर रसायन छिड़क कर उसे परिसर के फूलों की क्यारी में फैला दिया गया था। कुलपति कभी वहाँ गाँजे की सिगरेटों और बोतल के गिर्द झुकी पीठों में शामिल नहीं हुआ था और अपने लकड़ी के तख़्तों से जड़ी दीवारों वाले दफ़्तर में था। जिन लकीरों ने हाइमराथ के होंटों को ख़ामोशी में जकड़ रखा था, उन्होंने उसे यह पूछने के लिए मुक्त नहीं किया कि छात्र उसे क्यों घूर रहे थे। मिनर्वा हमारे सामने अपने ख़ास अन्दाज़ में हू-ब-हू एक-से फीके पतले हाथों को इस तरह रखे बैठी थी

मानो एक हाथ दूसरे का प्रतिबिम्ब हो, उँगलियाँ शीशे की तरफ़ उठी हुईं। जेपसन का बूढ़ा, कड़े बालों वाला सुअर जैसा कान सेमिनार के शेख़ीबाज़ के विमर्श की तरफ़ धीरज से लटका हुआ।

झाड़ियों के नीचे और दर्शक-दीर्घा के पीछे से वे जा चुके थे, या किसी ने रातों-रात उन्हें रफ़ा-दफ़ा करने का कोई रास्ता ढूँढ निकाला था। लेकिन वे हमेशा हमारे साथ हैं। बस किसी और जगह।

हीरे की खान

मैं उसे टिला कहूँगी, तुम उसे दूसरे नाम से बुला सकते हो। हो सकता है तुम सोचो कि तुम उसे जानते थे। सम्भव है, तुम्हीं थे : वह। यह महज़ बोलचाल की आदत नहीं है कि हम किसी का नाम लेने की बजाय उसे 'पुकारते' हैं : उन्हें गुहारते हैं।

यह युद्ध के दिनों की बात है, तुम्हारे युद्ध की, चालीस के दशक की, जो अब सदी में इतना गहरे डूब चुका है जितना दादा-नाना का उन्नीस सौ चौदह का युद्ध। वह सुनहरे बालों वाला था, ख़ाकी में गठे शरीर वाला, आकर्षित करने वाले अन्दाज़ में नज़दीक की नज़र वाला जिससे उसकी आँखें जो केन्द्रित होने में दिक़्क़त महसूस कर रही थीं लगता था कि बड़े ध्यान से टिला पर टिकी हुई थीं। इस असर को उसके बालों जितनी ही घुँघराली और सुनहरी बरौनियाँ दोबाला कर रही थीं। वह उन लोगों से बिलकुल भिन्न है जिन्हें वह फ़िल्मों की ज़िन्दगी में जानती है — अपने पिता के सिवा उसकी जानकारी के एकमात्र पुरुष — और जो वह उम्मीद करती थी कि किसी रोज़ आ मिलेंगे और वह दिन दूर नहीं था, रॉबर्ट टेलर या वह विदेशी चार्ल्स बॉयर भी। वह भिन्न है क्योंकि — आख़िरकार — वह असली है; वह सोलह की है। वह कोई विदेशी नहीं, न हॉलीवुड का कोई साकार रूप। वह नानी के मित्रों का बेटा है, उस प्रान्त में एक सैनिक प्रशिक्षण शिविर में तैनाती पर भेजा गया जहाँ लड़की और उसके माता-पिता रहते हैं। कुछ लोग सप्ताहान्त की छुट्टियों भर के लिए शिविर से अजनबियों को अपने घरों में रख लेते हैं; घर में जवान लड़की के होते यह परिवार इतनी दूर तक जोखिम तो नहीं ले सकता, लेकिन जब परिवार का मुखिया फ़ौज में भरती की उमर से परे हो तो वतनपरस्ती का फ़र्ज पूरा करने का आसान तरीक़ा ऐसे आदमी की आव-भगत करना हो सकता है जिस पर सम्पर्कों की मुहर लगी हुई है। उसे क़रीब-क़रीब उस बूढ़ी महिला के चुनिन्दा नाती के रूप में

अपनाया जाना है। युद्ध में ये अजनबी, याद रहे, हमारे जवान हैं।

जब वह शुक्रवार की शामों को आता है और इतवार तक रहता है तो उसकी मौजूदगी माँ, पिता और जवान बेटी के लिए एक ख़ुशनुमा तब्दीली बन जाती है जो एक शान्त ज़िन्दगी जीते हैं, सामाजिक तौर पर मिलने-जुलने से परे।

माता-पिता और बेटी के बीच की नज़दीकी में यह उपस्थिति एक सुखद तत्व है : वह इतना बड़ा है कि उनके साथ बालिग़ के रूप में गिना जाये और टिला से सिर्फ़ आठ साल आगे, इतनी कम उम्र का कि उसका समकालीन बन सके। जिन इतवारों को वह वहाँ होता है, माँ अच्छा-ख़ासा भोजन बनाती है; तुम कल्पना कर सकते हो कि सैनिक शिविर में खाना कैसा होगा। पिता कम-से-कम कुछ देर गोल्फ़ खेलने का सुझाव देते हैं — बल्ले उधार देने का भी — लेकिन पता चलता है कि फ़ौजी गोल्फ़ नहीं खेलता। तो फिर कौन-सा खेल खेलता है? उसे मछली पकड़ना पसन्द है। लेकिन यह आव-भगत समुद से चार सौ मील दूर हो रही है; फ़ौजी एक मेहमान के नाते पुरुषोचित स्वीकृति की रियायत में हँसता है कि कोई-न-कोई खेल तो होगा। बेटी के लिए — वह कभी किसी को बता नहीं पायी — सप्ताहान्त पर उसकी उपस्थिति एक व्याप्ति है जो मकान में भर जाती है, घर की सारी परिचित गन्धों की जगह लेती हुई, ताज़ा और तीखी : वह यहाँ है। वह कड़े साबुन से धुली ख़ाकी की महक है जिसे गरम इस्त्री के दबाव से यूँ जमा दिया गया है जैसे अल्कोहल फूलों के अर्क के इत्र को जमा देता है।

माता-पिता सिनेमा देखने के वैसे शौक़ीन नहीं हैं, इसलिए परिवार के इस मुलाक़ाती मित्र के तईं बड़ी सहृदयता है कि वह घर की बेटी को वह फ़िल्म चुनने का न्योता देता है जो वह शनिवार की शाम को देखना चाहेगी। लड़की के पास अभी ड्राइविंग लाइसेंस नहीं है (उन दिनों सत्रह का होना ज़रूरी शर्त थी) और पिता अपनी कार ले जाने का प्रस्ताव फ़ौजी के सामने नहीं रखता। लिहाज़ा दोनों सड़क पर पेड़ों के नीचे, बिजली के एक खम्भे से दूसरे तक पतझड़ के उस पूरे मौसम के दौरान पैदल शहर के मध्य तक जाते हैं जहाँ सिर्फ़ सिनेमाघर और होटल का शराबख़ाना जगा हुआ है। उसे बन्द दुकानों में, जहाँ उसकी माँ की सहेलियाँ ख़रीददारी करती हैं, सजे पुतलों का एहसास है जो उसे एक आदमी के साथ गुज़रते देख रहे हैं। अगर उसे स्कूल के किसी मित्र द्वारा दी गयी पार्टी में बुलाया जाता है तो उसे कड़ाई से ग्यारह बजे तक घर आ जाना होता है, आम तौर पर अपने पिता द्वारा लिवाये जाने पर। लेकिन अब वह

एक ज़िम्मेदार दोस्त, एक पारिवारिक सम्पर्क के साथ है, छुट्टा घूम रहे बेपहचाने युवकों के साथ नहीं; अगर फ़िल्म रात के नौ बजे वाली है तो दोनों आधी रात से पहले घर नहीं आ पाते और लड़की के माता-पिता के कमरे में बत्तियाँ बुझ चकी होती हैं। तभी यह होता है कि, स्कूली छात्रा की मानिन्द, कुछ और पेश करने के सिलसिले में अनभिज्ञ, वह रसोई-घर में कोको बनाती है और तभी वह उसे मछली के शिकार के बारे में बताता है। रसोई-घर रात भर के लिए बन्द है, खिड़कियों के पल्ले भी और यह आश्चर्यजनक है कि किसी मर्द की मौजूदगी कितनी तीखी हो सकती है, वे कलफ़-लगे कपड़े गर्माये हुए — गन्ध नहीं, साँस नहीं, लेकिन जैसे-जैसे वह मछली पकड़ने के बारे में बताते हुए अपनी बाँहें संकेतों में हिलाता है, उसकी नंगी कोहनियों की अन्दरूनी सिलवट से आती हुई जहाँ हरकतों के दौरान सूर्य गोपनीय तह तक नहीं पहुँचा है, अस्तित्व के उस केन्द्र से आती हुई, हँसुली की हड्डियों के बीच का वह लचीला गड्ढा जो उसके बोलने के दौरान थरथराता है, छाती के गुलाबी रोओं से वहाँ तक जहाँ कुछ भूरे-सुनहरी बाल ख़ाकी कमीज़ के खुले गले में नीचे को ग़ायब हो जाते हैं — वह कभी नहीं सँवलायेगा, उसकी त्वचा सूर्य को सँजोये रखती है, दमकती है। वह।

टिला कभी मछली के शिकार पर नहीं गयी। उसके पिता मछली का शिकार नहीं करते। समुद्र से चार सौ मील दूर स्कूल में लड़के गेंदों को ठोकर मारते और इधर-उधर उछालते हैं — वे फ़ुटबॉल के बारे में जानते हैं, बात करते हैं। पिता गोल्फ़ के बारे में जानते हैं, बात करते हैं। मछली का शिकार। उसका ज़िक्र समुद्र को उसके सामने खोल देता है, नमक-लदी हवा सिकुड़ी हुई आँखों में घुस जाती है जो टिला को चट्टानों पर अकेले बितायी पूरी-पूरी रातों का पता देती हैं। वह भोर-भीगी रेत पर किनारे के साथ-साथ एक सिरे से दूसरे सिरे तक चहलक़दमी करता है, भाटे का समय है — कभी-कभी वाक्य के बीचों-बीच हल्की-सी रुकावट होती है, आधी-मुस्कान, आधी साँस, क्योंकि वह किसी ऐसी चीज़ के बारे में सोच रहा है जो इस बच्ची की जानकारी में नहीं होगी, यही उसका जाप है जो मार-काट की तरफ़ ले जाती परेड-ग्राउण्ड की क़वायद को बाहर धकेल देता है और उस निशाने को अन्धा कर देती है जो बन्दूक से भूसे-भरे पुतलों पर सधा होता है, जहाँ उसे दुश्मन के चेहरे को देखने के लिए प्रशिक्षित किया जा रहा है जिसके लिए वह ख़ुद दुश्मन है, भूसे की जगह अँतड़ियों वाला (वह उस मछली के पेचीदा ढंग से समूचे अन्दरूनी हिस्से को खींच निकालता है, मछुआरे के सीधे-सादे कौशल)। सोते हुए माता-पिता सही

हैं; वह लड़की की उस अबोधता को नहीं छुएगा जो यह सदी उससे दावा आदेश करती है।

पैदल घर-वापसी पर जहाँ वह इन्हीं पेड़ों के नीचे अपनी साइकिल आगे-पीछे दौड़ाती थी, कपड़े बाँहों में लिये हुए, ख़ाकी आस्तीन, वह स्वेटर जो उसकी माँ ने रात की ख़ुनक हवा में बाहर जाने की शर्त के तौर पर उसे पकड़ाया था, निकटता के कारण एक-दूसरे से छू जाना। उसकी सैण्डल का फीता फिसल जाता है और जब वह उसे ठीक करने के लिए रुकती है, एक टाँग पर उचकती हुई वह उसकी बाँह पकड़ कर उसे सहारा देता है और फिर वे हाथों में हाथ दिये आगे बढ़ जाते हैं। वह उसका ध्यान रख रहा है। अगले सप्ताहान्त पर वे सड़क पर लगे बिजली के खम्भों के बीच पेड़ों के अँधियारे अन्तरालों में से एक में एक-दूसरे को चूमते हैं। लड़कों ने उसे चूमा है; वह उसके मुँह तक ही सीमित रहा, अगले शनिवार को लड़की की बाँहें उसके गिर्द चली जाती हैं और उसकी बाँहें लड़की के गिर्द, लड़की का चेहरा बढ़ा, भींच लिया गया, साँस के साथ गर्दन के गड्ढे से जा लगा जहाँ दिल की धड़कन का पेण्डुलम महसूस किया जा सकता था, छाती की हड्डियों के ऊपर की धड़कती हुई जगह जहाँ से उसकी मौजूदगी की ख़ुशबू आयी थी। लड़की वहाँ थी।

रसोई-घर में कोई बातचीत नहीं हुई। कोको पतीले के सिरे तक उबल आया, तैयार हो कर। उस गर्मी के सारे स्रोत जहाँ तक उसकी हथेलियाँ बढ़ कर गयी थीं, मकान में हर जगह, जैसे घरेलू जानवर आगे बढ़ने के लिए आग की गरमी का एहसास करता है, लड़की के शरीर से लगी इस देह में थे, बाँहों की तरंगों में, छाती और पेट की माँसपेशियों के सम्पर्क में, जाँघों के बीच से आती उस गहरी अजीब ऊष्मा में। लेकिन उसने लड़की का ध्यान रखा। उसे धीरे-धीरे नरमी से ढीला किया जिस बीच वह पता लगा रही थी कि मर्द की भी छातियाँ होती हैं, भले ही पुट्ठों की बनी, और अपनी छातियों को उन पर दबाना एक ज़रूरी लेन-देन था, एक मछुआरे के साथ गीली रेत पर चलते-चलते।

अगली सप्ताहान्त की छुट्टी — लेकिन अगली सप्ताहान्त की छुट्टी रद्द हो जाती है। इसकी बजाय कैण्टीन के बार में लगे सार्वजनिक टेलिफ़ोन से फ़ोन आता है। संयोग से माँ ने उठाया और खिले-खिले और उत्साहवर्द्धक खेद-भरे जवाब दिये जिन्हें लड़की ने टुकड़ा-टुकड़ा जोड़ कर यह जानने की कोशिश की कि वे किन बातों पर दिये जा रहे थे। परिवार रात का भोजन कर रहा था। पिता का मुँह निःसंगता से सिकुड़ गया — रवानगी के आदेश। जहाज़ पर विदाई।

माँ ने मेज़ के चारों ओर सिर हिलाया, हामी में।

वह — जिसे मैं टिला कहती हूँ — खड़ी हो गयी, अपनी माँ के हाथ से फोन को झटक कर गिरा देने की ताक़त और एक भली लड़की के भीतर ऐसा न कर पाने की अक्षमता — दोनों से विस्मित। फिर उसकी माँ कह रही थी, लेकिन निश्चय ही इतवार को हम लोग कार पर उधर चले आयेंगे विदा करने और मंगलकामनाएँ देने के लिए। दादी कभी मुझे माफ़ नहीं करेगी अगर उसे लगा...अब क्या तुम मुझे बता सकते हो हम वहाँ पहुँचें कैसे, प्रिटोरिया के परे, मैं जानती हूँ... क्या कहा...कौन-सी खदान? और बड़ी सड़क से मुड़ने के बाद? अरे, परेशान मत हो, मेरा ख़याल है अगर हम खो गये तो किसी पेट्रोल स्टेशन से पूछ सकते हैं, सबको पता ही होगा कि वह शिविर कहाँ है, क्या हम तुम्हारे लिए कुछ ला सकते हैं, कुछ भी जिसकी तुम्हें जरूरत हो।

जान पड़ता है कि उसे एक सैर-सपाटे में तब्दील किया जाना है। उसके भौंचक्केपन को : वह सारभूत तत्व, लोहा की गयी ख़ाकी और साबुन, मकान से बुहार कर बाहर कर दिया गया है, रसोई-घर से, किसी ऐसी चीज़ द्वारा जिसका एक मछुआरे से कुछ लेना-देना नहीं है सिवा इसके कि वह एक मर्द है, और जैसा कि उसके पिता ने कहा है — जहाज़ पर सवार होना — मर्द युद्ध की ओर रवाना होते हैं। उसकी माँ तफ़रीह की तैयारियाँ करती है : क्या ख़याल है, चिकन या गोश्त का अचार, उबले अण्डे, पता नहीं फ़ौजी छावनी में कोई खाने के लिए कहाँ बैठ सकता है, मुलाक़ातियों के लिए कोई-न-कोई जगह तो होगी ही। उसके पिता अपने यात्रा परिपत्रों में से स्थानीय इलाक़े का एक नक़्शा चुन कर निकालते हैं, ताकि उसे कार के शीशे के नीचे के ख़ाने में रख दें। पेट्रोल पर राशन है, लेकिन उन्होंने अपने कूपन किफ़ायत से इस्तेमाल किये हैं, इतने हैं कि टंकी पूरी भरायी जा सके। इसकी वजह से तफ़रीह की योजनाएँ त्याग दी जाती हैं, लड़की की माँ सोचती है क्या यह ज़्यादा मुनासिब क़दम नहीं होगा कि फ़ौजी को सबसे नज़दीक के शहर के किसी रेस्तराँ में दोपहर का भोजन कराने ले जाया जाय? उत्तरी अफ़्रीका के रेगिस्तान में युद्ध के लिए रवाना हो रहे उस युवक के लिए ऐसी बहुत-सी ऐयाशियों की गुंजाइश नहीं होगी।

उन्होंने लड़की को कभी खदान नहीं दिखायी है, हीरे की खदान, हालाँकि जब वह छोटी-सी बच्ची थी तभी से वे उसकी शिक्षा के तौर पर अपनी बेटी को दिलचस्पी की जगहों पर ले जाते रहे हैं। उन्होंने उसके बारे में ज़रूर बात की होगी — उसके पिता ख़ुद खदान कम्पनी के अधिकारी हैं, लेकिन उनका

क्षेत्र सोना है, हीरे नहीं — या शायद स्कूल में सामान्य ज्ञान के किसी पाठ में उसे उद्धृत किया गया होगा : कोई मशहूर हीरा वहाँ से खोद कर निकाला गया था।

फ़ौजी छावनी खदान की लम्बी-चौड़ी ज़मीन के एक हिस्से में है, सुरक्षा बल द्वारा अधिगृहीत मैदान पर आक्षितिज तम्बू नज़र आते हैं, खूँटों पर रस्सियों से बँधे, बूटों से रौंदी हुई घास और मिट्टी की तरह भूरे — हर जगह बूटों की धमक, ख़ाकी वर्दियाँ हर जगह, उन्हें पहनने वाले एक-दूसरे के प्रतिरूप — उसके भी; कहाँ मिलेगा वह? उसने तम्बू का नम्बर तो दिया था। नम्बरों में कोई तरतीब नहीं जान पड़ती। उसके पिता को एक बन्दूकधारी प्रतिरूप रुकने के लिए आवाज़ देता है, मृदु-भाषी और शिष्टकार दिशा-निर्देशों का अनुसरण करती है, जिन्हें माता-और पिता ने अलग-अलग दर्ज किया है, मुड़ती है, पीछे को बढ़ती है, भगवान के लिए धीरे चलो।

लड़की देख लेती है : — वहाँ। वहाँ है वह।

अलबत्ता, जब तुम उसे खोज लेते हो तो तुम पाते हो कि उस जैसा कोई नहीं है, कोई अचरज नहीं। वे सब सलाम-दुआ की रस्मों के दौरान हँस रहे हैं, लेकिन युवक की आँखों के एकाग्र आकर्षण का केन्द्र लड़की है। बिजली के खम्भों के बीच की जगहों और रसोई-घर का अभिवादन है युवक का। सभी सप्ताहान्तों को समाप्त करने वाला यह सप्ताहान्त सर्दियों का पहला सप्ताहान्त भी जान पड़ता है; अचानक ठण्ड हो गयी है, उस तम्बू को जिसमें वह सोया होगा, सुदूर, अकेला, सप्ताहान्तों के बीच, हवा थपेड़े मारती और फुलाती है। यह गरमा-गरम भोजन, और अन्दर रहने का मौसम है। रेस्तराँ में वह इस आख़िरी भोजन के लिए शोरबेदार गोश्त और चावल चुनता है। वह कद्दूकस किया हुआ नारियल बुरकता है और भर-भर चम्मच चटनी डालते हुए लड़की को देख कर मुस्कराता है। मुस्कान उस लालची लड़के की-सी है जो औचक में पकड़ा गया हो और ऐसी भी मानो मेज़ के नीचे किसी ने छिपा कर हाथ दबाया हो। मदिरा नहीं है — पिता को कार चलानी है और युवकों को पीने-पिलाने के लिए बढ़ावा नहीं देना चाहिए, फ़ौज में वह सब ख़ूब चलता ही है — लेकिन आइसक्रीम है, डिब्बा बन्द आडुओं के साथ, और कॉफ़ी और रेस्तराँ के प्रबन्धकों की ओर से पिपरमिंट की गोलियाँ। रेस्तराँ में काफ़ी गर्मी थी। बाहर, ऊँचाई पर चलने वाले हवा के झोंकों में सुदूर पर्वतों पर अनदेखी बर्फ़ की शुरुआत की साँस जैसा कुछ है, जैसे छावनी को वापसी का यह सफ़र अपने साथ युद्ध की साँस लिये चल

रहा है, सुदूर, अनदेखा, जहाँ ख़ाकी पहने सभी प्रतिरूप जहाज़ में भर कर भेजे जाने वाले हैं। परिवार की उन दिनों की कार में हीटिंग नहीं है, फ़ौजी ने सिर्फ़ अपनी महीन, अच्छी तरह लोहा की हुई ख़ाकी वर्दी पहन रखी है और लड़की ने, निश्चय ही, सभी जवान लड़कियों की तरह सौसम की तब्दीलियों के ख़िलाफ़ कोई सावधानी नहीं बरती है, उसने वही कसा हुआ चुन्नटदार सूती लिबास पहन रखा है (गुप-चुप चुना गया, हालाँकि लड़का, उमर में बड़ा होने की वजह से शायद ध्यान भी न देगा) जो उसने उस शाम पहना था जब वे पहली बार पैदल सिनेमा-घर गये थे। माँ ने — उसे विश्वास है — युवा लोगों की बेध्यानी पर खीझ को छिपाते हुए, नतीजा होगा खाँसी और स्कूल न जा पाना — सौभाग्य से एक कम्बल वक़्त-ज़रूरत के लिए अपने साथ रखा हुआ था और ज़िद करती है कि पीछे बैठे लोग उसे अपने घुटनों पर डाल लें।

रेस्तराँ में दूसरे ग्राहकों की चिड़ियों जैसी चहचहाट के बीच खाने में मशग़ूल होते हुए बातचीत करना आसान था। कार में जो अब उस अन्तिम जगह — छावनी — को वापस लौट रही है, सैर-सपाटा ख़त्म हो चुका है। पिता को कर्तव्य का एहसास होता है : कम-से-कम वे हीरे की खदान के बारे में कुछ बता सकते हैं, जो दिलचस्प हो और जल्दी ही वे फिर वहाँ से गुज़रेंगे हालाँकि सड़क से तुम ज़्यादा कुछ नहीं देख सकते।

कम्बल उनके ऊपर फैला दी गयी किसी पालतू जानवर की धूल-भरी खाल जैसा है। उनके भीतर के भोजन की गरमी उसे ज़िन्दा किये दे रही है, ऐसी ज़िन्दगी जिसमें उनका साझा है, एक शरीर। अपना हाथ उसके भीतर कर लेना सुखद है; उनके हाथ, उसका दायाँ, लड़की का बायाँ, एक-दूसरे को खोज लेते हैं।

तुम्हें तो पता है कि हीरा क्या है, निश्चय ही, हालाँकि तुम उसे ऐसी ख़ूबसूरत चीज़ की तरह देखते हो जिसे औरतें अपनी उँगली में पहनती हैं, हँ-अँ-अँ? ख़ैर, दरअसल वह शुद्ध कार्बन होता है जो रवा बन गया हो।

पिता को टोका जाना पसन्द नहीं है, जवाब देने की कोई ज़रूरत नहीं है, भले ही तुम अब भी उन्हें सुन सकते हो। दायाँ हाथ और बायाँ हाथ आपस में इतना कस कर जकड़ जाते हैं कि अँगूठे के नीचे माँस की गद्दी हड्डी से चिपक जाती है और गूँथी हुई उँगलियाँ जोड़ों के बीच भिंच जाती हैं। यह आसन्न बिछोह के ख़िलाफ़ जकड़न नहीं है, इसका किसी भविष्य से कोई लेना-देना नहीं

है, वह इस वर्तमान की आवेग-भरी पवित्रता की मिलकियत है।

अष्टफलकीय यानी आठ पहलुओं वाले नियमित आकारों में रवा बनना और साथ-साथ जुड़े आकारों में और जो तराशे और जिला किये गये हीरे तुम गहनों में देखते हो वे कमोबेश इसके बाद आते हैं।

हाथ उसकी बायीं जाँघ पर स्कर्ट के ऊपर पड़े रहते हैं, संयोग से घटित, क्योंकि वही जगह थी जहाँ लड़की ने अपने हाथ को कम्बल के आरामदेह ऊनीपन के नीचे सरका दिया था। युवक ने धीरे-धीरे मुक्त किया, पहले उँगलियों को, फिर हथेली — तत्काल उनके बीच एहसास के संकेत कि कम्बल उनका नरम सहयोगी है, वह किसी चीज़ से हिलता नहीं जान पड़ना चाहिए — युवक ने अपने को लड़की से मुक्त किया और एक त्यागे गये क्षण के लिए लड़की ने सोचा कि वह उसे पीछे छोड़ गया था, उसके आठ साल बड़े होने का फ़ायदा हथेलियों के ऐसे जुड़ाव के ख़िलाफ़ हावी हो गया जैसा उसने बड़ी नरमी से (आह मगर क्यों) किया था जब वे वृक्षों के बीच के अन्धकार में थे, जब वे रसोई-घर में थे।

रंगहीन या हो सकता है कभी-कभी वे रंगीन भी हों पीले, गुलाबी यहाँ तक कि काले भी।

हाथ कम्बल से बाहर नहीं आया था। लड़की ने अनुसरण किया मानो उसकी आँखें बन्द थीं या वह अँधेरे में थी, वह हाथ यों गया मानो खेल रहा हो, गुदगुदाने के लिए कोई जगह खोजता हुआ जैसे बच्चे करते हैं एक-दूसरे को कुलबुलाने और हँसाने के लिए, जहाँ घुटने पर उसके स्कर्ट का छोर था, घुटने के नीचे की ओर बढ़ता बिना स्कर्ट को खिसकाये वहाँ की रगों और ख़ाली जगह को छूता हुआ। वह हँसना नहीं चाहती थी (उसके पिता अपनी ज्ञान-भरी टिप्पणी पर ऐसी प्रतिक्रिया का क्या अर्थ लगायेंगे) इसलिए उसने अपना हाथ उसके हाथ तक सरकाया और फिर अपने हाथ के साथ उसे वहाँ रख दिया जहाँ वह पहले था।

दुनिया के सबसे बड़े हीरों में से एक, कोहिनूर के एक सौ नौ कैरेट के बाद मगर वह तो हिन्दुस्तान में मिला था।

उस हाथ ने, लड़के के हाथ ने, लड़की की जाँघ पर सूती चुन्नट के ऊपर से उँगलियाँ दबायीं — मानो यह जाँच कर देखने के लिए कि उसकी असलियत क्या है; और रुक गयीं, और फिर उस हिचक से बाहर आ कर नीचे

को गयीं और कम्बल के नीचे से स्कर्ट के झीनेपन के भीतर से ऊपर को जा कर उसके मांस पर सरकीं। लड़की ने उसकी तरफ़ नहीं देखा और लड़के ने लड़की की तरफ़ नहीं देखा।

और औद्योगिक नगीने होते हैं जिनसे तुम शीशे को काट सकते हो और ख़ास क़िस्म के बरमों के लिए फल बना सकते हो अब तक जाना गया सबसे कठोर तत्व।

लड़की के जाँघिए के कसे किनारे पर वह फिर हिचका, कोई जल्दी नहीं, सारा कुछ जो वह सीख रही थी, वह सिखा रहा था, लड़के की उँगलियों में उम्मीद, वह उस जगह उस नाज़ुक झिल्ली-सरीखी त्वचा के साथ-साथ एक नस को सहलाता रहा जो टाँग और शरीर के बीच की घाटी में होती है (उस त्वचा की तरह जहाँ लड़के की कुहनी के मोड़ के अन्दरूनी हिस्से में जहाँ पैंतरों के दौरान सूर्य नहीं पहुँच पाता था) बालों की शुरुआत से ठीक पहले। और फिर वह इलास्टिक की किनारी के नीचे से अन्दर गया और उसके हाथ ने नरम बालों को नरमी से सहलाया, उसकी उँगलियाँ आँखों की तरह उस पर ध्यान जमाये।

इस मैदान को देखो कोई संकेत नहीं अब तक का सबसे बड़ा, कहीं भी, वहाँ नीचे, नीचे उस जगह जिसे हम नीली धरती कहते हैं, हीराजनक केन्द्र

लड़की को ज़रा भी स्पष्ट अनुमान नहीं है कि लड़के का हाथ अब कहाँ है, जो वह महसूस करती है वह यह कि वे एक-दूसरे को चूम रहे हैं, वे एक-दूसरे के मुँहों में हैं हालाँकि वे एक-दूसरे की तरफ़ नहीं देख सकते।

क्या तुम लोग वहाँ पीछे सो गये हो? — माँ खदान के प्रति अपनी ऊब की निशानदही कर रही है — वह आठ साल बड़ा है, बोलने के क़ाबिल : बस, सुन रहे हैं। उसकी उँगली खोजती हुई नीचे अँधेरे में गहरे उतरी है, किसी क़िस्म की फिसलनी दीवारों और गुलायम उभारों वाली गुफा के छुपे प्रवेश द्वार तक; वह खोज ली जाती है, लड़के ने उसे पा लिया है।

कार खदान के संयन्त्र के पास से गुज़र रही है।

हज़ारों वर्ष पहले जंगलों के मरने और सड़ने की उपज ठीक वैसे जैसे कोयला, लेकिन तुम कह सकते हो कि वहाँ नीचे की आख़िरी कीमियागरी।

उन दूसरों, माता-पिता को, उनके पास जानने का कोई तरीक़ा नहीं। वह घटित हुआ है, घटित हो रहा है, उस पुराने ऊनी कम्बल के नीचे, जो कुल

जमा उसके लिए वे मुहैया करा सके हैं। वह आज़ाद है; उनसे। खोज ली गयी है; और वे जानते नहीं वह कहाँ है।

छावनी पर पिता फ़ौजी के हाथ को आम हाथ-मिलाई से ज़्यादा देर तक हिलाते हैं। माँ एक पल के लिए लगता है उसके गाल पर ठोंगा मारेगी। परमात्मा तुम्हें रखे; लेकिन अन्तरंग होना उसका तरीक़ा नहीं है।

क्या तुम विदा नहीं कहोगी? वह बच्ची नहीं है, भगवान के लिए, किसी माँ को शिष्टता सिखाने पर विवश नहीं होना चाहिए।

वह कार के जाते समय एक तम्बू के सामने खड़ा है अपनी बाँहें बग़ली लटकाये और उसका ध्यान लड़की पर है, जब तक कि अपनी सिकुड़ी हुई कुंचित दृष्टि से वह उसके आकार के देख पाने में विफल नहीं हो जायेगा, जबकि वह उसे देख सकती है, देख सकती है, जब तक कि वह बाक़ी दूसरों के साथ ख़ाकी में एकमेक नहीं हो जाता, प्रतिरूप बना, आते-जाते, जहाज़ पर सवार होने के लिए इकट्ठा होते।

अगर वह उस युद्ध में मारा गया होता तो उन्हें पता चल गया होता, दादी के सम्पर्कों के माध्यम से।

क्या वह अब भी तुम हो; कहीं, बुढ़ाये हुए?

श्रद्धांजलि

मेरे होंटों को पढ़ो।

क्योंकि मैं बोलता नहीं। तुम वहाँ बैठे हो और जब रेलगाड़ी हिचकोले खाती है, तुम सुनने के लिए आगे को झुकते जान पड़ते हो। लेकिन मैं बोलता नहीं।

अगर मैं उन्हें खोज पाता तो मैं उनसे उन पैसों का बाक़ी आधा हिस्सा माँगता जो मुझे उस काम को पूरा करने के बाद मिलना था, लेकिन वे जा चुके हैं। मुझे मालूम नहीं कहाँ ढूँढूँ। मैं नहीं सोचता वे यहाँ हैं, अब, वे किसी और देश में हैं, वे हर वक़्त हरकतज़दा रहते हैं और इसी तरह उन्हें मेरे जैसे लोग मिलते हैं। सरकारों का तख़्ता पलटे जाने, ग़लत तरफ़ भरती होने, कोई काम, रोटी या दुकानों में तेल के न होने के कारण हमें घर छोड़ना पड़ता है और जब हम एक सरहद पार करते हैं, हमें एक और सरहद के पार पहुँचा दिया जाता है और एक और सरहद के पार। तुम्हारा अन्तिम गन्तव्य क्या है? हम नहीं जानते; हम नहीं जानते हम कहाँ रह सकते हैं, जहाँ से हमें कहीं और नहीं भेज दिया जायेगा, तम्बुओं के एक शिविर से दूसरे में एक ऐसे देश में जहाँ तुम्हें काग़ज़ नहीं मिल सकते।

मैं कभी नहीं बोलता।

वे हमें वहाँ पाते हैं, इन्हीं जगहों में से एक में — मैं उन्हें मिला और उन्होंने मुझे बचा लिया, वे कुछ भी कर सकते हैं, वे मुझे यहाँ ले आये काग़ज़ों और एक नाम एक साथ जो उन्होंने मुझे दिया; मैंने अपना नाम दफ़्ना दिया, कोई भी अब कभी उसे मेरे भीतर से खोद कर निकाल नहीं सकेगा। उन्होंने मुझे बताया कि वे क्या कराना चाहते थे और मुझे आधे पैसे हाथ-के-हाथ दे दिये। मुझे खाने को मिला और पहनने को कपड़े और एक होटल में कमरा जहाँ लोग

यह तय करने से पहले कि वे कहाँ खायेंगे, तीन अलग-अलग रेस्तराँओं के बाहर लगी खाने की फ़ेहरिस्त पढ़ते हैं। बाथरूम में मुफ़्त का शैम्पू था और एक तिजोरी की चाभी जिसमें पैसों की बजाय दारू रखी रहती थी।

उन्होंने मेरे लिए सब कुछ तैयार करके रखा था। वे उस आदमी का पीछा महीनों से करते रहे थे और उन्हें पता था कि वह कहाँ जाता था, किस वक़्त — हालाँकि वह इतना महत्वपूर्ण आदमी था, वह निजी तौर पर अपनी पत्नी के साथ बाहर चला जाता, बिना सरकारी अंगरक्षकों के, क्योंकि उसे आम आदमी नज़र आने का नाटक करना पसन्द था या वह एक आम आदमी बनना चाहता था। वे जानते थे वह इस बात को नहीं समझता था कि यह उसके लिए असम्भव था और इसी से उनके लिए मुझे उस काम को करने के लिए पैसे दे सकना मुमकिन हो सका जिसे करने के लिए उन्होंने मुझे पैसे दिये थे।

मैं कोई नहीं हूँ, कोई देश अपनी जनगणना में मेरी गिनती नहीं करता, जो नाम उन्होंने मुझे दिया उसका कोई वजूद नहीं है : जो किया गया वह किसी ने नहीं किया था। वह कुछ समय निकाल कर अपनी पत्नी की बाँह थामे उसे ऐसे रेस्तराँ में ले गया था जहाँ ठण्ड को बाहर रखने के लिए दुहरे दरवाज़े थे, जहाँ वे हफ़्ता-दर-हफ़्ता जाया करते और बाद में, हालाँकि मुझे बताया गया था कि वे हमेशा घर जाते, वे एक सिनेमा में दाख़िल हो गये थे। मैंने इन्तज़ार किया। मैंने एक बार में बियर पी, बस, और मैं वापस आ गया। सिनेमा से बाहर आते लोगों ने यह नहीं प्रकट किया कि वे उसे जानते थे, क्योंकि इस देश में लोग अपने नेताओं को साधारण बने रहने देना पसन्द करते हैं। वह अपनी पत्नी को किसी भी आम नागरिक की तरह उस कोने पर ले गया जहाँ प्रवेश-द्वार नीचे भूमिगत रेलगाड़ियों की तरफ़ जाता है और जैसे ही वह पीछे रुका ताकि उसकी पत्नी आगे बढ़ जाये मैंने वह काम कर दिया, मैंने उसे वैसे ही किया जैसे करने के लिए उन्होंने मुझे पैसे दिये थे, जिसके लिए उन्होंने मेरी निशानेबाज़ी का इम्तहान लिया था, ठीक खोपड़े के पीछे। जैसे ही वह गिरा और मैं भागने के लिए मुड़ा मैंने फिर एक बार वह काम किया, जैसे करने के लिए उन्होंने मुझे पैसे दिये थे, पक्का करने के लिए।

उसकी पत्नी ने यह देखने के लिए कि वह काम किसने किया था सिर ऊपर उठाने से पहले उसकी बग़ल में घुटनों के बल ढह जाने की ग़लती की। पुलिस, अख़बारों और जाँच करने वालों को वह बस इतना ही बता पायी कि उसने गहरे रंग के कपड़े और चमड़े की जैकेट पहने एक आदमी को बग़ल की

गली से उतरने वाली सीढ़ियों को फलाँगते हुए ऊपर जाते देखा था। यह शहर ख़ास तौर पर खड़ी चट्टानों और अँधेरी गलियों वाला है। उसने मेरा चेहरा कभी नहीं देखा। अब बरसों बाद (मैंने अख़बारों में पढ़ा) वह लोगों को यही बताती रहती है कि कैसे वह चेहरा नहीं देख पायी, उस आदमी का चेहरा जिसने वह काम किया था, काश उसने कुछ सेकेंड पहले नज़रें ऊपर उठायी होतीं — वे मुझे ढूँढने में सफल हो जाते, वह अनाम जिसने वह कृत्य किया था मैं बन गया होता। वह हर समय गहरे रंग की टोपी पहने मेरे सिर के पिछले हिस्से के बारे में सोचती है। दरअसल, वह गहरे रंग की नहीं थी, वह हल्की हरी और भूरी चारख़ानेदार थी, महँगी टोपी जो उस पैसे से मैंने ख़रीदी थी, बाद में मैंने उसमें एक पत्थर रख कर उसे नहर में फेंक दिया था।) वह मेरी गर्दन के बारे में सोचती है, गर्दन का वह हिस्सा जो उसने टोपी और चमड़े की जैकेट के कॉलर के बीच देखा होगा। (मैं जैकेट को नहर में नहीं फेंक सकता था, मैंने उसे रँगवा लिया था।) वह सीढ़ियों के ऊपरी सिरे पर लगे बिजली के खम्भे से आती रोशनी के घेरे के नीचे मेरे कन्धों को समोये चमड़े की जैकेट की चमक के बारे में सोचती है, और तेज़ी से हरकतज़दा मेरी टाँगों के बारे में। उसके चीख़ने के दौरान ही मैं ओझल हो जाता हूँ।

पुलिस ने नशीले पदार्थ बेचने वाले एक आदमी को गिरफ़्तार कर लिया था जिसे उन्होंने सीढ़ियों के ऊपरी छोर पर पकड़ा था। वह बता नहीं पायी कि वही था या नहीं, क्योंकि उसके पास याद करने को कोई चेहरा नहीं था। यही उन दूसरों के साथ हुआ जिन्हें पुलिस ने सड़कों से बटोरा था और उनमें से जिनके मुजरिमाना रिकॉर्ड थे और जिनके ख़िलाफ़ राजनैतिक शिकायतें थीं; कोई चेहरा नहीं। लिहाज़ा, मेरे डरने की कोई वजह नहीं थी। वह सारा समय जब मुझे एक देश से दूसरे में धकेला जाता रहा, मुझे डर सताता रहा, किसी क़िस्म के काग़ज़ात न होने का डर, भूखे होने का डर, लेकिन अब मेरे पास डरने की कोई वजह नहीं थी। अब भी मेरे पास डरने का कोई कारण नहीं है। मैं बोलता नहीं।

जो हुआ मैं उसके बारे में अख़बारों में खोज-बीन करता रहता हूँ; जाँच बन्द नहीं होती, पुलिस, लोग, यह पूरा देश ढूँढने में जुटा रहता है। मैं सारी अटकलों के बारे में पढ़ता हूँ; कभी-कभी, जैसे अब, भूमिगत रेल में, किसी के अख़बार की पिछली तरफ़ मुझे एक नयी अटकल पढ़ने को मिलती है। ईरानी साज़िश थी — वहाँ की किसी सरकार के प्रति इस देश की शत्रुता के कारण।

उस समय, दक्षिण अफ़्रीका की किसी नस्लवादी सरकार के ख़िलाफ़ इस देश के प्रतिबन्धों का बदला लेने का दक्षिण अफ़्रीकी प्रयास। मैं यह बता सकता था कि किसने किया था, मगर यह नहीं कि क्यों। जब उन्होंने मुझे पैसों की अग्रिम आधी रकम दी — बस, यों ही, सीधे-सीधे! — उन्होंने मुझे नहीं बताया और न मैंने पूछा। क्यों पूछूँ मैं; कौन-सी सरकार, किसी भी तरफ़ की, कहीं भी, मुझे शरण देगी। वे अकेले लोग थे जिन्होंने मुझे कुछ पेश किया था।

और तिस पर भी उन्होंने जितने का वादा किया था, उसका आधा ही मिला। और पाँच साल बाद उसमें से बहुत नहीं बचा है, अगले महीने पाँच साल। मैंने कुछ काम ज़रूर किया है, यदा-कदा, जिससे किसी को यह सोचने का मौक़ा न मिले कि कमरे के किराये वग़ैरा के लिए मेरे पास पैसा कहाँ से आया। घुड़ दौड़ के मैदान पर काम किया और एकाध बार नाइट-क्लबों में। ऐसी जगहों में जहाँ वे तुम्हें किसी श्रम विभाग में पंजीकृत नहीं करते। मैं क्या सोच रहा था उस पैसे से करने का अगर, जैसा कि उन्होंने वादा किया था, मुझे सारे-का-सारा मिल गया होता? चला जाता, कहीं और? जब मैं किसी और देश जाने के बारे में सोचता हूँ, जैसा उन्होंने किया, सीमा पर उस व्यक्ति का नाम और काग़ज़ निकालते हुए जो उन्होंने मुझे दिया, अपना चेहरा दिखाते हुए —

मैं बात नहीं करता।

मैं किसी से मेल-जोल नहीं रखता। किसी औरत के साथ भी नहीं। उन जगहों पर जहाँ मैं काम करता था, मुझे कुछ करने के प्रस्ताव मिलते थे, चोरी का सामान पहुँचाने, नशीले पदार्थ के धन्धे के : लोग जाने कैसे सूँघ लेते जान पड़ते थे कि मैंने ख़ुद को मुहैया कर रखा था। लेकिन मैं उपलब्ध नहीं हूँ! मैं यहाँ नहीं हूँ, इस शहर में। इस शहर ने कभी मेरा चेहरा नहीं देखा, सिर्फ़ एक आदमी की पीठ जो उन सीढ़ियों को फलाँगता हुआ चढ़ रहा है जो भूमिगत रेल के स्टेशन के पास गली में ले जाती हैं। मैं जानता हूँ, यह कहा जाता है कि जो तुमने करते हो तुम उस जगह लौटते हो। मैं कभी उसके पास नहीं फटकता, मैं भूमिगत रेल के उस स्टेशन के पास से हो कर नहीं गुज़रता। मैं उन सीढ़ियों पर कभी नहीं लौटा। जब वह मेरे ग़ायब होते समय मेरे पीछे चिल्लायी, मैं हमेशा के लिए ग़ायब हो गया।

मुझे विश्वास नहीं हुआ जब मैंने पढ़ा कि वे उसे किसी क़ब्रिस्तान में नहीं दफ़्न करने जा रहे। उन्होंने उस गिरजे के सामने वाले छोटे-से सार्वजनिक

उद्यान में दफ़्न किया जो भूमिगत रेल के स्टेशन के पास है। वह बहुत मामूली-सी दिखने वाली जगह है जहाँ कुछ पुराने पेड़ हैं, बारिश में ठीक मुख्य सड़क पर बजरी के रास्तों पर बूँदें टपकाते हुए। क़ब्र पर नक़्क़ाशी किया हुआ पत्थर है और एक नीची-सी बाड़, बस। और लोग अपने दोपहर के भोजन की छुट्टी में आते हैं, लोग जब ख़रीदारी करने के लिए निकले होते हैं, तब आते हैं, लोग भूमिगत रेल से निकल कर आते हैं, उस सिनेमा से बाहर आ कर आते हैं, और वे बजरी पर चलते हुए वहाँ जा कर खड़े हो जाते हैं, जहाँ वह है। वे वहाँ फूल चढ़ाते हैं।

मैं वहाँ जा चुका हूँ। मैंने देखा है। मैं परे-परे नहीं रहता। वह किसी और जगह की तरह है, मेरे लिए। हर बार जब मैं वहाँ जाता हूँ, बजरी पर पैरों की कचर-कचर के ऊपर औरों के पीछे-पीछे, मैं युवा लोगों को भी रोते देखता हूँ, वे अपने फूल चढ़ाते हैं और कभी-कभी काग़ज़ के टुकड़े जिन पर लगता है कि कविता की पंक्तियाँ लिखी होती हैं (मैं इस भाषा को अच्छी तरह नहीं पढ़ पाता) और मैं देखता हूँ कि जाँच बदस्तूर जारी है और तब तक नहीं ख़त्म होगी जब तक उन्हें वह चेहरा नहीं मिल जाता, जब तक उस अनाम आदमी की पीठ नहीं मुड़ती। और यह कभी नहीं होगा। अब मैं वही करता हूँ जो सब करते हैं। यही सुरक्षित रहने का तरीक़ा है, पूरी तरह सुरक्षित। आज मैंने सुर्ख़ गुलाबों का एक सस्ता-सा गुच्छा ख़रीदा — उनकी कुचली पत्तियों और गीले काँटों के बीच इलैस्टिक के छल्ले से कस कर बँधा हुआ, और वहाँ रख दिया, नक़्क़ाशी किये पत्थर के सामने, नीची रेलिंग के पीछे, जहाँ मेरा नाम भी उसी के साथ दफ़्न है।

दूत

'...कितने कम पश्चिमवासियों को मलेरिया की विनाश-लीला का बोध हो पाता है। यह कहने के बाद, मलेरिया के विश्व-व्यापी शिकारों की संख्या हैरतंगेज़ है। पिछले बीस वर्षों के दौरान उसने एड्स की बनिस्बत दुगने लोगों की जानें ली हैं...मलेरियावाही मच्छर अन्तर्राष्ट्रीय उड़ानों में भी लुक-छिप कर जा सकते हैं — ज़रा जर्मनी, पैरिस और साओ पॉलों में हवाई अड्डों के नज़दीक हाल के निःशंक शिकारों से पूछिए।'

सारी अशुद्धता धुँधली पड़ती हुई, अधेड़ता लुप्त होती हुई, तुम सचमुच भाप में उनके गालों के लटके माँस और आँखों की थिगलियों का पता नहीं पा सकते, और तुम्हारा अपना चेहरा, अगर तुम उसे देख पाते, धुँधलाया होगा, वह सब कुछ जो तुमने उसके साथ किया है, नाक के साथ-साथ रेंगती लाल नसों के लहरिये, नज़र से धीरे-धीरे ओझल। नीचे हो तुम जैसे तुम थे।

पुनर्जन्म

यह जगह ख़ुद को 'फ्रेडो का सॉना और स्वास्थ्य क्लब' कहती है। लेकिन जब तुम यहाँ पसरे होते हो तुम किसी रोमन स्नान-घर में राजपुरुषों और सांसदों के बीच सांसद होते हो। अब सर्दियों का मौसम है — चिन्ता की कोई ज़रूरत नहीं, कोई ख़तरनाक अल्ट्रा वायलेट किरणें तुम्हें नुक़सान नहीं पहुँचायेंगीं, कुछ भी विषाक्त बचा नहीं रहता। सर्दियाँ हैं अब लेकिन यहाँ कोई कँपकँपी नहीं है। कोई सर्दी नहीं। उमस में ग्रीष्म ज़िन्दा रहता है; और वहाँ कोई नन्हीं-सी चीज़ कुहरीली गर्मी से हो कर बहती हुई आती है — नहीं हो सकता — नहीं, ज़रूर किसी के

तौलिये का रेशा होगा — लेकिन वह एक गदबदे, गीले सीने पर जा उतरता है, ठीक बालों के जंगल के ऊपर वहाँ, वह ज़िन्दा है — और अब मरा हुआ, चटाक! एक विरूप काला विराम चिह्न, पंख का टुकड़ा, पसीने पर सरकता हुआ।

बाहर सर्दियाँ हैं, लेकिन पानी है और प्रजनन के लिए एकान्त, एकान्त अण्डों के छिपे रहने के लिए जहाँ कोई कल्पित भी नहीं कर सकेगा, बाहर आने के लिए एक जगह इसी हालत में जैसे तुम हो, तिरछी पीठ, पारदर्शी पंख और विशेष सूँड वाली विशेषता के साथ 'फ़्रेडो के सॉना और स्वास्थ्य क्लब' में।

वाद्यवृन्द का संगीतात्मक वार्तालाप काफ़ी कुछ खिलाड़ियों के एक ही जगह दौड़ने या हवा में मुक्केबाज़ी करने की तरह प्रदर्शन से पहले सुर साधता हुआ; वह इन्सानी आवाज़ों की मद्धिम बातचीत में प्रत्याशा के स्वरों को भी शामिल कर लेता है। नेपथ्य से संगीतकारों के आने पर इस श्रोता-वर्ग से एक मद्धिम लयकारी और एक उत्साह-भरा झाला जब अतिथि संगीत-निर्देशक, कोई मशहूर चेक या ऐसा ही कुछ, प्रकट हो कर झुकते हुए अभिवादन करता है, मुड़ता है, चौकी पर चढ़ता है और उठी हुई छड़ी के साथ सिम्फ़नी शुरू करने की तैयारी में अपने कन्धे दुरुस्त करता है।

गोलकों का स्वर्गिक समवेत-गान

सर्दियाँ हैं, लेकिन कोई नहीं खाँसता। हवा, तार और कुंजीपटल का गुंजार सब शान्त कर देता है, इसका अनुसरण करती पीतल के बाजों की आँधी श्रव्य प्रतिक्रियाओं को छोड़ कर बाक़ी सारी प्रतिक्रियाएँ बुहार ले जाती है। चेलो और वायोला हर कनपटी में भिक्षुओं के जाप की तरह क़तार-बद्ध दाख़िल होते हैं, बाँसुरी के सवाल, मन्द्र की दो-दो बार ठिठक कर बढ़ने वाली हुंकार, नगाड़ों की फटकार और तिकोनी घण्टी की जवाबी टिंग-टिंग। ये सारे जीव आवाज़ की अदृश्य ज़िन्दगी का सौन्दर्य निर्मित करते हैं। वे डुबकी लगाते हैं, तरारे भरते हैं। लगभग सुनाई देने की सीमा के परे लहराते-बहते चले जाते हैं और वापस आने के

लिए घुमड़ते हैं; कुछ दूसरों पर हावी हो जाते हैं और फिर अपनी पारी में क़ाबू कर लिये जाते हैं, लेकिन वे सब-के-सब वहाँ हैं, उस स्वर्ग की तहों में कहीं-न-कहीं जिस पर वे ध्वस्त करने वाले ढंग से हमला करते हैं और रूपान्तरित कर देते हैं। वे स्वर्ग के अन्दर और बाहर आते-जाते हैं, उससे हो कर दबे-छिपे गुज़रते हैं, कानों की आठ सौ जोड़ियों में बहते हुए चले जाते हैं — सभागार पूरी तरह भरा रहता है जब यह संगीत निर्देशक उन ख़तरनाक मूढ़ बॉल्कन देशों में से किसी एक के दौरे से वापस आता है जो हमेशा अलग होते और लड़ते और अपने नाम बदलते रहते हैं।

सभागार नक़ली साधनों से और मनुष्यों की साँसों की सुखद ऊष्मा से स्वागत-योग्य रूप से गर्म रखा जाता है। संगीत के साथ जीव का एक सूक्ष्म आविर्भाव पंचम में वायलिन के एक दीर्घ स्वर का योगदान करता हुआ उड़ता है। कोई भी इस एरियल को अपने सिरों के गिर्द भौतिक रूप पाते नहीं सुन पाता।

दूसरे — दक्षिणी — गोलार्द्ध में ग्रीष्म है, नक़ल नहीं जो समूचे वर्ष को ग्रीष्म बनाये रखती है।

पंखोंवाला रथ

वे यहाँ सरकारी तौर पर नहीं हैं, बाओबाब के वृक्षों के बीच लीकदार, कच्ची सड़क पर कार में चलते हुए, अगर सरकारी का मतलब है कि आपका अता-पता निकट के साथियों — बीवियों, पतियों और व्यावसायिक साकीदारों — को हो। एक अनिवारणीय परस्पर आवेग ने — उस मूल असम्भाव्य आवेग की तरह जिसने उन्हें एक-दूसरे से जोड़ दिया था — कि वे किसी अनाम-से होटल में फ़र्ज़ी नाम अपना कर हफ़्ते में एक बार लगभग दो घण्टे की अवधि साथ-साथ गुज़ारें — उन दोनों के भीतर अविश्वसनीय रूप से विश्वसनीय अनुपस्थितियाँ, व्यावसायिक प्रतिबद्धताओं की पुकार, आविष्कृत करने की क्षमता खोज ली थी। उन्होंने हवाई जहाज़ पकड़ा, सावधानी से उसी क्लास में यात्रा न करते हुए (आवेग उन लोगों को भी कितना

चतुर बना देता है जो ज़िन्दगी भर ईमानदार और खुले रहे हैं। उन्होंने एक असम्भावित गन्तव्य भी चुना, ऐसी उनकी उम्मीद थी; उनके दायरे के लोग काफ़ी यात्राएँ करते हैं और काफ़ी दुस्साहसी ढंग से, जब तक कि तम्बू खुले में चल रहे शराबख़ानों और हेलिकॉप्टर सेवा के साथ ऐशो-आराम वाले हों।

बाओबाब पत्थरों में तब्दील हो गये पौराणिक पशु हैं।

इससे पहले कब उसने ख़ुद को ऐसी औरत की संगत में पाया होगा जो इतनी मज़ेदार कल्पनाएँ पेश करती थी। वह लेखिका है और हर जगह वह देखती है जो आदमी ने कभी नहीं देखा है; वह अर्थशास्त्री है, दुनिया के उस कार्य-व्यापार के बारे में इतनी अधिक जानकारी से लैस जिसके बारे में वह हमेशा महसूस करती रही है कि वह अनभिज्ञ है, और यहाँ मौजूद है वह, प्रशंसा के साथ बिम्बों का सृजन करने की उसकी मामूली-सी दक्षता पर कान लगाने।

उनकी इस दुस्साहसी यात्रा की मीयाद महज़ कुछ ही दिनों की हो सकती है — उनकी अनुपस्थिति का यह बहाना इससे ज़्यादा की छूट नहीं देगा — और यह प्रकरण उनके जीवन में विलम्ब और बिलकुल अनपेक्षित ढंग से आया है। पति, पत्नी, किशोर बच्चे, प्रतिष्ठा — अब एक आख़िरी मौक़ा : किस बात का? कुछ ऐसा जो छूट गया था और जिसे अब तुरत-फुरत अनिवार्य रूप से हासिल कर लेना है। आदमी कार चलाते समय औरत का कविता सुनाना पसन्द है। कविताएँ उसकी हैं, उसकी ज़िन्दग़ी का साथ देने के लिए हस्तगत की गयीं, कवि हमेशा उससे बेहतर तौर पर जानते हैं कि उसे क्या हो रहा है; अब, उन्हें। जो उन्होंने किया है वह पागलपन है, आख़िरी मंज़िल एक बुरा अंजाम है; यह आभास दोनों को ख़ामोशी से लीकदार कच्ची सड़क में एक धचके से होता है। फिर वह दोनों के लिए कह रही है, एक मृत कवि द्वारा ग्रस्त माध्यम के रूप में, पंक्तियाँ सही क्रम में उसे नहीं सूझती हैं — अपने पीछे हमेशा सुनता हूँ मैं, समय के पंख युक्त रथ के निकट आते...आओ हम अपनी सारी ताक़त और सारी मिठास लपेट लें...और कठिन

संघर्ष से अपने सुखों को जीवन के लौह द्वारों से चीर कर निकाल ले जायें...क़ब्र एक अच्छी और एकान्त-भरी जगह है लेकिन वहाँ मेरे ख़याल में कोई गले नहीं मिलता...

वह गाड़ी को तेज़ी से सड़क के किनारे ले जा कर चाभी घुमा कर इंजन बन्द कर देता है। वे एक-दूसरे की आँखों में एकटक देखते हैं और वह उस क्षण के इन्द्रजाल को मुस्करा कर तोड़ते हुए अपने सिर को धीरे-धीरे बायें से दायें और दायें से बायें हिलाता है। वहाँ कोई नहीं है, आलिंगन का, एक-दूसरे को न छोड़ने के दोनों के संघर्ष का साक्षी बनने को कुछ नहीं है। फिर वह सहसा ख़ुद को छुड़ाता है, कार के बाहर उतरता है, सवारी वाला दरवाज़ा खोलता है और उसका हाथ पकड़ कर उतार लेता है। क़दमों से लाँघने के लिए पानी के पुराने डबरे हैं, ठहरे पानी की वजह से शोरबे की तरह गाढ़े। उसी टूटी बाड़ के लटके हुए अवशेष : किसकी ज़मीन थी यह कभी। किसी की नहीं, कुछ नहीं। कृपालु हाथ की तरह धूप उनकी पीठ पर आ टिकती है, वे ऊबड़-खाबड़ घास, बीती हुई बारिश से धुँधले गाढ़े गड्ढों के ऊपर से कुछ दूर तक चलते हैं और ज़रूरत के हाथों गिरफ़्तार हो कर इससे आगे नहीं बढ़ पाते। और वहाँ कोई पेड़ है जो अपने नम आसरे के नीचे उग आयी कोमल घास के छोटे-से टीले के ऊपर पत्तियों से फूटा सचमुच का पेड़ है।

वहाँ लेटे-लेटे वे अपने कपड़े पहने-पहने एक-दूसरे तक राह खोज लेते हैं। किशोरों के किसी भी जोड़े की तरह जहाँ भी छिपने की सुविधा हो वहाँ प्रेम करते हुए। कोई फ़र्क़ नहीं पड़ता। अब वे लेटे हैं, एक-दूसरे को साँस से अन्दर खींचते हुए, दिल के सिकुड़ने और फैलने से, और कुछ भी नज़दीक नहीं फटकता, वहाँ बस जैविक कीटाणु का परिभाषा से परे का श्रवणातीत गुंजन है — पेड़ों में चढ़ता रस, फूटती घास, मँडराते मच्छरों का कुहरा और कोई अहेरी चिड़िया अधर में किसी उड़ते शिकार को पकड़ने के लिए झपट्टा मारती।

उसके प्रति सरोकार के चलते वह बीती हुई हक़ीकत से हरकतज़दा होता है — शिकार पर की गयी यात्राओं के जोखिमों

को याद करते हुए : उम्मीद है यहाँ कोई कीड़ा-मकौड़ा नहीं होगा। वह अपना सिर हिलाती है, आँखें बन्द : नहीं। कुछ नहीं। सुरक्षित नहीं। सुरक्षित है। उसे देखने के लिए आँखें खोलती है, और कुछ नहीं। उड़ता हुआ एक ज़र्रा आदमी के कान की लव पर जा उतरा है, जिस बीच वह उसे फूँक कर उड़ाती है, वह ज़र्रा वहीं टिका-सा रहता है। वह चौंक कर हल्की-सी आवाज़ करता है, वह एक हाथ छुड़ा कर जो भी वह है, इतना छोटा-सा कुछ नहीं जैसा, उसे झटक देती है।

चाँदमारी

जँगला चरमराते लकड़ी के फ़र्श वाले उन चार-दीवारें-और-छत जैसे ढाँचों में से है, जो हर तरह के काम आते हैं — गिरजे या स्कूल का हॉल जहाँ इस इलाक़े में अब कोई गिरजा या स्कूल नहीं है और शौचालय उस अहाते की दूसरी तरफ़ है जो दिन के समय कुछ लोगों द्वारा कारों के एग्ज़ॉस्ट की मरम्मत करने के काम आता है। कारों के अलग-अलग किये गये हिस्सों और गैस के सिलिण्डरों के बीच से रास्ता बनाना पड़ता है वहाँ पहुँचने के लिए जहाँ वह गया है। वहाँ बैठा है वह, टूटी हुई सीट पर, लेकिन उसने पतलून पहन रखी है, इतना तो पक्का है कि वह टट्टी नहीं कर रहा है, और उसकी स्वेट-शर्ट की आस्तीन उसकी खुली गोरी कलाई पर पीछे को मुड़ी हुई है; उसकी बाँह किसी लड़की की बाँह जैसी पीली और बिना बालों वाली है। और ज़रा उसे देखो तो सही।

मेरा ख़याल था तुमने यह आदत छोड़ दी थी।

वह हँसता है। तुम इस सीट को इस्तेमाल करना चाहती हो?

लेकिन वह बाँह को पकड़ा जाने देता है।

अपनी बाँह तो देखो।

एक और छेद से क्या फ़र्क़ पड़ता है? तुम एक को दूसरे से अलग कैसे कर सकते हो, ख़ुद शराब में धुत्त हो कर।

तो फिर तुम्हारी बाँह पर वह क्या है?

मच्छर काटने का निशान।

बड़ी हँसी की बात है। हा हा हा हा हा।

ग्रीष्म, सर्दियाँ। उत्तरी गोलार्द्ध। दक्षिणी गोलार्द्ध। डरने की कोई बात नहीं है, कोई नहीं। एक ज़र्रा मँडराता हुआ, उतरता है, जिसे तुम हथेली से कुचल सकते हो। यह हँसिए वाला लुनेरा नहीं है।

यह उसका दूत है, ऐनॉफ़िलीज़।

कर्म

कर्म...(१) किसी व्यक्ति द्वारा अपने अस्तित्व की विभिन्न अवस्थाओं के दौरान किये गये कृत्यों का योग और परिणाम, जिसे उसकी नियति का नियामक समझा जाता है। (२) भाग्य, नियति। संस्कृत कर्मण (संज्ञावाचक कर्म) कृत्य, काम, कार्य, करोति से, वह करता है, वह बनाता है।

— अंग्रेज़ी भाषा का
अमरीकी हेरिटेज शब्द कोश

'...लिहाज़ा आदमी अपनी मौजूदा जगह को लगातार एक अपने ही संसार से आबाद करता रहता है।'

यह आर्थर की पत्नी नॉर्मा है जो अख़बारों में छपने वाले सम्मेलनों के सामूहिक चित्रों में नज़र आती है, उसे रेडियो पर उद्धृत किया जाता है और कभी-कभी वह टीवी पैनल पर भी प्रकट होती है। वे सार्वजनिक छवि वाले दम्पति बन गये हैं, जैसा कि जनमत संग्रहों से ज़ाहिर होता। आर्थर बीमा व्यवसाय में है, स्थायी नौकरी है, उस समय भी ठीक-ठाक ही कमा रहा था जब उन्होंने वह जगह ख़रीदी थी जिस पर नॉर्मा का दिल आ गया था, गो तब वह उनकी बिसात के कुछ बाहर थी। ऐसा लगता था कि किसी दिन आख़िरकार वह मुख्य प्रबन्धक बन जायेगा — कौन जाने, इसलिए वे एक और ही अर्थ में हैसियत के बराबर जगह की तैयारी शुरू करना गवारा कर सकते थे।

अगर जवानी में आपके अन्दर महत्वाकांक्षाएँ न हों तो भला किस तरह के दम्पति हैं आप? नॉर्मा में तो यक़ीनन आगे बढ़ने की चाह थी जब उसने अपनी क्लास में अव्वल रहते हुए स्कूल की पढ़ाई पूरी की। वह विश्वविद्यालय में जा कर राजनीतिशास्त्र, अर्थशास्त्र पढ़ना चाहती थी, जिन विषयों के बारे में उसने ट्रेड यूनियन में सक्रिय अपने माता-पिता और उनके दोस्तों की संगत में सुना था, लेकिन पैसे नहीं थे। नॉर्मा ने एक कारख़ाने में रेस्तराओं की शृंखला के दफ़्तरों में काम किया, कम्प्यूटर कौशल सीखते हुए, पत्राचार पाठ्यक्रमों से अपने चुने विषय पढ़ते हुए और मुक्ति आन्दोलन में एक कामगार गोरी बन गयी।

भूमिगत काम करने वालों के जाल का एक मज़बूत लचीला धागा। जिस बीच राजनैतिक पुलिस की किसी ग़फ़लत की वजह से अभी नॉर्मा का पासपोर्ट उस के पास ही था, आन्दोलन ने उसे एक मिशन पर देश से बाहर अपने एक विदेशी कार्यालय पर भेजा; जब वह वापस आयी उसका नाम प्रतिबन्धित लोगों की फ़ेहरिस्त में शामिल था; उसकी हरकतों और आजीविका के लिए वह जिस तरह का काम कर सकती थी, उस पर पाबन्दी लग गयी।

आर्थर से उसकी मुलाक़ात तो तब हुई जब एक बीमा कम्पनी के वाम-उदारवादी प्रबन्धक ने अपने दिल को लोहे जैसा सख़्त करके अपना सबसे बहादुरी का काम किया और चुपके-से नॉर्मा को मामूली क्लर्क के तौर पर रख लिया। प्यार-मुहब्बत की प्रक्रिया में आकर्षण के कम-से-कम दो चुम्बकीय स्रोत होते हैं। (कोई दूसरा बहुत-से स्रोतों के बारे में सोच सकता है।) उस व्यक्ति-विशेष/पात्र का चेहरा, शरीर : इतना काफ़ी हो सकता है। व्यक्तित्व : यह पहले लिखी गयी बात को बेमतलब बना सकता है। किसी औरत में सुन्दरता का पैमाना क्या है, इसके बारे में आर्थर की कोई ख़ास काम-वासना-विषयक सौन्दर्य-बोध वाली रुचि नहीं थी, लड़कियाँ सुन्दर या कुरूप या फिर महज़ बीच की थीं। नॉर्मा अपने छोटे क़द और काम-धन्धे वाले शरीर के साथ, जिसका लक्षण था हमेशा किसी आन्दोलन या कर्तव्य को ले कर व्यस्त रहना, और बीच की कोटि में आने वाली सूरत की वजह से पहले चुम्बकीय स्रोत के बल पर यह सिलसिला नहीं शुरू कर सकती थी। आर्थर तो उसके शक्तिशाली व्यक्तित्व से प्रभावित हो कर, गहरी प्रशंसा से अनुप्राणित, उससे प्रेम करने लगा था। नॉर्मा में सब कुछ था जो उसमें कभी नहीं रहा था, नॉर्मा ने वह सब कुछ किया था जो उसने नहीं किया था। जिस मज़दूर पृष्ठभूमि से वह आयी थी, वह उससे बाहर एक क़दम ऊपर था। आर्थर के पिता का एक छोटा-सा छापाख़ाना था जहाँ उसकी माँ रिसेप्शनिस्ट-मुनीम की ज़िम्मेदारी सँभालती थी, वे राजनीति से परे-परे ही रहते थे; उनकी मध्यवर्गीय श्वेत नागरिकों वाली सुरक्षा की रियायती क़ीमत जो किन्हीं सरकारी परिपत्रों और फ़ॉर्मों की छपाई के लिए स्थानीय प्रशासन के आदेशों पर निर्भर थी, वापस ली जा सकती थी। आर्थर का पालन-पोषण करते समय उसे सिखाया गया था कि वह पैसे-कौड़ी के बारे में ईमानदारी बरते, दयालु बने, दूसरों की इज़्ज़त करे, चाहे वे जो और जैसे भी हों, मगर उनके विचारों या समस्याओं में न उलझे; अपना रास्ता वैसे बनाये जैसे उसके माता-पिता को बनाना पड़ा था — अपने बल पर। बीमा कम्पनी एक अच्छी शुरुआत थी। जो भी हो। देश में।

लोगों के साज-समान के लिए हमेशा बीमे की व्यवस्था तो लाज़िमी थी, दूसरे लोगों के ख़िलाफ़ जो उन्हें उनसे ले लेते थे।

यही थी वह ज़िन्दगी जैसी उसे प्रस्तावित की गयी थी। तो भी वह अख़बार पढ़ता था, सड़कों पर गुस्से में उछल-कूद मचाते धरना-प्रदर्शनों से रू-ब-रू होता, कुत्तों और बन्दूकों से लैस पुलिस द्वारा उन पर धावा बोलने से, वह देखता, बीमा कम्पनी में अपने काम के दौरान, कौन देश में हर चीज़ का मालिक है। लिहाज़ा, उसने गोरा होने के नाते वोट डालने के लिए मिली सुविधा को इस्तेमाल करने से इनकार कर दिया था जबकि दूसरों को सड़कों पर प्रदर्शन तक करने का अधिकार भी नहीं था। यह उसका एकमात्र राजनैतिक रुख़ और टेक थी। उसने अपने माता-पिता से नहीं कहा कि वे ग़लत थे, वह ख़ुद ग़लत था — चमड़ी की सुविधा स्वीकार करने के लिए, वोट डालने से इनकार करने के अलावा और कुछ न करने के लिए, अपना रास्ता ख़ुद को छिपे तौर पर यह सफ़ाई दे कर बनाता हुआ कि जब भी वह बहुत बड़ी तब्दीली *आती है* जो आने वाली है, वह उसका स्वागत करेगा और उस आत्म-सम्मान की दावेदारी करेगा जो अकेले अपना रास्ता बनाने में नहीं मिलता है।

नॉर्मा के प्रेम में। वह ख़ुद उसके ख़िलाफ़ सबूत थी और उसे अपनाने के फ़ैसले ने उसे उस सबसे दोषमुक्त कर दिया था जिसमें और जैसे वह विफल रहा था।

आर्थर ख़ूबसूरत था, जहाँ तक मर्दाना ख़ूबसूरती का सवाल है कोई बीच की चीज़ नहीं, और बहुत करके वही वह आकर्षण था जिससे नॉर्मा उसकी ओर खिंची थी, उस व्यक्ति के प्यार में। सुन्दरता में एक अबोधता होती है; न्याय की तरह उसे उद्देश्य या योजना या संघर्ष का मुद्दा नहीं बनाया जा सकता; यह उसके लिए एक क़िस्म का आश्वासन है जो ज़िन्दा बचे रहने की कुटिलताओं, दाँव-पेंच के साथ जी चुका है, निगरानी का निशाना रहा है, प्रतिबन्धों के तहत शिकार की तरह पिछियाया गया है।

आर्थर उसके लिए मौजूद था जब वह सब कुछ ख़त्म हो गया था — प्रतिबन्ध, सत्ता से हटाये गये पुराने निज़ाम के हत्यारे। दुनियादारी की उसकी समझ के साथ, निजी महत्वाकांक्षाओं और सन्तुष्टियों की सामान्य ज़िन्दगी के संकेतों के साथ, जिससे वह अपरिचित थी, मगर जो अब उन लोगों के लिए न्यायपूर्ण ढंग से प्राप्य थीं जिन्होंने उसके लिए क़ुरबानियाँ दी थीं, वे आज़ादी

के हालात में एक *नयी* सामान्य ज़िन्दगी बना सकते थे। वह कॉमरेडों के साथ ऐसी जगहों में रहती रही थी जो गन्दी थीं या जिन्हें प्रतिष्ठा के पर्दे के पीछे छिपाया गया था; आर्थर बीस साल से ज़्यादा की उमर तक अपने माता-पिता के साथ रहता आया था और फिर, उससे मिलने के समय तक, कुँआरों वाले एक फ़्लैट में जिसकी खड़की निगरानी के मचान सरीखी थी जिससे बचना सम्भव नहीं था और जो शराबख़ानों से भरी सड़क के हल्ले-गुल्ले और शोर-शराबे, ग्राहकों के लिए हॉर्न बजाती टैक्सियाँ, तीनों लिंगों की वेश्याओं और दलालों की हँसी और गुस्से की साक्षी थी। नॉर्मा के लिए एक काम खोज लिया गया था — कॉमरेड अवसरों के बारे में एक-दूसरे के साथ सम्पर्क बनाये रखते — किसी ग़ैर-सरकारी संगठन में जो उन बच्चों और युवकों की देख-भाल करता था जिनके पिता मुक्ति फ़ौज में लड़ाई के दौरान मारे गये थे या जिनके माता-पिता जलावतनी के दौरान ग़ायब हो गये थे। आर्थर, निश्चय ही, बीमे के काम में महफ़ूज़ था — पुरानी सामान्य ज़िन्दगी की ऐसी आवश्यकता जो जैसा कि उसके माता-पिता की अक़्लमन्दी ने पेशीनगोई की थी, नयी सामान्य ज़िन्दगी में भी एक आवश्यकता बना रहा। सांप्ताहिक अवकाश की दो छुट्टियों में और काम के बाद लगभग हर रोज़ वे मकान देखने जाते। अपना ख़ुद का मकान; वह हमेशा से उस सामान्य जीवन की शुरुआत था और हमेशा रहेगा जिसकी उन्होंने ठान रखी थी : जिसकी वह हक़दार थी। मकानों के दलाल उनसे झूठ बोलते; उन्होंने जल्दी ही वे बुनियादी सवाल सीख लिये जिनसे जवाब दे सकें : क्या बिक्री के लिए प्रस्तुत वह अति-प्रशंसित मकान राजमार्ग के बहुत नज़दीक नहीं था; क्या मकान के पास जो हरी-भरी जगह थी वहाँ बेघर लोग झुग्गियाँ नहीं बना लेते थे; क्या उस उपनगर में कोई बच्चों का क्रेश था (नॉर्मा पहले बच्चे की माँ बनने वाली थी), इस इलाक़े में अपराधों की दर क्या थी?

आख़िरकार, उन्होंने अपने लिए मकान खोज ही लिया। वे कार पर एक मुहल्ले में घूम रहे थे जिसके बारे में उन्होंने नॉर्मा के अश्वेत मित्रों से सुना था जो अब उन अश्वेत बस्तियों से बाहर जा रह थे जो भागने लायक़ पुश्तैनी निवास बन गयी थीं। नॉर्मा ने केप डच तिकोनी छत देखी। ऐसा मकान जिसका एक व्यक्तित्व था! आर्थर को मन-ही-मन वास्तुशिल्प की उस शैली पर नॉर्मा के उत्साह को देख कर हैरत हुई जो हॉलैण्ड से उन लोगों के पुरखे ले कर आये थे जिन्होंने उसकी जासूसी की थी, उसे खदेड़ कर उसके अधिकारों से उसे प्रतिबन्धित किया था, उसके जैसे लोगों को क़ैद किया था, तकलीफ़ें दी थीं।

लेकिन यह सच है कि तिकोनी छत में नज़ाकत-नफ़ासत होती है; वह मकान को दूसरे मकानों में अनोखा बना देती है — उस सड़क के लिहाज़ से जिसमें वे शुरुआत करने की कल्पना कर रहे थे। दोनों तरफ़ जैकारैण्डा के पेड़ों की क़तारें। और फाटक पर 'बिकाऊ है' की एक तख़्ती भी लगी हुई थी। उन्होंने बीमा कम्पनी में आर्थर की बढ़ती हुई हैसियत के सबूत पर क़र्ज़ लिया और केप डच तिकोनी छत और उसके पीछे और नीचे जो था वह ख़रीद लिया, अद्‌भुत, उनकी ज़रूरत से ज़्यादा कमरे, लेकिन वे परिवार शुरू कर रहे थे, आर्थर ने ऊबाऊ कुँआरेपन से और नॉर्मा ने सिर छिपाने की बेनाम जगहों से तरक़्क़ी हासिल कर ली थी।

आर्थर सप्ताहान्त की सुबहों को बिस्तर पर आराम से सुस्ताता हुआ लेटा रहता है और उसका दिमाग़ मकान और बगिया में मानो आँखों से देखता हुआ, विचरता है। वह सोच नहीं रहा, शब्द हैं ही नहीं। वह रही बैठक की छत का अन्दरूनी हिस्सा, पीढ़ियों के मोटे सख़्त रोग़न की तहें हटाने पर अन्दर से निकली सुनहरी-भूरी लकड़ी के तख़्ते, घूँघटदार तिरछी बत्तियाँ नरमी से नीचे को रोशनी फेंकती हुईं। (असली ठाठ; नॉर्मा के साथ नगर योजना आयोग में जो सहकर्मी वास्तुशिल्पी था, उसी ने रोग़न के नीचे से मूल उम्दा चीड़ को उनके लिए खोज निकाला था।) बॉहिनिया की बढ़ती हुई गुच्छों से भरी गुलाबी लतर जो आर्थर ने लगायी थी, जिसके ऊपर फैलती हुई बैंगनी-नीली मॉर्निंग ग्लोरी चारदीवारी के पास जहाँ पुराने पेड़ बगिया के उत्तरी छोर के अन्त पर काफ़ी ग़हरे और अँधियारे अन्त थे। सुनहरी बेंत की अर्द्ध-चन्द्राकार कैबिनेट जिसकी मेज़ के शीशे पर साफ़ गिलास हैं — टेरेस की धूप में धारीदार — आर्थर का आव-भगत वाला बार। लॉन की घास हफ़्तावार आने वाले अश्वेत माली द्वारा अच्छी तरह कटी-छँटी और उस कमरे में, जो टीवी का कमरा कहा जाने लगा है, रखी छोटी बिलियर्ड खेलने की मेज़ जब से दोनों बच्चे ऐसे कार्यक्रम देखना पसन्द करने लगे हैं जिन्हें देखते हुए बैठा रहना बड़ों के लिए बर्दाश्त बाहर हो गया है। वह गुज़रता हुआ दृश्य, नॉर्मा और शराब के एक गिलास के साथ दिन ख़त्म होने पर बैठक के दूसरे टीवी पर ख़बरें देखते हुए। और जो अभी वहाँ नहीं है उसकी झलकियाँ। जो अभी आने को है। बाग़ में रखने के लिए वैसी एक मूर्ति, सीमेंट की, पर जो लगती असली पत्थर की है, लॉन के बीचों-बीच खड़ी तुम्हें देखती हुई जब तुम काँच के उन सरकने वाले दरवाज़ों के सामने खड़े हो कर बाहर को देखो, जिन्हें आर्थर ने जैसे ही वे उनकी बिसात के अन्दर आये थे, बैठक में लगाया

था, मकान में आने के बाद जल्द ही। उन दरवाज़ों के पार पहले-पहल जाने वालों में : अपनी बच्चा गाड़ी में वह बच्चा जो तभी पैदा हुआ था। तैरने का ताल — बाग़ में कहाँ, कल्पित? — सड़क पर अधिकांश लोगों के यहाँ है, लेकिन नॉर्मा राज़ी नहीं है, क्योंकि उसके मित्रों का बच्चा उनके तरण-ताल में डूब गया था।

नॉर्मा ने आर्थर को सहसा चकित करते हुए बिलियर्ड खेलने की छोटी मेज़ ख़रीद दी थी। एक व्यावसायिक कम्पनी के साथ कुछ सम्पर्क द्वारा, जिसने स्वास्थ्य आयोग को अनौपचारिक बन्दोबस्त में (नार्मा तब तक सार्वजनिक निर्माण विभाग में चली गयी थी) टेण्डर दिये थे और जिस कम्पनी का एक कारख़ाना भी था जो ऐसा सामान बनाता था जिसे वे मनोरंजन के उपकरण कहते थे। मेज़ आर्थर के जन्म दिन पर आयी थी — लेकिन यह तो ख़ासी मँहगी होगी, नॉर्मा! —

— तो क्या हुआ? तुम भी थोड़ा-सा मज़ा क्यों न लो, मैंने देखा था कि एडवर्ड के घर पर जो मेज़ थी उस पर खेल कर तुम्हें कितना मज़ा आया था। बहरहाल, मुझे भारी छूट भी मिली। —

आर्थर ने उनके पहले जन्मे बेटे को, जो तब सात साल का था, खेलना सिखा दिया और जैसे-जैसे उनकी बाँहें लम्बी होती चली गयीं, वह मेज़ डैनी और उसके स्कूली दोस्तों द्वारा ज़्यादा-से-ज़्यादा इस्तेमाल होने लगी। डैनी को उस पर गर्व था : अगर बारिश की वजह से स्कूल में फ़ुटबाल का मैच रद्द हो जाता — मेरे घर आओ, हमारे यहाँ टीवी के कमरे में बिलियर्ड की असली मेज़ है।

जब उन्हें केप डच की तिकोनी छत के नीचे रहते हुए लगभग नौ बरस हो चुके (आपको हमारा मकान दिखे बिना नहीं रहेगा बस आप सड़क पर आयें तो सिर्फ़ तिकोनी छत का ध्यान रखें) तो उस मकान पर उनका क़ब्ज़ा उनकी मौजूदगी के नमूनों में, उनके निजी रास्तों, कमरा-दर-कमरा उनके अस्तित्व के अदृश्य आन्तरिक नक़्शों में झलकने लगा, नॉर्मा और आर्थर, डैनी और उसका भाई ब्रेट। लगभग पूरी तरह इस्तेमाल में, मगर बिलकुल पूरी तरह नहीं। अब भी कुछ आना बाक़ी : हासिल करने के लिए कुछ उपलब्धियाँ। प्रतिमा — एक कन्धे पर ओढ़नी लिये औरत — अपनी जगह पर आ चुकी थी और मकान से जुड़ा एक इलेक्ट्रॉनिक फ़ोन यन्त्र फाटक पर लगा दिया गया था — नॉर्मा सार्वजनिक निर्माण विभाग छोड़ कर, ऐसी जगह चली गयी थी जिसे सरकारी तौर पर निजी

क्षेत्र कहा जाता था : ऐसे व्यक्ति जिनकी आर्थिक हैसियत उन्हें चोरी-चकारी करने वाले घुसपैठियों और उनके घरों की निजता को भंग करके घुस आने वालों का ख़ास निशाना बना देती थी।

जिस निजी क्षेत्र से नॉर्मा जुड़ी, वह दरअसल वही निर्माण कम्पनी थी जिसके एक निदेशक से उसका परिचय तब हुआ था जब कम्पनी ने अनौपचारिक बन्दोबस्त में एक स्वास्थ्य परियोजना का टेण्डर दिया था। वह फ़ौरन ही निदेशक की सहायक बन गयी। उसका वेतन और सुविधाएँ उससे कहीं ज़्यादा थीं जो उसने और आर्थर ने कभी हासिल करने की कल्पना भी नहीं की थी, पहले-पहल; लेकिन पैसों के होने का आदी होना पैसों के बिना काम चलाने के आदी होने से कहीं ज़्यादा आसान है। नॉर्मा में एक फ़ितरती रुझान था जो शायद उस समय भी देखा जा सकता था जब उसने पहली बार केप डच तिकोनी छत देखी थी और उस सजावटी शैली पर अपने लिए दावा किया था। एक बार यूरोप में छुट्टियाँ मनायी गयीं, नॉर्मा ने इंग्लैण्ड के एक औद्योगिक शहर में कुछ व्यापारियों से भेंट की और फिर उसने और आर्थर ने पानी के जहाज़ पर भू-मध्यसागर की सैर की। नॉर्मा व्यवस्थित ढंग से काम करती थी; उसने टैक्सी की हर रसीद और क्रेडिट कार्ड से दिया गया रेस्तराँ का हर बिल सँभाले रखा, किसी चीज़ की चिन्ता मत करो, यह आम मनोरंजन का भत्ता है। कम्पनी में निदेशक की सहायक दूसरी, अक्सर की जाने वाली विमान यात्राओं के लिए टिकटों का प्रबन्ध करती जहाँ, अगर आर्थर अपने बीमा दफ़्तर से छुट्टी ले पाता, तो वह निदेशक की सहायक का संगी बन कर चलता। नॉर्मा के सम्पर्कों के बल पर उनके बड़े बेटे को सबसे चुनिन्दा और महँगे प्राइवेट स्कूल में दाख़िला मिल गया। वह अश्वेत नौकरानी जो घर की साफ़-सफ़ाई और उनके कपड़ों की धुलाई करती थी, एक ख़ानसामिन और घर सँभालने वाली महिला की निगरानी में रख दी गयी, जो ख़ुद भी अश्वेत थी; कम्पनी के एक निदेशक का देहान्त हो गया था और नॉर्मा को उसकी जगह नियुक्त कर दिया गया था, और वह अपने नये पद की माँगों से इतना घिरी हुई थी कि उसके पास ख़रीदारी करने और खाना पकाने के लिए न तो समय था, न रुचि।

मित्र-परिचितों से दोनों का काफ़ी मिलना-मिलाना था, व्यापक सामाजिक दायरा था; आर्थर का घर में बना टेरेस बार ज़्यादा काम में नहीं आता था। कम्पनी के लिए जन-सम्पर्क के सिलसिले में किये जाने वाले काम-काजी लंच-डिनर और पीना-पिलाना रेस्तराओं में होता। नॉर्मा और उसका पति विदेशी दूतावासों के

राष्ट्रीय दिवस समारोहों और सरकारी अधिकारियों के घरों पर आमन्त्रित होते यहाँ तक कि एक मन्त्री के घर पर भी न्योते गये थे जिसकी नगर पुनर्नवीकरण की योजना में कम्पनी संगल्न थी, या इसकी आशा लगाये थी। नॉर्मा ने आर्थर को महत्वपूर्ण औपचारिक अवसरों के लिए रेशमी कमीज़ें और एक ज़रीदार कमरबन्द ख़रीद दिया था; पति-पत्नी, दोनों अपने 'खुल जा सिम सिम' वाले फाटक से अन्दर आते और अपनी कामयाबियों वाले घर में एक-दूसरे से प्यार करते। ईर्ष्या का कोई सवाल नहीं था; उसके प्रति नॉर्मा की यह चाहत नॉर्मा की सफलता को उसकी सफलता भी बना देती, ठीक वैसे ही जब वे मिले थे वह सब कुछ थी जो वह कभी नहीं रहा था, नॉर्मा ने वह सब किया था जो उसने नहीं किया था। जो कुछ उसने किया था, कर रहा था, जो अब भी सृजन की प्रक्रिया में था, उसका कोई अन्त नहीं है, वह उस सब का योग था जो वे हैं — नॉर्मा, वह ख़ुद, उनके बच्चे — जो घर है, वह जीव जो हैसियत में बढ़ता है, उसे व्यक्त करता है।

नॉर्मा, निश्चय ही, हैसियत के साथ बाहरी तौर पर बदल गयी थी। बढ़ने की बजाय घट गयी थी...खान-पान, मालिश और कसरत से, जिसके लिए वह ज़ोर देती कि दोनों इकट्ठा जिम जायें, उसने ख़ुद को मोटापे से मुक्त कर लिया था और पतली हो गयी थी; उसने बालों का रंग बदल लिया था और औपचारिक अवसरों से पहले वह अपने चेहरे के रूखेपन को सौन्दर्य प्रसाधनों और पेशेवराना साज-सिंगार से चिकना बना लेती। वह ऐसे लिबास पहनती जो किसी महिला उद्योगपति के-से होते लैंगिक भेद-भाव रहित पुरुषों वाले सूट, जिनमें कोट के दामन छातियों के बीच की घाटी की झलक देते, झालरदार ब्लाउज़ों पर खुले होते। उसने पुराने भूमिगत दिनों का सब कुछ उतार फेंका था — वह कहीं भी पड़ रहना, वे जोखिम-भरे सफ़र जिनके बारे में सवाल नहीं पूछे जाने थे, सादी वर्दी वाली राजनैतिक पुलिस की शिकारियों जैसी आँख — सब कुछ, सिवा कामरेडों के साथ उस समय की घनिष्ठता के, उस अतीत के, जिनमें से बहुत-से साथी सरकारी या अर्द्ध सरकारी संस्थाओं में हैं। वह अब भी है : एक नये क़िस्म की भूमिगत गतिविधि। भरोसा करने योग्य। जिन लोगों से सत्ता छिन गयी उनके पास इसके लिए आरोप-भरी भर्त्सना का एक शब्द है : भाई-भतीजावाद। मानो वे ऐसा नहीं करते थे, दोस्तों के लिए नौकरियाँ, अपने दिनों में। लेकिन उनके चहेतों ने तकलीफ़ें नहीं सही थीं, पुरस्कार पाने योग्य कुछ नहीं किया था। सिवा अपनी बुराइयों के। और दुनिया में कहाँ ऐसा कोई राजनैतिक दल है, कोई

सरकार, जो क्रान्तिकारी तो छोड़ दीजिए संसदीय विरोध के छापामार युग के अपने निष्ठावान सहयोगियों को महत्वपूर्ण मन्त्री पदों और दूसरी ऊँची जगहों पर नियुक्त करने के अधिकार का प्रयोग नहीं करतीं?

नॉर्मा में क़ाबिलियत से ज़्यादा था। उसे नियुक्त करने के लिए कोई लुका-छिपा औचित्य उद्धृत किये जाने की कोई ज़रूरत नहीं थी : वह सीधे-सीधे सार्वजनिक जीवन और ज़िम्मेदारी के लिए योग्यता की नयी माँगों के हर सिद्धान्त पर खरी उतरती थी, अख़बारों के सम्पादकीय भी अपने व्यावसायिक सन्देही स्वभाव के बावजूद उसके द्वारा विभिन्न क्षेत्रों में प्राप्त अनुभवों के अत्यधिक बुद्धिमत्तापूर्ण इस्तेमाल को स्वीकार करते थे, और अगर वह अश्वेत नहीं थी, तो कम-से-कम लिंग-भेद वाले उस दूसरे सिद्धान्त पर खरी उतरती थी जिसके पालन की उम्मीद सरकार के साथ-साथ उद्योगों से भी की जाती थी : वह महिला थी। सरकार के साथ कम्पनी की संयुक्त परियोजनाओं की मध्यस्थता करने के लिए कम्पनी के बोर्ड द्वारा अक्सर उसे चुना जाता। वह उन अवसरों में से एक होता जब उसका चित्र समाचार-पत्रों में छपता। जब विश्व बैंक या ८ के गुट के प्रतिनिधि देश की यात्रा पर आते तो उसे और उसके साथी को सरकारी निमन्त्रण-पत्र आते (सहायकों को हिदायते दे दी गयी थी कि सम्बोधन के लैंगिक प्रकार से बचें जो दम्पति की अवधारणाओं को पिटा-पिटाया बना देती है, ऐसे महत्वपूर्ण मेहमान हो सकते हैं जो दो पुरुषों या दो औरतों के रूप में सम्बद्ध होंगे लिहाज़ा कभी-कभी चित्रों में आर्थर भी मौजूद होता, भले ही दूसरे सिरों के पीछे आधी छिपी हालत में। ऐसे जमावड़ों में स्वाभाविक रूप से हमेशा नॉर्मा के पुराने दिनों से जुड़ा कोई मन्त्री या उपमन्त्री भी होता जिसने उसे उन लोगों की सूची में डाल दिया था जिनसे महत्वपूर्ण अतिथियों को मिलना था, परिचित होना था। ऐसी पहचान जो उस कॉमरेड की तरक़्क़ी में, जो अब सहकर्मी बन गयी थी, काम करने के लिए कभी याद की जा सके।

केप डच तिकोनी छत वाले उस घर का फलना-फूलना जारी रहा; घर का फ़र्निचर तब से बदला जा चुका था जब वह बुनियादी साज-सामान जो घर में आने के समय उनकी बिसात में था ऐसी चीज़ों से तब्दील किया गया था जो ज़्यादा आरामदेह और बेहतर क़िस्म की थीं। आर्थर अपनी नॉर्मा को कुर्सी में कसमसाते, अपने इर्द-गिर्द नज़रें डालते, पकड़ लेता और मानो उसने लिखा हुआ पढ़ लिया हो, उसकी ओर से कह देता। और अपने लिए भी। — क्या ख़याल है, हमें बैठने के लिए चमड़े की बनी वैसी चीज़ों का बन्दोबस्त नहीं करना चाहिए

जिन्हें यहाँ से वहाँ सरकाया जा सके, मन-मुताबिक़ ढंग से तरतीब दी जा सके, ज़्यादा लोगों के इकट्ठा बैठने के लिए ज़्यादा जगह हो जायेगी — नार्मा का इण्टर्व्यू लेने के लिए पत्रकार आते, टेलिविजन के लोग इस बातचीत को विदेशी प्रसारण के लिए रिकॉर्ड करने आते, महत्वपूर्ण लोगों के विचार जानने की कोशिश में जो सरकार से बाहर होते हुए भी देश की प्रगति के काम में सक्रिय थे। एक परम्परा, उन्हीं के जैसे उपनगर में रहने वाले दूसरे लोगों की देखा-देखी, किसी निजी अवसर पर आधा-औपचारिक जश्न मनाने की भी बन गयी थी — किसी का जन्मदिन या शादी का दिवस। नॉर्मा एक हिन्दुस्तानी केटरर को बुला लेती, पुराने दिनों का कामरेड, जिसने नयी परिस्थितियों में फलने-फूलने के लिए यह राह विशेष चुनी थी।

— मुझे चमड़े का स्पर्श, उसका एहसास पसन्द है। — लगता था उसने अभी से बैठक में आसनों को इस या उस तरह तरतीब देना शुरू कर दिया था। उन्होंने तय किया कि फ़र्निचर बिकाऊ है का विज्ञापन देने और फिर देखने के लिए वहाँ लोगों के आने की ज़हमत मोल लेना मुनासिब नहीं था। केप डच तिकोनी छत वाला मकान जिस इलाक़े में था वहाँ अहाते में रख कर फ़र्निचर बेचना उचित नहीं जान पड़ता था। उन्होंने वह पुराना सामान बेघर बूढ़ों के उस बसेरे को दान कर दिया जिसका पता उन्हें कल्याण विभाग ने दिया था; सामान को ले जाने के लिए एक वैन आयी, बसेरे के प्रबन्धकों से उन्हें धन्यवाद का पत्र मिला, जाने कैसे उन्हें यह सोच कर अच्छा लगा कि उनके जीवन के इस चरण में तिकोनी छत वाले उनके घर की प्रतिष्ठा के अनुकूल फ़र्निचर को हासिल करने की यह घटना उन लोगों के लिए भी फ़ायदेमन्द साबित हुई थी जिनकी बदक़िस्मती ने उन्हें पाताल में पहुँचा दिया था।

नये फ़र्निचर के यथास्थान सजा दिये जाने के बाद ही (आर्थर और नॉर्मा ने सजावट को बार-बार बदल कर देखने का कितना मज़ा लिया था, परस्पर रिझाऊ नृत्य जैसा, जिसमें फ़र्निचर पर उनके ढह पड़ने पर नॉर्मा को अपनी उघड़ी टाँगों पर चमड़े के चिकने एहसास से कितना आनन्द आया था) वह दुर्घटना हुई। वह देर तक चली एक बैठक से लौट रही थी। बड़ी सड़क में उस तीखे मोड़ पर जो केप डच तिकोनी छत को जाने वाले सबसे नज़दीकी और परिचित रास्ते की ओर ले जाता था, एक कार जाने कहाँ से आयी — उसकी कार में अन्धी टक्कर। नॉर्मा की कार दूर फिंका गयी, सवारी वाला पूरा पहलू पिचक कर चकनाचूर हो गया। टक्कर ऐसी थी मानो चेहरे पर अदृश्य आघात,

लेकिन वह सलामत थी। यही हाल दूसरी कार के ड्राइवर का था। उसके बाद आम कार्रवाई चालू हुई, जिसे आर्थर ने सँभाल लिया। पुलिस रिपोर्ट, कार के अवशेष उठा कर ले जाये गये, बीमे का दावा किया गया; आर्थर का काम था यह। यह साफ़ था कि ग़लती नॉर्मा की नहीं थी; लेकिन शायद दूसरे ड्राइवर की भी नहीं थी। जिस चौराहे से वह आ रहा था उसकी ट्रैफ़िक लाइट काम नहीं कर रही थी; अगर अपराधी कोई था तो वह नगर यातायात विभाग था। प्रशासन में आम योग्यता की एक कमी, अब; फ़ासीवादी-नस्लवादी हर जगह, कहीं भी, हमेशा आज़ाद लोगों से ज़्यादा कार्य-कुशल होते थे।

नॉर्मा के पास कम्पनी की कार थी, पर वह उस दिन सर्विसिंग के लिए गयी हुई थी और जो कार वह चला रही थी, वह उनकी अपनी थी, परिवार की — आर्थर को भी, उप महाप्रबन्धक तक अपनी धीमी मगर सन्तोषजनक प्रगति के दौरान, कम्पनी की कार मिल गयी थी। कार ख़रीदना आदमी का काम है। औरत रंग चुनती है और नाच-घर सरीखे शो-रूमों में ख़रीदे जाने के लिए धीरज-धरे प्रतीक्षा करती कारों की छवि के बारे में पसन्द बताती हैं, लेकिन मर्द हुड के नीचे जाँच-परख करता है और उसके पास सुरक्षा सम्बन्धी विशेषताओं और पुर्ज़ों के बारे में एक पैमाना होता है, जो पूरा होना ज़रूरी होता है। आर्थर कार-विक्रेताओं के यहाँ जाता और ब्रोशर घर ले आता। वे इकट्ठे उन्हें परखते, प्रशंसा-भरी तटस्थता से पन्ने पलटते हुए परम लग्ज़री मॉडलों को छोड़ कर आगे बढ़ते हुए, लेकिन इस बात पर सहमत होते हुए कि उन्हें एक और स्टेशन वैगन नहीं चाहिए थी, वे उपयोगिता वाले दर्जे से बाहर आ गये थे, लड़के अब इतने बड़े हो चुके थे कि सीटों के ऊपर न चढ़ें और घर का सौदा-सुलुफ़ अब सुपर मार्केट से भर-भर कर लाद नहीं लाया जाता था, बल्कि घर पहुँचाया जाता था। फ़ैसला ऊपर की क़ीमत वाले दर्जे में (जैसा कि बिक्री-सहायक ने उसे अपने श्रेणी निर्धारण में रखा) लेकिन बहुत मँहगे नहीं, ताज़ातरीन अच्छे मॉडल के पक्ष में हुआ। जब तक कि उसमें ऑटोमैटिक गियर व्यवस्था हो और दूसरी विशेषताएँ जैसा कि आर्थर ने परीक्षा के लिए कार चला कर सुनिश्चित किया, यह कार तिकोनी छत के नीचे के घर में जो कुछ जोड़ा गया था, जोड़ा जा रहा था, उसका उपयुक्त पूरक थी और खुल जा सिम सिम वाले फाटक से हो कर बहते हुए अन्दर दाख़िल होने के लिए सही वाहन थी। नॉर्मा नीला रंग चाहती थी; विक्रेता के शो रूम में सिर्फ़ काला और लाल रंग था, लेकिन कुछ ही दिन में नीला रंग उपलब्ध हो जाने वाला था।

— क्या तुमने उसका आर्डर दे दिया? — यह सवाल उसका अभिवादन था जब नॉर्मा ने अपना ब्रीफ़केस पटका और उसके गाल अपने होंटों से सहलाये जैसे वह कोई रूमाल था जा उसके होंटों पर से गुज़र रहा था। — क्योंकि अगर तुमने ऐसा कर दिया है तो उस आदमी को फोन करके रद्द कर दो। तुमने कुछ लिख कर दिया है, नहीं? हमें एक अच्छा सौदा मिल सकता है। — नॉर्मा ने एक शानदार विदेशी लग्ज़री कार का नाम लिया जिसके चित्रों को उन्होंने ब्रोशरों में पलट कर आगे नज़र दौड़ायी थी। एक साथी निदेशक की सही विक्रेता से अच्छी पहचान थी और वह कल उससे मिलने जा रही थी। हाँ, उसे आभास था कि वैसी कार की क़ीमत कितनी ऊँची होती है, लेकिन उसे आश्वासन दिया गया था — पक्के तौर पर — कि एक अच्छी-ख़ासी रियायत मिलेगी। और तुरन्त लगभग कुछ नगद नहीं देना होगा। उसका सहकर्मी देश की दो सबसे बड़ी भवन-निर्माण कम्पनियों में से एक में उसकी हैसियत और पद के बारे में किसी को भी आश्वस्त कर सकता था, भुगतान में कोई समस्या नहीं होगी। विक्रेता जानते हैं कि गण्य-मान्य लोगों द्वारा लग्ज़री वाहन का उनका मॉडल ख़रीदना उनके धन्धे के लिए फ़ायदेमन्द है।

— क्या तुम इनमें से एक को चलाने की कल्पना कर सकते हो! — मानो वह कोई किशोर हो अपने किसी सपने के पूरा होने की बाट जोहता। नॉर्मा ने उसकी जप्फी भर ली। बाद में, लड़कों के साथ एक शोर-शराबे से भरे, सुखद भोजन — क्योंकि अक्सर तो अपनी व्यावसायिक व्यस्तताओं की वजह से उनकी माँ वहाँ न होती — और उनके सो जाने के बाद, वह पुराने दिनों के अपने बेफ़िक्र, वक्र ढंग से मुस्करायी — क्यों न हम अपने सम्पर्कों का फ़ायदा उठायें, जैसा दूसरे सभी करते हैं। —

कार पहुँचा दी गयी। वह नीली नहीं, मगर सिल्वर थी और उसमें असली चमड़े की सीटों की अच्छी नस्लवादी गन्ध थी, सामने संचालन यन्त्रों के मीटरों और बटनों की ऐसी पट्टी जैसी हवाई जहाज़ के चालक के सामने होती है। वह इतनी लम्बी थी कि गैराज के शटर को नीचा करने पर बमुश्किल उसमें समाती थी। नॉर्मा ने सही कहा था, आर्थर उसमें परिवार को घुमाने ले जाना पसन्द करता था; जब वह इस्तेमाल में न होती, तब अस्तबल में खड़े नस्ली घोड़े की तरह, वह उस ज़िन्दगी का एक और ऊँचा लक्षण होती जो केप डच तिकोनी छत वाले मकान में निर्मित हो रही थी जिसे नॉर्मा ने अचूक अन्दाज़ में चुना था, उसे एक नज़र से देख कर।

एक साल या उससे कुछ अधिक बीत गया और छोटे वाले लड़के ब्रेट को अपने भाई के पास ही प्राइवेट स्कूलों में सबसे अच्छे स्कूल में दाख़िला मिल गया। अख़बारों के पोस्टरों पर जो भीड़ के समय वाले यातायात द्वारा आगे धकेले जाते हुए बीमा कम्पनी के सहायक प्रबन्धक द्वारा पढ़े न जा सकते थे, लेकिन जिनकी सुर्ख़ियाँ लाल बत्ती पर इन्तज़ार की घड़ियाँ काटने के काम आतीं, दुनिया की ख़बरों को अक्सर स्थानीय भ्रष्टाचार की रूखी-सूखी दावेदारियाँ दबा देतीं। केन्द्रीय सरकार के विभागों, क्षेत्रीय प्रान्तीय ढाँचों, निजीकरण की परियोजनाओं, भूमि पुनर्वितरण, खनन या मछली पकड़ने के अधिकारों, विमान कम्पनियों के विलयों — भूमि, सागर और आकाश — सब में भ्रष्टाचार, कार की एयर कण्डिशनिंग द्वारा संचारित हवा में भी। जब आर्थर घर पहुँचता वह अख़बारों में आरोपों और सबूतों के बारे में जो छपा होता, वह पढ़ता; और रेडियो पर दावों और खण्डनों को सुनता, नॉर्मा के साथ वाइन का गिलास थामे, उन लोगों ने चेहरे देखता जो लिप्त थे और अपने को बरी कराने की ख़ातिर बचाव में टीवी पर प्रकट होने के लिए राज़ी हो गये थे। अक्सर चेहरे महिला या पुरुष व्यक्तित्वों की बजाय सरकारी प्रवक्ताओं के होते। वह सब इतना दुहराव-भरा था कि वह अगर ऊबाऊ नहीं बना — कुछ नाम मनमोहक रूप से अनपेक्षित थे — तो स्वीकार-योग्य अवश्य बन गया, भले ही नुक्ताचीनी वाली बेचैनी के साथ : एक मौसम, एक आबो-हवा। उसमें जीना; उसके होना नहीं।

एक शाम वाइन और टेलिविजन के समाचारों वाली उनकी इकट्ठी शामों से बिलकुल अलग थी। नॉर्मा ने बीच-फ़िकरे में आवाज़ और तस्वीर बन्द कर दी। वह दोनों हाथों से अपने गिलास को घेरे उसमें घूरती बैठी रही।

नॉर्मा बुरा मिज़ाज ज़ाहिर करने वालों में से नहीं थी?

— कुछ नहीं। काम की समस्याएँ। —

उसने नॉर्मा के एक सहकर्मी का नाम लिया जिसे नॉर्मा ने कभी लापरवाह बताया था। नॉर्मा ने ख़ारिज करने के अन्दाज़ में जीभ चटकायी।

वह रुका रहा। नॉर्मा को हमेशा मालूम रहता कि वह क्या कहना चाहती थी और कब। सही समय उसकी कार्यकुशलता का एक हिस्सा था, आर्थर इस बात को सराहता था कि वह कैसे नॉर्मा तरक़्क़ी में उसकी मदद करती थी।

— कम्पनी के हिसाब-किताब की एक जाँच शुरू हुई है। वे सरकारी टेण्डर जो पिछले साल हमने हासिल किय थे। —

— लेकिन वह सब तो ठीक-ठाक हो गया था। तुम सन्तुष्ट थीं? परियोजनाएँ तयशुदा ढंग से पूरी हुई थीं, वग़ैरा, वग़ैरा — मेरा मतलब है, कम्पनी कोई छोटा-मोटा धन्धा नहीं है, जिसने कन्धों पर इतना ले लिया है जो वह पूरा नहीं कर सकता। —

— यह टेण्डरों के दिये जाने का मामला है। दूसरों की बजाय टेण्डर किसने हासिल किया।

फिर वह भीड़ के समय के यातायात में अख़बारों के पोस्टरों पर कौंधा, सबसे ताज़ा घोटाला। 'भवन निर्माण या भ्रष्ट निर्माण'। आर्थर को तब भी विश्वास था कि जाँच बोर्ड के सदस्यों की होगी, और वही अभियुक्त ठहराये जायेंगे अगर यह साबित हुआ कि कम्पनी को ठेके आबण्टित करने में घूस भी ली-दी गयी थी, हालाँकि वह बेचैन था कि उसका नॉर्मा के काम-काज पर क्या असर पड़ेगा। कीचड़ वाले पानी के छींटे उड़ते ही हैं, अदालत तक पहुँचने वाले बीमा के मुक़दमों से जुड़ा कोई भी आदमी यह जानता है।

एक साप्ताहिक ने, जो अपने प्रचार-प्रसार के लिए सनसनीख़ेज़ रहस्योद्घाटनों पर निर्भर रहता था कम्पनी सम्बन्धी भ्रष्टाचार के नाम और ब्योरे प्रकाशित किये और नॉर्मा — नॉर्मा का नाम उनमें शामिल था। वह ऊँची नस्ल की कार जो उसने 'रियायती दर' पर ख़रीदी थी, कथित रूप से (अख़बार को सावधानी बरतनी पड़ती है भले ही किसी तरीक़े से किसी तथ्य का सबूत उसके हाथ लग गया हो) टेण्डर मँगाने वाले सरकारी विभाग में पुराने कॉमरेडों के गुट के एक सदस्य के कान में सिफ़ारिश करने के एहसान के बदले में दी गयी थी। वे छुट्टियाँ जिनके बारे में आर्थर का ख़याल था कि व्यावसायिक दौरों की पूरक थीं या निदेशक के तौर पर नॉर्मा के सलाना बोनस की सूरत में दी गयी थीं — ये कम्पनी और टेण्डर मँगाने वाले बोर्ड के उन विभिन्न सदस्यों के बीच रिश्वतों में से नॉर्मा का हिस्सा थीं जिनके साथ — वह समय सम्मानपूर्वक दिवंगत और दफ़्न नहीं हो चुका था — भूमिगत दिनों में वह रही थी।

बिलियर्ड की मेज़, जन्म दिन पर बिलियर्ड की छोटी मेज़ का वह तोहफ़ा। वहीं शुरू हुआ था यह सब! काश, आर्थर को तब इसका आभास हुआ होता। और नॉर्मा की तरक़्क़ी में आर्थर को योगदान की वे सारी दूसरी उपलब्धियाँ, केप डच तिकोनी छत के नीचे उनके लिए आवास का निर्माण — सब बैंक के उनके संयुक्त खाते के पैसों से किया गया जिन्हें वह बढ़ाती रही थी। जब कम्पनी फल-

फूल रही होती है, हर तरह की कम्पनी में निदेशक अपने को बोनस देते रहते हैं, इसमें शक करने की बात क्या थी? *किसी चीज़ के बारे में चिन्ता मत करो, ये आम व्यावसायिक ख़र्चे हैं।*

आर्थर, अपने तईं, बीमा कम्पनी की मार्फ़त अच्छे वकीलों से परिचित था और उसने अदालत में नॉर्मा का बचाव करने के लिए एक वकील तय कर लिया। उस आदमी ने ज़ोर दिया कि उसने उम्मीद के हिसाब से सबसे अच्छा फ़ैसला कराया था : भारी जुर्माना और मुल्तवी सज़ा, जब कि वरिष्ठ निदेशकों में से दो तो ऊँची अदालत में अपील करने पर अपना मुक़दमा हार भी गये थे और उन्हें जेल जाना पड़ा था। ऐसे श्वेत के रूप में उसकी पृष्ठभूमि जिसने एक न्यायपूर्ण समाज को लाने के लिए तकलीफ़ें सही थीं, और यह तथ्य कि वह महिला थी — वकील ने उन्हें भाषण दिया था — नॉर्मा के पक्ष में सहानुभूति अर्जित करने वाले एकमात्र कारणा थे। — तुम्हारी पत्नी धोखा खा जाने वाली भोली औरत है। या ऐसा ही जज ने विश्वास करने का फ़ैसला किया है। — और इसके बावजूद कि इस बात ने नॉर्मा को बचा दिया था, आर्थर को नॉर्मा की बुद्धि के, जो कुछ वह रही थी और थी, इस अपमान पर ग़ुस्सा आया था। और उसके भीतर भौंचक्के होने का एक भाव था, अपने ग़ुस्से पर : क्या इसकी बजाय वह यह स्वीकार करना पसन्द करेगा कि उसकी पत्नी काइयाँ और बेईमान थी?

यह सब उस समय घटित होता है जब वास्तुकार ने मकान के विस्तार का नक़्शा तैयार कर दिया है जो आकाश की पृष्ठभूमि में केप डच तिकोनी छत की छवि पर न तो हावी होगा, न उसे ख़राब करेगा। लड़कों ने तैरना सीख लिया है और अब तक अच्छे तैराक बन गये हैं, एक मुक्त आकार के तरण-ताल और कपड़े बदलने के कक्ष और फ्रिज वाले बार के साथ एक बरामदे का भी नक़्शा है।

उन्होंने केप डच तिकोनी छत वाला मकान, इन चीज़ों को पूरा कराये बिना ही, बेच दिया, उस सब से बना घर लाहासिल ही रह गया। मकानों के दलाल ने उन्हें बताया कि ज़मीन-जायदाद का बाज़ार गिरावट पर था; केप डच तिकोनी छत बहुत कम क़ीमत पर बिकी। एक दशक के अर्से में मकान के कई मालिक बदले।

'अनिश्चित भूतकाल : सम्पन्न होने का संकेत दिये बिना बीता कर्म,

जारी' आर्थर : इसके थोड़े ही वर्ष बाद, दिवंगत हो गया होगा, जैसा कि प्रक्रिया के उस हिस्से के क्षण को कहा जाता है।

'बहुत बार जीता और मरता है आदमी,
काल के अपने दो छोरों की अनन्तता के बीच
वह जो जाति का है और वह जो आत्मा का।'

जब उन्होंने हमें नये मकान के बारे में बताया, हम बहुत रोमांचित हुए। हम जानते थे कुछ खिचड़ी पक रही थी, माता-पिता तब तक बताना नहीं पसन्द करते जब तक कोई चीज़ पक्की न हो जाय, क्योंकि बच्चे इतने सवाल जो करते हैं। लेकिन, जिसे क्षेत्रीय प्रशासन कहते हैं — जो भी है वह — वहाँ चूँकि मेरे पिता को अपनी यह नयी बड़ी नौकरी मिली है, साथ में एक दफ़्तर वग़ैरा, वे अपने दोस्तों से हमारे पुराने मकान में बियर पीते-पिलाते समय पुनर्निर्माण और सड़क के लोगों को हटाने और ऐसी-ही चीज़ों के बारे में बात करते हैं और हमारी माँ हमारे पिता का स्वागत उस दूसरी लम्बी बात-चीत से करती है जिसके कुछ शब्द हमारे कानों में पड़ते हैं जब हम सड़क पर खेलते हुए घर के भीतर आते-जाते हैं।

फिर उन्होंने हमें बताया, मेरी बहनों को और मुझे, हम नलेडी बस्ती को छोड़ रहे थे, अपनी दादी के घर को, जहाँ हम पैदा हुए थे, और हमारी दादी हमारे पास शहर के बाहर उपनगर में रहने आ रही थीं। उस जगह जहाँ गोरे रहते हैं। अब वहाँ कोई भी रह सकता है। यह वही उपनगर नहीं है जहाँ वह कैथोलिक स्कूल है जिसमें हमारे पिता हमें कार में दफ़्तर जाते समय हर सुबह पहुँचाया करते थे, वह स्कूल भी गोरों के लिए हुआ करता था, लेकिन मेरी माँ कहती है, अब कोई भी बच्चा वहाँ जा सकता है, जब तक कि उसके माता-पिता ऊँची फ़ीस दे सकते हैं। बस्ती का स्कूल गन्दी जगह है और अध्यापक आलसी है, वह कहती है। वहाँ तुम क़ायदे से अंग्रेज़ी नहीं सीख सकते, और अगर तुम ठीक से अंग्रेज़ी नहीं बोल सकते तो फिर बड़े होने पर हमारे पिता जैसे अच्छे पद को पाने की कोई आशा नहीं है, दुनिया की भाषा अंग्रेज़ी है,

वह कहती है।

लिहाज़ा हमारे चाचा जिनका ट्रांसपोर्ट का धन्धा है, अपनी वैन के साथ आये और मेरे दोस्त मेशाक, रिबेका, थाण्डिके और मैंने हमारा सारा सामान लादने में बड़ों की मदद की। हम कुछ चीज़ें पीछे छोड़ भी गये, उस तरह का कचरा अब हमारे किसी काम नहीं आने वाला, मेरी माँ ने कहा। गोगो को अब भी अपना मिट्टी के तेल से चलने वाला हीटर और वह अजीब-सी पुरानी सिलाई की मशीन चाहिए थी। सिलाई की मशीन, ठीक है। मेरे पिता ने उसे उठा कर ऊपर रख लिया।

इस मकान में सबके लिए कमरे हैं। रिबेका और थाण्डिके एक ही कमरे में मिल कर रहती हैं, क्योंकि वे ऐसा ही चाहती हैं, वे कहती हैं अकेले रहने पर अकेले होने का एहसास होता है। लेकिन मुझे कमरा पसन्द है, अपना कमरा चारों तरफ़ अपनी सारी चीज़ों के साथ, सिर्फ़ मेरा। बस्ती में मुझे लड़कियों के साथ साझे में रहना पड़ता था क्योंकि गोगो को एक जगह की ज़रूरत थी। उस कमरे में, जो आधा रसोई-घर और आधा बाक़ी सब कुछ था, फ़्रिज के साथ ठाँस कर रखा हमारा बड़ा-सा टीवी, मेज़ और कुर्सियाँ और काउच जहाँ हम बैठते और खाते और टीवी देखते थे, अब यहाँ इस कमरे में, जिसमें शीशे के दरवाज़े हैं जिन्हें सरका कर खोला जा सकता है, वैसा ही नज़र आता है जैसा उसे नज़र आना चाहिए। हम बच्चे उस ग़ालीचे पर बैठते हैं जिसे हमारे पिता ने ख़रीदा है, मोटा, और इतना चौड़ा और लम्बा कि वह पूरे फ़र्श को ढाँक लेता है, और इसी तरह पैर ऊपर उठा कर आराम करने के लिए बने ख़ास हत्थों वाली अपनी नयी कुर्सी में बैठे पिता के साथ हम खेल-कूद के कार्यक्रम देख सकते हैं।

बस्ती में हमारे घर सब एक-जैसे थे सिवा इसके कि कुछ के दरवाज़े सुन्दर थे, क्योंकि लोग चाहते थे वे अच्छे दिखें। लेकिन उपनगर की इस सड़क पर सारे घर एक-दूसरे से अलग हैं। माँ कहती है कुछ तो बहुत पुराने हैं, वे पत्थर के बने हैं, ऊपर की मंज़िल वाले। हमारा मकान उतना पुराना नहीं दिखता और ऊपर की कोई मंज़िल नहीं है, लेकिन सामने की तरफ़ एक क़िस्म की सफ़ेद दीवार की वजह से छत नहीं दिखायी देती — घुँघराले-से आकार कुछ-कुछ वैसे जैसे हमारे माता-पिता के नये पलँग के सिरहाने का हिस्सा — जो वहाँ से आसमान में उठता है जहाँ से हमें पता है कि छत सचमुच शुरू होती है। रिबेका कहती है कि उसने टीवी पर ऐसे घर देखे हैं जब वे केप टाउन को दिखाते हैं और जब उसने यह बात कही तो मुझे याद आ गया — तो वहीं मैंने वह

देखा होगा जो उस घर को हमारा बनाती है, वह सफ़ेद दीवार। जो एहसास मुझे होता है, जहाँ अब हम रहने आये हैं। अभी कोई तरण-ताल नहीं है, मेरे पिता कहते हैं शायद अगले साल। एक बग़ीचा है, इस सड़क पर सभी घरों में बग़ीचे हैं, जहाँ पत्थर या जाने किस चीज़ की बनी एक महिला खड़ी है जहाँ तुम सरकने वाले शीशे के दरवाज़ों से घास के पार फूलों की झाड़ियों और ऊँचे पेड़ों तक देख सकते हो। खेलने के लिए ख़ूब सारी जगह है। लेकिन हम वहाँ ज़्यादा नहीं खेलते। माँ कहती है हमें खेलने को, लेकिन हम नहीं खेलते। नलेडी में हम हमेशा सड़क पर खेलते थे। वहाँ बग़ीचा नहीं था। बग़ीचे में तुम किसी को देख नहीं पाते। जब हम स्कूल से घर आते हैं, हम सड़क पर पैर रखे, फ़ुटपाथ पर, गली के पेड़ों के नीचे घेरा डाल कर बैठ जाते हैं, हमेशा की तरह, हालाँकि नलेडी में सिर्फ़ धूल थी, कोई पेड़ नहीं, चिकना तारकोल नहीं और बारिश के पानी की नालियाँ नहीं। बहुत कारें नहीं गुज़रती, महज़ वही निगरानी सुरक्षा वाली जो आवारों और चोरों की टोह में गश्त लगाती है — माँ कहती है उस सड़क पर रहने वाले सब लोग इसका ख़र्चा देते हैं, सुरक्षित रहने के लिए, हमारे पिता भी। दूसरे घरों में रहने वाले लोग काम से उम्दा कारों में लौटते हैं जैसी मेरी पिता की है, बस उससे भी उम्दा और उनके मकानों के फाटक अपने आप खुल जाते हैं, जादू — हमारे पास भी वैसा ही फाटक है, मेरे पिता की कार में वह क्या नाम है उसका लगा है जिसे दबाने से वे काम करते हैं। मकानों में दूसरे बच्चे भी हैं, गोरे बच्चे। वे बेशक बग़ीचों में खेलते हैं। बस एक लड़का है, सड़क पर आगे को रहता है जो अपने स्केटबोर्ड पर सवार बाहर आता है। वह हमारी तरह अश्वेत नहीं है, तुम देख सकते हो कि वह हिन्दुस्तानी लड़का है, साँवला जैसे कि वे होते हैं, लिहाज़ा हालाँकि उसका परिवार हिन्दुस्तानियों की बस्ती से निकल कर उपनगर में आ बसा है, हमारी तरह वह भी उन गोरे बच्चों को नहीं जानता। उसने आ कर वहाँ बैठना शुरू कर दिया है जहाँ हम ख़रमस्तियाँ करते रहते हैं और उसे तेज़ी से स्केटबोर्ड पर फ़र्राटा भरते देखते रहते हैं, वह थोड़ी-सी शेख़ी तो बघारता ही है। वह कभी मुझे अपना स्केटबोर्ड पेश नहीं करता। थाण्डिके तो डरती है, लेकिन रिबेका ढीठ है, वह उससे पूछ चुकी है और उसने ना कर दी थी, उसके माता-पिता उसके सिवा और किसी को उस पर सवारी की इजाज़त नहीं देते। क्योंकि इसमें ख़तरा है, वह कहता है। और उसे सिर्फ़ हमारी सड़क पर ही चलाने की इजाज़त दी जाती है, क्योंकि वहाँ शान्ति है और ढलान ज़्यादा नहीं, बस ठीक-ठाक है। इसलिए वह उसे कहीं और

नहीं आज़माता — मैंने उससे कहा है कि दूसरी सड़कों पर, इस उपनगर में पहाड़ियों के ऊपर और नीचे बहुत-सी जगहें हैं जहाँ कहीं तेज़ रफ़्तार से स्केटबोर्ड की सवारी की जा सकती है। मैं जानता हूँ। क्योंकि उस पहले-पहल दिन जब हम एण्डलोवू चाचा की वैन में अपने सामान के साथ आये थे, मैं पहला बन्दा था जिसने कुछ नीचे उतारा था, मैं वैन में चढ़ कर अपनी साइकिल घसीट कर बाहर ले आया था जो मुझे मेरे पिता से ठीक उसी समय स्कूल की पढ़ाई में योग्यता पुरस्कार पाने पर मिली थी जब उन्होंने अपनी नयी नौकरी हासिल की थी। मैं साइकिल पर सवार हो कर तुरन्त हवा हो गया था, माँ और गोगो पीछे चिल्लाती रह गयी थीं, कहाँ जा रहे हो तुम, तुम खो जाओगे, तुम इस जगह को नहीं जानते। लेकिन मैं इन सारी सड़कों को जानता था, कौन-सी कहाँ जाती थी, और कौन-सी वह वाली बन जाती थीं, कहाँ मुड़ना है ताकि वापस आ कर उस शानदार सफ़ेद सामने के हिस्से वाले अपने घर को पहचान सकें या उसकी बजाय कोई दूसरा रास्ता पकड़ें। जैसे मेरी साइकिल में कोई नक़्शा था। स्कूल की दीवारों पर नक़्शे। लेकिन वे तो बाहरी देश थे।

इसलिए मैं फ़ज़ील को — हमने अपने नाम बता दिये हैं, रिबेका और थाण्डिके ने भी — चुनौती देता हूँ कि वह मेरे साथ सब जगह अपने स्केटबोर्ड पर दौड़ लगाये, कभी-कभी जिस ढलान को मैं जानता हूँ, उस पर वह इतनी रफ़्तार से लुढ़कता है कि वह मेरी साइकिल को भी पीछे छोड़ देता है, जो एक सुपर साइकिल है, मैं उस पर तरह-तरह के करतब दिखा सकता हूँ अब। वह कूदता है और धम से अपने स्केटबोर्ड पर आ जमता है जो पूरी रफ़्तार से उसके आगे भागा जा रहा है, मैं पूरे ज़ोर से पैडल मारता हूँ, हाथ छोड़ कर, हम एक-दूसरे के आड़े-तिरछे चक्कर काटते हैं, लड़कियाँ चीख़ती हैं और हम पर हँसती हैं। सचमुच मस्ती आती है। और हर समय अंग्रेज़ी में, फ़ज़ील हमें सेसोथू में समझ न पाता, हम स्कूल में हर रोज़ अंग्रेज़ी बोलते हैं और वैसे भी जहाँ हम रहते हैं यह सभी की भाषा है, उपनगर की भाषा, हम गोरे लोगों को बगीचे में बोलते हुए सुनते हैं जिन्हें हम जानते नहीं। मेरे डैडी ने (यही अब हम उन्हें अंग्रेज़ी में बुलाने लगे हैं ताता की बजाय, हालाँकि हमारी दादी अब भी हमारे लिए गोगो है) मुझे साइकिल चलाते समय पहनने के लिए एक सुपरमैन हेल्मेट भी ला कर दी है, वह पीली है और उसमें लाल तीर बने हैं। रिबेका को बहुत पसन्द है और मैं उसे कभी-कभी पहनने को देता हूँ जब वह और थाण्डिके फ़ज़ील और मेरे बीच दौड़ती और लुकती-छिपती हैं जब सबसे तेज़ सड़कों पर

हमारा मुक़ाबला चल रहा होता है। मैं इतना ज़्यादा साइकिल चलाता हूँ कि मैं सितारा बनता जा रहा हूँ, जो करतब मैं दिखाता हूँ उनसे मैं टीवी पर भी जा सकता हूँ। उस सड़क पर जहाँ तुम शूँ करके उस तीखे मोड़ पर उतरते हो जो बड़ी सड़क से जा मिलता है, हालाँकि तुम उसे देख नहीं पाते, पाँच बजे का ट्रैफिक ऐसे लगता है जैसे टीवी की आवाज़ को पूरा ऊँचा कर दिया गया है।

देखो!

फ़ज़ील ने अभी-अभी कुछ किया है।

बाप रे बाप! लेकिन झकास, शानदार! वह कूदा, हवा में पूरा नाचा और स्केटबोर्ड पर वापस आ जमा! वह लड़खड़ा रहा है, मगर गिरता नहीं। लड़कियाँ चीख़ रही हैं, रिबेका नाचते हुए अपना पिछवाड़ा हिला रही है, मेरी हेल्मेट उसके लिए बहुत बड़ी है, उसकी आँखों पर गिर रही है, बुद्धू, उसे हेल्मेट वापस कर देनी चाहिए, लेकिन मुझे फ़ज़ील को दिखाना होगा, मुझे उन सबको दिखा देना होगा, हमारे उपनगर में जहाँ हम रहते हैं, जिन सड़कों को हम जानते हैं — देखो! देखो! देखो मैं क्या करने जा रहा हूँ अब! वे चिल्ला रहे हैं। तो क्या हुआ! तुम क्या सोचते हो तुम कौन हो! हँसते, साँस खींचते, क्योंकि मैं बिना हाथों के चला रहा हूँ पूरी रफ़्तार में, और मैं पीछे झुक रहा हूँ, मैं उन्हें देख रहा हूँ, ऊपर को, शेख़ीबाज़ फ़ज़ील, शेख़ीबाज़ बेवक़ूफ लड़कियो, सिर के बल। अब साइकिल ने मुझे उछाल दिया है वह मेरी टाँगों के ऊपर है, मैं अपनी कुहनियों पर हूँ। मैं चिल्ला रहा हूँ मैं ठीक हूँ, मैं ठीक हूँ, मुझे छुओ मत। मैं फ़ौरन सीधा होने वाला हूँ। मैं सीधा होने वाला हूँ लेकिन अब एक भयानक शोर है, आवाज़ एकदम ऊँची है, मेरे ऊपर, किसी ट्रक का निचला हिस्सा —

कभी-कभी वापसी कितनी जल्दी होती है।

मुश्किल से ज़हमत के क़ाबिल? कोई नहीं जान सकता। किसी को कभी ऐसा ज्ञान नहीं हो सकता। और अगर कोई वापसी किसी पिछले जीवन की ग़लतियाँ, कुकर्मों और अधूरे कामों के लिए मानी जाती हो, तो फिर मैं जो थोड़ी-सी देर के लिए बच्चे के रूप में सड़कों पर वापस भेजा गया था, कैसे उस नक़ली केप डच तिकोनी छत वाले मकान के तईं प्रायश्चित कर सकता था जहाँ कुछ हासिल होने से रह गया था : तिरछा-बाँका, अधूरा छोड़ा हुआ।

'देर-सबेर हर कृत्य अपना प्रतिफल घटित करता है, इस जन्म में या आने वाले में'

क्या कोई इस बात पर विश्वास करेगा। एक बच्चे को शौचालय में फेंक जाना। ख़ैर, वह गिरजे का शौचालय था, जिसने भी उस इतवार को वह काम किया वह जानता था कि जब हम सभी भक्त लोग सुबह की प्रार्थना के समय आयेंगे, हम उसका रोना सुन लेंगे। इतवार के दिन कोई भी जनकल्याण विभाग के लोगों को पकड़ नहीं सकता और पुलिस — हम अपने पुलिस के जवानों को जानते हैं, वे हमारे ही बेटे या हमारी बस्ती के दूसरे नाते-रिश्तेदारों में से हैं, उन्हें किसी बच्चे को पालने-पोसने के बारे में क्या पता होगा जो दो हफ़्तों से बड़ा नहीं रहा होगा! लिहाज़ा अब्राहम और मैं उसे घर ले गये, बस एक रोज़ के लिए, हमारे पास ख़ुद अपनी कोई औलाद नहीं है और दूसरे बिरादरों के घर उनसे अटे हुए हैं।

लड़की थी। नन्हीं-सी प्यारी जान। अभी बाल नहीं थे, बस थोड़े-से महीन रोएँ, सो जो सबसे आसान चीज़ जो होती है जिससे तुम बता सकते हो कि कोई बच्चा हममें से है या नहीं, घने — घुँघराले बाल — वह वहाँ नहीं थी। बालों को छोड़ दें तो हमारे ज़्यादातर बच्चे जन्म के समय गोरों में शुमार हो सकते हैं, वे बहुत हल्के रंग के होते हैं, हमारे भीतर के गोरेपन पर कालापन उनके बड़े होने के दौरान हावी होता है। नाक भी उससे ज़्यादा चपटी नहीं होती जितनी सभी बच्चों की होती है, और अगर आँखें हरी होती है — हमारे दादा,

पड़दादा दूर पीछे की तरफ़ मलय, हिन्दुस्तानी, बुशमैन, असली काले, गोरे थे, नाम लेते चलो, और जाने कैसे इस मिलावट से हममें से बहुतों की आँखें हरी हैं, गोरों की तरह। जब तब जन कल्याण विभाग के लोगों ने अपना मन बनाया कि बच्ची को किस अनाथालय में रखें हमें... ख़ैर, अपनी ख़ुद की कोई औलाद नहीं थी, हमें उससे लगाव हो गया था, हमारी ज़िन्दगी अलग-सी हो गयी थी, पहले की तरह सिर्फ़ हम दो ही नहीं, अब्राहम को जूते के कारख़ाने में अपने यहूदी मालिक के यहाँ अच्छी, टिकाऊ नौकरी मिली हुई थी, मुझे असल में काम पर जाने की ऐसी कोई ज़रूरत नहीं थी। सो हमने उसे रख लिया। हमने उसका प्यारा-सा नाम रखा डेनीस और उसे अपना कुलनाम दे दिया। हमारे सेवन्थ डे ऐडवेण्टिस्ट गिरजे में हमारे पुरोहित ने उसका बपतिस्मा किया। यह तो लगभग जिस समय वह अपने पैरों पर थिर हो कर चलने लगी कि कोई शक न रहा; वह गोरी बच्ची थी। जिस कारण से उसके बाल इतने महीन और धीरे उग रहे थे, वह यह था कि वे बहुत हल्के सुनहरी होने वाले थे। हरी आँखों से कोई मदद नहीं मिली; वह बच्ची गोरी थी। कभी-कभार हमारे बीच भी पीछे का कोई असर झलक उठता है जो गोरे के तौर पर चल सकता है, लेकिन यह लड़की असली चीज़ थी। हरेक ने यह देखा, सभी पड़ोसियों ने और अब्राहम के और मेरे चाचाओं, चाचियों, रिश्ते के भाई-बहनों — सबने, और अपनी निगाहें बच्ची से हटा कर हम पर जमा दीं, कुछ न कहते हुए मगर सोचते हुए, हमें पता था, कि हम क्या करेंगे, बाद में? पढ़ाई-लिखाई के लिए, स्कूल के लिए। बच्चे उसके साथ वैसे ही खेलते मानो वह उन्हीं के जैसी थी; बच्चे भेद-भाव के नाम हमसे सीखते हैं, उनके लिए अपार्थाइड का क्या मतलब था : महज़ एक और बड़े-बुज़ुर्गों वाला शब्द। ख़ैरात और अनुदान के बल पर चलने वाले स्थानीय नर्सरी स्कूल में कोई समस्या नहीं थी। हमारी हर रंग की चमड़ी चलती, वहाँ, कुछ उससे ज़्यादा काले थे जितनों के लिए वह बना था, पास की काले लोगों की बस्ती में रहनेवाले माता-पिता द्वारा हमारे लोगों के साथ परिवार या गिरजे के सम्पर्कों के सहारे गुप-चुप दाख़िल करा दिये गये; अगर एक छौड़ीं जितना उसे होना चाहिए था, उससे ज़्यादा गोरी थी तो कौन पूछने वाला था?

लेकिन जब *असली* स्कूल की बारी आयी, सरकारी स्कूल की, हमें, अब्राहम और मुझे, अपना मन बनाना ही था। अपार्थाइड के दिनों में गोरा होना — सब कुछ होना था। सब कुछ! बेंच पर बैठ कर बस का इन्तज़ार करने से ले कर, तुम्हें तो पता ही है, बैंक में नौकरी पाने, किराये पर फ़्लैट लेने, मकान

ख़रीदने, किसी धन्धे में दाख़िल होने, अच्छी शिक्षा पाने तक — ये सब तुम्हें मिलते, बस ऐसे ही, अगर तुम गोरे होते, ये सब तुम्हारे लिए बन्द होते अगर तुम्हारा रंग कोई दूसरा होता। हमें तय करना था कि हमारी नन्हीं-सी लड़की — क्योंकि वह भला और किसकी थी, वह हमें ममा और डैडी कहती थी — बड़ी हो कर हममें से एक बने, हमारे अपने लोगों में, यहाँ उन जगहों और नौकरियों में, उन ज़िन्दगियों में जो गोरे हमारे लिए तय करते हैं या उसके तईं यह हमारा फ़र्ज़ था कि वह गोरों में शामिल होने की कोशिश करे। और यह भी इसे कहने का सही तरीक़ा नहीं है, क्योंकि इसका मतलब है कि तुम गोरे नहीं हो, लेकिन शायद मान लिये जाओ और हमारी बेटी तो गोरी थी। हमारे लोगों द्वारा आसानी से मंज़ूर क्योंकि क्या हैं हम? ऐसी खिचड़ी कि हममें से ज़्यादातर लोग यह भी नहीं जानते, पीछे दूर-दूर तक कि किसने हमें बनाया है जो कुछ भी हम हैं, हमारे कुछ नाम सिर्फ़ संकेत हैं, डच, अंग्रेज़, जर्मन, यहूदी, मलय-मुस्लिम, इसमें से कुछ तो उन कुल नामों के पीछे छिपा भी रहता है जो महज़ महीनों के नाम होते हैं — सितम्बर, फ़रवरी, ये दो परिवारों के नाम हैं उस सड़क पर जहाँ अब्राहम और मैं उसे ले कर गये जिसे 'पाया गया' कहते हैं और जिसका कोई नाम नहीं था।

हमने उसे गोरों के स्कूल में दाख़िल कराने की कोशिश करने का फ़ैसला किया। सरकारी स्कूल अलग-अलग थे : काले लोग काले स्कूलों में, हम अश्वेत लोग अश्वेत स्कूलों में, गोरे लोग गोरे स्कूलों में। हमारी बच्ची को, जहाँ हम रहते थे वहाँ रहते हुए, उस स्कूल में जाना होता जो हमारे लोगों के लिए बने थे। लेकिन हमने प्राइवेट स्कूलों के बारे में भी सुन रखा था। एक कॉनवेंट स्कूल। हम सेवेन्थ डे ऐडवेण्टिस्ट थे, हमारे गिरजे में कोई गोरा या काला नहीं था, लेकिन लोग कहते थे कि भिक्षुणियों ने कोई बन्दोबस्त कर रखा था, अगर माता-पिता ख़र्च दे सकते तो वे कुछ काले या अश्वेत बच्चों को दाख़िल कर लेती थीं। लेकिन कॉनवेंट ने डेनीस को दाख़िल करने से इनकार कर दिया, अपवादों के लिए रखी गयी जगहें भर गयी थीं, और तब जब हमने एक प्राइवेट ऐंग्लिकन स्कूल में कोशिश की तो हालाँकि उस हेडमिस्ट्रेस ने, जिसने हमारी बच्ची के साथ हमारा इण्टर्व्यू लिया, डेनीस की तरफ़ उत्सुकता और कुछ-कुछ उदासी के साथ देखा, वहाँ भी उसे दाख़िला नहीं मिला। हेडमिस्ट्रेस ने कहा कि हमारे ख़र्चा देने के बाद भी स्कूल हमारी बच्ची को दाख़िल करना गवारा नहीं कर सकता था, क्योंकि काले या अश्वेत बच्चों के मामले में सरकार कोई अनुदान नहीं देती

थी, जैसा कि वह दूसरे प्राइवेट विद्यार्थियों के लिए करती थी।

डेनीस अपॉलिस, नगर और उपनगरों के बाहर काले लोगों और हिन्दुस्तानियों के लिए अलग चिह्नित बस्तियों और स्कूलों जैसी अश्वेतों की बस्ती में प्राइमरी और हाई स्कूल की पढ़ाई करने लगी और अन्तिम परीक्षा उसने हेड प्रीफ़ेक्ट के रूप में तीन विषयों में विशेष योग्यता प्राप्त करते हुए उत्तीर्ण की — अंग्रेज़ी में, ऐफ़्रीकान्स में (जो ज़बान उसके घर में बोली जाती थी) और इतिहास में। अब्राहम और ऐल्सी अपॉलिस को कोई आश्चर्य नहीं था और वे उस पर गर्व करते थे। जैसे-जैसे वह बड़ी हुई, उनमें यह भाव जन्मा था कि चूँकि वह उनकी जैविक सृष्टि नहीं थी, वह उनके बिस्तर में नहीं रची गयी थी, इसलिए किसी अजाने ढंग से वह चुनी हुई थी, मानो उसका वरण हुआ था। सिर्फ़ इस अर्थ में नहीं कि वे उसे एक दिन के लिए ले कर गये थे और उन्होंने उसे रख लिया था; वह किसी अलग ज़िन्दगी के लिए चुनी गयी थी, उनकी ज़िन्दगी से भिन्न। सम्पूर्णता का जीवन जिसे वे सुखी जीवन के तौर पर देखते थे। तो क्या वे सुखी नहीं रहे थे? हाँ, उनके अपने तरीक़े से, जो उनके लिए खुला था। सुखी जीवन माने गोरा होना : कोई सीमा नहीं, रोक नहीं! ईश्वर की इच्छा।

अब उसके लिए वह होना सम्भव था जो वह थी : गोरी। शहर के प्राइवेट बिज़नेस स्कूलों को उसके घर के पते के तौर पर अब्राहम के गोरे यहूदी मालिक का पता दिया गया (जो रज़ामन्दी के साथ या बिना हस्तगत कर लिया था?) जब अब्राहम और ऐल्सी ने उसे अर्ज़ी दे कर दाख़िले के लिए भेजा अपनी उपस्थिति के बिना और नस्ली वर्गीकरण में अपने प्रकट स्थान को व्यक्त करने की अनिवार्य स्थिति से बचते हुए। अपने साथ वह अभिभावकों की ओर से एक अधिकार-पत्र भी ले गयी अंग्रेज़ी में सावधानी से लिखा हुआ (और उस लड़की द्वारा सुधारा हुआ जिसे अंग्रेज़ी में विशेष योग्यता मिली थी) और उनके बैंक बचत खाते के ब्योरों के रूप में इस सबूत के साथ कि उसके माता-पिता फ़ीस देने में सक्षम थे। तो अब वह दूसरे युवा गोरे लड़कों और लड़कियों के बीच एक गोरी सत्रह वर्षीय लड़की थी। ज़ाहिरा तौर पर उसने किसी से दोस्ती नहीं की थी, बल्कि वह अपने कम्प्यूटर और आम सेक्रेटरियों वाले प्रशिक्षण पर ध्यान जमाये रहती और शहर में चक्कर काटने वाली मिनी बस से हर रोज़ घर लौटती, वापस बस्ती में, जहाँ उसकी मित्र मण्डली थी। ठीक ही था कि वह ख़ामोश तबियत थी जो बिज़नेस कॉलेज में ख़ुद को अपने में लिये-दिये रहती थी, वह

किसी सहपाठी को घर नहीं लाती; अब्राहम और एल्सी कभी इस बात को नहीं उठाते थे, न वही कोई सफ़ाई देती थी।

लगता था वह समझती थी कि उनका प्यार उसके लिए क्या कर रहा था। उस बस्ती में इस बात का आभास हुए बिना बड़ा होना मुश्किल था कि गोरा होना ही सबसे अच्छा था, अगर ख़ुशकिस्मती से यह मौक़ा आपको मिल जाय। ईश्वर की इच्छा। जब उसने अपने कोर्स — सफलता से — पूरे कर लिये तो उसके माता-पिता ने उसके साथ मिल कर सुबह और शाम के अख़बारों में नौकरियों के विज्ञापन परखने शुरू किये; अपनी ज़िन्दगी में पहली बार अब्राहम अपने यहूदी मालिक की इजाज़त और कृपा-भरी दिलचस्पी के चलते दोनों वक़्त के अख़बार घर लाने लगा (उसके लिए दुनिया में जो कुछ हो रहा था, उसका स्रोत टीवी ही था) आख़िरकार वे लगभग एक ही उमर के घर-गिरस्ती वाले लोग थे; हँसी-मज़ाक भी हुआ था : — तुम इन पन्नों पर इसलिए तो नज़र नहीं दौड़ा रहे कि मुझे छोड़ कर चल देने का इरादा है तुम्हारा। — नहीं, नहीं... मेरी बेटी के लिए, वह अभी-अभी बिज़नेस कॉलेज से निकलती है।

डेनीस ने आत्म-विश्वास-भरी अपनी अर्ज़ियाँ लिखी थीं, अब पत्राचार की सुविधा के लिए अपने पिता के काम की जगह का पोस्ट बॉक्स नम्बर देते हुए। उसने आवेदन-पत्रों के प्रारूप अनुमोदन के लिए अपने माता-पिता को पढ़ कर सुनाये थे और उत्साहजनक प्रतिक्रिया में उसे इण्टर्व्यू के लिए कई बुलावे मिले थे। अपनी पहली नौकरी से ही वह चुनने की स्थिति में आ गयी थी! उनकी डेनीस। एक बार फिर तीनों ने राय-मशिवरा किया, डेनीस और उसके माता-पिता ने; अब्राहम को काम-धन्धों की दुनिया के बारे में थोड़ा-बहुत मालूम था, भले ही वह कारख़ाने का फ़ोरमैन था। डेनीस ने सही चुनाव किया था : बैंक में प्रशिक्षु का। सभी कर्मचारी गोरे, उसकी तरह। उसकी शुरुआती तन्ख़ाह कम थी, लेकिन इतनी कि उनकी लड़की अपने कपड़े-लत्ते ख़रीद सके, रोज़ाना मिनी बस से आने-जाने का ख़र्चा दे सके, थोड़ी-सी आज़ादी का मज़ा ले सके और इसका मतलब था कि एल्सी को उस गोरी औरत की देख-भाल करने की अब कोई ज़रूरत नहीं थी — वह काम जो उसने डेनीस के बिज़नेस स्कूल की फ़ीस जुटाने के लिए खोज लिया था। लेकिन ऐसा लगता था कि उनकी लड़की ने बिज़नेस स्कूल की पढ़ाई के दौरान आख़िरकार एक सहेली बना ली थी। बैंक में डेनिस की नियुक्ति आने वाले महीने के पहले दिन से शुरू होने वाली थी, दो हफ़्ते बाद; वह छुट्टियाँ घर पर एल्सी को नये पर्दे बनाने में मदद दे कर और अक्सर

अपनी दोस्त से मिलने शहर जाने में बिता रही थी — जिस इनाम की वह पढ़ाई में अपनी सफलता के बाद हक़दार थी। उसने अपनी सहेली के घर एक रात भी बितायी थी, वहाँ कोई पार्टी थी। गोरों के उपनगर में था घर, और पार्टी भी।

अब्राहम ने वह बात तब कही जब वह और एल्सी अँधेरे में बिस्तर पर थे। — तुम्हारे ख़याल में उसने इस सहेली को बताया होगा — क्या बताया होगा? — मानो ऐसा कुछ नहीं था जो बाहर आना था, समझाने को कुछ भी नहीं था। — कौन है वह। हम। यहाँ। — ज़रूर बताया होगा। वरना वह सहेली क्या सोचेगी कभी पलट कर बुलाये न जाने पर। यहाँ। —

इस बात में कोई रंजिश या चोट का एहसास नहीं था कि उनकी लड़की अपनी सहेली को उनसे मिलवाने घर नहीं लायी थी। वे जानते थे कि दूसरे बने हुए गोरे ऐसा करते थे, सच्चे भरोसेमन्द गोरे दोस्तों के साथ, ख़ासकर गोरों का वह गिरोह, किसी-न-किसी क़िस्म के कम्यूनिस्ट, वामपन्थी, उदारवादी जो ख़ुद को नस्ली क़ानून के ख़िलाफ़ साबित करना चाहते थे। लेकिन उनकी लड़की नक़ली गोरी नहीं थी। वह उपनगरों में उन पार्टियों में शामिल होने की पूरी हक़दार थी, गोरों के घर रात ठहरने की भी। वे जानते थे और उनकी लड़की जानती थी कि वे उसके लिए क्या चाहते थे और उसे उस माँग को पूरा करने के उद्देश्य से अपने तईं दावेदारी करनी चाहिए थी।

तिस पर भी जब डेनीस ने उन्हें बताया कि उसकी सहेली और उसने शहर में अविवाहितों वाला एक फ़्लैट ढूँढ लिया है और वे उसमें साथ-साथ रहने जा रही हैं — बैंक को उसने घर के पते के तौर पर वही पता लिखाया था — तो उन्हें लगा था कि कोई चीज़ अचानक उनके नीचे से दरक-सरक गयी थी। ठीक उसी ज़मीन के नीचे से जो उन्होंने ख़ुद तैयार की थी। वह एहसास, उनके लटके हुए हाथों में, उनके चेहरों पर : वह इतना — क्या था? नावाजिबा। शर्मिन्दगी-भरा। बुद्धूपने का। उन्हें हो क्या गया था भला, तुम अब्राहम (एल्सी की निगाह), तुम अम्मा एल्सी (अब्राहम की निगाह)? यही तो वह अगला, सही और अनिवार्य क़दम था उस ठँसी-ठँसायी ज़िन्दगी से बाहर निकलने का जो वे जीते रहे थे और उस ज़िन्दगी में जाने का जिसमें सब कुछ था। उसके लिए उन्हें छोड़ कर जाना उसके प्रति उनके प्यार के स्वाभाविक क़दम की कुदरती प्रक्रिया थी। आज़ाद।

सहेली ऐन्जेला ने बैंक के पास एक वकील के दफ़्तर में काम खोज

लिया था, रिहाइश का बन्दोबस्त दोनों के लिए सुविधाजनक था और उनकी अच्छी छनती थी। अब्राहम और एल्सी ने अपने बचाये हुए थोड़े-से पैसों से थोड़ी-सी रक़म निकाली थी ताकि डेनीस एक फ़्रिज और बुनियादी फ़र्निचर का अपना हिस्सा ख़रीद सके जिसकी उसे ज़रूरत थी। उन्हें फ़्लैट दिखाने और उस लड़की ऐन्जेला से मिलवाने ले जाया गया था; यह साफ़ था कि वह जानती थी उसे क्या उम्मीद करनी चाहिए और वह उसी तरह मित्रता और आदर से पेश आयी थी जैसे आम युवा वयस्क लोग किसी के माता-पिता से मिलते समय पेश आते हैं। तो यह लड़की ऐन्जेला भी साँठ-गाँठ में शामिल थी। वे दोबारा फ़्लैट पर नहीं गये थे; लेकिन डेनीस घर आती थी — अब भी घर ही होगा, वह फ़्लैट जो किरायेदार से किरायेदार के हाथ जाये, दीवारों पर निशान जो तुम्हारे न हों, घर नहीं हो सकता — वह अक्सर उनके पास आती। लगभग हर इतवार को, क्रिस्मस और जन्म-दिवसों पर, उनके और उसका (उस इतवार के रूप में मनाया जाता जब वह गिरजे के शौचालय में मिली थी), कभी-कभी रात रुक कर अपने पुराने पलँग पर सोती हुई। कैसी भली लड़की। उसकी जैसी परिस्थिति में दूसरा कोई होता तो ग़ायब हो जाता, उनसे नाता तोड़ लेता। और उस चीज़ को उन्होंने अन्तिम अंक के रूप में ग्रहण किया होता, अपने प्रेम के। ईश्वर की इच्छा। अगर ईश्वर उन क़ानूनों की इजाज़त देता था — क़ानून जो इसे ज़रूरी बनाते थे — जिन्हें गोरों के गिरजों में उसकी आज्ञा के पालन की प्रार्थना करते लोगों ने बनाया था। यह एक शर्त थी जो अब्राहम के पास उमर बढ़ने के साथ थी, पर वह इसे एल्सी के हवाले नहीं कर सकता था, उसे अपने विश्वास के खण्डित होने से चोट पहुँचाते हुए। अजीब है, अगर कोई था जिससे वह अपने मन की यह बात कर सकता था तो वह उसका यहूदी मालिक हो सकता था, वह कारख़ाने में पच्चीस साल से ज़्यादा काम कर चुका था और यह राज़ उसके, फ़ोरमैन के, सामने उसके मालिक ने प्रकट किया था कि वह एक हफ़्ता ग़ायब रहा था तो यह बीमारी की वजह से नहीं था, उसकी ग़ैर-हाज़िरी की वजह यह भी कि वह अपनी पत्नी को डॉक्टरों के पास जाँच-परख के लिए ले जाता रहा था जिससे पता चला था कि उसकी पत्नी को कैंसर था।

पाया हुआ बच्चा। कौन थी यह लड़की जो उन्होंने तय किया था कि डेनीस थी? चुनी हुई लड़की, बिना किसी उद्‌गम स्थान के, वह अपने लिए दो जीवन निर्मित कर सकती थी, एक जहाँ उसे पाला-पोसा, प्यार किया गया, बात करना, अलहदा की गयी बस्ती की अन्तरंग *टाल* में सम्पर्क साधना सीखा, चलना

सीखा — चल कर दूसरे भिन्न जीवन में जाना : वह जो सब कुछ था।

डेनीस और उसकी फ़्लैट वाली सहेली के पुरुष मित्र भी थे। ऐन्जेला के तो कई। जिन सप्ताहान्तों को अब्राहम-और-एल्सी की लड़की उनके पास घर होती, ऐन्जेला का मौजूदा प्रेमी उसे प्यार करने फ़्लैट में आ सकता था। वह कभी पता न लगने देती — यही वाक्य था जिस पर उसकी सबसे अच्छी सहेली भरोसा कर सकती थी — कि उसकी सुविधाजनक रूप से अनुपस्थित सबसे अच्छी सहेली थी कहाँ। डेनीस कुछ आज़माइशों के बाद, जो बिस्तर तक नहीं पहुँच पायी थीं, एक ही पुरुष मित्र बना पायी थी। जब उसे पता होता कि ऐन्जेला देर रात तक बाहर रहेगी, वे प्रेम करने की अपनी पारी में उस कमरे में हमबिस्तर हो सकते थे जो उसने ऐन्जेला के साथ साझे में लिया हुआ था। वे एक पार्टी में मिले थे, जोड़े चुनने की प्रक्रिया में गोरे मध्यवर्गीय कर्मकाण्ड का पहला चरण — बैंक में काम करने वाली एक और लड़की के जन्म दिन पर। वह टीवी सेट बेचने और उनकी मरम्मत करने वाली एक कम्पनी में मिस्त्री था; उस वर्ग के निचले हिस्से से आने वाला नौजवान, उसका बाप अवकाश प्राप्त डाकपाल। घर में ऐफ़्रीकान्स बोली जाती थी, लेकिन माँ अंग्रेज़ी भाषी मूल की थी, लिहाज़ा वह दोनों भाषाओं में माहिर था, और आकर्षक रूप से बुद्धिमान भी। इस लड़की के पराग में किसी गन्ध को टोहने वाली मधुमक्खी की तरह वह डेनीस को पढ़ने के लिए किताबें देने लगा; जब वह वहाँ नहीं होता और ऐन्जेला मदिरा और बेलगाम रात की ख़ुमारी को सो कर उतार रही होती तो ये किताबें उसके पलँग के सिरहाने रखी मेज़ पर होतीं। वे उपन्यास और यात्रा सम्बन्धी पुस्तकें थीं। वह विदेश यात्रा के लिए पैसे बचा रहा था, वह जानता था कि वह अपनी ज़िन्दगी में क्या कुछ देखना चाहता था — लन्दन, पैरिस, रोम। और वेनिस, वह जोड़ती; एक किताब में पियात्सा सान मार्को और शिकारों का वर्णन था। उनमें से कौन कह सकता था कि किस चीज़ ने तय किया था कि वे शादी करेंगे — बिस्तर में होने वाली प्रणय-लीला, उससे आगे की आज़ादी जो डेनीस ने अपने लिए हासिल की थी, जिस आज़ादी का लड़के को आभास था, देश के बाहर की, बैंक और टेलिविजन की दुकान के बाहर की दुनिया? ये प्रेम सम्बन्ध के तत्व थे; विवाह इसकी हिफ़ाजत करने और सरकारी लाइसेन्स और गिरजे में प्रतिज्ञाओं के साथ इसे स्थायी बनाने का स्वीकृत सामाजिक साधन था।

वहाँ पहुँच कर जोड़े बनाने की आम, सहज प्रगति न तो आम रह जाती,

न सहज। डेनीस ने माइक को बता दिया था — यह नहीं कि वह कौन थी, क्योंकि वह जानती नहीं थी, जान नहीं सकती थी — कि उसकी अम्मा और डैडी कौन थे और वह उसे उनसे मिलाने के लिए वापस उस रेखा की दूसरी तरफ़ ले गयी थी जिसे उसने उनके प्यार-भरे मार्ग-दर्शन में पार किया था। माइक ने अब्राहम और एल्सी से ऐफ्रीकान्स में बात की थी, साझी भाषा में आराम रहता है, इससे फ़र्क़ नहीं पड़ता था कि वह गोरा नौजवान अश्वेतों की बस्ती में था, पहली बार अश्वेतों के घर में था (एक किस्म की विदेश यात्रा)। प्रेम में होना निरन्तर वर्तमान की, अब की, अवस्था में होना है; वह सिर्फ़ अपनी प्रेमिका की आँखों और छातियों और उसकी देह के भीतर दाख़िल होने के मधुर रोमांचक एहसास में जी रहा था। अश्वेतों की वह अजानी, निषिद्ध, अलग-थलग जगह जहाँ वह पाली-पोसी गयी थी, माइक के लेखे किसी गिनती में नहीं थी; वह सब कुछ जो उसे दूसरे रंग के लोगों के सम्पर्क से होने वाली ख़राबी के बारे में विश्वास करना सिखाया गया था ग़ैर-ज़रूरी था : प्रेम ने उसे घुट्टी में मिले नस्लवाद से परिवर्तित कर दिया था, एक अकेली मुठभेड़ ने उसे छुटकारा दिला दिया था। और निश्चय ही, तथ्य यह था कि उसकी छोरी *उनकी*, अब्राहम और एल्सी की नहीं थी, वह गोरी थी — वह किसी की भी तुलना में बेहतर तौर पर जानता था कितनी गोरी — उन सभी शारीरिक विशेषताओं में जो उन लोगों द्वारा उद्धृत की जाती थीं जिनका दावा था कि ये विशेषताएँ क़ानून द्वारा स्थापित और गिरजे द्वारा मान्य सरकारी नस्ली कोटियों में बाक़ी सब से श्रेष्ठ थीं। यह कहना शायद उस ख़ुशी की गम्भीरता को कम करना था कि अब्राहम और एल्सी स्थायी नौकरी वाले एक अच्छे और गोरे नौजवान से (जिसका अपना परिवार ऐफ्रीकान्स बोलता था — एक क़िस्म का सम्बन्ध, हालाँकि जो आम सास-ससुर वाला कभी नहीं होने वाला था) उस लड़की के भावी विवाह को ले कर जो उनकी डेनीस रही थी, बेहद ख़ुश थे। पहले उन्होंने उसे जाने की छूट दी थी; अब उस पायी गयी लड़की को उसकी अपनी क़िस्म के एक व्यक्ति ने खोज लिया था। हर चीज़, सब कुछ : वह इस विवाह से उपलब्ध हो जाने वाला था।

माइक के लिए लड़की को बताना ज़रूरी था कि उसके माँ-बाप से लड़की का परिचय कराना कुछ ख़ास किस्म की समस्याओं से बरी नहीं था। डेनीस ने उसकी तरफ़ यों देखा था मानो अचानक माइक याददाश्त के खो जाने का शिकार हो गया हो। वह उसे कई बार अपने घर ले गया था, पहले बरामदे में फलों का रस और बियर, जहाँ माँ ने उससे इस बारे में बात की थी कि बैंक में काम

करना कैसा था और बाप ने अपने बेटे से फ़ुटबॉल की चर्चा की थी, फिर सरकारी छुट्टी के एक दिन लंच पर और एक बार रात के भोजन में शामिल होने के लिए। — लेकिन यह उनके जानने से पहले था — तुम्हारे बारे में मेरा मतलब है। मैंने कभी इसकी ज़रूरत ही नहीं समझी थी कि उन्हें अपनी महिला मित्रों के परिवारों के बारे में बताऊँ। अब जब मैं कहूँगा कि हम शादी कर रहे हैं, मैं इस लड़की से शादी कर रहा हूँ, तो मुझे उनको तुम्हारे बारे में बताना होगा। —

— बेशक। — लेकिन डेनीस ने इसके बारे में पहले नहीं सोचा था : प्रेम वर्तमान में होता है, उसका हाथ उसकी कमीज़ के नीचे सरक कर उसके सीने पर जाता हुआ, साथ-साथ दुनिया की उन जगहों के ब्योरे पढ़ना जिन्हें देखने के लिए वे पैसे बचायेंगे। डेनीस ने यह नहीं कहा : वे जानते हैं मैं गोरी हूँ। मानो उसने यह ख़याल पढ़ लिया हो : — मैं जानता हूँ...लेकिन यह कि तुम वहाँ बड़ी हुई, तुम्हारा स्कूल और घर, लोग जो माता-पिता जैसे हैं — तुम्हारे लिए। — वह चुप्पी में उसके पास आया और उसने डेनीस को चूमा; उसका उस समस्या में कोई हाथ नहीं था जो सम्भव था उसके माँ-बाप खड़ी कर दें।

वह ख़बर ले कर लौटा, नाराज़गी से भरा, उसके गालों की हड्डियों की चमड़ी सुती और दहकती हुई। — वे भयानक हैं। मैं तुम्हें इस बारे में बताना भी नहीं चाहता। मैं उन्हें ज़लील क़रार दे रहा हूँ, मेरी बात छोड़ो, उन्हें, अपनी बहन को, उसके बच्चों को। इस देश को। १९७५ के सुन्दर दक्षिण अफ़्रीका को। उन्हें इससे फ़र्क़ नहीं पड़ता कि तुम गोरी हो। तुम्हें अश्वेतों ने पाला-पोसा है, परिवार — जो मैं उन्हें बार-बार समझा चुका हूँ कि तुम्हारा नहीं है, हालाँकि तुम्हें उनसे प्यार है — अश्वेत है। कोई सोचेगा कि रंग ऐसी चीज़ है जो लोगों के बीच रहने से लग जायेगी। संक्रमण, बीमारी। — उसकी कार में बेतरतीबी से फेंके गये कपड़ों, जूतों, किताबों, फ़ुटबॉल की हेल्मेट, संगीत के कैसेटों का गड्ड-मड्ड अम्बार था। उसने घर छोड़ दिया और एक दोस्त के साथ रहने लगा। किसी के बग़ीचे में किराये पर ली गयी बँगलिया में तब्दील किये गये नौकरों के क्वार्टरों में उसके पास ख़ुद का एक कमरा था जहाँ डेनीस उससे प्यार करके उसे तसल्ली देती; उसे कुछ-कुछ एहसास था कि अपने पीछे उन लोगों को छोड़ कर चले आने पर कैसा लगता था जो तुम्हारे माँ-बाप रहे थे।

उनके पास एक-दूसरे का साथ था, प्यार में। वे विवाह कर लेंगे। अब पहले से जल्दी, पुष्टि का एक क़दम, अवज्ञा का भी, और साथ ही प्यार का

भी। लेकिन पहले अगर वह नाराज़ था तो अब जब शादी के लाइसेन्स वाले दफ़्तर से वापस आ कर उसने डेनीस को बताया कि लाइसेन्स नहीं मिला था, नहीं मिल सकता था, तो वह आहत था, अविश्वास के कारण रूपान्तरित। यह साबित करने के लिए कि वह गोरी थी जन्म का प्रमाण-पत्र ज़रूरी था; वह अपने जन्म की तारीख़ और जगह, अपने माँ-बाप का नाम बता सकता था। डेनीस के पास जन्म का प्रमाण-पत्र नहीं था और गिरजे के शौचालय के अलावा कोई और जन्म स्थान भी नहीं, और उसे गोद लेने वाले माँ-बाप ने उसे एक बाक़ायदा अलहदा की गयी बस्ती में अश्वेतों के तौर पर अपने नाम और पता दे कर पंजीकृत कराया था। डेनीस अपॉलिस अश्वेत औरत थी। मिश्रित विवाह अधिनियम उनके आपसी विवाह की अनुमति नहीं देता था। यहाँ तक कि उनकी एक-दूसरे के साथ हमबिस्तरी भी क़ानून का लुका-छिपा उल्लंघन थी।

टेलिविजन के मिस्त्री को कभी वकील की ज़रूरत नहीं पड़ी थी, वह एक मामूली, क़ानून के मुताबिक़ चलने वाला नौजवान था जो ज़िन्दगी की आम रफ़्तार में विवाह का इच्छुक था, और गोरा होने और अपने पर भरोसा रखने के दम पर, उसने उन संगठनों में कभी कोई हिस्सा नहीं लिया था जो मानवाधिकारों से जुड़े थे, लेकिन उसे अख़बारों में एक क़ानूनी सहायता संसाधन के बारे में पढ़ना याद था जो ऐसे मामलों में मदद देता था। वहाँ उसका स्वागत सिलवटों वाला लिबास पहने एक गोल-मटोल महिला वकील ने किया जो अपने हाथ बालों में ऊपर को यों फिराती रही मानो वे ऐसी कहानी का जायज़ा ले रहे थे जो विभिन्न प्रारूपों में वह कई बार सुन चुकी थी। — मैं जानती हूँ। मैं जानती हूँ, यह बहुत कठिन सम्भावना है, लेकिन तुम्हारी 'होने वाली' को जनसंख्या पंजीकरण अधिकारी के सामने पेश होना पड़ेगा। हम उसकी श्रेणि के पुनर्निर्धारण के लिए अर्ज़ी देंगे। गोरी। मत सोचो कि मैं किसी नज़र से तुम पर शक कर रही हूँ, लेकिन मुझे उससे मिलना होगा, पहले। —

— आप ख़ुद देख लेंगी। जो भी वे हैं उन्हें किसी क़िस्म का सन्देह नहीं हो सकता।

— माता-पिता से सम्बन्धित सवाल — रिहाइश, बचपन — चीज़ों को उलझा देते हैं, भले ही शारीरिक लक्षण उनके तय किये गये आनुवांशिक स्तर के अनुरूप बैठते हों... —

जब मुसीबत का समय हो तो आदमी अपना सदमा उन लोगों के पास घर ले जाता है जिनके पास वह छिले हुए घुटने ले कर जाता था।

डेनीस माइक को ले कर अम्मा और डैडी, अब्राहम और एल्सी के पास पहुँची, वहाँ उसने आँसू नहीं रोके और वे भी उसके साथ रोये, उन्होंने उस गोरे नौजवान को गले लगाया जिसने डेनीस को त्यागा नहीं था, लेकिन क़ानून के ऐसे कटघरे बन्द हो गया था, जैसे वे अपनी सारी ज़िन्दगी बन्द रहे थे, जो लोगों को अजीबो-ग़रीब विदेशी जानवरों की प्रजातियों में तब्दील कर देता था : उसे समझना चाहिए — हाँ — वह गोरों के कटघरे में है। और वह, उनकी लड़की? अगर वकील को तरीक़ा मालूम है तो बस्ती में हरेक को पता है कि तुम्हें किस तरह वहाँ पेश होना है। हर जगह, पास ही, ऐसे परिवार हैं जिन्हें कुदरत ने — ईश्वर की इच्छा ने — एक-न-एक बच्चा दिया है जो गोरा होने का नाटक कर सकता था, अब्राहम और ऐल्सी दोस्तों और रिश्तेदारों से जो उनके तौर-तरीक़ों में माहिर थे, हर तरह की सलाह मँगा सकते थे; तरीक़े जो कोई वकील नहीं जानता। बिना काग़ज़ों के, अश्वेत के रूप में पंजीकृत, उस लड़की को उस हरामी के सामने पेश होना है जो उसका मुआयना यों कर रहा है मानो लड़की सचमुच बनी हुई गोरी है जिसे अपना रूप बदलना है। वह तभी क़ायल होगा, असली गोरी लड़की के अपने नमूने से, अगर डेनीस सही तरीक़े से सजे-धजे जो वे अनुभव से जानते हैं, सफल होगा। वह बहुत — क्या कहा जाय — भद्र महिला जैसी लगती है। उसे दाल में काला लगेगा। वह इसका आदी नहीं है। वह विशेष प्रकार की सूरत-शक्ल को छूट देने का आदी है — ठीक है, कुछ को मंज़ूरी देनी पड़ती है जो वैसे लगते हैं, महज़ दिखाने के लिए कि क़ानून ठीक-ठाक हैं — मानो वे उसके हाथ में तैयार रबड़ की मोहर पर हैं जो वह पहचानता है कि कायदे से जाली बनायी गयी है। उसे कैसी पोशाक पहननी और सज-धज बनानी है — यह महत्वपूर्ण है। *सच्ची* गोरी, तुम्हें दिखना चाहिए; वह और उसका पुरुष मित्र ख़ूब तैरने लगते हैं, वह धूप से गहरा-गुलाबी सँवला गयी है।

अगल-बग़ल की मौसियों-चाचियों, रिश्तेदारों, पड़ोसियों से बेहतर और किसे पता था कि क़ानून के सेवकों से कैसे निपटना है, उन गोरे 'नौकरशाहों' से जो तुम्हारी ज़िन्दगी का फ़ैसला करते थे। जिस दिन वह और उसका भावी पति वकील से जनसंख्या पंजीकरण के दफ़्तर में मिला डेनीस पर मोटा-मोटा खड़िया सरीखा मेकप पोता हुआ था, मानो उसके पास छिपाने को सचमुच मिश्रित रक्त था, उसके बाल, जिन्हें उसने बैंक की लड़कियों की हालिया सनक के

हिसाब से अफ़्रीकियों जैसे घुँघराले करा रखे थे, अब पहले से भी ज़्यादा सीधे कर दिये गये थे, उसका सुनहरापन और भी सुनहरा कर दिया गया था, सब कुछ कुदरती तौर पर जैसा होता, उससे अधिक अतिरंजित था।

क़ानूनी सहायता वाली वकील हतप्रभ रह गयी थी। उसने भावी पति को एक गलियारे में खड़ा छोड़ दिया और लड़कियों को महिलाओं के शौचालय में ले गयी जहाँ, पूरी एकाग्रता से, खीझी हुई चुप्पी में, उसने लड़की के चेहरे को अपने ब्रीफ़केस से निकाले टिशू काग़ज़ों से रगड़ा और साबुनदानी से अँजुरी भर कर लिये तरल साबुन से काम सम्पन्न किया। एक धूप में सँवलायी गोरी लड़की का साफ़ चमकता चेहरा, नथुनों के पास, गुलाबी, प्रकट हुआ और इस मेकप विरहित रूप में 'पायी गयी' आवेदनकर्त्री अधिकारी के दफ़्तर में महिला वकील के साथ दाख़िल हुई। भावी पति दरवाज़े के बाहर ही छोड़ दिया गया : वह अपनी मुवक्किल के दावे को समझाती हुई महिला वकील की आवाज़ सुन पा रहा था, लेकिन शब्द अस्पष्ट थे। उसके होंट उन शब्दों पर आवाज़ किये बिना हिल रहे थे जो उसने इस्तेमाल किये होते। और उसने वह भी कहा होता जो निश्चय ही किसी पंजीकरण अधिकारी द्वारा अस्वीकार किया जाता, मैं इसे प्यार करता हूँ, क्या प्यार का कोई अधिकार नहीं है।

उसकी प्रेमिका और महिला वकील अर्से तक दरवाज़े की उस तरफ़ रहीं। उसने ख़ुद को घड़ी की तरफ़ देखने की छूट नहीं दी मानो समय शकुन साबित हो; अच्छा या बुरा। वह बमुश्किल लड़की का धीमा स्वर पकड़ पा रहा था और अधिकारी के प्रश्नों की उदासीन-सी सुनायी देती ग़ुर्राहट रुक-रुक कर कभी सुनायी देती, समझ के बिलकुल परे।

वे बाहर आये और दरवाज़ा ऐसे पल में बन्द हुआ जब उसने अधिकारी को मेज़ पर फैले काग़ज़ों पर झुके ठुड्डी झूलते हुए माँस में गाड़े देखा। डेनीस उसकी तरफ़ नहीं, सीधे सामने की तरफ़ देख रही थी। महिला वकील धीरे-धीरे अपना सिर हिला रही थी, होंट कसे। काग़ज़ात का अभाव, अर्ज़ी देने वाली के उत्तर कि उसके माँ-बाप कहाँ रहते थे, कौन थे, किस स्कूल में उसे दाख़िला मिला था, सारा बचपन अश्वेतों के बीच अश्वेत की तरह पहचाना जाना — इन सारे लक्षणों से तय हुआ है कि उसका वर्गीकरण बदल कर गोरा नहीं किया जा सकता। अर्ज़ी ख़ारिज। खेद है। यही था वह फ़रमान जिसे वह अस्पष्ट ग़ुर्राहट जारी कर रही थी।

वे उस शहर के जंगल में भटकते चले आये जहाँ वे परित्यक्त अजनबी थे। वकील उन्हें हिदायतें दे रही है, उनकी पीठ पीछे से। — आओ, मेरे दफ़्तर में चलो, थोड़ी-सी कॉफ़ी पियें। — वहाँ उसके पास उनसे कहने को क्या होगा? पुनवर्गीकरण का आवेदन अस्वीकृत।

उन्हें पता नहीं है, लेकिन जो वे महसूस कर रहे हैं उसकी गूँज वह महिला वकील कभी-मौन-न-हुई स्मृति में सुन पा रही है; बच्ची के तौर पर, एक समूचा जीवन पहले, डॉर्टमण्ड नाम के एक जर्मन क़स्बे में उसे फ्रॉक पर पीला सितारा टाँक कर स्कूल से लौटा दिया गया था। — सुनो, मुझे इन लोगों का तजरुबा है। — बाद में कहे गये शब्दों — 'खेद है' — को दर्ज करके। — मैं उससे कल मिलने जा रही हूँ। —

मिस्टर वैन रेन्सबर्ग मिलनसार थे : आप फिर से। अपनी कुर्सी से उठे, दोनों बैठ गये। मेज़ पर एक-दूसरे के आमने-सामने गोपनीयता से, व्यावसायिक तौर पर उपलब्ध की गयी समझदारी के धरातल पर। आप जानते हैं, मैं जानती हूँ। लड़की गोरी है। बरसों पहले किसी और गोरी लड़की ने एक अवांछित बच्ची को गिरजे के परिसर में फेंक दिया था। — अश्वेतों के गिरजे में, जा। — हाँ। लेकिन उन दिनों में, आपको याद होगा, खुले इलाक़े के कुछ ही ग़ज़ पर, ग़रीब गोरों का एक क्षेत्र था। अगर वह गोरों का गिरजा होता, तो माँ के पकड़ में आने की सम्भावना थी।

और अब उन्होंने ख़ुद को समझदारी के उपलब्ध धरातल पर मुक्त किया। — देखो, वह गोरी है, क्या यह मैं ख़ुद नहीं देख सकता। यक़ीनन। कोई भी देख सकता है। एक अच्छा नौजवान उससे शादी करना चाहता है। या ख़ुदा, मैं देख सकता हूँ वह क्या है। लेकिन क़ानून ऐसा ही है, मेरा काम ही ऐसा है। वह चाहे तो दोबारा अर्ज़ी दे सकती है। अगर आप अनाथालय या गिरजे वग़ैरा से कुछ खोज कर ला सकें तो, जहाँ वह पायी गयी थी। सॉरी। —

वे अब पैसे बचा रहे हैं। लन्दन की मीनार, पैरिस का शांज़े लीज़े, वेनिस का पियात्सा सान मार्को देखने के लिए नहीं, बल्कि चले जाने के लिए, हमेशा के लिए। इसी तरह वे उस घर से विदा होने का वर्णन करते हैं जिसे वे हासिल नहीं कर सकते।

शायद वे लौट आये हैं, चूँकि वे सभी क़ानून जो तय करते थे कि वह कौन थी, वह कौन था, जा चुके हैं, जैसा कि नेता और अख़बार कहना पसन्द करते हैं, इतिहास के कूड़ेदान में, सड़े अण्डों के छिलकों, और बियर के डिब्बों के बीच। बरसों पहले अब, उस समय के हिसाब से जो नापा जाता है जब तुम शारीरिक अवतार लेते हो। उन नायकों के नाम जिन्होंने क़ानून बनाये थे सड़कों के संकेत पटों और हवाई अड्डों से भी हटा लिये गये हैं।

मैं ज़रूर उससे मुक्त हो गयी हूँगी — वह मर गयी होगी, किसी-न-किसी तरह, जवान-जहान : तुम हमेशा वह पल दर्ज नहीं करते, जानते नहीं, जब तुम्हें वापस बुलाया गया; उसका अन्त कैसे हुआ। लेकिन मेरी सारी वापसियों में से वह अनोखी थी, उस जैसी कोई दूसरी कभी नहीं थी! क्योंकि हर बार तुम एक अवतार होते हो, एक जीवन जीने के लिए वापस भेजे गये। लेकिन *वह* वापसी *अपने आप में* दो थी। मैं दो बार स्थान के उस बाड़े में लौटी थी जिसे एक ग्रह कहते हैं।

डेनीस — मेरा सुन्दर-सा नाम जो उन्होंने मुझे दिया क्योंकि मेरा अपना कोई नाम नहीं था। मैं *टाल* में सोच रही हूँ, मैं क़स्बे में दूसरे बच्चों के बीच, हमारे अपने घर में, कितनी ख़ुश थी, मेरी मम्मा और डैडी न मुझे बार्बी गुड़िया और उसके सभी लिबास दिये थे, एक मोतियों का हार भी जो टूट गया था और मम्मा ने फिर से पिरो दिया था, जो इनाम मुझे मिले, क्लास में अव्वल, वे इतवार जब चाचियाँ-मौसियाँ और दूसरे रिश्तेदार आते, हम बच्चे दौड़ लगाते, कलाबाज़ियाँ खाते और मिठाइयाँ और कोल्ड ड्रिंक ठूँसते। वह समय जब मेरी छातियाँ उभर आयी थीं, अभी मम्मा की तरह भरी-भरी नहीं, लेकिन काफ़ी अच्छी-सी और टेरी ने उन्हें पकड़ा था और चूची को चूसा था और अपनी उँगली मेरे छेद में डाली थी — उस घाटी में जो हम बच्चों ने खुले इलाक़े में डालियों से छा कर अपने मुख्यालय जैसा बनाया था। उसका नाम टर्शियस था, टीचर ने हमें बताया था कि उसका मतलब होता है तीसरा, लेकिन वह तो पहली सन्तान था, हम उसे चिढ़ाया करते थे, उसके माता-पिता बुद्धू थे। मैं अपने गिरजे में बच्चों की भजन-मण्डली में थी, मम्मा औरतों की भजन मण्डली में थीं। डैडी — ओह, वे मुझे इतनी बार अपने साथ ले जाते थे, हम कच्ची सड़क की घुड़दौड़ देखने जाते थे, बहुत सनसनीदार थी, और जब हमारी बस्ती में एक मेला और सर्कस लगा डैडी ने झूलों और सीटों के लिए टिकट ख़रीदे थे। जब मैं डर रही थी कि शेर अपने सधाने वाले को काट न ले तो डैडी ने मेरा हाथ

थामे रखा था। जब मैं छोटी थी मैं इतवार की सुबहों को उनके बड़े-से पलँग पर चढ़ कर उनके बीच घुसड़ जाती थी और जब मैं बड़ी हुई और ऐसा करना बन्द कर दिया तो उन्हें टेरी और उस मुख्यालय के बारे में मालूम नहीं हुआ जो हम बच्चों ने बनाया था।

फिर — बिना अभी किसी मृत्यु के, बिना सही ढंग से ख़त्म हुए — वह वापसी पूरी हो गयी। मिस डेनीस अपॉलिस रह गयी, बैंक में काम सीख रही कर्मचारी। अब वह सब मुझे अंग्रेज़ी में सूझता है। मैं शहर में एक और लड़की के साथ फ़्लैट में रहती हूँ। हम गोरे हैं — हाँ, निश्चय ही, और क्या हो सकते थे हम? कैसा सवाल है। दूसरे लोगों की तरह जो बैंक में काम करते हैं या वकील के दफ़्तर में जहाँ मेरी सहेली भी किसी क़िस्म का प्रशिक्षण पा रही है। हम अपनी अलग-अलग केश-सज्जाएँ मिल कर आज़माती हैं, पुरुषों से दोस्ती करती हैं जिनका हम मख़ौल उड़ाती हैं जब हम अकेले में होती हैं, हम पार्टियों में जाती हैं। लेकिन कभी-कभी यह डेनीस अपॉलिस जो मैं हूँ, ऐसी जगह और ऐसे लोगों के बीच, इन लोगों के प्रति ऐसी भावनाओं में चली जाती है, एक वजूद से दूसरे वजूद में, जो एक बिलकुल अलग वापसी की चीज़ होना चाहिए। लिहाज़ा मैं नहीं जानती उस शक्ति को क्या हुआ जो मुझे वापस भेजती है, बार-बार, लेकिन कभी उसी जीव के तौर पर नहीं, भले ही, कभी-कभी, मेरे अन्दर ऐसी पहचान उभरती है जो ज़रूर किसी दूसरी ज़िन्दगी से आयी होगी। एक वापसी में दो कैसे हो सकती है?

कहीं कोई जवाब नहीं है। सिर्फ़ यही कि तुम्हें वापस जाना है, जिस भी रूप में, बार-बार।

शायद इस ग्रह पर रहने वाले लोगों क्षरा एक-दूसरे पर फ़रमान की तरह लागू की गयी चीज़ें हैं जो इस ग़ैर-कुदरती वापसी को समझा सकेंगी जो कभी घटित हुई थी।

'मैं हमेशा उसका हिस्सा रहा हूँ और शायद कोई छुटकारा नहीं है, घास में कीड़े की तरह जन्म-दर-जन्म भूलते और लौटते।'

मैं डेनिस होता अगर वह धक्का मार कर दुनिया में पहले दाख़िल न हो गयी होती। वे मेरी उम्मीद कर रहे थे। बेटा — जिसकी उन्होंने इच्छा की थी, योजना बनायी थी। उस हद तक जितना उस समय कोई कर सकता था। यह उन परीक्षणों की खोज से पहले की बात है जो उसके लिंग का पता दे सकें जो गर्भ में था। उन्हें सिर्फ़ इतना पता था कि जैविक गठरी में हम दो थे — मिथुन।

मृत-जात। जिसका मतलब है तुम्हें कोई नाम नहीं दिया जाता। मृत-जात : मतलब है 'बेहरकत,' साँस लेने, हिलने-डुलने, जीने में अक्षम। सो यह सच है कि मेरे आसरे — गर्भ — के बाहर मेरा भौतिक जीवन महज़ वह सफ़र था जो मैंने प्रजनन मार्ग से हस्पताल के शवदाह-गृह तक तय किया। आपने भ्रूण देखा है? सिर और जननांग — बस। दोनों बेडौल, आकार से बड़े। बीच का जो है वह ख़ारिज किया जा सकता है। क्योंकि भ्रूण को खाना, हज़म करना और मल-निष्कासन नहीं करना पड़ता। सिर और जननांग — बुद्धि और लिंग। बस यही था जो मैं था; उसने वे सारे जीवन-रस हड़प लिये थे जो हम दोनों को मिलने थे और वह ज़रूरतों को पूरा करने के लिए, पूरे आकार में बाहर आयी। मैं नट्टू था, अविकसित, निस्स्पन्द, दुर्बल हृदय, इनक्यूबेटर में रखने लायक़ भी नहीं, मृत-जात। इससे आगे पहुँच ही नहीं पाया। सिर्फ़ सिर और जननांग,

बुद्धि और लिंग — यही था मांस-मज्जा के रूप में संसार के अनुभव का मेरा हिस्सा जैसा तुम अनुभव करते हो; लेकिन उन अस्वस्तिकारक कार्यों के तुम्हारे अनुभव से वंचित जो पेट और अँतड़ियों के उलझे हुए गड़बड़-झाले से इन दो महान शक्तियों को सन्तप्त और छिन्न-भिन्न करते हैं! तुम समझ तो रहे हो न? क्या पता...

स्मृति भौतिक सम्पदा है — याद करने के लिए ज़रूरी होता है कि तुमने जिया हो, शरीर से हो कर अपना समय पार किया हो। मेरी अपनी कोई स्मृति नहीं है सिवा प्रजनन मार्ग से शवदाह-गृह तक के उस सफ़र के। इसकी बजाय मैं पाता हूँ कि मैं इधर-उधर उड़ता-फिरता हूँ, मैं अपनी मर्ज़ी से तुम में से किसी की और सभी की भौतिक ज़िन्दगी के टुकड़ों का अनुभव करता हूँ। यही मेरे ग़ैर-वजूदी वजूद की सफ़ाई है। जिसका मेरे पास सबूत है पेश करने के लिए तुम्हारे अविश्वास के जवाब में।

मैं कैसे सोचता हूँ? शब्दों को जानता-पहचानता हूँ? थोड़ा-बहुत इतिहास, साहित्य, राजनीति, समकालीन जीवन, कैसा है यह सब कुछ — जैसा कि आप देखेंगे। क्या यह वही सामूहिक अवचेतन है जिसमें आपमें से कुछ विश्वास करते हैं, दूसरे खिल्ली उड़ाते हैं? या क्या मेरे पास, जैसा कि प्राचीन धार्मिक रहस्यवादियों का विश्वास था और जिसका सहारा अबके कुछ फ़ैशनेबल उपन्यासकार अपनी बुझती हुई सूझ और आविष्कार-शक्ति को अनुप्राणित करने के लिए लेते हैं — किसी दूसरे के शरीर में प्रवेश करने की क्षमता है, प्रेत, जिन्न, भूत के रूप में — मैं नहीं जानता। लेकिन मैं कोई नुक़सान नहीं पहुँचाता; उस व्यक्ति को आभास भी नहीं होता कि मैंने क्या हस्तगत किया है और वह किसी भी तरह वंचित नहीं किया जाता; हम दोनों के लिए पर्याप्त है। अगर आपको पता चलता कि आपके अनुभव में से कितना ज़ाया हो जाता है तो आपको हैरत होती; कितना आपकी पकड़ में नहीं आता, हासिल ही नहीं होता, कितने का तुम्हें (क्या शब्द है तुम्हारा) अन्तर्ज्ञान नहीं होता, और कितना आप स्वीकार नहीं करना चाहते, हालाँकि वह उपलब्ध कराया गया है।

और स्मृति की भी यह क्षमता, जो मेरे पास नहीं है, जैसा कि मैंने आपको बताया, क्योंकि मैंने याद करने लायक़ कुछ नहीं किया है, सिवा प्रजनन मार्ग से शवदाह-गृह तक के उस सफ़र के जिसके बारे में आप अब तक सुनते-सुनते थक चुके होगे — और जिन स्मृतियों को आप, स्मृतियों की सृष्टि करने की अपनी भौतिक शक्ति के बावजूद, थामे रहने की अपनी क्षमता को हमेशा

बरक़रार नहीं रख पाते, और यह या तो आपके क़िस्म का अभाव हो सकता है या उस दुख-तकलीफ़ के ख़िलाफ़ आपका सुरक्षा-कवच जो मैं देखता हूँ कि नश्वरता के विभिन्न चरणों में आपको झेलनी पड़ती हैं। एक बूढ़ा आदमी है जिसे मैं *अपने तरीक़े से* जानता हूँ, जिसका आपके क़िस्म की ज़िन्दगी का अधिवास हर रोज़ वही एक कुर्सी है और जिसकी भौतिक गतिविधि उस कुर्सी से बाथरूम तक उस उपकरण के सहारे आना-जाना है जैसा मैंने बच्चों को चलना सीखते समय इस्तेमाल करते देखा है। वह पर्वतारोही था और किसी समय एवरेस्ट के एक अभियान का सदस्य था जो अगर शिखर तक नहीं पहुँच पाया था तो भी ख़तरनाक मौसम में किये गये एक प्रयास से वीरतापूर्वक बच निकला था, दोस्त और कभी-कभार कोई पत्रकार भी उससे इसके बारे में बात करने आता था और जहाँ वह यह याद कराये जाने पर ख़ुशी से मुस्कराता कि वह ज़रूर अतीत के किसी मुक़ाम पर एक अनुभव होगा जो उसका साथ छोड़ गया है, वह उसके किसी पल को दोबारा नहीं जी सकता। दोस्त और पत्रकार इसे दुखद समझते हैं; उनका मन इससे बुझ जाता है और मैं ही हूँ जो जानता है ऐसा क्यों है, क्योंकि जिस समय मैं उनका अनुभव जी रहा होता हूँ मैं उनके भीतर का अभिप्राय स्वीकार करता हूँ जिसे वे दबाते हैं : जीना मृत्यु की राह पर बूढ़े होना है, उन क्षमताओं को खोना है जिन्हें वे इतना चाहते हैं, और हालाँकि वे सोचते हैं कि उनके जीवन चुनाव हैं, दो अवस्थाएँ ऐसी हैं वहाँ जिनके सिलसिले में उनके पास कोई विकल्प नहीं है — जन्म लेना और मरना।

लेकिन जब मैं उस बूढ़े आदमी का अनुभव कर रहा होता हूँ तब मैं उसके अतीत से अलग रख दी गयी किसी और चीज़ तक पहुँच जाता हूँ जहाँ तक उसकी पहुँच नहीं है। वह अपनी पत्नी से गहरा प्रेम करता है (लैंगिकता के अपने ख़ुद के अकाल, अवरुद्ध आभास के बल पर, उन जननांगों के बल पर महसूस करते हुए, कम-से-कम जिनसे मैं सज्जित था, मुझे थोड़ी-सी सुन-गुन है कि मुझसे क्या छूट गया है, वह आनन्द जो उसने, मेरी लालची जुड़वाँ ने मुझे धकिया कर परे करते हुए मुझसे छीन लिया)। पत्नी बूढ़े आदमी से उमर में काफ़ी छोटी है, वह उसकी बग़ल में लेटती है और जो ज़िन्दगी उसके अन्दर है, वह बूढ़े आदमी को चालू रखती है, वह अपना गर्म चेहरा उसके जबड़े और कंकाल-सरीखी कन्धे की हड्डी के बीच की क़ब्र में गाड़ देती है। उसकी पत्नी वह आनन्द है जो मैं बूढ़े में अनुभव करता हूँ और वह सुख से मरने वाला है, क्योंकि उसे उस लम्बे प्रेम-सम्बन्ध की याद नहीं जो उसकी पत्नी और एक

और आदमी के बीच उनके विवाह के मध्यवर्ती वर्षों में रहा, जिसने इतनी हिंसा-भरी वेदना और नीचता-भरी ईर्ष्या पैदा की थी और उससे — ज़रा कल्पना कीजिए इसकी, चूँकि अब अपनी पत्नी पर उसका पूरा क़ब्ज़ा है — अपनी पत्नी को लगभग तलाक़ दिलवा दिया था।

और वह? क्या वह औरत ख़ुशक़िस्मत नहीं है? सिर्फ़ *माफ़* ही नहीं कर दी गयी, समझे आप! वह कभी हुआ ही नहीं था। धोखा देने वाली ने कभी झूठ नहीं बोला। वह कुतिया कभी अपने अन्दर किसी दूसरे आदमी का वीर्य लिये हुए आ कर रात के भोजन पर नहीं बैठी। लेकिन उसके बारे में बहुत आश्वस्त मत रहिए। मुझे उसके भीतर उस दूसरी चीज़ की जानकारी है जो मेरे अन्दर कभी नहीं होगी : पछतावा। उसकी छाती में एक कसावट-सी है मानो किसी बटुए की डोरी को खींच कर वह सब कुछ इकट्ठा कर दिया गया है जो उसने किया था, उस बार, एहसासों और जज़्बों का एक जमाव है जिससे वह चाहे जितना चाहे, जितना तरसे, उससे माफ़ी माँग कर छुटकारा नहीं पा सकती। किस चीज़ की माफ़ी? वह प्यार से कहेगा। किसी बात की, डार्लिंग? और उसे याद कराना उन क्रूरताओं में से अन्तिम होगी जो उसने अपने पति के साथ की हैं।

लेकिन इस सबमें कुछ और भी है। जन्म और मृत्यु के बीच आपकी इन ज़िन्दगियों की जटिलता! मैं रात को उस औरत के रूप में जागता हूँ और वह बूढ़े की साँसें सुनने के लिए कुहनी के बल उठती है। बूढ़े के लिए उसका प्यार तबाह करने वाला है। उसने कभी मृत्यु पर विचार नहीं किया है, पर अब जानती है दुख ख़ामोशी होगा।

और *वह* कैसे जीती है, वह बहन जिसने अपनी और मेरी ज़िन्दगी को जुड़वाँ बनाया, उस शब्द के निकटतम अर्थों में किसी भी अजीबो-ग़रीब सियामी जुड़वाँगिरी से ख़राब, क्योंकि उसने हर हाल में — ऑक्सीजन — मौक़ा झपट लिया। क्या वह उसे भरपूर जीती है, दोहरा, हम दोनों के लिए जिन्होंने गर्भ में दो-दो हाथ किये? अजीब बात यह है कि जैसे मैं यहाँ या वहाँ करता हूँ, अपनी सहज प्रेरणा से संचालित हो कर, मैं उसके चेतन और अवचेतन को धारण नहीं कर पाता। मुझे तो उसकी शिनाख़्त करने में भी मुश्किल पेश आती है। मैं उसे ढूँढ नहीं पाता। कभी-कभी लगता है मैं उसी तरंग पर हूँ...लेकिन यह सिर्फ़ साँस रोकने वाली अभिव्यक्ति होती है जो गला घोंट देती है। यह वह नाभिनाल है जो मेरी गर्दन के गिर्द लिपटी हुई थी। उसे छोड़िए; मैं कैसे जिया होता — उससे काफ़ी उलट ढंग से, यह पक्का है, चाहे उसका रास्ता जैसा भी साबित हुआ

होता। मैं पूर्वाग्रह से रहित होने का नाटक नहीं कर सकता; जिन ज़िन्दगियों पर मैं जा उतरता हूँ उनके यहाँ-या-वहाँ में मैं उसके लिए ऐसी किसी चीज़ की कल्पना नहीं कर सकता जो दिलचस्पी या सन्तुष्ट करने वाली हो। मुझे नहीं लगता वह इसके योग्य है। लेकिन इसकी पुष्टि करने के लिए मैं उसका अनुभव करना चाहूँगा। हालाँकि मैं मर्द होता (सबूत है उस बेचारे नन्हें शव की टाँगों के बीच वह आकार से बड़ा गुच्छा) अगर मैं मृत-जात न होता, तो भी मेरी अशरीरी अवस्था का, जैसा कि बेशक आपने ग़ौर किया होगा, मतलब है कि मैं पुरुष और स्त्री, दोनों तरह के अनुभवों में दाख़िल हो सकता हूँ — अपने तरीक़े से।

मत सोचिए कि यह सब गुरु-गम्भीर है। अभी-अभी — जो आप समय के अपने पैमाने से थोड़ी देर पहले या एक दिन पहले कहेंगे — मैं एक साइकिल पर सवार था जिसके हैण्डल किसी चपल जानवर के सींगों की तरह घुमावदार थे। साइकिल और मैं पेड़ों की क़तार वाली सड़क पर हवा में एक पट्टी-सी काटते हुए जा रहे थे। फाटक, घर, टेलिफ़ोन के खम्भे दोनों तरफ़ मानो चिरते हुए पीछे छूटे जा रहे थे, पत्तियाँ और डालें लपक कर बढ़तीं और हमें छूने से बाल-बाल रह जातीं। मेरे सिर पर लोहे का एक पीला टोप था जिस पर लाल तीर बने थे। मेरी आँखें थीं जिनसे मैं उतनी ही स्पष्टता से देख सकता था जितना सागर की गहराई में मछलियाँ। मेरे पास एक दिल था : मैं वह पम्प था, एक जीव जिसका भौतिक अस्तित्व ऊर्जा की एक धड़कन थी। कीर्ति। मुँह खुला हुआ, बेलगाम हँसी को लीलने के लिए। तुम जो भी थे, आधा-वयस्क लड़के : मैं तुमसे समझा था कि ज़िन्दा होने का मतलब क्या होता है!

यश! कीर्ति।

कुछ लोग जिनसे मेरा आमना-सामना हुआ है इसे बस खोज ही नहीं पाते हैं, जैसे कि उस लड़के ने खोजा, इस जीवन में जिसके बारे में आप लोग लगातार शिकायत करते हैं, तिस पर भी जिससे इतने जी-जान से — यहाँ तक कि दयनीयता से — चिपके रहते हैं, जैसा कि मैंने जाना है, ऐसी परिस्थितियों में जो ख़ुद आपकी अपनी पैदा की हुई होती हैं। दुनिया की देह पर किलनियों की तरह, आप निश्चेष्ट वहाँ चूसते रहते हैं जब तक कि फूल कर गिर नहीं जाते। आख़।

कीर्ति : दूसरे भी हैं — बिलकुल दूसरे। उन्हें विश्वास है कि भौतिक जगत में उसका अनुभव नहीं किया जा सकता, वह उस अवस्था की चीज़ है

जिसे वे कल्पित करते हैं : जीवनोपरान्त अस्तित्व। जो मृत-जात का उलटा होगा (आपको अन्दाज़ा हो जायेगा कि मैं बुद्धिजीवियों और शौक़िया दार्शनिकों के आस-पास मँडराता रहता हूँ।) शायद वही मेरी असली जगह है, अगर कहीं है तो : उनका जीवनोपरान्त अस्तित्व, क्योंकि जो बीच का है, वह तो मेरे हिस्से आया ही नहीं। वे अपने इस जीवनोपरान्त तक पहुँचते कैसे हैं? मैंने जिस दूसरे जीव को पकड़ा — वह साइकिल सवार से उमर में मुश्किल ही से कुछ बड़ा होगा — उसकी छाती से एक उपकरण बँधा था जिसमें एक मोटी-सी कील जैसी चीज़ लगी हुई थी। वह चीज़ ढीले-ढाले लिबास के नीचे छाती की हड्डी पर सख़्त-सी थी; सिर की चाँद वाले हिस्से पर मुझे एक कढ़ाईदार टोपी का भी आभास था। वह कील खींचने पर आसानी से बाहर निकल आयी। एक आलिंगन भी था, जितना मेरे देखने में आया है उससे कहीं अधिक आवेग-भरा, और बिना शेख़ी मारे मुझे यह बताने में कोई एतराज़ नहीं कि कई सारे आलिंगन किये गये हैं मर्दों-और-मर्दों और औरतों-और-औरतों के बीच, साथ ही वैसा औरत-मर्द वाला जिसने मेरी आधी-रचना की। यह आलिंगन मर्द और मर्द के बीच था और इसका चरम ऐसा कामोन्माद था जो किसी और से तुलनीय नहीं था, अभूतपूर्व, ऐसा विस्फोट जिसने सब कुछ ख़त्म कर दिया, दोनों के लिए। उससे याद करने लायक़ कुछ नहीं रहा था, उसके लिए, मेरे चुने हुए साथी के लिए, ठीक वैसे ही जैसे मेरे लिए, जो स्मृति को सिर्फ़ उधारी पर ले सकता हूँ। मुझे पता नहीं कि वह यक़ीन-लाने-वाला जो मैं था, कुछ देर के लिए, आलिंगन की कौंध की अवधि के लिए, उसे जीवनोपरान्त का पुरस्कार मिला या नहीं, और क्या वह उससे बेहतर था जो किसी भी अँधेरे से परे के अन्धकार में उड़ कर टुकड़े-टुकड़े हो गया। मैं उसे कुछ-नहीं-पन के उस पल में छोड़ गया था। आप शायद जान सकेंगे, क्योंकि आप जिये होंगे, जबकि मेरा अपने तईं कभी कोई अस्तित्व नहीं रहा, और अगर आप ज़िन्दगी का अनुभव नहीं करते तो उसके अन्त का भी अनुभव नहीं करते। मेरा ख़याल है जैसे मैं चल रहा हूँ इस तरह हमेशा-हमेशा के लिए चलता रह सकता हूँ, जबकि आप, मेरे दोस्त, आप उस कुछ-नहीं-पन तक एक-न-एक तरीक़े से पहुँच जाओगे, बिस्तर पर धीरे-धीरे, या राजमार्ग पर तेज़ी से, भले ही यह बेहद असम्भव हो कि किसी के पास तुम्हें एक हथगोले के साथ अन्तिम आलिंगन तक लाने का कारण हो।

वह शिकार जिसके अन्तिम आलिंगन के लिए मैं निर्णायक था, बेशक, एक नेता था। सैद्धान्तिक न्याय के इक्का-दुक्का टुकड़े हाथ लगने के बावजूद,

मैं नैतिक मूल्यांकन नहीं करता, इसलिए मुझे पता नहीं कि वह निशाने के लिए चुना गया था या नहीं। और अगर चुना गया था तो क्या वह इस योग्य था? अनुभव के मेरे टुकड़े इतने सिलसिलेवार नहीं हैं कि जो सबसे महत्वपूर्ण सवाल मैं आपसे पूछने का जोखिम उठाऊँगा उस पर कोई फ़ैसला दे सकूँ : क्या हत्या सचमुच उन संघर्षों में से किसी को हल करती है जो तुम्हारे और जो तुम दावा करते हो कि तुम्हारे देश, तुम्हारी सरहदें हैं, उनके बीच हैं? मेरा मतलब है तुम मुझे आप्रवास दफ़्तर से लौटा नहीं सकते, लिहाज़ा मैं यह जानने का दावा कैसे कर सकता हूँ कि वह क्या चीज़ है जो तुम्हें किसी माल की तरह डिब्बाबन्द करती है, तुम्हारे व्यक्तिगत अनुभव को तुम्हारे अन्दर किसी छापे की तरह समोये रखती है — उस दिन से जब तुम 'कहीं और' की बजाय 'यहाँ' या 'वहाँ' पैदा होते हो।

राजनेताओं के अनुभव में ग़ोता लगाने का नतीजा कुछ ऐसी खोजें हैं जिन पर शायद आप विश्वास नहीं करेंगे, इन व्यक्तियों के बारे में आम नज़रिये पर विचार करते हुए जो मुझे उड़ते-उड़ते सुनायी पड़ता है। अगर आप उन लोगों में से हैं जो उनके विचारों का समर्थन करते हैं कि सरकार को आपके जीवन किस तरह संचालित करने चाहिएँ, तो वे दिग्गज, सत्ता हासिल करने के अपने नैतिक अधिकार के क़ायल, सब के लिए अमन-चैन, ख़ुशहाली और इन्साफ़ लाने के लिए कटिबद्ध होते हैं। अगर आप शासन के उनके विचारों के विरोधी हैं, तो वे निर्मम, ताक़त के भूखे, काइयाँ होते हैं, अपने क़िस्म के शासन को थोपने के लिए किसी बदनामी से नहीं रुकने वाले। किसी के अस्तित्व में — एक नेता के — यदा-कदा (आपके बीच इतने सारे छुट्टा घूम रहे हैं, मैं इस लालच और उत्सुकता से कैसे बच सकता था) मैंने विफलता के प्रति चाहे वह कितनी ही छोटी हो, आत्म-सम्मान को लगे धक्के के प्रति, चाहे वह कितना वक्ती हो, कमज़ोरी (जी हाँ) की उघड़ी सतह देखी है जिसे वे लोगों की नज़रों से छिपाये रखते हैं। सामूहिक मतदाताओं के — यानी आपके — बीच बढ़ते समर्थन से सन्तुष्ट होने की घोषणा करते हुए, कुछ मतों का नुक़सान उन के लिए किसी छिपे हुए अंग से धीरे-धीरे ख़ून के बहने जैसा होता है, सरकार के महल में एक स्थान का नुक़सान उस प्राणी का एक अंग काट दिये जाने के बराबर होता है जिसकी शक्ल में वे — आपके लिए, आपकी ख़ातिर — ख़ुद को ढाल रहे होते हैं। आपको पता है यह? ताक़त की ज़रूरत पड़ती है, इस बात की ज़रूरत पड़ती है कि *सही-सालिम* रहा जाय, अच्छाई के लिए, साथ-ही-साथ

बुराई के लिए भी। मुझे इन दोनों अवधारणाओं का कुछ ज्ञान है — जो मुझे, मेरे अपने तरीक़े से हासिल हुआ है; मुझे आपके अनुभवों का क्षणिक-से-क्षणिक सम्पर्क भी बिना यह जाने कैसे हो सकता था कि सचमुच वे मौजूद हैं।

शायद मैं उनमें से एक होता, एक राजनेता। क्योंकि मैं उनसे दूर नहीं रह पाता, वे मुझे उस दृढ़ भावना के कारण आकर्षित करते हैं, जिससे वे, सार्वजनिक जीवन की सतह के नीचे, ज़िन्दगी से दो-दो हाथ करते हैं, उन दाँव-पेंचों की गोपनीयता से जिन्हें वे इस्तेमाल में लाते हैं, बचे रहने के उन पैंतरों के कारण जो वे अपनाते हैं, उन पैतरों के बीच जो मैं आप लोगों को लाते देखता हूँ — आश्रम में पलायन से ले कर पॉप गायक के सम्पूर्ण अनावरण तक। क्यों न मैं उन सबको आज़मा कर देखूँ, चूँकि मुझमें उनमें से किसी के साथ अंजाम तक जाने की चिन्ता नहीं है! लेकिन नहीं। अगर मैं अपने लिए एक भौतिक अस्तित्व की कल्पना करूँ — जो डेनिस हो सकता था — तो शायद मैं एक लेखक होता; निश्चय ही कथा साहित्य, क्योंकि उसी तरीक़े से एक भौतिक प्राणी दूसरों की ज़िन्दगी जीने की मेरी हिकमत के सबसे नज़दीक पहुँच सकता है; एक से अधिक अस्तित्व जो एक अकेले अस्तित्व के लाचारगी भरे छोटे-छोटे अवसर न हों।

जब *वह* मरती है — वह जिसने समय से पहले ही मेरी ज़िन्दगी चुरा ली — तो मैं जानना चाहूँगा कि उसने तुम्हारी आढ़त में उसकी क़ीमत में कितना इज़ाफ़ा किया है — मैं अन्दाज़ा लगाता हूँ कि क्या मेरा यह ग़ैर-मौजूद वजूद भी रुक जायेगा : मृत-जात से मृत-रुद्ध। मुझे शक है। तिस पर भी उत्सुक हूँ। इसलिए मेरी अनन्तता का एक पसन्दीदा मन-बहलाव है हवाई-जहाज़ में मुसाफ़िर के वजूद में सवार होना। क्यों कि मैं पाता हूँ कि आप जो धर्म-परायण नहीं हैं — जीवनोपरान्त पर भरोसा नहीं कर सकते — अनन्तता को अनुभव करने के सबसे नज़दीक लगभग तीस हज़ार फुट की ऊँचाई पर पहुँच सकते हैं — उन लोगों के स्वर्ग की राह पर जो विश्वास करते हैं वे पूरा रास्ता तय करेंगे। पृथ्वी के बाहर वातावरण की एक तह में, आपके सांसारिक अस्तित्व द्वारा परिभाषित काल-क्षेत्रों के बीच : आपको ठीक-ठीक पता नहीं होता पृथ्वी पर छाये बादलों के कफन, पृथ्वी के नरम-गरम कम्बल के ऊपर कि आप उस दुनियावी मंज़िल से, जहाँ पहुँचने का अपने इरादा किया है, क घण्टे पीछे हो या क घण्टे आगे। लिहाजा आप समय और स्थान दोनों के बाहर हो — ख़तरनाक ढंग से? नहीं — तुम दोनों में एक ही समय में वास करते हो, बादलों, अन्तरिक्ष और हवाई

जहाज़ का अन्दरूनी डिब्बा, जो हस्पताल के वॉर्ड जैसा है, आपका वॉर्ड (प्रथम, व्यापारिक, सैलानी क्लास), आपका बिस्तर (सीट संख्या) नियत है और आप नर्स (कैबिन सहायक) की देख-भाल पर निर्भर है। आज़ादी बस खिड़की के बाहर है; जैसा तुम्हारे साथ हरदम होता है, तुम उसे देख सकते हो, पर छू नहीं सकते। और वह डरावनी है...

लिहाज़ा क्या मैं हरेक का जुड़वा हूँ? — ओह, नहीं, नहीं, क़तई नहीं! मुझे ग़लत मत समझिए। मेरी कही किसी बात को। मैं किसी का प्रतिरूप, प्रतिकृति, क्लोन नहीं — किसी का विकल्प नहीं। यहाँ-वहाँ आपके अनुभवों को किसी आदर्श प्रतीकात्मक पाठ की तरह चखते हुए मैं आपके कानों में सार्वभौमिकता के बारे में कोई सूक्ति नहीं ठूँस रहा — कि जीवित मनुष्य एक-दूसरे का हिस्सा हैं, उन्हें एक-दूसरे को प्यार करना चाहिए, वग़ैरा-वग़ैरा। मेरी स्थिति में मेरी कोई नैतिक ज़िम्मेदारी नहीं है। अब समझ में आया आपको? कैसे हो सकती है जब मुझे प्रबन्ध नहीं करना पड़ता : खाना नहीं पड़ता, सिर पर छत की ज़रूरत नहीं होती, अपने कन्धे के पीछे ताक में नहीं रहना पड़ता कि उपलब्धियों में मेरा कोई प्रतिद्वन्द्वी तो नहीं है? मेरे लिए आसान है...

मेरा ख़याल है कि अन्त में आपको मेरी तरह नैतिकता की ज़रूरत से मुक्त होने के लिए शरीर-रहित होना पड़ता है। आपके साथ मेरी बस यही समानता है — *वह सब कुछ जो आप नहीं हैं,* मैं हूँ। मुझ पर दया करो। या ईर्ष्या।

'पता चलता है कि कुल-जमा जो हमारे पास है, वह वही कुछ जो कभी नहीं था और कभी नहीं होगा।'

इतने समय तक — ख़ैर, जो दस साल हम साथ रहे हैं — हमारे पास वह साथ रहा है जो हम चाहते थे। देवताओं से मिला कोई वरदान नहीं, न एक अच्छी-सी मध्यमवर्गीय विरासत, बल्कि अपनी ज़िन्दगियों को अपने बल पर बनाने के क्रम में। कैरन शहर में सबसे सफल शेयर दलालों की विदेशी निवेश सलाहकार है। मेरे पास सक्रिय कार्यकर्ता होने का इतिहास था। इस पिटी-पिटाई बात का मतलब है कि मैं पुराने निज़ाम के ख़िलाफ़, जो अब अगर सचमुच मिट्टी में नहीं मिला दिया गया है तो कम-से-कम मसाला-लगे शव की तरह लपेट कर धर दिया गया है, कार्रवाइयों का हिस्सा था जिसकी वजह से मुझे आँसू-गैस, पिटाई और एक बार हिरासत भुगतनी पड़ी — जो एक और घिसी-पिटी बात है, वह हिरासत बिना मुक़दमा चले कुछ दिन के लिए थी। लेकिन मैं वकील हूँ जो इसके बावजूद अपने को फिर से नये सँवारे गये देश में, ताज़ा ख़ून और औरत के तौर पर, वक़ीलों की सबसे प्रतिष्ठित संस्था में स्वीकृत कराने में सफल हुई हूँ। सो, यह रहा काम-काज वाला पहलू।

ऐसी औरतों के रूप में जिन्होंने पुरुषों के साथ तरुणाई वाले प्रयासों के बाद सिर्फ़ महिला प्रेमियों की इच्छा रखी है और उनसे सम्बन्ध भी, हम जानती हैं कि हम ख़ुशकिस्मत थीं — असाधारण रूप से वरदान प्राप्त — कि हमने

एक-दूसरी को खोजा और पाया। सामान्य लोग भी (जैसा कि वे अपने बारे में सोचते हैं) साबित करते हैं कि सही सम्बन्ध कितना दुर्लभ होता है : तलाक़, पुनर्विवाह, बच्चों पर क़ब्ज़े को ले कर झगड़े — बहरहाल, इस गड़बड़-झाले से हमने ख़ुद को, जिसे हमारी यौन-अभिरुचि कहा जाता है, उसके बल पर मुक्त कर लिया है। यह अभिरुचि खुली रही है और अब भी है, चूँकि क़ानून भी इसके होने को वैध मानता है, और हम दोनों के पास अपने काम-काज की स्वीकृत क्षमताओं और प्यार-भरी यौन-साझीदारी का आत्म-विश्वास है (सामान्य दम्पति ईर्ष्या से देखते हैं कि वह कितना परिपूर्ण करने वाला है) जिसके बल पर हम पुराने पूर्वाग्रह के किसी अवशेष को नज़रन्दाज़ कर सकें जो उतरे-मुँह वाली नापसन्दगी में उभर आता है। हमें अपने क़िस्म के लोगों से मेल-जोल स्वाभाविक रूप से सामंजस्यपूर्ण लगता है, बेशक, आम प्रतिद्वन्द्विताओं, इत्तफ़ाक़ी यौन-आकर्षणों के साथ जो, बहुत गम्भीरता से नहीं, हरेक की सामाजिक ज़िन्दगी, गॉल्फ़ क्लब और समलैंगिकों के शराबख़ाने के सिलसिले में उलझनें और मुसीबतें पैदा करते हैं। लेकिन हमारी विपरीत-लिंगी मित्रताएँ भी होती हैं, ख़ास तौर पर जो हमारे अलग-अलग व्यावसायिक सम्पर्कों से घटित होती हैं और हमें रात के भोजन पर विदेश से आये व्यवसायियों या दूसरे गण्य-मान्य लोगों की महिला संगिनियाँ बनने में एतराज़ नहीं होता जो अपनी पत्नियों को साथ नहीं लाये हैं। कैरेन ख़ासी ख़ूबसूरत कही जा सकती है जिसके साथ-साथ उसे मुझसे उमर में कम होने का फ़ायदा या नुक़सान है और कभी-कभार इन अवसरों के बाद इन प्रवासी-पुरुषों में से कोई एक उसका पीछा भी करता है, और मेरा ख़याल है मुझे यह मानना चाहिए कि यह जान पर मुझे ख़ुशी, उत्तेजना ही होती है कि मेरी प्रेमिका ऐसे व्यक्ति को भा रही है जो उसे हासिल नहीं कर सकता, जिसे वह ठुकरा देगी। उस मज़ाक़िया ढँग से मुँह बिदोर कर, आधे-खिल्ली उड़ाने वाले और आधे प्रसन्न भाव के साथ जब हम बाद में उस आदमी की विवेचना करते हैं।

मिलने के दो साल बाद हमने एक घर ख़रीदा और हमारे बीच की ही एक, वास्तुशिल्पी मित्र ने उसे फिर से सुधार-सँवार कर ठीक वैसा बना दिया जैसा हमारे ख़याल में हमारी जगह को होना चाहिए। मिले-जुले माध्यमों के चित्र और एक या दो मूर्ति-शिल्प (हमें लकड़ी पसन्द है और अचानक मिली चीज़ों को दुर्लभ कलाकृतियों के तौर पर पेश करने का नाटक नापसन्द है) दूसरे कलाकार मित्रों की कृतियाँ हैं। हमारा संग्रह और हमारी साथ-साथ की गयी यात्राएँ

ही हैं जिन पर हमें अपने पैसे ख़र्चना पसन्द है। हमने दुनिया का अच्छा-ख़ासा हिस्सा देखा है (दो से भली चार आँखें), चीन की दीवार, बैरियर रीफ़, न्यू यॉर्क — शिकागो-पश्चिमी तट, क्योटो, स्कॉटलैण्ड की पहाड़ियाँ, फ़्लोरेन्स-रोम-पैरिस — और बहुत कुछ अभी आना बाक़ी है, लेकिन हमेशा आनन्द के एक भाव-भरे समापन के साथ हम दोनों बाँहें एक-दूसरी के गिर्द डाले, वापस आते हैं — घर। मुझे यह आभास रहा है कि सामान्य लोग विश्वास नहीं कर सकते कि ऐसी कोई अवधारणा हमारे साथ मौजूद रहनी चाहिए। क्योंकि हम उसके योग्य नहीं है, ऐं।

पिछले साल किसी समय कुछ चकित करने वाला — हाँ, घटित हुआ। हमारे साथ नहीं; लेकिन उपजा हमीं से। हालाँकि यह आश्चर्यजनक नहीं था कि वह हम दोनों में एक ही समय पैदा हुआ, क्योंकि हमारी भावनाएँ, अवधारणाएँ, मत और रुचियाँ अ-जैविक एक-सी जुड़वाँ हैं। मिसाल के तौर पर, मुझे पता नहीं कि दूसरों से बात करते समय हमें 'हम' की जगह 'मैं' कहते सुना गया है या नहीं। सबसे अनपेक्षित बात यह थी — अगर आश्चर्य इसी का नाम है — कि यह बात, बहरहाल जैविक थी। इसके अलावा और किस तरह उसे बताया जा सकता था। हम एक बच्चा पैदा करना चाहते थे। मुझे यक़ीन है — और मैं एक बार इस एकवचन, व्यक्तिवाचक सर्वनाम का प्रयोग कर रही हूँ, क्योंकि हमने कभी वास्तव में इसे व्यक्ति नहीं किया, मैं किसी कल्पित 'बाहर' से परख रही हूँ — हमें आभास था कि यह इच्छा किसी पूँछ के अवशेष मेरूदण्ड के सिरे पर तिकोनी हड्डी-सरीखी थी सर्वोच्च स्तनधारियों के रूप में हमारे मानवीय मूल का अवशिष्ट नहीं, बल्कि उस परिवार-रूपी जीव का जो हमने उसके परे विकसित किया है। लेकिन आज़ादी का मतलब है तुम जो चाहते हो उसे हासिल करने के लिए बाहर निकलो, भले ही वह ख़ुद अपना विरोधाभास जान पड़ता हो। परिवार के तत्वों को ठुकरा दो और सम्बन्धों के एक नये रूप की रचना के लिए उनमें से एक को ले लो।

हमारे पास पेश करने को एक घर है — बच्चे की बुनियादी ज़रूरतों के सिलसिले में — उसे ले कर, कोई शंका नहीं। यह पहली शर्त है जिसका जायज़ा कोई भी संस्था लेना चाहेगी : यह सरलता से अनौपचारिक ढंग की ख़ूबसूरत जगह और मुक़ाम जो हमने बनाया है। लेकिन हम गोद लेना नहीं चाहते : हम अपने ख़ुद के बच्चे की बात कर रहे हैं। इसका मतलब है हममें से किसी एक को उसे पैदा करना होगा, क्योंकि एक जिस चीज़ का कारक होता है वह

दोनों की मिल्कियत हो जाती है।

देर रात को, बाहर टेरेस पर झींगुरों की संगत में और उससे भी बाद में अपने बिस्तर में, उसकी बाँह मेरे सिर के नीचे या मेरी बाँह उसके सिर के, हम विचार करते हैं कि हम इस असाधारण फ़ैसले को कैसे पूरा करेंगे जो हमारे लिए उस तरह के आपसी फ़ैसले की तरह नहीं किया गया है जैसा, मिसाल के लिए, अगली गर्मियों में स्पेन की बजाय गैलापैगोस जाने का फ़ैसला। इसमें कोई विवाद नहीं है कि बच्चे को अपने शरीर के अन्दर कौन धारण करेगा। कैरेन मुझसे आठ साल छोटी है। लेकिन छत्तीस वर्ष की उमर में उसे शक है कि वह गर्भ धारण कर सकती है। — मुझे क्या पता? मैं कभी गर्भवती तो हुई नहीं — हम इतना हँसे कि उसे रोकने के लिए मुझे उसको चूमना पड़ा। वह अट्ठारह साल की उमर के बाद से कभी किसी पुरुष के साथ नहीं सोयी, जब विश्वविद्यालय के पहले साल में उसका कौमार्य, भाग्य से गर्भ ठहरे बिना, उसके एक सहपाठी ने अपनी कार के पीछे की सीट पर भंग कर दिया था। — मेरा ख़याल है यह जानने के लिए कि तुम गर्भ धारण कर सकती हो या नहीं, परीक्षण होते हैं जो तुम करा सकती हो। हम एक स्त्री रोग विशेषज्ञ ढूँढ सकते हैं। उसे इससे कोई मतलब नहीं कि तुम क्यों जानना चाहती हो। —

यह आसान था। वह उर्वर है, यक़ीनन, हालाँकि डॉक्टर ने कुछ ऐसी कठिनाइयों का — क्या उसने जटिलताएँ कहा था, कैरन को याद नहीं — ज़िक्र ज़रूर किया था जो (क्या कहा था उसने उसे छत्तीस की उम्र में) *प्रथम प्रसवा* बनते हुए उसे और बच्चे को हो सकती थीं। सिज़ेरियन तो किसी भी समय कराया जा सकता है — लेकिन मैं कैरेन को चीरा नहीं लगवाना चाहती। — मेरा सहज स्वाभाविक प्रसव होगा, मैं वे सारी कसरतें करूँगी और सही मानसिक दशा में आ जाऊँगी जो ये प्रसव-पूर्व जगहें सिखाती हैं। — और इस तरह हम जानते हैं, मैं जानती हूँ अब; वह ऐसे अनुभव से गुज़रने वाली है जो मुझे नहीं होगा; उसने यह स्वीकार कर लिया है; हमने यह स्वीकार कर लिया है, हाँ।

लेकिन तब उस असली सवाल की बारी आती है जिससे हम कतराते रहे हैं। यह ऐसी स्थिति है, निश्चय ही जिसका चुनाव हमने ख़ुद अपने लिए किया है, जहाँ आदमी के बिना गुज़ारा नहीं। फ़िलहाल नहीं; विज्ञान डिम्ब को प्रजनन-कार्यक्रमबद्ध किसी कृत्रिम आक्रान्ता द्वारा दूसरे तरीक़ों से गर्भ धारण कराने में व्यस्त है, लेकिन सम्भव नहीं हो पाया है।

गर्भधारण।

हम उस अन्तिम फ़ैसले के बारे में सोचते हैं, ख़ामोशी से और मुखर हो कर। जीवन की रचना करने का फ़ैसला, बस, इससे कोई कतराना नहीं।

— ख़ैर, कोई आदमी जिसे हम जानते हैं। —

क्या मतलब है कैरेन का। मैंने उसे देखा, उसके ख़यालों को पढ़ने के लिए उसे घूरा। मैं कैरन के शरीर में किसी मर्द के दाख़िल होने का ख़याल बरदाश्त नहीं कर सकती। उस नरम भेद-भरी राह में कुछ रख आना जिसमें मैं अपने तरीक़ों से प्रवेश करती हूँ। यक़ीनन कैरन भी इसे बरदाश्त नहीं कर सकती। बेवफ़ाई और वह भी किसी मर्द के साथ।

कैरन खुल्लम-खुल्ला व्यावहारिक है। मुझे पल भर के लिए भी उस पर शक करने पर शर्मिन्दा होना चाहिए। — अलबत्ता वह ख़ुद अपना वीर्य निकाल सकता है। —

— ख़ुद को दुह कर। —

— मुझे नहीं मालूम — किसी डॉक्टर के यहाँ, प्रयोगशाला में, और फिर वह आम सुई लगाने जैसा होगा, मेरे लिए लगभग। —

— कोई जो इसे हमारे लिए कर देगा। हमें खोजना पड़ेगा...चुनना होगा एक स्वस्थ, सुन्दर, मज़बूत नसों वाला। क्या हम अपने पुरुष मित्रों में से किसी को जानती हैं जिसमें ये तीनों बातें हों? —

और हम फिर हँसने लगती हैं। मैं एक का सुझाव देती हूँ, कैरन एक और उससे भी कम उपयुक्त उम्मीदवार का नाम सुझाती है। अद्‌भुत है, जब तुम बिना सम्भोग के जीवन का एक निर्णय लेने को आज़ाद हो तो कैसी ताक़त है इसमें! तुम एक ही समय में हँस सकते हो और गम्भीरता से विचार भी कर सकते हो।

— हम यह मान कर चल रही हैं कि हम जिसे भी चुनेंगी वह राज़ी हो ही जायेगा, सीधे-साधे।

मुझे इसका जवाब नहीं मालूम था।

— वह क्यों करे ऐसा? —

कैरन के हठ ने दिमाग़ में कुछ ऐसा ख़याल पैदा किया जो दयालु मर्दाना

रज़ामन्दी से बहुत परे तक जाता था (हम दोनों, अन्ततः, यह सोच सके थे कि हमारे पुरुष मित्रों या परिचितों में एक या दो ऐसे लोग हो सकते थे जिन्हें यह विचार दिलचस्प लगे) अगर बच्चा देखने में उस जैसा निकला तो? मिलता-जुलता होने से ज़्यादा, महज़ आम मर्दानेपन से ज़्यादा, अगर लड़का हुआ तो, वीर्यदाता से पहचानी जा सकने वाली समानता से ज़्यादा, अगर लड़की हुई। और आगे, आगे —

— हे भगवान। अगर बच्चा देखने में उस जैसा हुआ — अगर न भी हुआ तो — उसके दिमाग़ में उस पर दावा करने का ख़याल आया तब। वह — क्या है वह क़ानूनी शब्द जो तुम तलाक़ के मुकदमों में इस्तेमाल करती हो, तुम्हें पता है — पहुँच की, राब्ते की, मिलने-जुलने की माँग करे तब। वह चाहे कि हर इतवार को प्रकट हो कर अपना हिस्सा हासिल करे, बच्चे को चिड़ियाघर ले जाने का। —

हम लम्बी-लम्बी सैरों पर गये, हम नाटक देखने गये और उस शराबघर में जहाँ हम लड़कियाँ इकट्ठा होती हैं, हम कहाँ थीं, और क्या कह रही थीं, सुन रहीं थीं, इसके ख़याल के नीचे गहराई में एक और ख़याल के साथ। गर्भधारण। इस जीवन को अपने लिए कैसे सम्भव करें।

हफ़्ते भर बाद, छँटते बादलों को साफ़ करने के दिनों बाद, मामला बिलकुल सरल हो गया; शुरू ही से था। वीर्य-बैंक। इसका मतलब था कि हमें अपने समूह में किसी डॉक्टर के पास जाना था और उसे वह बात बतानी थी जो हमने किसी को नहीं बतायी थी : हमें एक बच्चा चाहिए। कैरन उसे पैदा करेगी। हम इस फ़ैसले के — जो लिया जा चुका है, बदला नहीं जा सकता — पक्ष-विपक्ष में किसी मत को सुनना नहीं चाहतीं। हम महज़ यह जानना चाहती हैं कि कोई कैसे वीर्य-बैंक से सम्पर्क करता है और क्या तुम जो हममें से एक हो, वीर्य रोपण की यह सहज-सरल प्रक्रिया सम्पन्न कर दोगी। बस, इतना ही। विस्मय और आवेग-भरी उत्सुकता ने डॉक्टर के चेहरे को रूपान्तरित कर दिया, लेकिन उसने सवाल या टिप्पणी करने की इच्छा को क़ाबू में रखा, सिवा यह कहने के कि मुझे यक़ीन है तुम जानती हो तुम यह क्या करने जा रही हो। यह आवश्यक प्रबन्ध हो जायेगा; कुछ ख़र्च देना होगा, सम्भव है काग़ज़ों पर हस्ताक्षर करने पड़ें, सब गोपनीय। न देने वाले और न पाने वाले को आभास होगा कि दूसरे का कोई वजूद है।

जीवन की रचना करने की सारी प्रक्रिया प्रकृति से भी ज़्यादा अन्धी साबित होती है। महज़ कैरन के ऋतु-चक्र में सही समय का इन्तज़ार जब डिम्ब द्रव्य की बूँद के लिए तैयार हो। अनाम बूँद के लिए।

और प्रतीक्षा, पक्का करने के लिए अनावश्यक रूप से कैलेण्डर को देखना — प्रतीक्षा एक ख़तरनाक अवस्था है; हमारे अन्दर कुछ और जीवित हो उठा। पहले कैरन ने बात की।

— प्रयोगशाला से, एकमात्र रास्ता। लेकिन कौन जानेगा कि वह गोरे का है? या काले का? क्या हम पूछ सकते हैं? —

— शायद। हाँ। मैं नहीं जानती। —

लेकिन पल भर तक एक गहरी साँस को अपने बीच रोके रखने के बाद मुझे फिर से बोलना था, हमारी ईमानदारी क़ीमती है। — अगर जवाब हाँ भी हो तो हमें पक्का यक़ीन कैसे हो सकता है। प्रयोगशाला में बोतलबन्द होने पर क्या किसमें जाता है? —

मिस्टर अनाम गोरे आदमी का वीर्य। सोचो कि अतीत से उनके गुण सूत्रों में क्या है, इस देश में। क्या हो सकता है। अतीत बहुत निकट है। वे ज़िन्दा है, इर्द-गिर्द-बेचते हुए, दान करते हुए? — अपना वीर्य। वे निर्मम अत्याचारी जिन्होंने लोगों के सिर पानी के नीचे डुबोये रखे, उन्हें हाथों के बल लटका दिया, पास आ रहे बच्चे को गोली मार दी; वह बदसूरत कोठरी जहाँ नौ हफ़्तों तक मुझे बन्द रखा गया, हालाँकि जो मुझे झेलना पड़ा उसकी कोई तुलना बाक़ी सब से नहीं है।

अगर उस अनाम बूँद में किसी काले आदमी के गुण-सूत्र हैं, डी०एन०ए० हैं? वह कैरन के शरीर में, हमारे एक जान दो शरीर में, उन लोगों का कुछ फिर से जीवित कर देगा जिनके सिर पानी के नीचे डुबोये रखे गये, जो हाथों के बल लटकाये गये, वह बच्चा जिसे गोली मारी गयी। इससे कोई फ़र्क़ नहीं पड़ता कि वह बच्चा भी मुसीबतों और ख़ुशियों के वे अन्तर्विरोध ले कर आता है जिनकी अपेक्षा किसी भी बच्चे से की जाती है।

लेकिन कोई पूरी तरह यक़ीन कैसे करे? उस बूँद का?

हम बात करते रहे हैं; हमारी ख़ामोशियाँ भी बातों को जारी रखती हैं। हम कैसे जानेंगे, पता लगायेंगे? बरसों, या शायद जब वह, गोरा बच्चा, अभी

छोटा ही हो, तुम्हें आक्रामकता के कुछ रुझान दिखायी दें, छोटे बच्चों में क्रूर निःसंगता के — जैविक माता-पिता पूछते हैं, इसे यह कहाँ से मिला, निश्चय ही तुमसे या मुझसे नहीं। जब वह — जो बच्चा हम बनाने वाले हैं जाने कैसे अब पुरुष के रूप में सोचा जा रहा है — किशोरावस्था में हो, तब डी०एन०ए० से, गुण-सूत्रों से, अतीत का क्या कुछ सतह पर उतराने लगेगा?

हमने उसे मुल्तवी कर दिया। हम गैलापैगोस चले गये, एक अलग दुनिया का परिप्रेक्ष्य। अब जब हम लौट आये हैं, हम जीवन की रचना करने के बारे में बात नहीं करते, वह हमारी ख़ामोशियों में नहीं है — घर, अकेले, जैसे कि पहले था।

लिहाज़ा मैं कभी पैदा नहीं हुआ। इस बार ठुकरा दिया गया। मेरे ख़याल में ऐसा इसी बार हुआ। लेकिन फिर जो मेरे पास है वह वही नहीं है जिसे स्मृति के

रूप में अनुभव किया जाता है।

'ठीक जैसे हर चीज़ हमेशा कुछ और होती है...सम्भव है यह प्रजनन के देवता पर भी कुछ रोशनी डाल सके।'

जर्मनों को पता है वे हार रहे हैं। यह शहरों पर बम गिरने वाले युद्ध के बाद की बात है। हमारे परिवार में हम उस सब के बीच ज़िन्दा रहे। हम रूसी भालू, हम लड़ाई में दूसरी तरफ़ से आये हैं, हम अंग्रेज़ों और फ़्रान्सीसियों की ओर से जीतने जा रहे हैं, जो अपने बल पर ऐसा नहीं कर सकते। जिस समय मोर्चे पर आख़िरी लड़ाइयाँ जारी हैं जर्मनों ने अब भी हमारे पुराने शहर पर क़ब्ज़ा कर रखा है, लेकिन मुश्किल से। हमारे पास अपने लोग हैं, जो इन सड़कों पर घूमते-फिरते हैं जो हमारी इतनी जानी-पहचानी हैं और रात में उन्हें छुरे से हलाक़ कर देते हैं। लिहाज़ा वे अपनी बन्दूकों के साथ हमारे घरों में आते हैं और औरतों को डराते हैं, फ़र्निचर तोड़ते-फोड़ते, अलमारियों में और पलँगों के नीचे जो कुछ है उसे बाहर फेंकते हुए हमारे आदमियों को ढूँढते हैं जो वे जानते हैं कि यह सब करते हैं। वे हर समय इतनी ज़ोर से चिल्लाते हैं, घर से हो कर भगदड़ मचाते मवेशियों के झुण्ड की तरह कि मैं मुश्किल से अपनी बहनों को चीख़ते सुन पाता हूँ और मुझे पता नहीं चलता कि मेरी माँ, अपने कसे हुए दाँतों पर मुँह चौड़ा फैलाये, मुझे क्या करने को कह रही है। भागने के लिए? मैं कैसे निकल भागता। वे मेरे बाप को ले गये, हमारे दरवाज़े तक उसे ठोकरें मारते हुए,

ख़ैर कम-से-कम हम जानते हैं कि उनके उस तक पहुँचने से पहले वह उन पर हाथ साफ़ करने में सफल हो गया था, उसने उन मौक़ों पर, जब वह रात को हमें छोड़ कर गया और फिर उजाला होने से पहले दबे पाँव आ कर बिस्तर में मेरी माँ की बग़ल में लेट गया था, उसने कम-से-कम तीन मारे थे। फिर उनमें से एक मुड़ कर देखता है; और मुझे पकड़ लेता है। मेरे बाप के पीछे मुझे भी ठोकर लगाता है। मेरी माँ उन पर चीख़ती है, वह सिर्फ़ चौदह का है, बच्चा है, वह कुछ नहीं जानता, कुछ नहीं! लेकिन वे रूसी नहीं समझते। बहरहाल, वे जानते हैं कि जल्दी ही जब मैं पन्द्रह का हो जाऊँगा मुझे भरती के लिए बुला लिया जायेगा, मेरी क्लास के लड़के हैं जो अब हमारी फ़ौज में हैं क्योंकि हमें जीतना है, सबको लड़ना होगा। वे मुझे और मेरे बाप को एक क़िस्म की फ़ौजी गाड़ी में फेंक देते हैं और अपने पैर हम पर रखे हमें फ़र्श पर लिटाये रखते हैं, लेकिन मुझे अपनी सड़क की इमारतें गुज़रती हुई दिखाई देती हैं और पुराने गिरजे की मीनारें जहाँ मेरी माँ जाती है और कहती है कि सदियों पहले बना था और हमारे देश में, दुनिया में सबसे ख़ूबसूरत है, और ईश्वर ही ने उसे बमबारी से बचा लिया। और मैं उस थिएटर की दीवार भी देखता हूँ, ऊपर को तनी हुई, जो बमबारी का शिकार हो गया था और जहाँ हम एक बार अपनी बड़ी बहन को — वह अभिनेत्री है — मैक्सिम गोर्की के लिखे एक नाटक में अभिनय करते देखने गये थे। हमने उस नाटक को स्कूल में अपनी क्लास में भी पढ़ा था।

इन चीज़ों को अब भी वहाँ देखते हुए, मुझे विश्वास नहीं होता कि मैं इतना डरा हुआ हूँ यहाँ कि मुझसे साँस भी मुश्किल से ली जा रही है। मेरा बाप मुझे देखने के लिए बार-बार अपना सिर घुमाने की कोशिश करता है, मुझे पता है वह मुझसे कहना चाहता है कि ठीक है, वह मेरे साथ है।

फिर ऐसी इमारतों के ऊपरी सिरे नज़र आते हैं जिन्हें मैं जानता नहीं और फिर कोई इमारत नहीं, सिर्फ़ आसमान। मेरी नाक बह रही है। नहीं, मैं रो रहा हूँ। बच्चा कहीं का! मैं आँसुओं को अपनी नाक से वापस सुड़क लेता हूँ, मेरे बाप को पता नहीं लगना चाहिए।

हम वहाँ पहुँचते हैं जहाँ वे हमें ले जा रहे हैं और फ़ौजी गाड़ी एक अहाते में खुलती है, जहाँ बहुत तेज़ ऊँची रोशनियाँ हैं जैसी खेल के मैदान में होती हैं, लेकिन वहाँ एक इमारत है जिसकी खिड़कियों में सलाख़ें हैं। वे मेरे बाप को ले जाते हैं, लेकिन इमारत की तरफ़ नहीं और मैं आवाज़ देता हूँ,

चीख़ता हूँ, लेकिन वे उसे जवाब नहीं देने देते, मैं उसके कसमसाते कन्धे देखता हूँ। जिन जर्मनों ने मुझे पकड़ रखा है वे मुझे इमारत में ले जाते हैं। वह कैदख़ाना है। मैंने जेल के अन्दर का हिस्सा सिर्फ़ फ़िल्मों ही में देखा है। कुछ बहसा-बहसी चल रही है, मैं उनकी भाषा नहीं समझता, लेकिन मेरे ख़याल में उसकी वजह यह है कि उन्हें यह नहीं मालूम कि मेरा क्या करें।

मैं जानता हूँ वे मेरे बाप को गोली मारने जा रहे हैं। यह डर जो मेरी टाँगों की हरकत छीन लेता है, जर्मनों ने गलियारों में मुझे घसीटते हुए ऊपर उठा रखा है, यह डर उसके लिए है या अपने लिए। लेकिन वे मुझे गोली मारने के लिए वहाँ क्यों नहीं ले जाते जहाँ भी वे मेरे बाप के साथ ऐसा कर रहे हैं। वे लोहे का एक दरवाज़ा खोलते हैं और मुझे एक छोटी-सी जगह में फेंक देते हैं, अँधेरी, मोटी काली छड़ों से कटा रोशनी का चौकोन। जब वे चले जाते हैं मुझे पता चलता है वहाँ मेरे सिवा कोई नहीं और एक चकत्ता जो कम्बल होगा।

मुझे अब यहाँ कई दिन हो गये हैं, वे मेरे लिए कभी-कभी खाना और पानी लाते हैं और यहाँ एक बाल्टी है जो मेरे मल-मूत्र से गँधाती है। लेकिन लगता है मानो मेरे साथ कभी कुछ नहीं हुआ, मैं कोस्त्या नहीं हूँ जो स्कूल में था और दूसरे दर्जे के संघ में फ़ुटबॉल खेलता था और ख़रीदारी में मदद के लिए अपनी माँ के साथ जाता था और नताल्या को सिनेमा के लिए आमन्त्रित भी कर चुका था, उसके टिकट के पैसे देते हुए, बस अपने बाप की बग़ल में फ़ौजी गाड़ी के फ़र्श पर किया गया सफ़र रह गया है और गिरजे की मीनार और थिएटर की दीवार तनी हुई, और उसकी पीठ जब वह गोली मारने के लिए ले जाया गया। क्योंकि अगर उसे गोली न मारी गयी होती तो वह इस जगह मेरे साथ होता। हम बहुत नज़दीक होते, क्योंकि यहाँ बहुत कम जगह है, मुश्किल से इतनी कि सोने के लिए कम्बल बिछाया जा सके। जिधर भी मैं मुड़ूँ मेरे चेहरे पर एक दीवार है। अगर मैं तैयारी के साथ कूदूँ तो मैं बस छोटी-सी खिड़की में लगी लोहे की सलाख़ों तक पहुँच सकता हूँ और उन्हें पकड़ कर लटक सकता हूँ। लेकिन अपने सिर को कन्धों को खींच कर उठाना मुश्किल है ताकि मैं कुछ देख सकूँ। बस सिर्फ़ छड़ें। मैं हाथों पर सलाख़ों को महसूस करता हूँ, अगर मैं कम्बल पर लेट कर आँखें बन्द कर लूँ तो मुझे सलाख़ें नज़र आती हैं। कभी-कभी मुझे यह अजीब-सा ख़याल आता है कि मेरा सिर छोटा होता जा रहा है, अगर मैं उसे सोच के बल पर काफ़ी छोटा कर लूँ तो मैं उसे सलाख़ों से बाहर निकाल सकूँगा। मेरा सिर इन कसी हुई दीवारों के बाहर होगा, जब मेरी आँखें

बन्द भी होंगी, सलाख़ें मेरी आँखों में नहीं होंगी।

वे मेरे साथ क्या कर सकते हैं? वे मुझे सबको सब कुछ बताने के लिए वापस घर नहीं भेज सकते। वे युद्ध हार गये हैं। लो वे रहे दरवाज़े पर, वे उसे पल भर खुला छोड़ देते हैं, मुझे घूरते हैं। उनकी भाषा में ऊँची आवाज़ में कहा गया एक शब्द। वे आ गये हैं।

मुझे गोली मारने के लिए ले जाते हुए। मेरी आँखों में अब भी सलाखें।

'चाँद की मूसली
जो कूटती है सब कुछ फिर से
मुझे जन्म देती है दोबारा —
खोजने के लिए कि क्या था मेरे पास कभी,
और जानने को जो मैंने जाना है कभी।'

दादी युद्ध की बातें किया करती थीं और युद्ध के बाद जब योजनाएँ बनीं। जिनमें सरकार वह सब कुछ बनाने वाली थी जो खो गया था और शानदार मूँछों वाला वह आदमी दुनिया की ताक़त था ठीक अमरीकी राष्ट्रपति की तरह और वह उस दूसरे आदमी को उसकी क़ब्र में देखने के लिए औरतों के एक दल के साथ मॉस्को घूमने गयी थी, जो मर चुका था लेकिन अब भी मानो देश में सबके बीच ज़िन्दा था। पोती तब पैदा हुई थी जब शानदार मूँछों वाला आदमी भी मर चुका था और वह उन लोगों की तस्वीरों के सार्वजनिक प्रदर्शन की छाया में बड़ी हुई जो एक के बाद एक उसके बाद आये थे; उस बाप के एक के बाद एक आने वाले चेहरे जो उसके पास नहीं था। प्रकट रूप से वह किसी दूसरी औरत के फेर में उसकी माँ को छोड़ गया था जब उसकी बच्ची इतनी छोटी थी कि उसकी कोई याद न सँजो सके। सरकारी बापों ने बच्चों के लिए अच्छे स्कूल और हस्पताल मुहैया कराये थे और उसकी माँ के पास केटरिंग के धन्धे में पक्की

नौकरी थी, जिसके कर्मचारियों की स्थितियाँ उनके श्रमिक संघ ने सुनिश्चित की हुई थीं। दादी के पास उसकी पेंशन थी।

बच्ची को स्कूल की अपनी क्लास के साथ (उसकी दादी वाले पहले के समूह की तरह, मगर क़ब्र पर नहीं) संग्रहालयों और शानदार इमारतों के आतंकित करने, बौना समझने वाले अन्त:कक्षों में ले जाया गया जो युद्ध के बाद बची रह गयी थीं और बहाल कर दी गयी थीं, ज़ारों के सुदूर इतिहास के महल और रंगशालाएँ जो अब, सरकार के अनुसार, लोगों की थीं। उसे ये अभियान पसन्द थे; चटके हुए, लेकिन गुब्बारों जैसे भव्य सुनहरी गुम्बद, बादलों का निशाना साधतीं मीनारों के किंगरीदार उड़ते तीर, वीरान गिरजाघरों में चित्रित सन्त — धर्म स्कूलों में नहीं पढ़ाया जाता था और सिर्फ़ बहुत बूढ़े लोग ही, उसकी दादी की तरह, संग्रहालय-बने-गिरजों में जा कर प्रार्थना करने का जोखिम उठाते थे जहाँ उनके स्वागत को कोई पुजारी न होता। ईश्वर वहाँ नहीं था। लेकिन दादी निजी तौर पर इसे मंज़ूर नहीं कर सकती थी : कि उसका अस्तित्व नहीं था। उस छोटी लड़की ने अपनी माँ को स्कूल, काम, राशन की क़तारों के न बदलने वाले ढर्रे के अपने शहर की भव्यता से परिचित कराया और जब राजकीय नृत्य मण्डली दौरे पर आयी तो वे दोनों उसके जादू से चमत्कृत होने के लिए गयीं — टिकट सस्ते थे, ऐसे आनन्द आम मज़दूरों की बिसात में थे। उसने तय किया था कि वह अध्यापिका बनना चाहती थी; और फिर, टेलिविजन कार्यक्रमों में कम्प्यूटरों को जादुई तरीक़े से काम करते देख कर उसने रविश बदल कर कम्प्यूटर कौशल सीखने और सम्भव हो तो कसी क्षेत्रीय सरकारी कार्यालय में काम करने की महत्वाकांक्षा पाल ली। उसकी माँ के श्रमिक संघ को इस बारे में पता होगा, जब वक़्त आयेगा।

लेकिन जब वक़्त आया, उसने अपनी स्कूली शिक्षा पूरी कर ली, तो एक भिन्न समय था। दूसरा ही समय। महान पिता ताक़त खो बैठे, पकड़ गँवा बैठे, जिन देशों ने एक नाम के नीचे एक विशाल संघ बनाया था, टूट कर अलग हो गये। जिन बुद्धिजीवियों और दूसरे लोगों से पिताओं को डर था और जिन्हें उन्होंने क़ैद कर रखा था, वे रिहा कर दिये गये। बाहर की दुनिया को बताया गया, अब सब आज़ाद होंगे। कम्प्यूटरों को लाओ, कैसीनो लाओ, लाओ वह सब कुछ जो पश्चिम कहता है ऐसी ख़ुशियाँ उपजाता है जो हमने कभी नहीं आज़मायीं, आज़मा सकते ही नहीं थे। और वे लाये। और नयी सरकार जिसने कभी पश्चिम के तरीक़े से धन्धा नहीं किया था, उनके साथ धन्धा करते हुए

फ़ायदे में नहीं रही।

कारख़ाने अपने उत्पादों के लिए औज़ारों के अभाव में, जो सुविधाजनक रूप से उस विशाल संघ में मौजूद रहे थे, बन्द हो गये। एलेना की माँ अपनी नौकरी गँवा बैठी जब केटरिंग का धन्धा अमरीकी नामों वाली तुरन्ता-भोजन की शृंखलाओं के साथ मुक़ाबले में ठहर न पाया जिन्होंने बहुत-से रेस्तराओं की जगह ले ली थीं, एलेना अध्यापिका या कम्प्यूटर ऑपरेटर बनने के लिए पढ़ाई जारी नहीं रख सकी। उसे काम खोजना था, कैसा भी काम। व्यापार करने के लिए आये विदेशी उन होटलों में टिकते जिन्हें अपने हाथों में ले लेने वाली अन्तर्राष्ट्रीय शृंखलाओं ने सुधार-सँवार दिया था ताकि उन्हें लगे कि वे पश्चिम के किसी होटल में टिके हुए थे। उसकी माँ को यक़ीन नहीं हुआ था : उसकी बेटी ने जो इतनी बुद्धिमान थी जो उसी दुनिया में, नयी दुनिया में, जीवन बनाने जा रही थी, एक दिन घर आ कर बताया कि उस काम मिल गया था : उन होटलों में से एक में परिचारिका का। उसे हिदायत दी गयी थी कि वह जीन्स नहीं, स्कर्ट पहने और वर्दी के तौर पर एक एप्रन दिया गया था। वह उन दरवाज़ों के सामने से गुज़र जाती जिन पर अंगेज़ी, फ्रान्सीसी, जर्मन और जापानी भाषाओं में 'विघ्न न डालें' का संकेत टँगा होता, और दूसरे दरवाज़ों पर नरमी से दस्तक देती। अगर कोई जवाब न आता, वह अन्दर जाती, बिस्तर बिछाती, वैक्यूम क्लीनर से ग़ालीचे साफ़ करती, बाथरूम साफ़ करती, तौलिये, साबुन और बाथ-ऑयल, शैम्पू के मुफ़्त दिये जाने वाले सामान की टोकरी में जो चीज़ें न होतीं, उन्हें दोबारा रखती जिनकी क़ीमत कमरे के ऊँचे (सिर्फ़ डॉलरों में देय) किराये में शामिल होती। चादरों पर वीर्य के धब्बे होते। बाथटबों की जालियाँ यौनांगों के बालों से रुकी होतीं। शौचालय में अक्सर मल विसर्जन के अवशेष फ़्लश न किये गये होते। पसीने से कड़े मोज़े और कॉलर और आस्तीनों पर गन्दी कमीज़ें ग़ालीचे से उठा कर क़रीने से कुर्सी पर रखनी होतीं। हाउस कीपर नियमित रूप से आ कर देखते कि ये सारे काम ठीक से किये गये हैं या नहीं।

कभी-कभी जब परिचारिका दस्तक देती तो कोई जवाब न आता और वह अन्दर चली जाती, कोई वहाँ था, शावर के नीचे से आवाज़, और वह माफ़ी माँग कर फ़ौरन चली जाती। ऐसे मौक़े भी होते जब वह जवाब पाये बिना दाख़िल होती और एक आदमी खड़ा कपड़े बदल रहा होता और जब वह माफ़ी माँगती तो वह मुस्करा कर कहता, कोई बात नहीं, मैं बाथरूम इस्तेमाल कर चुका हूँ, तुम काम कर सकती हो। लेकिन उसे हिदायतें मिली हुई थीं : मैं बाद में आ

जाऊँगी। एक सुबह ऐसी थी जब उसने दस्तक दी और किसी ने ऐसी भाषा में जवाब दिया जो उसे अंग्रेज़ी जैसी नहीं लगी (जो उसने स्कूल में थोड़ी-सी पढ़ी थी) न जर्मन, फ़्रान्सीसी या जापानी। वह पीछे मुड़ी, लेकिन दरवाज़ा खुला और बाथरूम में होटल द्वारा मुहैया कराया गया तौलिये के कपड़े का बना सफेद ड्रेसिंग गाउन पहने एक आदमी कमरे की रोशनी को रोके खड़ा था। — इटैलियन नहीं जानतीं? — ओके, अंग्रेज़ी समझतीं? आओ, प्लीज़ — वह उसके पीछे बाथरूम तक गयी और उसने तौलियों की तरफ़ इशारा किया जो खूँटी से पानी में गिर पड़े थे। एलेना ने इशारा किया : मैं कुछ और लाती हूँ। जब वह तौलियों के साथ वापस आयी उस आदमी ने उसका शुक्रिया अदा किया, मुस्कराते हुए और कुशल सेवा पर धुँआधार कन्धे उचकाते हुए, — तुम रूसी? हाँ, मुझे पक्का विश्वास तुम असली रूसी लड़की हो। मेरी जानकारी में पहली। — वह पलट कर मुस्करायी जैसे एक परिचारिका को करना चाहिए, मेहमान के प्रति शिष्टता से, उनकी गन्दगी को नज़रन्दाज़ करके। दृढ़ता से सिर हिलाया। — रूसी, हाँ। — उसने यह अपनी भाषा में कहा और उस आदमी ने सिर थोड़ा तिरछा किया मानो किसी चिड़िया को देख-सुन रहा हो। वे दोनों हँसे और वह चली आयी। अगले दिन जब उसने ५०७ पर दस्तक दी तो दरवाज़ा फ़ौरन खुला। वह लम्बा-तड़ंगा था, वह इतालवी, लम्बा और चौड़ा, लेकिन मोटा नहीं, मज़बूत पेट को घेरे सजावटी पेटी, तरोताज़ा भरे-भरे चेहरे, मोटी पलकों वाली काली आँखें और खिचड़ी बालों के चिकने किरीट के साथ जो सचेत रूप से किसी मुर्ग़े की कलग़ी की तरह सँवारा हुआ था। बहुत-से विदेशी मेहमानों की-सी उम्र, पचास के पेटे में। एलेना ने यह सब वाक़ई पहली बार देखा : वह ख़ुद को पेश कर रहा था।

एक बार फिर उसने इशारा करके उसे अन्दर बुलाया। उसने कुछ ख़रीदा गया सामान खोला था; गत्ते के डिब्बे, प्लास्टिक के टुकड़े, पन्नी। क्या वह इस गन्दगी का कुछ कर सकती थी? वे इशारों और अपने थोड़े-से अंग्रेज़ी शब्दों से भली-भाँति समझ-समझा रहे थे, उसकी रज़ामन्दी और आदमी की प्रशंसा पर दोनों हँसे। उसने एलेना को क़ालीन से कचरा उठा कर डिब्बे में डालने में मदद दी, उसे उठाया और एलेना के लिए उसे दरवाज़े तक पहुँचाने की पेशकश की, जिस बीच एलेना विरोध करते हुए डिब्बा उसके हाथ से ले लेने की कोशिश करती रही। वह गिर गया और फिर बिखर गया। आदमी ने अपनी बाँहें ख़ुद को झूठे ही दोषी ठहराने की मुद्रा में सिर के ऊपर झटकीं। जब वे फिर नीचे बैठे

उन्होंने एलेना को घेर लिया, वह उसे अपने से सटा कर झुला रहा था, हँसते हुए। वह दूर छिटक गयी। उसने उसे जाने दिया। — नाराज़ मत हो। आओ बैठो। — उसे मालूम नहीं था कि उससे क्या करने की उम्मीद की जाती थी। होटल के मेहमान से रूखापन नहीं बरतना चाहिए। वह मख़मल के दीवान पर बैठा और उसने अपनी बग़ल की जगह थपथपायी। वह बुलावे पर धीरे-धीरे आयी। अब उसने अपनी एक बाँह उसके कन्धों के गिर्द डाली उसे अपनी ओर घुमाया, उसे चूमा। उसके होंट गर्म और सुखद थे, उस गन्दगी से अलग जो वह होटल के अतिथियों से जोड़ती थी, वह चीड़ के आफ़्टरशेव से महक रहा था। उसने एलेना को और कस कर भींचा और अपनी जीभ उसके मुँह में डाल दी। यह सहलाना, ये पहलक़दमियाँ, बाहर की, उस दूसरी दुनिया से, कम्प्यूटरों और पर्यटन की दुनिया से आयी थीं, उस समय भी जब वह उसके किये पर नाख़ुश थी, वह उसे वहाँ ले गया, परिचारिका के दायरे से परे।

वह हर सुबह प्रतीक्षा करता। वह अपना ड्रेसिंग गाउन पहने अपने लैपटॉप कम्प्यूटर पर होता या फ़ोन पर, कैलकुलेटर एक ओर — मोबाइल — फ़ोन और फैले हुए काग़ज़ों से घिरा। वह देख सकती थी कि वह किसी क़िस्म का बड़ा व्यापारी था। यह सब साज़-सामान उन सबके कमरों में होता था। वह उसे इशारे से अपने पास बुलाता और एक आज़ाद हाथ उसके नितम्बों पर फेरता, जिस बीच वह इतालवी में बहस करता, सहमत होता, राज़-भरे अन्दाज़ में अपनी आवाज़ धीमी करता, आत्म-विश्वास के साथ उसे ऊँचा करता। धन्धा निपटा कर वह बिस्तर पर उससे प्यार करता जिसे वह बाद में, अपने काम-काज के क्रम में नये सिरे से बिछाने वाली थी।

एक नौजवान बेढंगेपन से उसमें दाख़िल हुआ था और आधे रास्ते स्खलित हो गया था, लेकिन एलेना के पता नहीं था कि यह क्रिया ऐसी भी हो सकती थी। इस आदमी का प्रवेश उस सब का आनन्द-भरा उद्घाटन था जो उसके भीतर रहस्य सरीखा छिपा रहा होगा और जब उस आदमी की ताक़तवर हरकतों से उस झिल्ली के अन्दर जो वह पहनता था एक किस्म का शोला फट पड़ता तो एलेना के समूचे शरीर में उसकी थरथराती जाँघों के नीचे तक कुछ भड़क उठता और उस आदमी को एलेना की चीख़ दबा देनी पड़ती — होटल के गलियारे से किसी के गुज़रने की सम्भावना थी।

एलेना को कमरे साफ़ करने का अपना काम पूरा करना था; उसे अपने मुलाक़ातियों से तयशुदा वक़्त पर मिलना था। उसने एक बेहतर बन्दोबस्त ढूँढ

लिया : एलेना के खाने की छुट्टी कब होती थी? वह अपनी बैठकें उसी हिसाब से व्यवस्थित कर लेगा, उसके काम-काजी लंचों का समय थोड़ा आगे बढ़ा दिया जायेगा। आलिंगनों के बीच वह उसे होटल द्वारा उसकी कॉफ़ी टेबल पर हमेशा भर कर रखे जाते कटोरे से चेरी और आड़ू की फाँकें खिलाता, बेचारी लड़की, खाने के लिए कोई वक़्त नहीं।

होटल में उसकी रिहाइश उससे ज़्यादा थी जो आम विदेशी व्यापारियों के सिलसिले में नज़र आती थी; ज़रूर कुछ जटिल वित्तीय सौदे थे जिसका मतलब था किसी बिचौलिये से ऐसा या वैसा सम्पर्क साधने के मौक़े का इन्तज़ार। ऐलना को इस सब के बारे में कुछ नहीं बताया गया था, न वहाँ की उसकी ज़िन्दगी के बारे में, जहाँ से वह आता था, इटली से, लेकिन एलेना देखती कि कैसे अक्सर जब वह फ़ोन रखता तो खीझा होता या उससे जुड़ी फ़ैक्स की सुविधा से अधीर हो उठता। तीसरा हफ़्ता रहा होगा — जब एक बार लंच के समय उसने बेहतर तौर पर देखने के लिए कुहनी के बल उठते हुए अपने नीचे लेटी एलेना पर नज़र डाली, उसके होंटों ने कुछ हरकत की, कुछ ऐसी सूरतें अख़्तियार करते हुए मानो वह ख़ुद को उसके प्रति कोई चेष्टा करने के लिए उकसा रहा था — शारीरिक नहीं — जो अब पीछे छोड़ जाने का वक़्त आ गया था : सुख एक रास्ता सुझाते हुए, विवेक दूसरा। जब वह कपड़े पहन रही थी, वह उसे देखता रहा। प्रत्युत्तर देने वाली वह देह ख़ुद को छिपाती हुई; उसके जीवन में प्रत्युत्तर देने वाले कई शरीर आते-जाते रहे थे, लेकिन समय बीत रहा था और एक और...

— मैं तुम्हें इटली ले जा सकता हूँ। —

एलेना को उस पर यक़ीन नहीं आया, उसने जवाब नहीं दिया।

— नहीं, यह सच है। मैं किसी को जानता हूँ, तुम्हारे काग़ज़ बनवा सकता हूँ। हम तुम्हारे लिए वहाँ काम खोज देंगे। यह नहीं, वहाँ वाला। बेहतर काम। तुम इसी जगह ठहरी नहीं रह सकतीं। —

वह अपना सिर हिला रही थी, और नीचे और नीचे। वह मुस्करा रहा था, सरकारी साँठ-गाँठ की दुनिया में अपनी क्षमता के आगे उसकी शक्तिहीनता को ख़ारिज करते हुए।

वह उस माँ, उस दादी के बारे में क्या जान सकता था जिसके पास वह

हर रात लौटती थी बचे हुए खाने के साथ जो रसोइयों में से एक होटल के रेस्तराँ से उसे देने के लिए चोरी-छिपे निकाल लाता था।

— अगले महीने के पहले दिनों में जाऊँगा मैं। तुम्हें ले जाऊँगा। तुम्हारे जैसी लड़की के लिए कुछ नहीं है, इधर। — हर बार लंच के समय वह पक्का करता, बन्दोबस्त को मंज़ूर करते हुए। और वह किसी तरह अपनी आवाज़ हासिल करती : — नहीं, नहीं। मैं नहीं जा सकती। —

आख़िर वह दिलचस्पी खो बैठा — ठीक है। ढेर सारी लड़कियाँ थीं जो बाहर निकलने के मौक़े को लपक कर थाम लेंगी। और मिलान में भी ढेर-सी लड़कियाँ हैं भले ही उनमें असली रूसी लड़की होने की नवीनता न हो।

लेकिन जब वह काम ख़त्म होने के बाद दोपहर को बस स्टॉप से घर लौट रही थी, उसने कुछ ऐसा भयानक देखा कि जब वह उस तक पहुँचने के लिए ट्रैफ़िक के पार लपकी तो एक ट्रक के नीचे आते बची। सड़कों पर भीख माँगते बूढ़े लोग; वे हर जगह थे, प्रतिष्ठित अधिकारियों या क्लर्कों के अपने बचे हुए सूट पहने मर्द, भूतपूर्व गृहणियों के भौंचक्के चेहरों वाली बूढ़ी औरतें, दुपट्टों के नीचे शर्म से मुँह छिपाये। लेकिन वह बूढ़ी औरत जिस तक पहुँचने की हड़बड़ी में वह थी, उसकी अपनी दादी थी। वह उसे घर ले गयी, कुछ भी कहने में असमर्थ, आँखें ग़ुस्से और घृणा से विकुंचित, मानो वह बूढ़ी औरत रँगे हाथों पकड़ी गयी कोई मुजरिम थी। घर पर उसकी माँ पहले तो रो दी फिर पलट कर अपने अन्दर दबे ग़ुस्से से फट पड़ी। — इसे साल भर से इसकी पेंशन नहीं दी गयी है — एक साल से एक महीना ज़्यादा। मैं इसके साथ कई-कई दिन दफ़्तर के बाहर खड़ी रहती हूँ, किसी को पैसे नहीं मिलते। वे क्या कर सकते हैं सिवा सड़क में बैठ कर उम्मीद करने के कि किसी के पास देने के लिए कुछ है? यह भी वही क्यों न करे जो वे करते हैं? उस होटल से जो तुम लाती हो उस पर हम कैसे ज़िन्दा रह सकते हैं? मुझे कोशिश करके इसको बूढ़े लोगों के आश्रम में रखना होगा, वह वहाँ हमसे दूर मर जायेगी! इसके अलावा और क्या है? — अगले दिन दादी फिर वापस सड़क में अपनी चौकी पर मौजूद थी। उसकी पोती ने उसे देखा और गुज़र गयी।

कुछ और भी था।

लंच के समय की प्रणय-लीला के बाद उसने वह विषय फिर से उठाया जो उसने परे कर दिया था। — अगर तुम काग़ज़ बना सकते हो, मैं इटली

जाऊँगी। —

वह सिर्फ़ उस सम्मानित बूढ़ी औरत को सड़क पर भीख माँगते देखने की बात नहीं थी; किसी समय की उस परिचारिका में व्यापारी की-सी विवेकपूर्ण बुद्धि और हिसाब-किताब की क्षमता थी। वह उसके लिए बाहर के उस देश, इटली में क़ायदे का काम खोज देना, उस शानदार शहर, मिलान में जिसका उसने ज़िक्र किया था और वह अपनी माँ को वहाँ से अच्छी मुद्रा भेज सकेगी। अगर वह परिचारिका ही रही तो उसकी दादी बाक़ी सह भिखारियों में एक भिखारिन ही रहेगी।

वह उन्हें पीछे छोड़ आयी। उसकी माँ को इतालवी व्यापारी के बारे में पता नहीं था, लेकिन उसके प्रस्ताव के बारे में बताये जाने पर वह हिचकिचायी नहीं : जाओ एलेना। पीछे रह जाने वालों का क्या बनेगा इस पर उन्होंने बात नहीं की। शायद माँ परिचारिका के रूप में बेटी वाला काम सँभाल लेगी।

विदाई में उसकी माँ ने उसे शहर की तस्वीरों की एक किताब दी, उसके प्राचीन महलों, गिरजों, चौकों और संग्रहालयों की तस्वीरें जिन्हें उन्होंने साथ-साथ जा कर देखा था; उसने बाज़ार में इसके बदले में कुछ दिया होगा जहाँ लोग अपनी चीज़ों की अदला-बदली करते थे, और बेटी ने ख़ुद वे चित्र माँग कर लिये जो शहर में उन दिनों खींचे गये थे जब उसकी माँ के पास अच्छी नौकरी थी और उनके पास कैमरा था।

आदमी के देश इटली में, उसके शहर मिलान में एलेना के पास एक छोटे-से होटल में एक कमरा था। कमरा पाँचवीं मंज़िल पर था, वहाँ उसे ले जाने के लिए लिफ़्ट का एक नन्हा-सा पिंजरा, आदमी को जब समय होता तो उसे एलेना तक लाने के लिए। पहले दिन उसने एलेना को पत्थर की एक जालीदार मीनार दिखायी, खिड़की में झाँकते आकाश में से बस नक़्क़ाशी की तरह तराशी हुई। — तुम्हें यहाँ से ड्यूओमो का एक दृश्य दिखता है! तुम्हें चौक में जा कर उसे देखना चाहिए, पूरी दुनिया की सबसे ख़ूबसूरत चीज़। —

उसने होटल के कमरे का भाड़ा अदा किया और उसे पास के एक ढाबे में ले गया जहाँ उसने मालिक से तय किया कि वह अपना खाना वहाँ खाया करेगी। वह एक बड़ी-सी हलचल-भरी जगह थी जहाँ उस हिस्से में काम करने

वाले लोग जम कर खाने-पीने के लिए हड़बड़ी में आते थे। जैसा कि उसने बताया था, यह एक अद्‌भुत शहर था; सँकरी सड़कों पर दुकानें, कला प्रदर्शनियों की तरह ख़ूबसूरत लिबास और जूतों की नुमाइश करती हुईं जिनकी नज़ाकत की कल्पना कोई नहीं कर सकता था। वह एलेना के लिए किसी चीज़ की तलाश कर रहा था — काम के सिलसिले में; लेकिन अगर वह उस चीज़ को खोज ले तो उसके पास पहनने को बेहतर कपड़े होने चाहिएँ थे! वह उसे एक डिपार्टमेंट स्टोर में ले गया जहाँ अच्छे कपड़े टँगे थे, उतने नफ़ीस नहीं जितने उन दुकानों में जिन्हें वह निहारती थी, और उसे जैकेट और पतलूनें और जूते ख़रीद दिये जो कभी उसके पास नहीं रहे थे।

बेशक वह हमेशा ही से चौड़ी छातियों वाली, लम्बी और हडीली रही थी, गोरी त्वचा और बाहर को निकली गाल की हड्डियाँ गहरे रंग के झबरे बालों, तंग काली आँखों और ऐसे होंटों के साथ जिन्हें स्पष्ट करने वाले किनारे उसकी त्वचा की तुलना में आकर्षक ढंग से कामुक थे; लेकिन अब, दुकान के आईने में उसने ख़ुद को अपने ही तरीक़े से सुन्दर महसूस किया; जैसे कि उस आदमी, उस इतालवी ने उसे जब वह परिचारिका थी तब देखा होगा। लिहाज़ा अब वह दुकानों और दफ़्तरों में काम करने वाले किसी भी चुस्त-दुरुस्त पुरुष या स्त्री की तरह शहर में घूमती और जल्दी-जल्दी यह देखने के लिए होटल की ओर लौटती कि उसकी तरफ़ से कोई सन्देश तो नहीं आया था; किसी रोज़, हर रोज़, हो सकता था उसने कुछ खोज लिया हो, उसके लिए कोई नौकरी। वह ध्यानपूर्वक अपने इर्द-गर्द होने वाली बातों को सुन रही थी, पहचानी हुई चीज़ों पर लगे लेबलों और संकेतों को पढ़ती हुई, भाषा की थोड़ी-बहुत जानकारी हासिल करती हुई।

वह आदमी उतनी जल्दी-जल्दी प्रणय-लीला की दावेदारी के लिए नहीं आता था जितना उसके देश के उस दूसरे होटल में। उसके पास ढेर सारा काम था, संचालित करने के लिए कर्मचारी थे और वह जानती थी कि शहर के किसी और हिस्से में उसके पास वह मकान था जहाँ वह अपनी पत्नी के साथ रहता था; उसने उसे इटली लाने से पहले अपने परिवार के बारे में बात नहीं की थी, एक प्रवहमान समान भाषा के अभाव में वे उस समय या अब भी बहुत ज़्यादा बात नहीं करते थे, प्रणय-लीला में उनकी जीभें ही सम्प्रेषण का वह एकमात्र रूप था जो उनमें समान था। लेकिन अब वह ज़िक्र करता कि वह अगली दोपहर दफ़्तर से उसके पास नहीं आने वाला था, क्योंकि उसे अपने बेटे को लेने हवाई

अड्डे पर जाना था या उसकी बीवी बाहर से आये रिश्तेदारों के लिए कॉकटेल पार्टी दे रही थी और उसे जल्दी घर पहुँचना था। हालाँकि शहर उसके इर्द-गिर्द हिलोरे लेता चमत्कार था, वह काम हासिल करने के लिए और भी चिन्ताजनक ढंग से अधीर होने लगी थी ताकि शहर की दर्शक होने की बजाय उसका हिस्सा बन सके। काम और जहाँ से वह आयी थी, वहाँ वापस भेजने के लिए विदेशी मुद्रा। और उसे यह भ्रम भी था — वह जानती थी कि यह भ्रम ही था — कि वह होटल, ढाबे और कपड़ों पर ख़र्च किये गये उसके पैसे लौटा देगी, समय आने पर; वह पसन्द करती कि प्रणय-लीला की क़ीमत आपस में बाँटे गये सुख के अलावा और किसी तरीक़े से न अदा की जाय। लेकिन वह, उसे मालूम था, प्रेम करने का हिस्सा था। पुरुष अपनी पत्नियों से प्रेम करते थे। उसे यक़ीन था, वह महसूस करती थी कि वह आदमी अपनी पत्नी से प्रेम करता था; एलेना को कभी प्यार में मुब्तिला होने का मौक़ा नहीं मिला था।

आदमी ने उसके लिए कुछ खोज लिया। और साथ ही अपने लिए भी।

यह काम नहीं था, मिलान में जहाँ उससे उम्मीद रखी जा सकती थी कि वह उसके पास बराबर आता रहेगा — शायद उस क़िस्म के दिल-बहलाव के लिए कोई नयी औरत थी या फिर उसकी बीवी शक करने और मुश्किलें पैदा करने लगी थी। लेकिन वह अपनी औरतों के साथ नरमी और मलाई से पेश आता था और संयोग ऐसा बैठा कि एक ऐसा हल निकल आया जो सबके हक़ में फ़ायदेमन्द हो और जो महसूस करता था कि उसकी व्यापक पारिवारिक ज़िम्मेदारी है, चाचा-मामा, चाचियाँ-मौसियाँ, रिश्ते के भाई-बहन, आदि, उसे भी पूरी कर दे। एक सप्ताहान्त उसने उससे कहा (एलेना आम तौर पर उन समयों पर उसके आने की उम्मीद नहीं करती थी जब वह मानी हुई बात थी कि वह अपनी पत्नी और बच्चों के साथ रहेगा) कि वह उसे अपने परिवार में किसी से मिलवाना चाहता था। शायद मौक़ा इसलिए था, क्योंकि पत्नी कहीं गयी हुई थी या यह सम्बन्धी ऐसा था जिससे वह औरतों के साथ सम्बन्धों के राज़ बाँटा करता, ऐसा कोई जिस पर उसे भरोसा था कि विवेक से काम लेगा। लेकिन एलेना इस संकेत से चकित और लजीलेपन से प्रभावित भी हुई थी कि वह उसे अपने जीवन में आने की छूट दे रहा था। कार में एक घण्टे के सफ़र के बाद जिस बीच ऐल्प्स पर्वतमाला बराबर मौजूद रही, नज़दीक आती, पीछे हटती, और जिस बीच वह इस दृश्यावली पर नज़रें गड़ाये रही जो इटली थी, दुनिया थी, वे एक क़स्बे

में पहुँचे, एक बड़े-से पारिवारिक मकान में जो गहरे रंग के भारी-भरकम पुराने फ़र्नीचर से भरा था, भरपूर खाना और शराब सजी हुई थी और हल्ले-गुल्ले के बीच लोग उसका स्वागत कर रहे थे जिसे उसने उन्हें बताया था उसने रूस में फैली गड़बड़ और बेतरतीबी से बचाया था। वे जानते कि वह कितना भला आदमी था, कितना उदार। वहाँ एक मामी थी, एक और भारी-भरकम औरत जो उसकी बहन हो सकती थी, एक किशोर जो कम्प्यूटर गेम खेल रहा था, मामा और मामा-मामी का बेटा। मिलान में रूस से आयी अजनबी औरत ने ग़ौर किया था कि किन्हीं विदेशियों की उम्र का अनुमान करना कितना मुश्किल था; पीछे से देखने पर वे पतले-छरहरे और युवकों जैसे चुस्त दिखते और मुड़ने पर उमर की सिलवटें पड़े चेहरे पेश करते जिनमें नाक की हड्डियाँ पतली चमड़ी को मानो फाड़ कर बाहर आने को होतीं, या वे मांसल, तगड़े पट्ठों वाले नौजवान जान पड़ते, जाँघें ओर नितम्ब कसी पतलूनों को तानते हुए, भरे-भरे जबड़े और कान की लवें अनिवार्य रूप से अधेड़ उम्र की चुग़ली न खाती हुई। बेटा इन्हीं में से था और उसकी परिपक्व जीवन्तता जमावड़े का केन्द्र थी। उसके पास अपना ख़ुद का फ़्लैट था; रूसी लड़की और मिलान से आया रिश्ते का भाई जो उसे लाया था, इस आदमी — लोरेंज़ो उसका नाम था, उन सभी नामों में जिनसे उसका परिचय कराया गया था — द्वारा अपना फ़्लैट दिखाने ले जाये गये, लगभग इस तरह मानो इसका कोई कारण था, जैसे मकानों का दलाल किसी ग्राहक को कोई सम्भावित आवास दिखा रहा हो।

एक कारण ज़रूर था। अधेड़ बेटा विवाहित नहीं था; उसके माता-पिता को ठीक-ठाक नहीं मालूम था क्यों — ऐसी बहुत-सी भली, ख़ूबसूरत लड़कियाँ थीं जिनके माता-पिता दामाद के तौर पर ऐसे सफल आदमी को पा कर काफ़ी से ज़्यादा ख़ुश महसूस करते, भाग्यशाली भी, जिसके पास तीन क़साई की दुकानें थीं, दो शहर में और एक पास के गाँव में। किसी शादी-शुदा औरत के साथ प्रेम-सम्बन्ध का कोई क़िस्सा था जो कई वर्षों तक चलता रहा था जो तलाक़ लेने को तैयार नहीं थी; प्रकट रूप से वह सब ख़त्म हो चुका था, वह अपने पति के साथ दक्षिण में नेपल्स चली गयी थी। मामा और मामी ने पारिवारिक परिषद में गोपनीय ढंग से अपने मिलानवासी भांजे को उन बहुत-सी औरतों में से जिनकी जानकारी उसे थी, एक उपयुक्त पत्नी खोज देने के लिए कहा था, लोरेंज़ो की उमर और हैसियत वाले आदमी के लिए अब घर बसा कर टिक जाने का समय आ गया था। उस समय मिलानवासी भांजे ने भँवें चढ़ा ली थीं और

मुँह लटका दिया था; कौन शहरी औरत मुफ़स्सिल के एक नीरस क़स्बे में आ कर रहना चाहेगी, कुछ छोटे-छोटे कारख़ानों और अर्द्ध परित्यक्त खेतों के बीच, जहाँ कुछ हलचल न हो? लेकिन अब एक रूसी लड़की थी जिसे वह दयावश उसकी दयनीय ज़िन्दगी से निकाल कर अपने सुन्दर देश में ले आया था — हाँ, कुछ समय के लिए वह उसे चाहता रहा था — और जो मुफ़स्सिल के इस क़स्बे के सबसे पुराने परिवारों में से एक के बेटे से विवाहित हो कर क़ानूनी तौर पर नागरिक बन जायेगी, उस लड़की के लिए कुछ तलाश करने का इससे बेहतर हल और क्या हो सकता था! खाता-पीता पति, हर तरह की सुख-सुविधा, ऐसा आदमी जो उदारता बरतने और उसे अपनी माँ को पैसे भेजने की इजाज़त देने वग़ैरा से गुरेज़ नहीं करेगा — इतना वह कभी अपने बल पर कमा न पाती कि अपना गुज़ारा भी चला सके और माँ को भी दे सके, चाहे जैसा भी मामूली काम वह उसके लिए ढूँढ पाया होता, जो वहाँ की भाषा नहीं बोल पाती थी और जिसके पास परिचारिका होने के अलावा और कोई विशेषता या योग्यता नहीं थी। निश्चय ही वह हमेशा के लिए उसकी गुज़र-बसर का इन्तज़ाम नहीं करता रह सकता था, और वैसे भी जिस ख़ास बन्दोबस्त के तहत उसने एलेना का प्रवेश सम्भव बनाया था उसकी अवधि सीमित थी और यह अवधि अब ख़त्म होने को थी।

लोरेंज़ो कई बार मिलान आया, खालों के सौदे का कोई मामला था, उसने समझाने की कोशिश की थी; वह एलेना को ऐसे रेस्तराँओं में खाना खिलाने ले गया था जहाँ शैम्पेन की बोतलें बर्फ़ में पसरी होतीं। उसे भी थोड़ी-सी ही अंग्रेज़ी आती थी और उसने इतालवी भाषा बोलने में एलेना के प्रयासों की प्रशंसा की थी, बधाई में उसके हाथ पर अपना हाथ रखते हुए। उसने उसे चूमा नहीं था, न बिस्तर पर ले जाने की पेशकश की थी जैसा कि एलेना ने हथियार डालते हुए उम्मीद की थी।

नहीं, वह उसे जानने का प्रयास कर रहा था। प्रस्ताव रखा गया था कि वह एक उपयुक्त पत्नी साबित होगी। वह सन्दिग्ध क़ानूनी हैसियत वाली आप्रवासी थी, वह यह फ़ैसला करने की स्थिति में नहीं थी कि वह ड्यूओमो वाले शहर में रहना पसन्द करेगी या छोटे-से क़स्बे में, उसके पास काम की कोई सम्भावना नहीं थी सिवा इसके कि वह इस ऊँचे दर्जे की क़साई की दुकान के मालिक की बीवी की हैसियत से आरामदेह मेज़ पर बैठ कर फोनों का जवाब दे, ग्राहकों का स्वागत करे — यह नज़र आना कि वह गृहस्थी बसा कर टिक

गया है उसकी स्थानीय प्रतिष्ठा में वृद्धि ही करेगा। और भले ही उसकी पत्नी विदेशी थी, हो सकता है कि वह उन मामलों में उसके बेहतर रुझान का सबूत हो जो उस तरीक़ों से अलग-थलग हो जिनसे वह किसी शल्य-चिकित्सक के कौशल और दक्षता से हर ग्राहक के लिए उसकी ख़ास पसन्द का गोश्त तैयार करता था।

एलेना का मिलानवासी ड्यूओमो के नज़ारे वाले उसके होटल के छोटे-से कमरे में उससे प्रेम करने नहीं, बल्कि यह बताने के लिए आया कि उसके लिए एक शानदार मौक़ा था। जिन काग़ज़ात का बन्दोबस्त उसने एक ख़ास तरीक़े से उसके लिए किया था अब वैध नहीं रह गये थे; उसे वापस भेज दिया जायेगा; वह इस बारे में कुछ नहीं कर सकता था। लोरेंज़ो जो उससे शादी करने को तैयार था। वह इतालवी पत्नी बन जायेगी, इस ख़ूबसूरत देश की हो जायेगी। लोरेंज़ो अच्छा आदमी था, बूढ़ा नहीं था, ऐसा आदमी जिसे कोई भी औरत — वह रुक गया, उसने हाथ फैला दिये। प्रेम करेगी; उसे यह कहने की ज़रूरत नहीं थी।

वह शादी के लिए मिलान से आया। उसकी मामी एलेना के साथ एक पारिवारिक मित्र के पास गयी थी जिसकी शहर में एक दुकान थी जो उन दुकानों का एक विनम्र-सा प्रारूप थी जिनकी सुसज्जित खिड़कियाँ मिलान की सँकरी सड़कों पर पोशाकों को कलाकृतियाँ बना देती थीं; एलेना ने शादी का लिबास और हैट बनवाया, लेकिन सफ़ेद रंग और लम्बे घूँघट का लड़कियों सरीखा परम्परागत जोड़ा नहीं। वर की ज़बर्दस्त प्रौढ़ता ने इसे ग़ैर-मुनासिब बना दिया होता; वैसे भी, कौन जानता था कि एलेना की पृष्ठभूमि क्या थी, रूस के उस जंगली अजाने विस्तार में। उन्होंने शादी से पहले हम-बिस्तरी नहीं थी, मानो यह भी बन्दोबस्त का हिस्सा था। लोरेंज़ा की प्रणय-लीला दिन के दौरान की गयी क़साई-गीरी की तरह एकाग्र, नैश और नियमित थी। वे बहुत ज़्यादा बात नहीं कर सकते थे, फिर से भाषा की कठिनाई के कारण। कोई नरमी नहीं थी — लेकिन फिर उसे अपने प्रति अपनी माँ और दादी की नरमी के बाद से इसका ज़रा भी अनुभव नहीं था — मगर उदारता जरूर थी : लोरेंज़ो ने ज़ोर दिया था कि वह अपने लिए जो भी अच्छे लिबास पसन्द करे, उन्हें ख़रीद ले और उसने उसे उपहार में गहने दिये थे, सुविचारित गर्व से उन्हें उसकी गर्दन के गिर्द और उसकी कलाइयों और उँगलियों पर देखते हुए। पति-पत्नी के बीच काम-व्यापार दिनों और रातों के बाक़ी सिलसिले का हिस्सा था, वह सुबह उसके साथ

उसकी मुख्य क़साई की दुकान पर गयी थी, उसके ग्राहक जो सब-के-सब दोस्त थे या उसके परिवार के पुराने परिचित एलेना से मिलवाये गये थे; उन्होंने मुस्करा कर उसे बधाई दी थी, ख़ुशक़िस्मत औरत, और रात के समय दम्पति उसके फ़्लैट पर लौट आते, जो एक औरत द्वारा साफ़-सफ़ाई करके सही हालत में छोड़ दिया गया होता जिससे रोज़ काम कराना उसकी बिसात में था। उनके खाने में उम्दा-से-उम्दा गोश्त के उम्दा हिस्से होते, और पनीर और फल जो एलेना के लिए अनोखे और विदेशी थे। उसने ज़िन्दगी में कभी इतनी अच्छी तरह नहीं खाया था। शादी के पहले महीने में वह बच्चे से हो गयी। लोरेंज़ो ने यह बात सारे परिवार को बतायी, उसका गर्व उनका भी था।

एलेना ने उस शहर के चित्रों की पुस्तक निकाली, जहाँ वह अपनी माँ के पेट में आयी और जन्मी थी, जहाँ वह बच्ची थी, और उसने वे फ़ोटो दिखाये जो तब खींचे गये थे जब उसने और उसकी माँ ने पुराने गिरज़ों की सैर की थी (शायद वे दुनिया के सबसे ख़ूबसूरत गिरजे थे) कोई अजनबी और भला किस तरह यह दिखा सकता है कि उसकी भी अपनी क़ीमत है — वह विरासत के बिना नहीं आयी है। उसकी सास मुग्ध रह गयी थी; देखो, देखो, उसने किताब उसके ससुर की तरफ़ बढ़ायी थी, अपनी बहन के किशोर पोते का ध्यान उसके कम्प्यूटर गेम में खींचते हुए। लोरेंज़ो एक बार फिर गर्व से भर गया था : सो! उसकी चुनी औरत कम्यूनिस्टों द्वारा बरबाद एक बर्फ़ीले बर्बर देश से आयी कोई मामूली लाचार विदेशी लड़की नहीं थी, उसके पास प्राचीन स्मारकों, सभागारों, गिरजों का एक मूल स्थान था, लगभग जिस तरह इटली के पास उसके — निश्चय ही बेमिसाल — ख़जाने थे जिनकी सैर परिवार ने मिलान के आगे नहीं की थी, लेकिन जिनके बारे में वे राष्ट्रीय अधिकार के नाते जानते थे।

लोरेंज़ो इस औरत को जिसके पेट में उसका बच्चा था दिखाना चाहता था कि वह कहाँ पैदा हुआ था। उस क़स्बे में नहीं जहाँ उसकी क़साई की दो दुकानें थीं, जहाँ उसके माँ-बाप ने अवकाश ले लिया था? नहीं, नहीं गाँव का वह फ़ार्म जो उसके पड़दादाओं, दादा और पिता का था। अब उसका था। एक सप्ताहान्त को जिसमें किसी धार्मिक छुट्टी के कारण सोमवार भी शामिल हो गया था — किसी सन्त की जयन्ती या ऐसा ही कुछ — वह उसे ऐसी तफ़रीह कराने वाला था जिसके लिए — जो उनके विवाह की आरम्भिक प्रणय-चर्या मानी जाती थी उसमें — कोई मौक़ा नहीं मिला था। वह उसे गाँव ले जा कर अपने पुराने फ़ार्म से विकसित किया गया नया मवेशी फ़ार्म दिखायेगा, उसकी समृद्धि का,

उस सम्पन्न जीवन का स्रोत जो वह उसे उपलब्ध कराता था। एक और चाचा और चचेरा भाई उसकी देख-भाल करते थे, अपनी पत्नियों के साथ, उस पुराने घर में जो उसने उनके लिए नये सिरे से बनवा दिया था। माइक्रोवेव, सैटेलाइट टीवी — तुम देखोगी। मवेशी पालने के लिए नवीनतम नमूनों की मशीनें जिससे वह उम्दा किस्म का गोश्त मिलता था जो वह न सिर्फ़ अपनी दुकानों में बेचता था, बल्कि मिलान, ट्यूरिन और उसके आगे भी सुपरबाज़ारों और रेस्तराओं को।

वह लजीलेपन से अपने साथ उस शहर के चित्रों वाली पुस्तक और फ़ोटो ले जाती है जो उसे पीछे छोड़ आना पड़ा है, यह जानती हुई कि इन रिश्तेदारों से भी वह ज़्यादा बातचीत नहीं कर पायेगी। वह अपने सोने के कंगन और अम्बर के लटकन वाला हार पहन लेती है (उसने इसे चुना था क्योंकि अम्बर दुनिया के उसके वाले हिस्से से आता है) जिसका लटकन वहाँ आ टिकता है जहाँ से उसकी चौड़ी छातियाँ, जो लोरेंज़ो को इतनी पसन्द हैं, अलग होना शुरू होती हैं।

कार पर लम्बा सफ़र है — ख़ुशनुमा। बीच-बीच में वह अपनी हथेली का सपाट हिस्सा अपने पेट पर रखती है, उसने सोचा था अभी से वहाँ एक हल्का-सा उभार था; लेकिन वास्तव में उसे ख़ुद पर हँसी-सी आती है; वह सब उम्दा गोश्त जो वे खाते हैं, उसने उसका हडीलापन कम कर दिया है, बहरहाल। जो भी वहाँ अन्दर है — लड़का, लड़की — वह इतना नहीं बढ़ा कि अपनी मौजूदगी साबित कर सके। वह काफ़ी स्वस्थ महसूस करती है, सुबह के वक़्त कोई जी मिचलाना नहीं जिसके बारे में लोरेंज़ो की मौसी ने उसे चेताया था; इतालवी पत्नी में परिवर्तित एक स्वस्थ रूसी औरत। उसे अचानक एक — हाँ — ख़ुशी ही होगी, जो इस समय महसूस होती है? तीस की उमर में जीवन का एक नया अर्थ। लोरेंज़ो के कार चलाने के दौरान वह बाहर की दृश्यावली से नज़र हटा कर इस बोध के साथ इस आदमी पर डालती है कि इस आदमी को भी, जिसे वह उसके सारे भारीपन के साथ हर रात कर्तव्यशील ढंग से अपने ऊपर वहन करती है, इस अर्श की ज़रूरत होगी।

पुराना फ़ार्म हाउस अपने रूपान्तरण में उसके योग का प्रमाण देता है, जैसे उम्दा कपड़ों और गहनों के उसके उपहार एलेना को रूपान्तरित करते हैं। जब वह बाथरूम इस्तेमाल करती है, वह शीशों और फूलदार टाइलों से चकाचक है। नये सम्बन्धी उसे गले लगाते हैं, कॉफ़ी, वाइन और केक पेश करते हैं। एक बार फिर सचित्र पुस्तक और फ़ोटो घुमाये जाते हैं, वह फूली साँस से हिचक-

हिचक कर उनकी भाषा के शब्दों को अन्दर से निकालती है ताकि उन्हें चौकों, गिरजों और महलों के नाम बता सके। ये गौरव-चिह्न जो बचे रह गये हैं एक बार फिर उसकी पत्नी की विशेषताएँ हैं — वह, उसकी उपलब्धि है। लोरेंज़ो को रूस के पुराने गौरव के प्रति इन सम्बन्धियों के उत्साह से सन्तोष होता है, जो आजीविका के लिए उस पर निर्भर हैं : — तुम्हें एक दिन वहाँ जाना चाहिए। — अमरीका में कहते हैं कि लोग चन्द्रमा पर जाने के टिकट बुक करा रहे हैं...

फिर समय आ गया कि चाचा और चचेरा भाई, उस पति की अगुआई में जिसकी मिल्कियत यह सब कुछ है, उसे मवेशी पालन संयन्त्र दिखाने ले जायें। उलेना के लिए मवेशी गर्मियों में खेतों में चरते हैं, वे किसी दृश्यावली की शान्त हरीतिमा का हिस्सा हैं जैसे बादल आकाश का। घर के पीछे शानदार खेत फैले हुए हैं। लेकिन एक भी गाय नहीं। हवाई जहाज़ के हैंगरों जैसे विराट शेड हैं और बियर की तरह महकते कूटे हुए मक्के की एक ठोस दीवार के पास एक बड़ी-सी मशीन।

पाँच सौ जानवर। मालिक को अपनी मिल्कियत की सही जानकारी है। हैंगरों में पाँच सौ जानवर हैं। उनको हर क़तार के बीच बने सीमेंट के गलियारे से हो कर ले जाया जाता है जहाँ भारी-भारी सिर सामने की क़तार में अपने हू-ब-हू नमूनों के रू-ब-रू हैं। हर झुके हुए सिर के सामने उस चीज़ से भरी एक नाँद है जो बियर की तरह महकती है। बड़ी-बड़ी आँखें बाहर को उभरे कालिख-ज़दा आईने हैं, अन्दर से किसी जीवन को व्यक्त न करते हुए। चौड़ी, गीली, काली नरम नाकें खाने पर आहिस्ता-आहिस्ता साँस लेती-छोड़ती हैं। कुछ खा रहे हैं; जो नहीं खा रहे वे भी उसी झुके सिर वाली स्थिति में हैं। उनके पैर ज़ंजीरों से बँधे हैं। हर जानवर का बदन एक भारी-भरकम बाड़े की लोहे की छड़ों के भीतर है — मुश्किल से; वह मुड़ नहीं सकता। वह सिर्फ़ खा सकता है, शरीर के इस सिरे पर। खा सकता है, खा सकता है। क़साई मालिक एलेना को बताता है : छै महीने का है, काटे जाने के लिए तैयार। बेहतरीन।

फिर एलेना को क़तारों के पीछे से ले जाया जाता है। विशाल कूल्हे, पिछवाड़े लोहे की छड़ों को छूते हैं, खाल गोबर से लथपथ और चिपकी हुई जो वैसी ही नाँद में गिरता है जैसी खाने के लिए रखी है। टाँगें ठूँठ हैं जो भारी बदन को उठाये रहने का काम सरंजाम देती हैं।

वह सिर्फ़ एक बार बोली — कोई ज़रूरत नहीं थी, कसाई मालिक ने

अपने जानवरों की हालत और बाज़ार-भाव की सराहना में धारावाहिक बयान जारी रखा था। एलेना की ज़बान पर भाषाओं का जो गड़बड़-झाला है उसमें से वह शब्द खोज कर अंग्रेज़ी में पूछती है : — ये बाहर खेतों में कब जाते हैं? —

कभी नहीं। वे छै के छै महीने बाड़े में बिताते हैं। गोश्त का उत्पादन आजकल इसी तरीक़े से किया जाता है। उन्हें बधिया कर दिया जाता है — पता है वह क्या होता है — वह क्रिया को करके बताता है। इसी वजह से वे इतनी तेज़ी से और बढ़िया ढंग से बढ़ते हैं।

एलेना — आँखों के चमकते हुए गोलकों के ऊपर सिर को छूने के लिए एक हाथ बढ़ाती है और जानवर भय से पीछे हटने की कोशिश करता है मगर अग़ल-बग़ल और आगे-पीछे कुछ सेंटीमीटर से ज़्यादा नहीं हिल पाता।

वह बातों और हरकतों में लीन पुरुषों की तरफ़ से मुड़ी और सिर्फ़ अपने पैरों के नीचे की कंक्रीट पर नज़रें गाड़े हैंगर से बाहर आ गयी। अगर उसके गुज़रते समय उनकी आँखों ने उसका पीछा किया तो वह उनका कुछ नहीं कर सकती थी। कुछ नहीं।

वह बाहर आ खड़ी होती है, कुटे हुए मक्के की दीवार से आती मीठी-मीठी बियर जैसी महक ठीक मवेशियों के नथुनों की तरह उसके नथुनों में। वह ऐसे आतंक से विस्फारित है कि उसका शरीर लोहे की छड़ों को अपने गिर्द कसा हुआ महसूस करता है, छड़ें उसकी आँखों के सामने हैं, वह मुड़ नहीं सकती, भाग कर घर नहीं जा सकती। उसे पता नहीं है कि यह कहाँ से आता है, यह बोध — उसके साथ घटित होता हुआ — कि उनकी क्या हालत है — बेज़ुबान पैदा हुए जानवरों की जैसे एक इन्सान ख़ुद को आज़ाद करने में बेज़ुबानी से अयोग्य बनाया जा सकता है। मानो एहसास — ख़ुशी — के उस छोटे-से लम्हे ने उसे अपने अन्दर की किसी चीज़ से रू-ब-रू करा दिया जिसे वह नहीं जानती थी, उसे नहीं जानना चाहिए, एक असली याद जो उसकी नहीं हो सकती थी। पीछे घर की उसकी परित्यक्त, छुटकारा पायी ज़िन्दगी में बहुत कुछ बुरा सहा गया था जहाँ का गिरजा विश्वविख्यात था और उसकी दादी उन मशहूर सड़कों पर भीख माँगती थी, उसकी पेंशन बरसों से रुकी हुई। लेकिन उसकी ज़िन्दगी ख़ुद अपना जो रोज़नामचा रखती है, उसमें ऐसा कुछ भी नहीं है। और अब यहाँ उसके भीतर एक बच्चा है लोहे की छड़ों में क़ैद इन जानवरों के मालिक के बीज से अँकुआता हुआ।

जब वे आदमी बाहर आते हैं, लोरेंज़ो उसकी बाँह थामता है। — थक गयीं? — और दूसरे लोगों से उनकी भाषा में — पता है, यह उम्मीद से है। — घर पर ग्राप्पा पीते हुए ख़बर दोहरायी जाती है। यह वाली मौसी उसे गले लगाती है। परिवार में जल्दी ही जिस नये मेहमान का स्वागत किया जाना है उसके लिए एक जाम पिया जाता है। विरासत वाला बच्चा — भाग्यशाली बन कर पैदा होगा।

उसने अपनी सचित्र पुस्तक और फोटो इकट्ठा किये। उसी पल उसने तय किया कि वह वहाँ जायेगी — घर।

वापस।

लेकिन क्या पाने के लिए?

इसकी बजाय उसने किसी को ढूँढा जो उसके कुछ शब्दों, पैसों के बदले में उसका गर्भ गिराने को राज़ी हो गया। और ऐलेना ने क़साई से कह दिया कि उसका हमल गिर गया था।

'व्यक्ति द्वारा भावी भौतिक शरीर का चुनाव सीमित होता है, बहरहाल...'

नहीं। जो भी वह दुभाषिया था जिसने यह लिखा था वह अज्ञान से ग्रस्त था। चुनाव? यह एक सांसारिक अवधारणा है। कोई विकल्प नहीं होता क्योंकि विकल्प में एक सुनिश्चय व्यक्तित्व का होना अन्तर्निहित है जो उसे अमल में लाये। मैं एक बूढ़ा प्राणी हूँ बच्चे के जीव में वापस आया हुआ; मैं पाता हूँ कि मैं एक आदमी के रूप में वापस आया हूँ, या किसी और समय या स्थान पर उस अनुभव को एक औरत के रूप में जारी रखने के लिए दोबारा लौटाया गया हूँ। लिंग तो वापसी का महज़ एक रूप है। लेकिन जो मैं कभी दरअसल था अगर उसका कोई अवशेष हो सकता है — 'सचमुच' : इतनी, इतनी वापसियों में वह कितने बेमतलब ढंग से सापेक्ष हो सकता है — तो वह यही भाव है कि किसी-न-किसी तरह मैं पुरुष के रूप में अधिक भरपूर ढंग से निवास करता हूँ, बनिस्बत औरत के रूप में हुई वापसी के। और एक युवा पुरुष की सांसारिक मृत्यु से जीव को किसी औरत में ले जाना, जो उस पुरुष ने अनिवार्य रूप से

सहा उसके अवशेषों का उस औरत के अन्दर कहीं जारी रहना — मैं उसमें वास करता हूँ, मैं वह हूँ — मेरे अन्दर का वह कुछ बेशक उसका, उसके व्यक्तितव का, जीव के रूप में उसके चरित्र का हिस्सा बन जाता है, हालाँकि वह कारण नहीं जानती।

और उसके भीतर एक मर्दानापन जो मैं सँजोये रखता हूँ इस जीव को

— *उसे* — नापसन्द करता है, उस शिकार के तौर पर जो वह सम्भाव्य अस्तित्व के इस चरण में है।

कीचड़ से रेत पर अपने पंखों को आगे धकेलती हुई पहली मछली। यह सब ठीक तभी शुरू हुआ था।

वे ऐसा बताते हैं।

और मृत्यु : वह अन्त है। मृत। वे सोचते हैं मैं जा चुका हूँ, लेकिन यह एक प्रक्रिया है, ठहरी हुई, इस अतीत और उस अतीत के बीच, जो जिया गया है। उसे स्मृति नहीं कह सकते? कुछ जो सामूहिक स्मृति भी नहीं है, क्योंकि कोई मौत के बाद वापस नहीं आता, बताने के लिए, क्यों? मैं महज़ किसी क़िस्म का जवाब हूँ। — आविष्कृत, अस्तित्व में कल्पित करके लाया गया? — मौत के उनके भयानक ख़ौफ़ का जो सांसारिक चेतना के आरम्भ से हरेक के भीतर होता है।

वे सोचते हैं मैं लुप्त हो रहा हूँ, लेकिन हमेशा वही मुझ से लुप्त हो रहे होते हैं। पीछे छूटे हुए। इस समय के लिए।

मैं नहीं जानता कि किस वापसी में मैंने पहले उसके बारे में सुना था। पढ़ा था उसके बारे में ऐसा लगता है। काश, मैंने कभी न पढ़ा होता। मेरा विश्वास है अगर तुम किसी सम्भावना के बारे में नहीं जानते, तो तुम्हें कभी वह जीनी नहीं पड़ेगी। अपनी कक्षा के बाहर। बेतुका, सचमुच, क्योंकि तब यक़ीनन मैं पहले ही से एक वापसी रहा हूँगा, मछली ही एकमात्र *निश्चित वास्तविक* आरम्भ है — और उसका भी दूसरे तत्व में जीव का एक रूप रहा है।

यह ज़रूर उन वापसियों में से एक रही होगी जिसमें मैं अधेड़, यहाँ तक कि बूढ़ा हो गया था — निश्चय ही बालिग़, एक विकसित बौद्धिक उत्सुकता के साथ। ज़्यादातर वक़्त मैं जवान था, या बच्चा। अल्पजीवी : तत्काल फिर से उपलब्ध। ज़रूर तब रहा होगा जब मैं ऐसा जीव था जो मनुष्य के जीवन की

उन व्याख्याओं से असन्तुष्ट था जो पेश की जा रही थीं : गिरजों, उपासना-स्थलों और मस्जिदों में; या महज़ ऐसे बेचैन मन वाला था जो व्युत्पत्तिशास्त्र और दार्शनिक टीकाओं और टिप्पणियों में व्याख्याएँ खोजता रहता है। *'कर्म। व्यक्ति के अस्तित्व के उत्तरवर्ती चरणों के दौरान उसके कार्य-कलाप का योग और परिणाम, जो उसकी नियति का निर्धारक माना जाता है। भाग्य, नियति प्रारब्ध। संस्कृत कर्मण (संज्ञा) कर्म, कार्य, कृत्य, काम, करोति से, वह बनाता है, वह करता है।'* अंग्रेज़ी के अमेरिकन हेरिटेज शब्द कोश की गिट-पिट। और दूसरे व्याख्याकार भी हैं। *'कर्म या देहान्तरण के सिद्धान्त...का अन्तरंग सम्बन्ध उपनिषदों के दर्शन से है।'* मुझे विश्वास नहीं है कि मैंने कभी उपनिषद पढ़े हैं। फिर *'अधिकारी भी कर्म के नियम के अधीन होते हैं — कि देर या सबेर हर कृत्य अपना प्रतिफल अर्जित करता है, इस जीवन में या आने वाले में।'* और एक और : *'कर्म को "आँख के बदले आँख और दाँत के बदले दाँत" के नियम के रूप में देखा जा सकता है... लेकिन ऐसी व्याख्या न सिर्फ़ एक सरलीकरण है; बल्कि कठोर सीमा भी है।'*

हाँ। ख़ैर, शायद मैं समझता नहीं और जानता हूँ कि कभी समझूँगा भी नहीं, लेकिन मेरा अनुभव न तो पूर्णता की, न ही प्रतिफल की किसी प्रक्रिया की पुष्टि करता है। लिखा गया है : *'बहुत-से लोग "अधूरे छूटे कार्य-व्यापार" के मुद्दों के बारे में चिन्ता करते हैं चाहे वह मनोवैज्ञानिक हो या कर्ममूलीय।'* जो जीव मैं किसी दूसरे के जीवन में अधूरे छूटे कार्य-व्यापार को जारी रखने के लिए बनता हूँ वह हमेशा ही है, या कभी-कभी ही दूसरे जीवन द्वारा या दूसरे जीवन को दिये जाने वाले किसी प्रतिफल के अधीन होता है; और पूर्णता ऐसी चीज़ है जो मैंने किसी वापसी में कभी अर्जित नहीं की...कर्म नामक यह शक्ति जिसके बारे में मैंने कभी सुना, पढ़ा था — क्या यह बार-बार वापस जाती हुई *प्रश्नाकुलता* नहीं है? लीजिए : *'ऐसी तलाश में बोध का कोई एक, संकीर्ण कोण पर्याप्त नहीं है...हिन्दू धर्म और बौद्ध धर्म से; वह नियम कि अस्तित्व की पूर्ववर्ती अवस्थाओं में व्यक्ति के कृत्यों का योग भावी जन्मों में उसके भाग्य या नियति को नियन्त्रित करता है।'* यही अधिकतर मेरे अस्तित्व रहे हैं। वह भी जिसमें मैं — कैसे कहा जाय इसे — इन्तज़ार कर रहा था, उस अस्तित्व से वापस बुला लिया था जो मेरा होता।

जीवनोपरान्त

मृत्यु के बाद जिसकी आशा की जाती है उसके लिए दुनियावी शब्द।

लेकिन यहाँ अमरता का एक प्रारूप है उसके लिए जो जीवनोपरान्त जीवन में विश्वास नहीं कर सकता जो किसी-न-किसी रूप में उस जीवन की समान, भले ही उच्चस्थ, प्रकृति का हो जो वे जी रहे हैं : जब तुम मर जाते हो तुम्हारा शरीर ज़मीन में सड़ जाता है या फिर शरीर को जला कर उस प्रक्रिया को पूर्वापेक्षा की जाती है। ठीक? तुम भाप हो या राख; गर्मी और वर्षा, मौसमों के क्रम में पदार्थ को वातावरण में वाष्पीकरण और अति सूक्ष्म कणों की शक्ल में उठने के लिए प्रेरित करते हैं। वह फिर बादलों में पुनर्संगठित होता है। जब तुम किसी विमान में उड़ रहे होते हो और बादलों के उन पर्वतों के बीच से निगाहें दौड़ाते हो जिन से हो कर तुम गुज़र रहे होते हो, बहते हुए, तुम्हारे ऊपर और नीचे : वही जगह है जहाँ मरे हुए लोग मौजूद हैं, अपनी संख्या और काल के परे (स्वर्ग निश्चय ही इतना भीड़-भरा है कि उस पर विश्वास नहीं किया जा सकता) पदार्थ को लगातार निर्मित और पुनर्निर्मित करते हुए। वापस आते हुए।

मृत। मृत्यु-दण्ड।

लेकिन जीव-दण्ड जैसी एक चीज़ भी है, बार-बार वापस जाते रहना, जाते रहना; कोई छुटकारा नहीं; यही अनन्तरता है : पुरस्कार, क्षमा, एक और मौक़ा या अब तक के सारे कर्मों के पापों की आख़िरी सज़ा...बस यहीं तक।

मैं समझता हूँ।

इसका मतलब है तुम हमेशा के लिए जीवित रहने का अभिशप्त हो।

टिप्पणियाँ

१४९. *कितने कम पश्चिमवासियों को मलेरिया की विनाश लीला का...* 'कैच ऐज़ कैच कैन'; *लॉज़ ऐंजिलीज़ टाइम्ज़ पुस्तक समीक्षा* (१२/५/०२) मार्क होनिग्सबॉम की पुस्तक 'द फ़ीवर ट्रेल' (फैरार, स्ट्राउस ऐण्ड जिरू, २००२) की डॉ० क्लेअर पनोसियन डनावन द्वारा समीक्षा।

१५७. *...लिहाज़ा आदमी अपनी मौजूदा जगह को लगातार एक अपने ही संसार से आबाद करता रहता है।* ए० पी० सिनेट, *द ओकल्ट वर्ल्ड* (केसिंजर पब्लिशिंग, १९८१)

१७४. *अनिश्चित भूतकाल : सम्पन्न होने का संकेत दिये बिना कर्म, जारी;* अंग्रेज़ी भाषा का अमरीकी हेरिटेज शब्द कोश।

१७५. *बहुत बार जीता और मरता है आदमी,*

काल के अपने दो छोरों की अनन्तता के बीच

वह जो जाति का है और वह जो आत्मा का

विलियम बटलर येट्स, 'अण्डर बेन बल्बेन।'

१८१. *देर-सबेर हर कृत्य अपना प्रतिफल घटित करता है, इस जन्म में या आने वाले में।* नैशनल जियोग्रैफ़िक (३/१/३२) रूथ वाइट द्वारा *कर्म एण्ड रीइनकारनेशन* (वाइसर बुक्स, २००१) में उद्धृत।

२०१. *मैं हमेशा उसका हिस्सा रहा हूँ और शायद कोई छुटकारा नहीं है, घास में कीड़े की तरह जन्म-दर-जन्म भूलते और लौटते।* विलियम बटलर येट्स।

२१२. *पता चलता है कि कुल-जमा जो हमारे पास है, वह वही कुछ जो कभी नहीं था और कभी नहीं होगा।* एमॉस ऑज़, द सेम सी, अनु० निकोलस

डि लैंज और लेखक (हारकोर्ट, १९९९)

२२१. *ठीक जैसे हर चीज हमेशा कुछ और होती है...सम्भव है यह प्रजनन के देवता पर भी कोई रोशनी डाल सके।* हैरी मुलिश, 'द प्रोसीजर', अनु० पॉल विन्सेन्ट (वाइकिंग, २००१)।३

२२२. *चाँद भी मूसली जो कूटती है*
सब कुछ फिर से
मुझे जन्म देती है दोबारा —
खोजने के लिए कि क्या था मेरे पास कभी
और जानने को जो मैंने जाना था कभी

विलियम बटलर येट्स, 'ऑन वुमन।'

२४५. *व्यक्ति द्वारा भावी भौतिक शरीर का चुनाव सीमित होता है, बहरहाल...* टी० सी० लेथब्रिज, *विचेज़* (लाइल स्टुअर्ट, १९६९) रूथ वाइट द्वारा *कर्म एण्ड रीइनकारनेशन* (वाइसर बुक्स, २००१) में उद्धृत।

२४८. *कर्म या देहान्तरण का सिद्धान्त...,* वही।